川島優子著

『金瓶梅』の構想とその受容

研文出版

『金瓶梅』の構想とその受容　目次

『金瓶梅』の構想とその受容

序　章

一　『金瓶梅』の出現

森鷗外の自伝的小説とされる『ヰタ・セクスアリス』（明治四十二年）には、向島の文淵先生のところへ漢文の勉強に通っていた十五歳の「僕」が、先生の机の下に『金瓶梅』を発見する場面がこう描かれている。

或日先生の机の下から唐本が覗いてゐるのを見ると、金瓶梅であつた。僕は馬琴の金瓶梅しか読んだことはないが、唐本の金瓶梅が大いに違つてゐるといふことを知つていた。そして先生なかなか油断がならないと思つた。

「僕」は馬琴の『金瓶梅』なら読んだことはあるが、唐本の『金瓶梅』は読んだことがないという。しかし読んでいないにもかかわらず、馬琴のものとは大いに違っている、ということは知っているらしい。そして「机の下」から『金瓶梅』を覗かせていた「先生」を「なかなか油断がならない」という。

東京大学総合図書館鷗外文庫には鷗外が所有していた『金瓶梅』（皐鶴堂批評第一奇書金瓶梅）が所蔵されており、

書き入れも見られる。鷗外は『雁』（明治四十四〜大正二年）においても『金瓶梅』を陰に陽に用いるなど、その後の創作活動に『金瓶梅』が少なからぬ影響を及ぼしていたことが窺えるのである。

「先生」が机の下から覗かせていた『金瓶梅』、そして後に「僕」（鷗外）の愛読書ともなる『金瓶梅』とは、どのような作品なのだろうか。どのような構想の下に誕生し、「僕」の手に届くまでにどのように読み継がれてきたのだろうか。

『金瓶梅』は「四大奇書」のひとつとして、『三国志演義』『水滸伝』『西遊記』とともにその名を知られている。しかし「四大奇書」のひとつに数えられながらも、他の三作品とは様々な点で大きく異なっている。特にその成立に関して、三作品が何らかの歴史的根拠を持ち、かつ語り物としての前史を有していたのに対し、『金瓶梅』ははじめからある作者の意図のもとに「読み物」として構想され、ほぼ完成した状態で世に問われた。この点を以て、『金瓶梅』の誕生を中国近代小説の幕開けと位置づけることも可能であろう。しかし作者については不明である。古くより王世貞に擬せられてきたが、確たる根拠はない。その他、李開先、屠本畯、馮夢龍など、様々な人物の名が候補として挙げられるが、いずれも確証を得ない。

『金瓶梅』の出現は、当時の名だたる文人たちの間でも話題となった。文壇の中心的人物であった公安派の袁宏道（一五六八〜一六一〇）は、同じく明末の文人で、書画でも名を知られる董其昌（一五五五〜一六三六）に宛てた書簡の中でこう述べる。

『金瓶梅』はどこから手に入れられたのでしょうか。病床でざっと読みましたが、雲霞は紙に満ち、枚乗の「七発」よりもはるかに勝っています。後段はどこにあり、写し終わったらどこで交換すればよいでしょうか。ご指示をいただければと思います。[1]

『金瓶梅』の前段を読んだ袁宏道は、「枚乗の「七発」よりもはるかに勝っている」と高く評価し、後段についての情報提示を求めている。確認できる限りにおいて、万暦二十四年に書かれたとみられるこの書簡が、『金瓶梅』に関する最も早い記録である。今に残る最古の刊本『金瓶梅詞話』には、巻頭に欣欣子の序、弄珠客の序、廿公の跋が見られ、その弄珠客の序に「萬暦丁巳季冬」とあることから、万暦四十五年に刊行されたと考えられている。しかし袁宏道の書簡からは、実際の成立はもっと早く、抄本として読まれていた時期があったことが窺えるのである。

袁宏道は、その後も『金瓶梅』についてたびたび言及している。たとえば酒に関する書物を列挙した「觴政」（「十之掌故」）では、

伝奇では『水滸伝』『金瓶梅』を逸典とする。[2]

とし、飲徒の読むべき書として『水滸伝』とともに『金瓶梅』の名を挙げる。こうした袁宏道の『金瓶梅』に対する評価は、大きな宣伝効果をもたらしたようである。万暦の文人である屠本畯（一五四二～一六二二）は『山林経済籍』の中で、

（屠本畯曰く、）古今の酒をたしなむ人の中で、かつて石公（袁宏道）の褒め称える「逸典」を見たことがある人がいるだろうか。案ずるに、『金瓶梅』は海内に流通することが極めてまれで……。[3]

と、袁宏道「觴政」の記事を皮切りに、『金瓶梅』に筆が及んでいる。沈徳符（一五七八～一六四二）も同様に、『万暦野獲編』巻二十五において、

袁中郎（袁宏道）の「觴政」は、『金瓶梅』を『水滸伝』と並べて外典としているが、当時、私は残念なことにまだ読めずにいた。[4]

と、「觴政」の記事によって『金瓶梅』という作品の存在を知ったことが窺える。『金瓶梅』と袁宏道との関係については、弄珠客の序文にもこう記されている。

『金瓶梅』は猥書である。袁石公（袁宏道）がたびたびこれを褒め称えたが、それは自らの胸のつかえを託しただけのことであって、『金瓶梅』に取るものがあったからではない。しかるに作者にも意図するところがあり、世を戒めるためにこの書を著したのであって、世に勧めるために著したわけではないだろう。……もしこの意味がわかる人がいれば『金瓶梅』を読んでもよいが、そうでなければ、石公は導淫宣欲の過ちを犯したことになる。[5]

ここには、袁宏道が『金瓶梅』を高く評価していたこと、そして彼の評価によって『金瓶梅』が世に広まったとの認識がはっきりと示されているのである。

しかし同時に、ここに指摘されるように、『金瓶梅』が「淫を導き欲を宣《の》ぶる」書であるという認識も、当時において共有されていたようである。袁宏道の弟である袁中道（一五七〇～一六二六）は、『游居柿録』巻九の中でこう述べる。

かつて董太史思白（董其昌）に会った際、小説の中のできのよいものについて評論し合ったことがあったが、思白は「近頃『金瓶梅』という小説があって、極めてよいできだ。」と言った。私もひそかにこの小説を知っていた。後に真州（現在の江蘇省儀征市）の中郎（兄袁宏道）のところでこの書の半分を見たが、大半は女性の姿や情をつぶさに写し取ったもので、『水滸伝』の潘金蓮のくだりからできたものであった。……思白はこの書について「焼いてしまうべきだ。」と言っていた。今これを思うに、必ずしも焼かなくてはならないことはなく、かといってあがめる必要もなく、成り行きに任せるだけでいい。焼いたところで残しておく者は出てくるだろうし、人間の力で消し去ることはできないのである。(6)

董其昌と小説について語った際、『金瓶梅』の話に及んだという。董其昌は、「極佳（極めてよいできだ）」と評価しつつも、それが人心を惑わす恐れがあるという理由から「決當焚之（焼いてしまうべきだ）」とする。しかし袁中道は、人びとがそれを求める以上、消し去ることはできないという。同様の記述は薛岡（一五六一～一六四一）の『天爵堂筆余』巻二にも見られる。

かつて都に住んでいたころ、友人である関西の文吉士が、『金瓶梅』の抄本で、完本ではないものを見せてくれた。私はざっと数回読み、吉士にこう言った。「これは有為の作ではあるが、天地の間にこのような猥書があってよいだろうか。すぐに秦火に投ずるべきだ。」と。(7)

やはり『金瓶梅』という作品そのものは評価しつつも、こうした書物が出版されて流通することについては否定的な見解が示されている。先に挙げた沈徳符（『万暦野獲編』巻二十五）は、その後袁中道所有の『金瓶梅』を抄写し、友人たちに見せたところ、次のような反応があったという。

呉の友人馮猶龍（馮夢龍）がこれを見て驚喜し、高値で買い取って出版するよう書坊に勧めた。当時馬仲良が呉の税関に勤めていたが、彼もまた私に、書肆の求めに応じて人々の欲求を満たしてはどうかと勧めた。(8)

ここには、馮夢龍が「見之驚喜（これを見て驚喜し）」たさまが記されており、彼もまた『金瓶梅』を高く評価していたことがわかる。馬仲良も「勸予應梓人之求、可以療飢（書肆の求めに応じて人々の欲求を満たしてはどうかと勧め）」てきたといい、『金瓶梅』の刊行は世間のニーズにも合致していたとみられる。しかし当の沈徳符は、

私が、「このような本はそのうち必ず誰かが刊行することになるだろうが、一旦出版されると家々に行き渡り、人の心をだめにしてしまう。ゆくゆく閻魔様に誰が最初にこんなことをしたのかと問い詰められた日には、なんと答えればよいものか。わずかな利益と引き替えに地獄に落ちるなんてごめんだ。」と言うと、仲良は大いに納得してくれたので、そのましっかりと篋底に秘めた。(9)

と、それが世に広まることに対しては慎重な意見を持っていた。これらの記事からは、『金瓶梅』という作品そのものについてはおおむね高い評価がなされつつも、それを出版することについては賛否両論あったことが窺える。(10)

大木康氏が『明末江南の出版文化』（研文出版、二〇〇四）の中で、「中国における書物の歴史を考える時、明の嘉靖・万暦の頃に、何らか大きな変化がおこったと考え」られるると指摘されるように、『金瓶梅』が誕生し流通した時代は、出版界において質的、量的に革命的ともいうべき変化が起きた時代だと考えられる。「二拍」（『拍

案驚奇』『二刻拍案驚奇』）の編者である凌濛初（一五八〇～一六四四）は、『拍案驚奇』の序文の中で、

近頃は平和な世が続き、人々は淫を記すことを楽しんでいる。まだ学問を始めたばかりの軽薄な若者たちが筆を執り、ありもしない話をかき集め、うそっぱちか卑猥で聞くに堪えないものを作り上げては世の中をだめにしている。道徳を損なったのだから、来世ではひどいことになるだろう。しかしこれらは飛ぶように売れ、紙の値段が跳ね上がった。(11)

と述べ、当時は紙の値段が急騰するほど次から次へと本が出版されたこと、そして道徳を損なうような内容の書物も多く出回っていたことを嘆いている。万暦二十年の進士であった謝肇淛（一五六七～一六二四）の『五雑組』巻十三にも、

このごろは珍しい書物が次々と世に出され、あらゆるものが出版されている。(12)

とあり、出版をめぐる状況が以前とは大きく変化したことが窺える。『金瓶梅』が誕生したのはこうした時代である。玉石混淆、多くの書物が出版される中にあって、全百回におよぶ大部の作品が、抄本の時代を経て、袁宏道をはじめとした文人たちの間で話題となり、物議をかもしつつも刊行されるに至る。そして馮夢龍によって、『三国志演義』『水滸伝』『西遊記』とともに「四大奇書」に数えられることとなるのである。(13) この書がいかに強いインパクトを放つ作品であったか、他の類似する作品と一線を画していたかについて、異論を差しはさむ余地はないだろう。

二　袁宏道の評価

では当時の文人たち、特に、『金瓶梅』を発掘し、世に広めた張本人と考えられる袁宏道は、『金瓶梅』の何をどう評価していたのだろうか。上述した董其昌宛の書簡を改めて見てみたい。

一月前、石簣見過、劇譚五日。已乃放舟五湖、觀七十二峰絶勝處、遊竟復返衙齋、摩霄極地、無所不談、病魔爲之少却。獨恨坐無思白兄耳。『金瓶梅』從何得來。伏枕略觀、雲霞滿紙、勝於枚生「七發」多矣。後段在何處、抄竟當於何處倒換。幸一的示。

一月前、石簣（陶望齡）が来訪し、五日間存分に話をしました。それから石簣は五湖に船を放ち、七十二峰の景勝地を観光し、遊覧が終わってまた私のいる官舎に戻ってきてくれましたが、天まで駆け上り、地の果てを極めるほどに、語らないことはないほどでしたので、私の病魔もいくぶん退いたようです。思白兄がいらっしゃらなかったことだけが残念です。『金瓶梅』はどこから手に入れられたのでしょうか。病床でざっと読みましたが、雲霞は紙に満ち、枚乗の「七発」よりもはるかに勝っています。後段はどこにあり、写し終わったらどこで交換すればよいでしょうか。ご指示をいただければと思います。

袁宏道は『金瓶梅』を、「枚乗の「七発」よりもはるかに勝っている」としているわけだが、ここで同時代の小説ではなく、なぜ時代もジャンルも異なる「七発」が引き合いに出されているのだろうか。

（一）「起発」の書としての『金瓶梅』

『文選』巻三十四に収められる枚乗の「七発」は、病気になった楚の太子のもとを訪れた呉の客人が、太子の病は贅沢な暮らしぶりが原因であることを指摘した上で、音楽、飲食、車馬、遊観、田猟、観濤といった楽しみを述べ、才知ある人を登用して要道至言を聞く必要性を説く。話を聞いた太子は悟りを得、病がすっかり癒える、という内容の作品である。

「七発」について、李善は、

　七発なる者は、七事を説きて以て太子を起発するなり。猶ほ楚詞の七諫の流のごとし。(14)

として、『楚辞』「七諫」の系譜に連なる「起発（啓発、戒め）」の書であるとする。『文心雕龍』「雑文」も「七発」を、

　……蓋し七竅の発する所、嗜欲に発す。始めは邪にして末は正しく、膏粱の子を戒むる所以なり。(15)

とし、前半こそ「邪」、すなわち人心をとろけさせるような言葉を連ねるものの、最終的には「正」、すなわち贅沢におぼれる者たちを戒めるものであるとする。

『金瓶梅』が戒めの書であるかどうかは意見の分かれるところであるが、少なくとも建前上は警世の書として認識されていたようである。『金瓶梅詞話』の冒頭に置かれる弄珠客の序には、

　しかるに作者にも意図するところがあり、世を戒めるためにこの書を著したのであって、世に勧めるために

著したわけではないだろう。(16)

として、『金瓶梅』が世を戒めるために作られたとの認識が示され、同じく欣欣子の序にも、

（『金瓶梅』は）人倫を明らかにし、淫奔を戒め、正邪を分け、善悪を教化し、栄枯盛衰の機をわきまえ、因果応報に基づいたものである。(17)

との主張が見られる。

袁宏道は、この書簡を書いた時点では『金瓶梅』の後半を読んでおらず、どのような結末を迎えるのかは知らなかったはずである。とはいえ袁宏道の読んだ『金瓶梅』が現存する最古の版本である『金瓶梅詞話』と同じもの（あるいはそれに限りなく近いもの）であったとすれば、(18)巻首に置かれる「四貪詞」（酒色財気を戒めたもの）や、第一回冒頭に置かれる項羽と劉邦が情と色によって身を滅ぼす話、作品前半にちりばめられた伏線や予言、諫言によって、全体の内容はある程度窺い知れる。袁宏道は『金瓶梅』を、「七発」の流れを汲む「起発の書」と位置づけ、それよりも遥かに勝るものであると考えた可能性があるのである。

（二）「霍然病已」の書としての『金瓶梅』

袁宏道が「七発」を挙げた理由については他にも考えられる。そもそも「七発」は、病に倒れた楚の太子のもとを呉の客人が見舞いに訪れ、その話を聞いた太子が、最後に「霍然として病已《や》む」という内容のものであった。袁宏道の書簡には、「病魔爲之少却（おかげで病魔がいくぶん退いた）」「伏枕略觀（病床でざっと読んだ）」といった

文言が見られることから、当時、彼自身も病の床に伏していたことがわかる。[19] 太子にとっての客人の話がそうであったように、袁宏道にとっては石簣との語らいとともに、『金瓶梅』もその病を癒やしてくれるものであったと考えられるのである。

欣欣子の序には、

人には七情があり、憂鬱をその最大のものとする。知恵者は自然のはたらきに従ってそれに抗うことなく生き、霧が散り氷が裂けるようであるため、特に問題はない。これに次ぐ者も、また理性を以て自ら晴らすことを知っており、それを蓄積するには至らない。ただそれを下回る者たちになると、そうした憂鬱を外に出しきれないうえに、それを消し去ることができるようなすばらしい書物もないため、病気にならない者は稀である。わが友笑笑生は、そのために、胸の中の蘊蓄を尽くして、計一百回におよぶこの伝を著したのである。[20]

として、憂鬱によって生じる病を癒やすことこそが作者笑笑生のねらいであった、との見解が示されているが、袁宏道も、こうした、病をも治してしまうほどの力を以て、『金瓶梅』を「七発」になぞらえたのではないかと考えられるのである。

（三）「雲霞満紙」の書としての『金瓶梅』

ここまでに、「七発」の持つ戒めの性質、また病をも癒やすという点に、『金瓶梅』との共通性が見出せたわけだが、それだけであれば、あえて「七発」が引き合いに出される必然性がいささか乏しいようにも思われる。

そこで今一度袁宏道の書簡に立ち返ってみると、「雲霞満紙、勝於枚生「七發」多矣」とある。つまり「雲霞満紙（美しい彩雲が紙面に広がっている）」という点にこそ、袁宏道は『金瓶梅』の真価を見いだしていたと考えられるのである。

「雲霞満紙」の用例は未見だが[21]、『文心雕龍』「雑文」には次のような文が見られる。

　枚乗の艶を摛《の》べ、首《はじ》めて七発を製《つく》るに及び、腴辞は雲のごとく構へ、夸麗は風のごとく駭《おどろ》く。[22]

枚乗が美しい文章を述べつらね、最初に「七発」を作るに及んで、腴辞（脂ののった肉のようにこってりとした濃厚な言葉）が雲のようにわき上がり、華麗さが風のようにわき起こったという。「腴辞」「夸麗」が「七発」の特徴であり、それが「雲」や「風」がわき起こるように次から次へと繰り広げられるというのである。[23]袁宏道がこれを踏まえた上で「雲霞」という表現を用いたのだとすれば、「雲霞満紙」というのは、濃厚な描写、華麗な言葉がこれでもかと連ねられ、『金瓶梅』全体に満ちあふれているさまを指していると考えられるのではないだろうか。

実際、『文心雕龍』に指摘されるように、「七発」は従来、文章の濃厚さ、あるいは華麗さによって評価されてきた。『文選』巻三十四の「七発」の後に収められる曹植の「七啓八首并序」は、その冒頭に、

　昔枚乗は七発を作り、傅毅は七激を作り、張衡は七辯を作り、崔駰は七依を作るに、辞各《おのおの》美麗なり。余之を羨《した》ふ有り、遂に七啓を作る。并《あは》せて王粲に命じて作らしむ。[24]

として「七発」に続く「七」作品を挙げ、「辞各美麗」と指摘する。そしてそれらに感銘を受けたが故に、自身も「七啓」を作ったという。こうした「七」の共通点として、『文心雕龍』では以下の点を挙げる。

其の大抵の帰する所を観《み》るに、宮館を高談し、畋猟を壮語せざるは莫し。瑰奇の服饌を窮《きは》め、蠱媚の声色を極む。甘意は骨髄を揺すり、艶辞は魂識を動かす。(25)

宮殿を盛んに語り、狩猟の様を仰々しく描き、珍しい衣服や料理をどこまでも連ね、艶めかしい女性たちを描き尽くす。そのとろけるような発想は骨髄を動かし、美しいことばは魂を揺さぶる、これが「七」の特徴であるという。『文心雕龍』はさらに、

「七発」より以下、作者踵《きびす》を継ぐも、枚氏の首唱を観《み》るに、信《まこと》に独抜にして偉麗なり。(26)

として、後続の作品群と比べても、枚乗の「七発」は突出して壮麗であると評する。「七発」はその内容よりもむしろ、描写、表現そのものが高く評価されているのである。その一部を見てみると、

犓牛之腴、菜以筍蒲。肥狗之和、冒以山膚。楚苗之食、安胡之飯、摶之不解、一啜而散。於是使伊尹煎熬、易牙調和。熊蹯之臑、勺藥之醤、薄耆之炙、鮮鯉之鱠、秋黄之蘇、白露之茹、蘭英之酒、酌以滌口。山梁之餐、豢豹之胎。小飯大歠、如湯沃雪。此亦天下之至美也。

犓牛の腴《あばらにく》、菜とするに筍蒲を以てし、肥狗の和《あつもの》、冒《おほ》ふに山膚を以てす。楚苗の食、安胡の飯、之を摶《まろ》むれば解けず、一たび啜《く》らへば散ず。是に於て伊尹をして煎熬せしめ、易牙をして調和せしむ。熊蹯の臑、勺薬の醤、薄耆の炙《あぶり》、鮮鯉の鱠《なます》、秋黄の蘇、白露の茹、蘭英の酒、酌みて以て口を滌《すす》ぐ。山梁の餐、豢豹の胎。小《すこ》しく飯《く》らひ大いに歠《の》むこと、湯の雪に沃《そそ》ぐが如し。此れ亦た天下の至美なり。

と、料理の数々が、その素材や調理法に至るまで実に細かく描写される。音楽や狩りの様子、宴席での演奏や美女の様子についても同様である。袁宏道が『金瓶梅』を「七発」になぞらえた最大の理由は、この点にあったのではないだろうか。つまり『金瓶梅』の描写は、「七発」同様に、否、それ以上に、極めて濃厚かつ美しいものだと袁宏道に認められたものと考えられるのである。(27)

事実、『金瓶梅』の描写は、詳細にしてきらびやかである。部屋のしつらえ、衣服や装飾品、宴席のありさまや閨の様子、女性たちのおしゃべりやいさかい……、ありとあらゆる日常の瑣事が、時にくどくどしいまでにつづられる。そうした描写が『金瓶梅』の特徴である点については、森槐南も「標新領異録」（明治三十年）の中でこう指摘する。(28)

> 金瓶梅は物語としては水滸程面白くはありませぬが、微細な事を漏さず書くといふところは水滸も及びませぬ。李瓶児が死ぬ処で、皆枕元に集つてから、息を引取つて、棺に入れるまでの間を百枚以上に書いて、一巻にしてありまするのを見て、どこまで微細であるか分らぬと依田先生が賞美せられたのは尤です。西洋の小説の様に細かく拆つたものを支那で求むれば、まづ金瓶梅と紅楼夢とが之に近いのです。

『金瓶梅』の特徴がその見事なまでの詳細さにあることは、日本人にとっても一読して感じられるものだったのである。

三　本書の構成

以上、『金瓶梅』の出現が明末の世に大きなインパクトをもたらしたこと、そのきっかけが袁宏道にあったこと、そして袁宏道はおそらく、『金瓶梅』の描写、つまりその詳細にして濃厚かつ華麗な描写に真価を見いだしていたのではないか、ということを確認した。第一部では、その詳細な描写に注目し、『金瓶梅』がこうした描写を積み重ねることで何を描こうとしているか、その構想を明らかにしたい。

『金瓶梅』という書名が、作品に登場する女性の名前（潘金蓮、李瓶児、春梅）に由来することからもわかるように、その女性描写は作品の本質にも関わる問題である。『金瓶梅』の女性描写については従来数多くの研究が行われてきたが、第一章ではさらに踏み込み、『金瓶梅』がそもそも女性（それも「淫婦」）を描くために作られた作品であることを、母胎となった『水滸伝』との比較によって論じる。

『金瓶梅』における性描写は、避けては通れない問題のひとつである。第二章では、執拗に繰り返される性描写に焦点を当てる。従来は西門慶の視点に立って論じられることが多かった性描写であるが、潘金蓮の視点に立ち、時系列に沿って分析することによって、性描写が作品の中でどう位置づけられるのかについて考えてみたい。

『金瓶梅』は他の作品に比べ、登場人物たちの会話が目立つ。中でも罵語が多用されている点は『金瓶梅』の特徴のひとつと言え、それらは登場人物の形象とも深く関わっているものと考えられる。第三章では呼称として用いられている罵語を取り上げ、正妻である呉月娘の人物像について分析を加えたい。

作品に登場する女性たちはどのような身なりをしているのか。『金瓶梅』では、女性たちの衣服や装飾品についても場面ごとに具体的に描写されている。第四章では、こうした詳細な服飾描写が、作品の中でどのように機能しているのかについて考えたい。

第六夫人の李瓶児については、作品の前半と後半とでその形象が一貫しておらず、従来その不自然さが指摘されてきた。実は主人公である西門慶についても同様の傾向が見いだせる。第五章では李瓶児像に認められる一貫性の欠如を通して、『金瓶梅』における人物描写のあり方について考察を行いたい。

『金瓶梅』が女性、それも、いわゆる佳人でもなければ女傑でもない、淫婦を描こうとした作品だとすれば、こうした女性たちへのまなざしというものは、果たしてどこから生まれたのだろうか。笑笑生なる特異な一個人による偶然の産物だったのだろうか。第六章では、『水滸伝』の李卓吾批評に着目し、こうした視点が、明末の出版文化の興隆や思想的な背景とも深く関連している可能性があることについて分析を行う。

第二部では、冒頭でも触れた森鷗外をはじめとし、依田学海や芥川龍之介といった日本人作家たちにも影響を与えた『金瓶梅』が、彼らの手に渡るまでに日本でどのように読み継がれてきたのか、江戸時代における『金瓶梅』の受容について考察を行いたい。

『金瓶梅』には三つの版本が存在する。現存する最古の版本は、万暦四十五年（一六一七）の序を持つ『金瓶梅詞話』（以下「詞話本」とする）であり、台北故宮博物院、日光山輪王寺、徳山毛利家に完本が所蔵される（京都大学も残本を所蔵）。日光山輪王寺慈眼堂の詞話本には「天海蔵」のしるしがあることから、遅くとも天海の没年である一六四三年までには伝来したものと考えられる。

詞話本が刊行された後、崇禎年刊（一六二八～一六四四）にはその本文に改訂が加えられ、批評が付されたものが刊行される（以下「崇禎本」とする）。「崇禎本」の編者についても不明である。清朝にはこの「崇禎本」の本文に文人張竹坡が新たに評をつけたものが刊行され（以下「第一奇書本」とする）、広く読まれることとなる。江戸時代の漢籍輸入に関する資料には、この「第一奇書本」がたびたび日本に持ち込まれた記録が残されているが、その受容についてはほとんど明らかにされていない。従来は、淫書であったがために江戸時代にはほとんど受容されなかったと考えられてきたが、第七章では、江戸時代の資料を網羅的に調査し、『金瓶梅』に関する記述を収集、整理することで、『金瓶梅』がどのように読まれていたのかという問題について、新たな見解を提示したい。

江戸時代には、『金瓶梅』の読書会も開かれていた。その記録を基に作られた訓訳本が鹿児島大学附属図書館玉里文庫に収められている。第八章、第九章では、この訓訳本に焦点を当て、当時『金瓶梅』が具体的にどう読まれていたのか、あるいは日本人にとって『金瓶梅』を含む白話小説とはどのような存在だったのか、という問題について考察を行う。

本書では現存する最古の版本である「詞話本」を底本とする。以下、特に断らない限り、『金瓶梅』という場合には『金瓶梅詞話』を指す。底本として大安の影印本『金瓶梅詞話』（一九六三）を用い、馮其庸顧問、白維国・卜鍵校注『金瓶梅詞話校注』（岳麓書社、一九九五）を参照して、誤字と思われるものは［ ］で訂正し、脱字と思われるものは〔 〕で補った。また、「崇禎本」については、国立公文書館（内閣文庫）所蔵『新刻繡像批評金瓶梅』を用い、斉煙・汝梅校点『新刻繡像批評金瓶梅』（三聯書店（香港）、一九九〇）を参照した。「第一奇書本」については、国立国会図書館所蔵『皐鶴堂批評第一奇書金瓶梅』を用い、王汝梅『皐鶴堂批評第一奇書金瓶梅』（吉林大学出版社、一九九四）を参照した。

注

（1）『金瓶梅』從何得來。伏枕略觀、雲霞滿紙、勝於枚生「七發」多矣。後段在何處、抄竟當於何處倒換。幸一的示。

（2）傳奇則『水滸傳』『金瓶梅』等爲逸典。

（3）屠本畯曰、不審古今名飮者、曾見石公所稱「逸典」否。按『金瓶梅』流傳海內甚少……。

（4）袁中郎「觴政」以『金瓶梅』配『水滸傳』爲外典、予恨未得見。

（5）『金瓶梅』、穢書也。袁石公亟稱之、亦自寄其牢騷耳、非有取於『金瓶梅』也。然作者亦自有意、蓋爲世戒、非爲世勸也。……若有人識得此意、方許他讀『金瓶梅』也。不然石公幾爲導淫宣慾之尤矣。

（6）往晤董太史思白、共説諸小説之佳者、思白曰、「近有一小説、名『金瓶梅』、極佳。」予私識之。後從中郎眞州、見此書之半、大約摸寫兒女情態具備、乃從『水滸傳』潘金蓮演出一支。……追憶思白言及此書曰、「決當焚之。」以今思之、不必焚、不必崇、聽之而已。焚之亦自有存之者、非人之力所能消除。

（7）往在都門、友人關西文吉士以抄本不全『金瓶梅』見示、余略覽數回、謂吉士曰、「此雖有爲之作、天地間豈容有此一種穢書。當急投秦火。」

（8）呉友馮猶龍見之驚喜、慫慂書坊以重價購刻。馬仲良時榷呉關、亦勸予應梓人之求、可以療飢。

（9）予曰、「此等書必遂有人板行、但一刻則家傳戸到、壞人心術。他日閻羅究結始禍、何辭置對。吾豈以刀錐博泥犁哉。」仲良大以爲然、遂固篋之。

（10）中には、『金瓶梅』そのものに対する否定的な意見も見られる。万暦二十年の進士であった李日華（一五六五〜一六三五）は、日記（『味水軒日記』万暦四十三年十一月五日の条）の中で、「五日、伯遠携其伯景倩所藏『金瓶梅』小説來、大抵市諢之極穢者、而鋒焰遠遜『水滸傳』。袁中郎極口贊之、亦好奇之過（五日、沈伯遠が伯父の景倩（沈徳符）が所蔵する『金瓶梅』なる小説を携えてきたが、おおむね市井の滑稽譚の極めてみだらなもので、筆鋒は『水滸伝』に遥かに及ばない。袁中郎がこれを絶賛しているが、もの好きにもほどがある）。」とする。

（11）近世承平日久、民佚志淫。一二輕薄惡少、初學拈筆、便思汚衊世界、廣摭誣造、非荒誕不足信、則褻穢不忍聞。得罪名教、種業來生、莫此爲甚。而且紙爲之貴、無翼飛、不脛走。

（12）近代異書輩出、剞劂無遺。

（13）李漁の「三国志演義序」に、「嘗聞呉都馮子猶、賞稱宇内四大奇書、曰『三國』、『水滸』、『西遊』、及『金瓶梅』四種。」とある。

（14）七發者、説七事以起發太子也。猶楚詞、七諫之流。

(15)……蓋七竅所發、發乎嗜欲。始邪末正、所以戒膏粱之子也。
(16)然作者亦自有意、蓋爲世戒、非爲世勸也。
(17)無非明人倫、戒淫奔、分淑慝、化善惡、知盛衰消長之機、取報應輪廻之事。
(18)魏子雲氏は、『金瓶梅』には当時の腐敗した社会のありさまが描かれてはいるものの、戒めという意味では「七発」に到底及ばないことから、袁宏道が目にした『金瓶梅』は、現存するものとは異なる政治性の強い作品だったのではないかとする（魏子雲『金瓶梅余穂』〈里仁書局、二〇〇六〉等）。
(19)陶望齢『歇庵集』巻九「遊洞庭山記」には、袁宏道を訪問したことについて「中郎方臥疾新愈、談於榻之右者三日」とあり、袁宏道の「陶石簣兄弟遠來見訪、詩以別之」（『袁宏道集箋校』巻三）にも「病得發而減、客以樂忘疲」とある。
(20)人有七情、憂鬱爲甚。上智之士、與化俱生、霧散而氷裂、是故不必言矣。次焉者、亦知以理自排、不使爲累。惟下焉者、既不出了於心胸、又無詩書道腴可以撥遣、然則不致于坐病者幾希。吾友笑笑生爲此、爰罄平日所蘊者、著斯傳、凡一百回。
(21)「雲煙滿紙」「滿紙煙雲」「煙霞滿紙」（いずれも墨が紙面に広がる様子）といった類似の表現は、書画のすばらしさをたとえるものとしてしばしば用いられる。
(22)及枚乘攡艷、首製七發、腴辭雲構、夸麗風駭。
(23)「雲構」「風駭」については、「七発」の中で繰り広げられるという解釈の他に、類似する作品が続々と生み出されたという解釈も可能である。
(24)昔枚乘作七發、傅毅作七激、張衡作七辯、崔駰作七依、辭各美麗。余有羨之焉、遂作七啓。并命王粲作焉。
(25)觀其大抵所歸、莫不高談宮館、壯語畋獵。窮瑰奇之服饌、極蠱媚之聲色。甘意搖骨髓、艷辭動魂識。
(26)自「七發」以下、作者繼踵、觀枚氏首唱、信獨拔而偉麗矣。
(27)『文心雕龍』「原道」には、「雲霞」という言葉が次のように用いられている。「傍及萬品、動植皆文。龍鳳以藻繪呈瑞、虎豹以炳蔚凝姿。雲霞雕色、有踰畫工之妙、草木賁華、無待錦匠之奇。夫豈外飾、蓋自然耳。」自然界のあらゆるものには文彩が備わっており、雲霞の彩り豊かな様は画工の腕を以てしても及ばず、外から手を加えてできるようなものではないという。これを踏まえるならば、「雲霞紙滿」という表現は、『金瓶梅』の描写が人為的な要素が感じられぬほど自然で、リアリティーに溢れていることを評価しているものとも考えられる。また、「七発」はそのジャンルの草分け的な存在でもある。『金瓶梅』についても、ストーリーこそ『水滸伝』に由来しているが、表現、描写、発想のいずれも、それ以前には類似する作品がないということを、袁宏道は含めているのかもしれない。

(28) この箇所は、三木竹二による『水滸伝』評の、「この度は水滸伝を合評することになりましたので、私は森槐南君を尋ねて、水滸伝に関するお話を伺ひました。爰に同君の語の儘でそれを述べます。」として記される中に見られる。

第一部　『金瓶梅』の構想

第一章　『金瓶梅』の構想――『水滸伝』からの誕生――

はじめに

『金瓶梅』は、『水滸伝』第二十三回～第二十七回「武松物語」の中の、第二十三回～第二十七回「西門慶、潘金蓮殺し」のくだりを敷衍したものである。この部分は、素手で虎を倒して一躍英雄となった武松が、毒殺された兄武大の仇を討つため、兄嫁潘金蓮、そして彼女と通じた西門慶を血祭りにあげるという、『水滸伝』の中でも特におもしろいくだりとなっている。『金瓶梅』は、その殺されるはずの潘金蓮と西門慶がもしもこの時殺されなかったら、という設定で物語が進行する。

この、武松による「西門慶、潘金蓮殺し」は、『金瓶梅』の第一回～第六回（武松の虎退治から、西門慶と潘金蓮が武大を毒殺するまでの話）、第九回～第十回（東京から戻った武松が、兄の死を知って復讐を試みるも失敗して流される話）、第八十七回（流刑から戻った武松が潘金蓮を殺害する話）に描かれる。なかでも第一回～第六回は、『水滸伝』の第二十三回～第二十六回を、文章までもほぼ借用していることから、『金瓶梅』の作者が伝承過程にあった水滸説話ではなく、刊行された『水滸伝』を用いて『金瓶梅』を作ったことがわかる。更には、数ある『水滸伝』

のテキストの中でも、その字句の一致する度合いが高いことから、百回本系統に拠ったであろうことが明らかとなっている。[1]つまり『金瓶梅』の作者は、武松による「西門慶、潘金蓮殺し」の部分だけでなく、『水滸伝』全体を読んでいたということである。実際『金瓶梅』には、『水滸伝』のその他の部分のプロットや詩詞、駢語の借用も多く見られる。一方で、『水滸伝』以外の話本、戯曲、散曲等、あらゆるジャンルの様々な作品が『金瓶梅』の素材として用いられていることも指摘されている。[2]

『金瓶梅』が「どのように作られたのか」を明らかにしようとするならば、素材となったこれらの作品を同等に扱い、ひとつひとつに分析を加える必要がある。[3]しかし『金瓶梅』のような作品が「なぜ作られたのか」を考えようとする場合、『水滸伝』と他の作品との間には歴然とした次元の差がある。『金瓶梅』の主人公は、『水滸伝』第二十三回～第二十六回に登場するあの西門慶と潘金蓮である。このことからしても、『金瓶梅』の作者の創作意欲をかき立てたものが『水滸伝』に他ならなかったことは明白である。従来、両書の関係については多くの論が展開されているが、それらにおいては、主に重複部分における言語、描写、内容の相違に着目される傾向にあった。[4]しかし、『金瓶梅』が「なぜ作られたのか」を考えるならば、その母胎である『水滸伝』全体に目を向ける必要がある。

本章では、『金瓶梅』が『水滸伝』をいかに受容し、いかに発展させたか、つまり『金瓶梅』の作者は『水滸伝』の中から何を切り取り、それをどのように作りかえて『金瓶梅』という作品を生み出したのかという問題について、主に構想面から考察を加え、『金瓶梅』の作者の執筆動機、執筆態度についても考えてみたい。

一　『水滸伝』と『金瓶梅』の構成

（1）『水滸伝』の構成

『水滸伝』は第七十一回を境にその構成が一変する。[5] このことは明の崇禎年間に、金聖嘆が第七十一回以降を切り捨て、七十回本の『水滸伝』を作ったことからも窺える（七十回本は、もとの第一回を楔子《プロローグ》とし、以下一回ずつずらして全七十回としたものである）。『水滸伝』の構成については、以下のようにまとめることができる。

Ⅰ・第一回～第七十一回　梁山泊盗賊集団の形成
Ⅱ・第七十二回～第八十二回　招安までの物語
Ⅲ・第八十三回～第九十回　遼征伐
Ⅳ・第九十回～第百回　方臘討伐と結末

第七十一回以前は、豪傑達がいかなる理由でいかなる過程を経て梁山泊へ集まることになったのかが銘々伝の形で語られる。このⅠは、

第一回　伏魔殿の話（プロローグ）
第二回～第三回　王進と史進の物語
第三回～第七回　魯智深の物語
第七回～第十一回　林冲の物語
第十二回～第十三回　楊志の物語
第十四回～第十七回　生辰綱の物語

第十八回～第二十二回　　宋江の物語
第二十三回～第三十二回　　武松の物語
…………

と、短篇的な英雄物語が数珠繋ぎに並んだ構成になっている。百八人全員についていちいち詳しく語られるわけではなく、数名の主要人物の物語が展開する中で、それ以外の人物は付随する形で触れられるにすぎない。『水滸伝』は、長い期間を経て別個に成立、発展してきた水滸説話や水滸雑劇の集大成ともいうべき作品であるが、この短篇的な銘々伝が数珠繋ぎになった構成は、そうした成立過程をも反映している。

こうして豪傑達がひとり、またひとりと梁山泊に集まり、第七十一回、ようやく梁山泊の忠義堂に百八人全員が集合することとなる。これ以降、それまで銘々伝の数珠繋ぎになっていた作品の構成は一変し、梁山泊に集結した豪傑達が、前半のように全くの個人としてではなく、集団の一員として行動するようになる。官軍と戦い、それを打ち破った彼らは、第八十二回、ついに招安を迎える。こうして官軍に組みこまれた梁山泊軍だったが、方臘との戦いにおいて多くの豪傑達を失い、物語は幕を閉じることとなる。

以上、『水滸伝』は、

①銘々伝（豪傑達の物語）→②梁山泊に集結→③集団化した後の物語（一時隆盛を極めるが、やがて下降線をたどる）

という構成をとっていることが確認できる。

（2）『金瓶梅』の構成

さて、一方の『金瓶梅』は構成上大きく三つに分けることができる。

Ⅰ・第一回〜第二十九回　西門慶と女性達との物語
Ⅱ・第三十回〜第八十八回　西門慶のサクセスストーリー
　　　　　　　　　　　　潘金蓮の嫉妬と恋の物語
Ⅲ・第八十九回〜第百回　西門家のその後

Ⅰでは、西門慶と女性達との物語が語られる。西門慶は最終的に六人の夫人を抱えることとなるが、その夫人となる（或いはなり損ねた）女性達がいかなる理由でいかなる過程を経て西門家へ集まることになったのかが銘々伝の形で語られるのである。このⅠは、さらに細かく分けると、

第一回〜第十二回　潘金蓮の物語
第十三回〜第二十一回　李瓶児の物語
第二十二回〜第二十九回　宋恵蓮の物語

と、やや短篇的な話が横並びになった構成になっている(6)。こちらも『水滸伝』同様、六人全員についていちいち詳しく語られるわけではなく、数名の主要人物の物語が展開する中、それ以外の人物は付随する形で紹介されるにすぎない。

まず最初に、第五夫人となる潘金蓮の物語が語られる。しがない蒸し餅売りの夫武大に不満を抱いていた潘金蓮は、やがて西門慶と関係を持つようになり、夫を毒殺して西門家に入る。この間、西門慶の第一夫人である呉月娘、第二夫人李嬌児に関しては第二回で、第四夫人孫雪娥に関しては第九回で、西門慶の夫人となったいきさつがごく簡単に紹介される。第三夫人孟玉楼の輿入れに関しては、第七回、この「潘金蓮の物語」に挿入される形でやや詳しく語られる。

次に語られるのは第六夫人となる李瓶児の物語である。彼女はもともと西門慶の友人花子虚の妻であった。廓遊びばかりして家に居着かない夫に不満を抱いていた彼女は、やがて西門慶と関係を持つようになり、夫を死なせ、西門家に輿入れする。

続いて、西門家の下男来旺の妻である宋恵蓮の物語が語られる。西門慶に目を付けられた宋恵蓮は、夫が東京に使いに出されている間に西門慶と関係を持つが、夫を流刑に追い込んだ挙げ句、西門慶夫人として落ち着くことなく縊死してしまう。

短編ものの集大成である『水滸伝』の銘々伝が互いにほとんど関わり合うことなく数珠繋ぎになっているのに対し、『金瓶梅』の銘々伝は『水滸伝』ほど単純な構成にはなっておらず、いずれの銘々伝にも潘金蓮の介入が見られる等、関連性が保たれてはいる。しかし、潘金蓮以外の夫人がストーリー展開に影響を及ぼすようなことはほとんどなく、「李瓶児の物語」で主役級の描かれ方をしていた李瓶児ですら、「宋恵蓮の物語」においては点景と化すなど、それぞれの物語が短篇的な要素を持っていることが認められる。

Ⅱの第三十回以降、作品の構成はそれ以前の短篇的なもの（縦に切りうる構造）から、西門家を舞台に多層（横に切りうる構造）化する。中でも大きく二つの層、「西門慶のサクセスストーリー」と「潘金蓮の嫉妬と恋の物語」

に分けることができる。この二つは、西門慶を媒介として接点を持ちつつも、深く関わり合うことなく、それぞれに進行していく。

もともと薬屋だった西門慶は、質屋、糸屋、呉服屋と次々に商売の手を広げていく。さらに第三十回で山東提刑所の理刑（副長官）の職に就いた後は、中央の高官達をもてなしたり、蔡京やその執事翟謙との関係を深めたりしつつ、第七十回には掌刑（長官）にまでのぼりつめる。また女性との交渉も、第四十九回で胡僧に媚薬を譲り受けてからはますます盛んになり、すでに関係ができていた番頭の妻王六児をはじめ、長男官哥の乳母であった如意、妓女の鄭愛月、王招宣の未亡人林太太、番頭賁四の妻、下男来爵の妻と、次々に女性遍歴を重ねる。西門慶は第七十九回、適量以上の媚薬を潘金蓮に飲まされて命を落とすこととなるが、彼の財力、権力、精力は、その死の直前まで右肩上がりの状態を続ける。まさしく「西門慶のサクセスストーリー」である。

平行して、潘金蓮を中心とした「潘金蓮の嫉妬と恋の物語」が語られる。第三十回、第六夫人李瓶児が官哥を出産すると、潘金蓮の本格的な嫉妬が始まる。彼女は何かに付けて李瓶児に嫌がらせをし、自分の女中である秋菊を虐待することで李瓶児を当てこすったり、呉月娘と李瓶児を仲違いさせるべく立ち回ったりもする。潘金蓮の嫉妬は官哥にまでおよび、第五十九回ではついに飼っていた猫を官哥に飛びつかせ、死なせてしまう。官哥を失った悲しみ、潘金蓮の嫌がらせによる精神的苦痛によって持病が再発した李瓶児は、第六十二回、死を迎えることとなる。李瓶児の死後も、その死をいつまでも悲しむ西門慶に食ってかかる等、潘金蓮の嫉妬が止むことはないのだが、その一方で対立の構造は「潘金蓮vs李瓶児」から「潘金蓮vs呉月娘」へと移っていく。そして第七十五回、とうとうそれが表面化し、潘金蓮と呉月娘は大げんかを繰り広げるに至る。何とか事は収まるものの、西門慶の死後、潘金蓮は呉月娘によって西門家を追い出されることとなるのである。

西門慶の寵愛を巡って嫉妬の物語を展開させる一方、潘金蓮は娘婿（西門大姐の婿）である陳経済とも恋の物語を繰り広げる。第十八回、一目見たその時から互いに好意を抱くようになったふたりは、幾度となく人目を忍んで戯れ合う。西門慶の死後、ついに想いを遂げたふたりは、その後女中の春梅も仲間に入れ、ますます関係を深めていく。しかしその関係がやがて呉月娘の知るところとなり、春梅、陳経済、潘金蓮と立て続けに西門家を追い出されてしまう。百両で売りに出された潘金蓮を手に入れるべく、陳経済は東京の親元へ資金調達に出かけるが、その間に、潘金蓮は戻ってきた武松によって殺されてしまう。

武松の手で息の根を止められた潘金蓮が、春梅によって手厚く埋葬された後、物語は最後のⅢに入る。ここでは、その後浮き沈みの激しい人生を送る陳経済、富と地位を手に入れた春梅、落ちぶれていく西門家（呉月娘）を中心としつつ、物語が収束に向かう。

以上、『金瓶梅』は、

①銘々伝（女性達の物語）→②西門家に集結→③集団化した後の物語（一時隆盛を極めるが、やがて下降線をたどる）

という構成をとっていることが確認できた。

二 両書の関係

さて、『水滸伝』と『金瓶梅』の構成をもう一度まとめると、いずれも、

①銘々伝 → ②梁山泊或いは西門家に集結 → ③集団化した後の物語（一時隆盛を極めるが、やがて下降線をたどる）

という構成になっていることが確認できる。この構成の相似が、意識的なものであるのか、或いは偶然の結果であるのか、次にその点を検討する必要があるだろう。ここで注目すべきは、①から③へと物語の構造が大きく変わる節目となる②に描かれる、「天の碣《いしぶみ》の降下」と「呉神仙の占い」の場面である。

『水滸伝』第七十一回、それまでに梁山泊へ集まってきた豪傑計百八人が梁山泊の忠義堂に全員集合する。と、そこへ、突然天から碣が降ってくる。

是夜三更時候、只聽得天上一聲響、如裂帛相似、正是西北乾方天門上。衆人看時、直竪金盤、兩頭尖、中間濶、又喚做天門開、又喚做天眼開、裏面毫光射人眼目、霞彩繚繞、從中間捲出一塊火來、如栲栳之形、直滾下虚皇壇來。那團火遶壇滾了一遭、竟攢入正南地下去了。此時天眼已合、衆道士下壇來。宋江隨卽叫人將鐵鍬鋤頭掘開泥土、根尋火塊。那地下掘不到三尺深淺、只見一箇石碣、正面兩側各有天書文字。……良久（何道士）說道、「此石都是義士大名、鐫在上面。側首一邉是『替天行道』四字、一邉是『忠義雙全』四字、頂上皆有星辰南北二斗、下面却是尊號。若不見責、當以從頭一一敷宣。」

その夜の三更（真夜中）頃、天上から帛を裂くような音が聞こえてきました。ちょうど西北乾の方の天門の上からです。一同見ますに、金盤の、両端が尖り真ん中が広くなっているものが、地面と垂直に浮かんでおります。これを天門が開くとも、天眼が開くともいいますが、その内側から放射される光が人々の目を射したかと思うと、色鮮やかな霞がたちのぼり、真ん中からザルのような形をした一塊りの火がくるくると回りながら出てきて、虚皇壇のところへ転がり下りました。その火の塊は壇をぐるりと一周した後、真南の地面の下にもぐり込んでしまいます。この時すでに天眼は閉じられており、道士達が壇を下りて来ます。宋江はただちに部下に命じて鉄製の鍬や鋤で土を掘り起こさせ、火の塊を探させました。と、三尺ほども掘らぬところに碣があり、その両面にはそれぞれ天書文字が刻まれております。……しばらくして何道士が言いますには、「この石の上には、義士方の御名前が彫りつけられています。側面には、一方に『替天行道』の四字が、もう一方には『忠義双全』の四字があり、てっぺんには南北二斗の星辰が、下の方には尊号が書かれています。差し支えなければ初めからひとつひとつ読んで差し上げましょう。」【第七十一回】

碣には、宋江以下百八人全員の名前と「替天行道」「忠義双全」の文字が刻まれていた。そこで彼らはこうして一堂に会すること、またそれぞれの地位があらかじめ天の定めるところであったことを知る。この第七十一回以降、彼らはこの碣に刻まれていた「替天行道」「忠義双全」をスローガンに歩み出すこととなる。

一方の『金瓶梅』では、宋恵蓮の物語が落着し、夫人達が西門家に勢揃いした第二十九回、西門慶の同僚である周守備の紹介で、呉神仙という「相面先生」が西門家を訪れる。

須臾、那呉神仙頭戴青布道巾、身穿布袍、草履、腰繫黄絲雙穗絛、手執龜殼扇子、自外飄然進來。年約四十之上、生的神清如長江皓月、貌古似太華喬松、威儀凜凜、道貌堂堂。原來神仙有四般古恠、身如松、聲如鐘、坐如弓、走如風。但見他、能通風鑑、善究子平。觀乾象能識陰陽、察龍經明知風水。五星深講、三命秘談。審格局、決一世之榮枯。觀氣色、定行年之休咎。若非華岳修眞客、定是成都賣卜人。

しばらくすると、かの呉神仙が黒布の道士の頭巾をかぶり、木綿の長衣をまとって草履をはき、腰にはふさが二つ付いた黄色い紐をぶら下げ、手には亀の甲羅の扇子を持ち、飄然として表から入って来ました。年は四十を過ぎたくらい、面持ちの清らかなることは長江の皓月の如く、姿の古めかしいことは華山の喬松に似て、威儀は凛々、風貌は堂々としております。そもそも神仙には四つの変わったところがあり、身は松の如く、声は鐘の如く、坐れば弓の如く、走れば風の如し、といったところです。この神仙、

能く風鑑に通じ、善く子平を究む。乾象を観て能く陰陽を識り、龍経を察して明らかに風水を知る。五星を深く講じ、三命を秘かに談ず。格局を審らかにして、一世の栄枯を決す。気色を観て、行年の休咎を定む。若し華岳修真の客に非ずんば、定めて是れ成都売卜の人ならん。【第二十九回】

このまさしく仙人の風貌を持つ呉神仙によって、西門慶と六名の妻妾、西門大姐、春梅の計九名がその行く末を占われる。

玉樓相畢、叫潘金蓮過來、那潘金蓮只顧嬉笑、不肯過來。月娘催之再三、方纔出見。神仙擡頭觀看這個婦人、沉吟半日、方纔説道、「此位娘子、髮濃鬢重、光斜視以多淫。臉媚眉彎、身不搖而自顫。面上黑痣、必主刑夫。人中短促、終須壽夭。

舉止輕浮惟好淫、眼如點漆壞人倫。

月下星前長不足、雖居大廈少安心。」

相畢金蓮、西門慶又叫李瓶兒上來、教神仙相一相。神仙觀看這個女人……

……玉楼の観相が終わると潘金蓮を呼びますが、潘金蓮はけらけらと笑うばかり、こちらへ来ようとはしません。月娘に再三促された末、ようやく出てきました。神仙は頭をもたげてこの女を観、しばらく考え込んでおりましたが、ようやく口を開いてこう言います。「この奥様は、髪が濃くて鬢が重く、斜視であるのは多淫であるが故です。顔は媚び眉は曲がり、体は揺すらなくともおのずと震えております。顔にほくろがあるのは、夫を不幸にする前兆。人中が短いので、きっと早死にされるでしょう。

挙止の軽浮なるは惟れ《こ》好淫なればなり、眼の漆を点ずるが如きは人倫を壊す。

月下星前長《とこし》えに足らず、大厦に居ると雖も安心を少く《か》。」

金蓮の観相がおわると、西門慶、今度は李瓶児を呼んで神仙に観させます。神仙がこの女を観ますに……

この呉神仙の占いはそれぞれの人物の一生をほぼ言い当てており、第二十九回以降のストーリーはそれに沿った形で展開していくこととなる。

明清の長篇小説において、こういったやや現実離れした場面が描かれること自体は決して珍しいことではない。『水滸伝』にも第一回の伏魔殿の場面、第四十二回の宋江が九天玄女に天書を授かる場面等が、『金瓶梅』にも第六十二回の潘道士によるお祓いの場面、第百回に亡者達の霊が現われる場面等が見られる。しかしこれらの場面と、「天の碣の降下」および「呉神仙の占い」とはその意味合いが異なる。『水滸伝』第七十一回の「天の碣の降下」は、百八人の主要人物を改めて紹介すると共に（これ以降梁山泊入りする者はいない）、「替天行道」「忠義双全」という、今後彼らが歩むべき道を提示するという役割を担っている。『金瓶梅』第二十九回の「呉神仙の占い」

も同様に、主要人物を改めて紹介すると共に（これ以降西門家に嫁いでくる者はいない）、その後彼女達がたどることとなる運命を提示するという役割を担っている。両者は単によく似た超自然的一場面というだけでなく、いずれもストーリー展開の「総括」と「予言」という役割を担っているのである。のみならず、いずれもこれまでのやや短篇的な物語をつなぎ合わせた構成から、長篇的構成に移行するという、まさに物語の構成が大きく変わる要の部分に置かれており、物語の構造上同じ機能を与えられていることがわかる。つまり『金瓶梅』の構成は、『水滸伝』の構成を意識的に模したものだと考えられるのである。(7)『金瓶梅』は単に部分的なプロットや文章を『水滸伝』から借用したというだけではなく、全体的な構造をも模倣した作品だったといえよう。

では『水滸伝』と同じ枠組みの中で、『金瓶梅』は一体何を描いているのだろうか。『水滸伝』が「英雄」の物語であることは、『水滸伝』の前半が、「英雄」達が宋江を中心とした梁山泊へ集まってくる銘々伝によって構成されていることからも明白である。一方『金瓶梅』の前半は、女性達が西門家へ集まってくる銘々伝によって構成されている。注目すべきは、この銘々伝を形づくる女性、すなわち潘金蓮、李瓶児、宋恵蓮が、いずれも夫がいる身でありながら他の男（西門慶）と関係を持ち、夫を破滅に追い込むという、「淫婦」の形象を持つ女性だということである。つまり『水滸伝』が「英雄」の物語だとすれば、『金瓶梅』は「淫婦」の物語だということになる。

『水滸伝』が「英雄」を描き、『金瓶梅』が「淫婦」を描いた作品だということはつとに指摘されるところである。しかしそれは、『水滸伝』では「英雄」（武松）がその豪傑ぶりを発揮して活躍するのに対し、『金瓶梅』では「淫婦」（潘金蓮）がその淫乱ぶりを発揮して活躍するという、表面的な意味においてに過ぎず、(8)その意味では、『金瓶梅』は「豪商」を描いた作品だとも、「淫夫」を描いた作品だとも言い換えが可能である。

実際、一般的に『金瓶梅』は『水滸伝』の悪玉、西門慶を主人公に据え、彼に極悪非道の限りを尽くさせた作品だと考えられている(9)。確かに『金瓶梅』の主人公は西門慶なのだが、実は彼の人物像は意外にもはっきりとつかめない。西門慶が金や権力を手に入れていく様が描かれてはいるものの、彼自身は大した努力も払わず、金持ちの未亡人を娶ったり、賄賂を受け取ったりすることで財を手に入れ、その経済力をもとに接待の依頼を受けることで社会的基盤を固めていく。商売や政治に関する細かい描写も見られはするのだが、そこに彼の必死の努力、情熱、悪どさはさほど感じられない。むしろそんな西門慶を中心とした周囲の人物達の方が活き活きと描かれる(この点、彼は『水滸伝』の宋江と同様である(10))。しかももし「悪玉」という視点から『金瓶梅』が発想されたのであれば、生き延びた西門慶、および『水滸伝』にあまた登場する西門慶のごとき「悪玉」が権力者(例えば蔡京)のもとへ集結していくという筋立てとて可能だったはずである。ところが『金瓶梅』の前半は、そうした悪男たちの銘々伝にはなっていない。

その他、『金瓶梅』には、役人、商人、たいこ持ち、やり手、妓女……、様々な人間が描かれる。彼らもまた、善玉が悪玉を成敗するという『水滸伝』の単純な物差しでは測りきれない人物ばかりである。しかし『金瓶梅』が描こうとしているのはそのいずれでもない。『金瓶梅』の構造を『水滸伝』のそれと照らし合わせることによって浮かび上がってきたのは、ほかでもない「淫婦」であった。『金瓶梅』における「淫婦」は、様々に描き出される人間達の一要素(或いは最大の要素)ではなく、他とは明らかに一線を画す、まさに物語の骨格を形づくる存在なのである。『金瓶梅』は、『水滸伝』という「英雄」の物語を、「淫婦」の物語へと転換させたのである。

三　「英雄」から「淫婦」への視点の転換

ではなぜ『金瓶梅』は「英雄」の物語と同じ構成を用いて、「淫婦」の物語を作り上げたのだろうか。逆に言えば、なぜ『金瓶梅』は「淫婦」の物語である必然性があったのだろうか。

『金瓶梅』の主人公である潘金蓮が、『水滸伝』第二十三回～第二十六回に登場するあの潘金蓮と同一の人物として設定されていることは上述した通りである。しかし名前こそ異なれど、『水滸伝』には潘金蓮の他にも、彼女のごとき女性が複数描かれる。第二十一回に登場する閻婆惜、第四十四回～第四十六回に登場する潘巧雲、そして第六十一回～第六十二回および第六十六回～第六十七回に登場する賈氏である。彼女達はいずれも夫がいる身でありながら他の男と関係を持ち、「英雄」に殺される運命を持つ「淫婦」である。そうした彼女達の形象をそのまま受け継いで作られたのが、『金瓶梅』の潘金蓮、李瓶児、宋恵蓮だと考えられる。彼女達もまた夫がいる身でありながら他の男（西門慶）と関係を持つ「淫婦」にほかならない。

実際、『水滸伝』の「淫婦」、『金瓶梅』の「淫婦」を見てみると、彼女達の基本的な形象は変わらないながらも、両者の間には単に描写の多寡による相違だけではない、執筆態度の明らかな相違が認められる。それは『金瓶梅』が彼女達「淫婦」の側から進行していくという点である。『金瓶梅』前半の銘々伝（潘金蓮、李瓶児、宋恵蓮）は、単に西門慶の側から描かれた女性遍歴ではなく、彼女達がいかにして西門家へと集まってくるかという女性側の視点で描かれている。「英雄」が主人公の『水滸伝』において、彼女達のような「淫婦」は「英雄」に即斬り捨てられてしかるべき「対象」でしかない。彼女達が他の男に想いを寄せるようになった理由や経緯は描かれない。そんなことはどうでもいいのである。彼女達の心情など誰も問うことなく、物語は進行する。しかし、そんなに簡単に斬り殺されるものなのか、彼女達にもそうならざるを得ない事情があったのではないのか、そうした『水滸伝』の一元的な価値観においては、一刀のもとに斬り捨てられる「対象」でしかなかった「淫婦」の側から物語を作り直したのが『金瓶梅』である。つまり、『金瓶梅』の作者は『水滸伝』から「淫婦」という要素を抜き出し、彼女達の物語を作り上げたのである。以下、具体例を挙げながら見ていきたい。

『水滸伝』第二十四回、潘金蓮は奉公先の張大戸に、無理矢理「三寸丁谷樹皮（ちんちくりんのあばた男）」とあだ名される武大に嫁がされる。

　原來這婦人見武大身材短矮、人物猥獕、不會風流。

　女が見ますに、武大はチビで人間も野暮、男女のことはまるでわかりません。【第二十四回】

潘金蓮が武大を不満に思う描写は、『水滸伝』ではこのように簡単なものである。一方『金瓶梅』第一回では、潘金蓮の武大に対する不満が詳しく記される。

原來金蓮自從嫁武大、見他一味老實、人物猥獕、甚是憎嫌、常與他合氣、報怨大戶、「普天世界、斷生了男子、何故將奴嫁與這樣個貨。每日牽着不走、打着倒腿的、只是一味咮酒。着緊處、都是錐扎也不動。奴端的那世裡悔氣、却嫁了他。是好苦也。」

そもそも金蓮は武大に嫁いでからというもの、武大がどこまでも馬鹿正直、人間も野暮なものですから、ひどく嫌い、武大に腹を立ててばかりいました。大戸を恨んでは、「この世の中、男の根が絶えたわけじゃあるまいし、何であたしをこんな奴のところにお嫁にやったんだろう。毎日毎日引いても進まず打てば後ずさり、のんべんだらりと酒ばかり飲んで。肝心な時だって、針で刺しても動きやしない。何の因果でこいつのところに嫁ぐことになったんだか。ほんとに辛いわ。」【第一回】

『金瓶梅』の方は、単なる描写の増加だけでは終わらない。続けて『水滸伝』には見られない潘金蓮の嘆きが綴られる。

（潘金蓮）常無人處彈個「山坡羊」爲証、
想當初、姻緣錯配、奴把他當男兒漢看覷。不是奴自己誇奬、他烏鴉怎配鸞凰對。奴眞金子埋在土里、他是塊高號銅、怎與俺金色比。他本是塊頑石、有甚福抱着我羊脂玉躰。好似糞土上長出靈芝、奈何、隨他怎樣、倒底奴心不美。聽知、奴是塊金磚、怎比泥土基。

（潘金蓮は）いつも人のいないところで「山坡羊」を弾いておりました。
思い返すに最初から、間違いだった縁結び、あんなやつが亭主とは。自慢するんじゃないけれど、あんな烏鴉《からす》が何だって、鸞凰《ほう》を女房に持てるのか。あたしゃ土に埋もれた黄金《きん》、どうしてあんな赤金《あかがね》と、一緒にされなきゃならないの。あいつはもともとただの石、それがいったい何だって、このやわ肌を抱けるのか。まるで泥土に咲く霊芝、ああ、たとえあいつがどんなでも、あたしの心は晴れやしない。ねえねえ聴いてちょうだいな、あたしゃ金の塊よ、どうしてあんな土くれと、一緒にされなきゃならないの。【第一回】

武大のような男に嫁がされた美しい潘金蓮が、誰に聞かせるでもなく、うたを唱って嘆きの心情を吐露する姿が描き出されている。『水滸伝』では与えられることのなかった「ことば」を、潘金蓮は手に入れたのである。この潘金蓮の嘆きが挿入されることによって、彼女が武松や西門慶に魅せられていく必然性が示される。実際このうたの直後には、以下のような語り手のコメントが付されている。

看官聽說、但凡世上婦女、若自己有些顏色、所稟伶俐、配個好男子便罷了、若是武大這般、雖好殺也未免有幾分憎嫌。自古佳人才子相湊着的少、買金偏撞不着賣金的。

皆さんお聞き下さい。いったい世の女性というものは、生まれつき器量よしで賢いと、相手が立派な男だといいのですが、武大のような男では、たとえどんなに人がよくても嫌気がさすもの。昔から、佳人と才子はなかなか出逢わず、金の買い手はあいにく金の売り手に出くわさないものなのです。【第一回】

潘金蓮のような美女が武大のような男に不満を抱くのは当然だという。『水滸伝』においては誰も振り返らなかった、夫に不満を抱く女性の側に立つコメントである。同じ方向性を持つコメントが、李瓶児に対しても付されている。李瓶児もまた不幸せな結婚をした女性であった。第十四回には、廓遊びばかりして家に居着かない夫花子虚に不満を抱く李瓶児について、こう語られる。

看官聽說。大抵只是婦人更變、不與男子漢一心、隨你咬折釘子般剛毅之夫、也難防測其暗地之事。自古男治外而女治内、往往男子之名都被婦人壞了者爲何。皆由御之不得其道故也。要之在乎、夫唱婦隨、容德相感、緣分相投、男慕乎女、女慕乎男、庶可以保其無咎。稍有微嫌、輙顯厭惡。若似花子虛終日落魄飄風、謾無紀律、而欲其内人不生他意、豈可得乎。

皆さんお聞き下さい。だいたい女が心変わりして、男と心をひとつにしなくなると、たとえ釘を咬み砕くほどの剛毅な夫でも、その密事は防ぎ難いものです。昔から、男は外を治め女は内を治めてきましたが、往々にして男の名が女に傷つけられるのはどういうわけでしょうか。みなその御し方が当を得ないためなのです。要するに、夫唱婦随、互いに相手の姿や徳行に感じ合い、縁もしっくり結びつき、男は女に慕われ、女は男に慕われるというようになって初めて、その安泰を保つことができるということ。少しでも嫌いなところがあれば、すぐにその気持ちは外にあらわれます。花子虚のように日がな一日廓遊びにあけくれ、てんでしまりがないくせに、女房に他意を起こさせまいとしても、それは到底無理なことです。【第十四回】

花子虚に愛想を尽かした李瓶児は、西門慶と密通した挙げ句に夫を死なせることとなるのだが、ここにも彼女がそうなるに至る必然性が語られている。不釣り合いな結婚をさせられた潘金蓮、閻婆惜（彼女は色黒でチビで不粋な宋江に嫁がされる羽目になるが、そんな宋江が嫌いでたまらず浮気をする）、夫にほったらかしにされる潘巧雲（彼女の夫楊雄は仕事漬けの毎日を送る。その間に彼女は坊主と浮気をする）、賈氏（武芸一筋の夫盧俊義も女には関心を示さない。その間に彼女は番頭と通じる）[11]、彼女達に目を留め、彼女達に寄り添う視点で作り直されたのが『金瓶梅』だったのである。

『金瓶梅』には、そうした「淫婦」達の「待たされる女心」も細やかに描き出される。『水滸伝』には決して描かれることのなかった心情である。

武大毒殺の後、「如魚似水」「如膠似漆」の日々を送る西門慶と潘金蓮であったが、そうした中、西門慶に別の結婚話が持ち上がる。第三夫人となる孟玉楼との結婚話である。その結果、西門慶の足は潘金蓮の元から遠のくこととなる。第八回には、潘金蓮の心情がこう描かれる。

那婦人毎日長等短等、如石沉大海一般、那裡得個西門慶影兒來。看看七日［月］將盡、到了他生辰。這婦人挨一日似三秋、盼一夜如半夏、等了一日、杳無音信、盼了多時、寂無形影。不覺銀牙暗咬、星眼流波。……原來婦人在房中、香薰鴛被、欵剔銀灯、睡不着、短歎長吁、翻來覆去。正是「得多少琵琶夜久殷勤弄、寂寞空房不忍彈。」于是獨自彈着琵琶、唱一個「綿搭絮」爲証、

當初奴愛你風流、共你剪髮燃香、雨態雲踪兩意投。背親夫和你情偷、怕甚麼傍人講論、覆水難收。你若負了奴眞情、正是緣木求魚空自守。……

原來婦人一夜翻來覆去、不曾睡着。

女は毎日、今日か明日かと待ちこがれておりましたが、石の大海に沈んだが如く、西門慶の姿は見えません。みるみるうちに七月も残すところわずかとなり、西門慶の誕生日がやってきました。女は一日千秋、一夜半夏の思いで待ち続けますが、いくら待っても音沙汰はなく、どれだけ俟っても寂として影も形も見えません。覚えずひそかに歯を食いしばり、瞳からは涙があふれます。……女は部屋の中で夫婦布団に香を焚きしめ、ねんごろに灯火をかき立てますが、寝付くこともできず、しきりにため息をついては、寝返りを打つばかり。まさに「夜長になぐさむ琵琶はあれど、寂しき閨にて弾くに忍びず」というところ。そこでひとり琵琶を弾きながら、「綿搭絮」を唱います。

粋なあんたを見初めた頃にゃ、あんたのために髪を剪り、灸まで据えて、二人して、息もぴったり濡れ

たじゃないの。夫に背を向けあんたと通じ、他人の噂もなんのその、もうあの頃には戻れない。あんたあたしを捨てるのかい、こんなあたしを捨てるのかい。何を言ってもあんたは帰らず、ひとりむなしく閨で待つ。……

女は一晩中寝返りをうつばかりで、一睡もしませんでした。【第八回】

これが、西門慶と密通して夫を毒殺した、『水滸伝』のあの「淫婦」の姿である。こうした描写は潘金蓮のみに見られるものではない。李瓶児もまた、西門家への輿入れが決まった矢先、待ちぼうけを食らわされることとなる。第十七回には、

婦人又等了幾日、看看五月將盡、六月初旬時分。朝思暮盼、音信全無。夢攘魂勞、佳期間阻。……婦人盼不見西門慶來、毎日茶飯頓減、精神恍惚。到晩夕孤眠枕上、展轉躊躕。忽聽外邉打門、彷彿見西門慶來到。婦人迎門笑接、携手進房、問其爽約之情、各訴衷腸之話。綢繆繾綣、徹夜歡娯。鷄鳴天曉、頓抽身回去。婦人恍然驚覺、大呼一聲、精魂已失。慌了馮媽媽進房來看視、婦人說道、「西門慶他剛纔出去、你關上門不曾。」馮媽媽道、「娘子想得心迷了。那裡得大官人來。影兒也沒有。」婦人自此夢境隨邪、夜夜有狐狸假名抵姓、來攝其精髓。漸漸形容黄痩、飲食不進、臥牀不起。

女はそれから更に数日待ちますが、みるみるうちに五月も終わりに近づき、六月の頭になってしまいました。朝に夕べに思い焦がれても、何の音沙汰もありません。寝ても覚めても思い続けますが、約束の日にも会うことができませんでした。……女は西門慶を待ちこがれるあまり、日々食事の量が減り、頭もぼうっとしてきました。夜も独りぼっちの寝床、寝返りをうってはあれこれ思い悩むばかりです。と、突然外で

門を叩く音が聞こえ、西門慶が入ってくるのがぼんやりと見えます。女は笑顔で出迎え、手を携えて部屋へ入ると、約束を違えた事情を尋ね、互いの胸中を語り合いました。纏綿として離れがたく、夜を徹して歓びにふけります。ところが夜が明けると、西門慶はにわかに抜けだして帰ってしまいました。女ははっと目を覚まして大声を上げますが、その時すでに正気は失われています。慌てた馮ばあやが部屋へ入って来て見ると、女は、「西門慶がたった今出ていったけれど、お前、門は閉めたかい。」と尋ねます。馮ばあや、「奥さまは想いのあまり心がおかしくなってしまわれたんですね。だんな様なんていらっしゃいませんよ。影だって見えません。」女はそれからというもの夢うつつの中で取り憑かれることとなり、夜な夜な狐が化けて出ては、その精髄を吸い取っていきます。次第に顔はやせ衰え、食も進まず、床に臥したまま起きてこられなくなりました。【第十七回】

西門慶に恋い焦がれるあまり精神のバランスを崩し、憔悴していく李瓶児の姿が描かれる。しかし彼女もまた西門慶と通じ、夫を死なせた「淫婦」に他ならない。

『金瓶梅』ではこのように「淫婦」の心情を描出しつつ物語が進行していく。彼女達が「淫婦」であることに変わりはない。それどころか、彼女達の不貞さ、悪辣さは、『水滸伝』に比べて遙かに肥大化している。彼女達は徹底的に「淫婦」として描かれるのである。しかし同時に、『水滸伝』では描かれることのなかった、その背景にある心情が描き出される。それによって、彼女達がそうならざるを得なかった必然性が示されるのである。『水滸伝』の銘々伝には、「英雄」達が落草するに至るまでの事情が描かれる。彼らはお尋ね者のアウトローであり、人も殺せば盗みも働く盗賊に他ならない。社会通念において、彼らは歴とした「悪」である。しかし彼らの多くは何も好きこのんで盗賊に身をやつしたわけではない。そこにはやむにやまれぬ事情があった。彼らの視点で物語が進行することにより、盗賊とならざるを得なかった必然が語られるのである。であるならば、その『水滸伝』の世界で、「悪」なる「英雄」に成敗される「淫婦」にも、言い分があるのではないか。『金瓶梅』の銘々伝では、女性達が西門家に輿入れするに至るまでの事情が描かれる。この銘々伝を形成する潘金蓮、李瓶児、宋恵蓮の三人は、『水滸伝』の世界においては完全なる「淫婦」とされる形象を持つ女性である。そして彼女達もまた社会通念においては「悪」と見なされる存在である。しかし彼女達とて何も好きこのんで西門慶と通じ夫を破滅に追い込んだわけではない。そこには彼女達なりのやむにやまれぬ事情があった。彼女達の視点で物語が進行することにより、そしてその心情が描き出されることにより、「淫婦」とならざるを得なかった必然が語られるのである。

『金瓶梅』に見られるこの「英雄」から「淫婦」への視点の転換は、武松描写においても確認できる。『水滸伝』における武松は言うまでもなく「英雄」であり、『水滸伝』第二十三回～第二十七回は彼の立場から物語が構成されている。ところが、潘金蓮に寄り添う形で物語が構成される『金瓶梅』において、武松描写には単に主人公から脇役への降格に伴う描写の簡略化の問題にとどまらない、明らかな変化が見られる。知県の命を受けて東京へ行っている間に、潘金蓮、西門慶、そして彼らに計を授けた王婆によって兄武大が毒殺されたことを知った武松は、『水滸伝』では近隣の者達を集め、彼らの前で潘金蓮と王婆に事実を吐かせた後、潘金蓮を殺害し（その後西門慶も探し出して殺害する）、証人となる彼らと王婆を伴って役所に赴く。ここでの武松は、計画的かつ冷静に兄嫁潘金蓮殺しを実行し、その後潔く自首するのである。一方『金瓶梅』の武松は、西門慶殺しに失敗して流された後、第八十七回、再び戻ってきて潘金蓮と王婆の息の根を止める。その後彼は王婆の息子まで殺そうとした上、葛籠の中から釵や首飾りを奪って梁山泊へ逃げることになっている。『水滸伝』第二十三回～第二十七回に描かれる武松が第三者に危害を加えることがなかったのとは異なり、『金瓶梅』の武松は、李外伝（武松の情報を西門慶に知らせた下役人）を怒りにまかせて殺したり（第九回）、王婆の息子までも殺めようとしてみたり（第八十七回）、更には金目の物まで掠めたりと、明らかに凶悪化している。[12] つまり、『水滸伝』の「英雄」武松→『金瓶梅』の「殺人鬼」武松、という転換は、『水滸伝』の潘金蓮→『金瓶梅』の潘金蓮、に見られた転換と表裏一体をなすものだと考えられるのである。

まさしく、『金瓶梅』は『水滸伝』と同じ枠を用い、心理描写をも織り込みながら、『水滸伝』を裏返してみせた作品であると言えよう。単に出だしの部分のみ『水滸伝』に拠り、後は独自の世界を展開させたというのではない。殺されるはずだった悪玉西門慶と潘金蓮を主人公に据え、活躍させたというだけでもない。『金瓶梅』は、「英雄」の物語を、その「英雄」によって声を奪われた「淫婦」の物語に仕立て直し、彼女達の声を聞こうとした物語だったのである。

小　結

本章では、『金瓶梅』が『水滸伝』の構成を意識的に模倣していること、そして同じ枠組みを用いつつ、『水滸伝』そのものを反転させていることを指摘した。『水滸伝』が、「英雄」達がやむにやまれぬ事情により、宋江を中心とした梁山泊へ集結する様を描くのに対し、『金瓶梅』は、その『水滸伝』においては「英雄」に斬り捨てられる「対象」でしかなかった「淫婦」達の視点から、彼女達が西門家へと集結する様を描いている。その後、『水滸伝』では宋江の下に集結した「英雄」達が忠義を旗印に一致団結して活躍するが、『金瓶梅』では西門慶の下に集まった女性達が嫉妬や不倫を繰り広げ、内部分裂を引き起こすこととなる。『金瓶梅』は単に部分的に『水滸伝』の文章やプロットを引用したり、『水滸伝』中の人物をそのまま登場させたりといった表層的なレベルにとどまらず、より根源的に『水滸伝』を母胎とした作品である。全体の構成までも利用しつつ、裏と表をひっくり返してみせたのである。

この、『金瓶梅』に見られるような女性の側からその心理を描くという発想、手法そのものは、閨怨詩が女性の心情を詠み、戯曲でも女性が自らの心情をうたに込める等、韻文の世界では古くから存在している。そうした視点で『水滸伝』を眺め、「英雄」達の手でいとも簡単に殺されゆく「淫婦」に目を留めた人間がいた。そして彼は筆を執り、『水滸伝』から全く新しい作品、『金瓶梅』を生み出したのである。

『金瓶梅』という書名が、作品に登場する女性の名前（すなわち潘金蓮の「金」、李瓶児の「瓶」、春梅の「梅」）からつけられていることからもわかるように、『金瓶梅』の女性描写は作品の本質にも関わる問題である。実際、『金瓶梅』の女性描写に注目した研究はこれまでにも数多く行われており、枚挙にいとまがない。しかし、『金瓶梅』の女性描写は、決して結果的に成功したわけではない。『金瓶梅』という作品は、そもそも、女性、それも従来ほとんど描かれることのなかった「淫婦」たちの姿を描くために作られた作品だったと考えられるのである。そうであるならば、『金瓶梅』の女性描写、その発想と手法は、中国文学史におけるある種の「女性の発見」だったとも言えるのではないだろうか。

注

（1）大内田三郎「『水滸伝』と『金瓶梅』」（『天理大学学報』二四―五、一九七三）に詳しい。『金瓶梅』が依拠した

『水滸伝』のテキストについては、第六章でも触れる。

（2）『金瓶梅』の素材を指摘した主要な研究としては、P.D.Hanan「Sources of the Chin Ping Mei」（『Asia MajorN.S.』vol X Part I、一九六〇）、荒木猛訳「金瓶梅の素材」（「長崎大学教養部紀要〔人文科学編〕」三五—一、一九九四。Hanan論文の翻訳で、本章ではこちらを主に参照した）、荒木猛「『金瓶梅』素材の研究（1）—特に俗曲・「宝剣記」・「宣和遺事」について—」（「函館大学論究」一九、一九八六）、黄霖「《忠義水滸伝》与《金瓶梅詞話》」（『金瓶梅考論』遼寧人民出版社、一九八九）、荒木猛「「話本」と「金瓶梅」」（「長崎大学教養部紀要〔人文科学編〕」三〇—二、一九九〇）、荒木猛「『金瓶梅』中の散曲について」（「国語と教育」二一、一九九六）等がある。尚、荒木猛氏の諸論文については、後に『金瓶梅研究』（仏教大学研究叢書六、思文閣出版、二〇〇九）に収録（注（7）も同じ）。

（3）『金瓶梅』と他の作品との構想面における比較が行われた主要な研究としては、日下翠「『金瓶梅』と『宝剣記』」（『中国戯曲小説の研究』研文出版、一九九五）、大塚秀高「『金瓶梅』の構想—『封神演義』『三国志演義』との関係を中心に—」（『東方学会創立五十周年記念東方学論集』、一九九七）、大塚秀高「玉皇廟から永福寺へ—『金瓶梅』の構想（続）」（「東洋文化研究所紀要」一三七、一九九九）等がある。

（4）日本国内で発表されたものに限っても、たとえば、上野恵司「『水滸伝』から『金瓶梅』へ—重複部分のことばの比較—」（「中国文学会紀要」三、一九七〇）、大内田三郎「『水滸伝』と『金瓶梅』」（「天理大学学報」二四—五、一九七三）、寺村政男「『水滸伝』から『金瓶梅詞話』への変化—罵語を中心として—」（「中国総合研究」創刊号、一九七五）、駒林麻理子「『金瓶梅』と『水滸伝』—二つの作品における変化と比較—」（「東海大学紀要〔教養学部〕」一二、一九八一）、鈴木陽一「『金瓶梅』の表現方法について（1）—『水滸伝』との重複部分を中心に—」（「人文研究」八四、一九八三）、川島郁夫「『水滸伝』と『金瓶梅』」（「神田外語大学紀要」一、一九八九）、日下翠「『水滸伝』と『金瓶梅』」（『金瓶梅—天下第一の奇書—』中公新書、一九九六）等がある。

（5）本章でいう『水滸伝』は、『金瓶梅』の作者が基づいたと考えられる百回本を指し、現存する最も古い完本である「容与堂本」を底本とする。引用文は北京国家図書館所蔵の影印本『明容与堂刻水滸伝』（上海人民出版社、一九七五）に拠り、この影印本を底本とした点校本『容与堂本水滸伝』（上海古籍出版社、一九八八）を参照した。

（6）これらの物語を更に細かく分ければ、以下のようになる。
【潘金蓮の物語】…第一回～十回「西門慶と出会った潘金蓮が西門慶の夫人となるまでの物語」（本編）、第十一回～十二回「西門家に嫁いだ後の潘金蓮とそれを巡る西門家の様子（第十二回「家庭円満な様子」）」。

【李瓶児の物語】…第十三回～十九回「西門慶と出会った李瓶児が西門慶の夫人となるまでの物語」（本編）、第二十回～二十一回「西門家に嫁いだ後の李瓶児とそれを巡る西門家の様子（第二十一回「家庭円満な様子」）」。

【宋恵蓮の物語】…第二十二回～二十六回「西門慶と出会った宋恵蓮が西門慶の夫人となることなく縊死するまでの物語」（本編）、第二十七回～二十九回「宋恵蓮の一件の後始末と家庭円満な様子（第二十九回「呉神仙の占い」）」。

いずれもそれぞれの物語が落着したところで家庭円満な様子が描かれる等、短篇的な要素を持っていることが指摘できる。
（7）『金瓶梅』が『水滸伝』の構造を意識している一例として、荒木猛「『金瓶梅』の発想」（『長崎大学教養部創立三十周年記念論文集』、一九九五）には、両書のストーリー上の重大な転換点ともいうべき場面（『水滸伝』における招安の場面と、『金瓶梅』における李瓶児出棺の場面）に、書き出しを同じくする駢語が使われているとの指摘も見られる。
（8）武田泰淳「淫女と豪傑」（『象徴』二、一九四七、後『武田泰淳全集』第十二巻〔筑摩書房、一九七二〕に収録）等。
（9）小野忍「金瓶梅」（『中国の名著―その鑑賞と批評―』勁草書房、一九六一）、澤田瑞穂「『金瓶梅』の研究と資料」（『中国の八大小説』平凡社、一九六五。後、『宋明清小説叢考』〔研文出版、一九八二〕に収録）等。
（10）この点に関しては、小南一郎「李娃伝の構造」（『東方学報』六二、一九九〇）、井波陵一「『金瓶梅』の構想」（『東方学報』五八、一九八六）等にも同様の指摘が見られる。
（11）李瓶児のモデルが盧俊義の妻賈氏ではないかとの指摘は、ハナン氏の前掲論文（注（2））にも見られる。
（12）ハナン氏の前掲論文（注（2））にも、『金瓶梅』の作者は武松描写において「単に気味の悪い資質の持ち主であることのみにアクセントを置いたのである。」（訳文は荒木氏による）との指摘が見られる。

第二章　潘金蓮論——歪みゆく性に見る内なる叫び——

はじめに

『金瓶梅』には過剰にして執拗な性描写が見られる。中でも潘金蓮と西門慶との間に繰り広げられる性の描写は、費やされる葉数といい、描写の細かさといい、他の女性達を遙かに凌駕している（附表を参照）。潘金蓮が淫婦であることは、彼女が『水滸伝』の「潘金蓮」である以上、決定事項であり、「夫なきあと彼女が西門慶の夫人となり、思う存分楽しみをきわめる西門家邸内の春色がこの書物の大部分をしめる」、「色欲そのもののような女」、「肉欲狂潘金蓮」、「性的にルーズな女」といった評価が示すように、(1)潘金蓮は従来の研究でも好色な女性としてとらえられている。実際、作品中にも「好色的婦女（好色な女性）」（第一回）、「好倫漢子（間男してばかり）」（第一回）とする記述が見られ、彼女が好色な女性として設定されていることは疑う余地がない。しかし潘金蓮の性描写の展開を仔細に見ていくと、そこからは、彼女が好色であるというだけでは片づけられない問題が浮かび上がってくる。そしてそれは彼女の性描写だけを抜き出してみるのではなく、あくまで全体の流れの中においてみることによってはじめて、色濃く浮かび上がってくるのである。

このことについては、清代に『金瓶梅』に評を付けた張竹坡が指摘している。張竹坡は、

『金瓶梅』不可零星看、如零星、便止看其淫處也。故必盡數日之間、一氣看完、方知作者起伏層次、貫通氣脈、爲一線穿下來也。

『金瓶梅』は断片的に読んではならない。断片的だとその淫なる箇所しか読まないからだ。したがって必ず数日を費やして一気に読み終えるべきで、そうしてはじめて作者が話の様々な層を行き来しながらも、脈絡を失うことなく、一本の糸によって全体を貫いていることがわかるのである。（「読法」第五十二則）

と述べ、『金瓶梅』の性描写は、その部分だけに注目するのではなく、全体を通して読むことによってはじめて、作者の意図するところが理解できるとする。

本章では、潘金蓮の性描写を中心に考察を加えることで、『金瓶梅』の作者はなぜ彼女に対してこれほど執拗な性の描写を行ったのか、性描写を通して何が見えてくるのか、という問題について考えてみたい。

一　歓びの性

蒸し餅売りの不粋な男、武大に嫁がされた潘金蓮は、纏足した小さな脚をさらけ出して男性を誘惑するような女性であった。そんな潘金蓮はふとしたことから街の金持ち西門慶と出会い、隣に住む王婆の仲立ちによって彼と関係を持つようになる。

當下兩個就在王婆房裏脱衣解帶、共枕同歡。但見、
交頸死央［鴛鴦］戲水、並頭鸞鳳穿花。喜孜孜連理枝生、美甘甘同心帶結。一個將朱唇緊貼、一個〔把〕粉臉斜偎。羅襪高挑、肩膊上露兩灣新月、金釵斜墜、枕頭邊堆一朶烏雲。誓海盟山、搏弄得千般婍妮、羞雲怯雨、揉搓的萬種妖嬈。……

そこで二人はすぐさま王婆の家で衣を脱いで帯を解き、枕を共にして歓びを同じくします。その様子はと言いますと、

頸を交えたる鴛鴦は水に戯れ、頭を並べたる鸞鳳は花を穿つ。喜孜孜として連理の枝生じ、美甘甘として同心の帯結ぶ。一個は朱唇を緊《かた》く貼《つ》け、一個は粉臉を斜めに偎《よ》す。羅襪高く挑ぐれば、肩膊の上に両湾の新月を露《あらわ》し、金釵斜めに墜つれば、枕頭の辺に一朶の烏雲《くろかみ》を堆《うずたか》くす。海に誓い山に盟い、搏弄《もてあそ》ぶに千般の婍妮《なまめかしさ》、雲を羞《はずかし》め雨を怯《おびや》かし、揉搓《いためつく》るに万種の妖嬈《あだっぽさ》。……【第四回】

その後二人は王婆の入れ知恵で武大を殺害すると、誰の目をはばかることもなく逢瀬を重ねるようになる。二人が出逢ったこの頃は、『水滸伝』第二十四回に見られる表現や、韻文を交えた表現が用いられるなど、ややぼかしたような形でその仲睦まじい様子が描写される。

第九回、西門慶の第五夫人に落ち着いた潘金蓮は、西門慶の寵愛を笠に妾同士の争いも乗り越え、西門慶と「似水如魚」の日々を送っていた。ところが第十三回になると、西門慶は隣に住む花子虚の妻である李瓶児と関係を持つようになる。二人の関係に気づいた潘金蓮は、一晩中眠ることすらできない。

這潘金蓮歸到房中、番來復去、通一夜不曾睡。到天明、只見西門慶過來、推開房門、婦人一逕睡在牀上不理他。那西門慶先帶幾分愧色、挨近他牀邉坐下。婦人見他來、跳起來坐着、一手撮着他耳朶、罵道。……

潘金蓮は部屋に戻ると、展転として一晩中一睡もできませんでした。夜が明けると、西門慶がやってきて部屋の戸を開けますが、女はじっとベッドに横たわったまま取り合いません。西門慶は幾分恥じ入った表情を浮かべ、ベッドのそばへ寄ってきて腰をおろします。女はそれを見ると、がばりと跳ね起き、彼の耳をつまんで罵ります。……【第十三回】

烈火の如く怒り狂う潘金蓮だったが、李瓶児が自分の妹分になりたがっていると西門慶に聞かされ、託かった簪を渡されると、「李瓶児とのことを全て報告する」という条件付きで、二人に協力することを承諾する。

第十六回、その日李瓶児のところから戻ったばかりの西門慶の袖口から、見たこともない物が滑り落ちた。潘金蓮はそれを手に取ってみるが、一体何なのか見当もつかない。

婦人認了半日、問道、「是甚麼東西兒。怎的把人半邉肐膊都麻了。」西門慶笑道、「這物件你就不知道了。名喚做勉鈴、南方勉甸國出産的。好的也値四五兩銀子。」婦人道、「此物使到那裡。」西門慶道、「先把他放入爐内、然後行事、妙不可言。」婦人道、「你與李瓶兒也幹來。」西門慶于是把晩間之事、從頭告訴一遍。說得金蓮淫心頓起、兩個白日裡掩上房門、解衣上牀交歡。

女はためつすがめつ眺めた後、尋ねます。「一体何なの。どうして片方の腕がしびれちゃったのかしら。」西門慶、笑って「これは知らないだろう。勉鈴といって、南の勉甸国（ビルマ）で作られた物で、いいやつだと四、五両はする。」「どこに使うの。」「まずこれを女性の炉の中に入れて、それから事を行うと、言い尽くせないほどいいんだよ。」「李瓶児ともやってみたのね。」西門慶はそこで夜の事を一通り話して聞かせました。それを聞いた金蓮、にわかに淫ら心がわき起こり、二人は真っ昼間から部屋の戸を閉めると、衣を脱いでベッドに上がり、歓びを交わすのでした。【第十六回】

李瓶児との情事の様を聞かされた潘金蓮が、春欲をかきたてられる様子が描かれている。ここからは、潘金蓮の中に芽生えた対抗心を窺うこともできるが、うら若き潘金蓮の、性に対する好奇心とも言うべきものの方が前面に押し出されている感がある。(2) この頃の李瓶児はまだ潘金蓮を大きく揺るがす存在ではなかったのである。

李瓶児を第六夫人として迎え入れた西門慶は、続いて下男である来旺の妻宋恵蓮に手を付ける（第二十二回）。そのことを知り、またしても怒りを露わにする潘金蓮だったが、宋恵蓮が下手に出て自分に取り入ったことにより態度を軟化させると、二人の逢い引きに協力して西門慶を喜ばせようとすらするようになる。

この頃の潘金蓮には、李瓶児に対しても宋恵蓮に対しても、まだ西門慶との結びつきは自分の方が上だという余裕が感じられる。西門慶がいかなる女性と関係を持とうとも、それを全て把握することで、自分は相手の女性よりも優位でいられる。そして相手の女性もそのことを肝に銘じ、潘金蓮に対して下手に出るよう気を使いながらバランスを保っている。彼女達の存在は潘金蓮の対抗心を刺激するものではあっても、彼女を決定的に脅かすものではなかったのである。

二　焦りの性

ところがやがて潘金蓮から余裕が消えていく。第二十七回、庭で涼んでいた西門慶のもとへ潘金蓮と李瓶児がやってくる。ちょっとしたやりとりの後、第三夫人の孟玉楼を呼びに行こうとした潘金蓮がしばし席を外したその隙に、残された李瓶児と西門慶は翡翠軒（数寄屋）で事を始めてしまう。そのときのやりとりを、戻ってきた潘金蓮が盗み聞きするのである。

只聽見西門慶向李瓶兒道、「我的心肝、你達不愛別的、愛你好個白屁股兒。今日儘着你達受用。」良久、又聽的李瓶兒低聲叫道、「親達達、你省可的擫罷。奴身上不方便。我前番乞你弄重了些、把奴的小肚子疼起來、這兩日纔好些兒。」西門慶因問、「你怎的身上不方便。」李瓶兒道、「不瞞你說、奴身中已懷臨月孕、望你將就些兒。」西門慶聽言、滿心歡喜、說道、「我的心肝、你怎不早說。既然如此、你爹胡亂耍耍罷。」……都被金蓮在外聽了個不亦樂乎。

西門慶が李瓶児に言っているのが聞こえます。「可愛い子ちゃん、お父さんは他のところはともかく、お前の真っ白いお尻が好きなんだ。今日はお父さんの好きなようにさせてもらうぞ。」しばらくすると、今度は李瓶児が低い声をあげるのが聞こえます。「お父さま、激しくしないで。体の具合がよくないの。この間あなたに強めにされたせいで、下腹が痛くなってきちゃって、このところようやくちょっと良くなったばかりなのよ。」「どうして具合が悪いんだい。」「本当のことを言うと、もう臨月の身なの。だから勘弁してちょうだい。」西門慶はそれを聞いて大喜び。「可愛い子ちゃん、どうして早く言わないんだ。そういうことなら、お父さんもまあ適当にしておくことにしよう。」……これらは外にいた金蓮にすっかり聞かれてしまいました。【第二十七回】

こうして、やや唐突な形で李瓶児の懐妊が明かされるわけだが、潘金蓮はその一部始終をすっかり聞いてしまうのである。潘金蓮と西門慶が葡萄棚での淫行を繰り広げるのは、この直後のことであった。

（西門慶）回來、婦人又早在架兒底下鋪設涼簟枕衾停當、脫的上下沒條絲、仰臥於衽蓆之上。脚下穿着大紅鞋兒、手弄白紗扇兒搖涼。西門慶走來看見、怎不觸動淫心。于是乘着酒興、亦脫去上下衣、坐在一涼墩上、先將脚指挑弄其花心。……一面又將婦人紅綉花鞋兒摘取下來、戲把他兩條脚帶鮮下來、拴其雙足、吊在兩邉葡萄架兒上。……于是向水碗内取了枚玉黄李子、向婦人牝中内一連打了三個、皆中花心。……又把一個李子放在牝内、不取出來、又不行事。急的婦人春心沒亂、……

（西門慶が）戻ってくると、女はすでに葡萄棚の下に寝ござを敷いて枕と布団を整え、一糸まとわぬ姿で仰向けに寝ておりました。深紅の靴を履き、白い紗の扇子を揺らして涼んでおります。それを目にした西門慶、淫ら心を動かされないわけがありましょうか。酒に酔った勢いで、自分も着物を脱ぎ捨てると、陶器の腰掛けに座り、まずは足の指でその花心をからかいます。……その一方で女の紅い刺繡靴を脱がせて、戯れに両足の纏足帯を解くと、その両足に帯をくくりつけて、葡萄棚の両側に吊します。……そして茶碗の中から玉黄スモモを取り出し、女の牝内めがけて続けざまに三個投げつけたところ、三つとも花心に命中しました。……今度はスモモを一つ中に入れると、それを取り出しもせず、事を行おうともしません。じらされた女は春情かき乱れ、……【第二十七回】

ここでは、挑発するような潘金蓮の姿態、さらに様々な行為を繰り広げる二人の姿が描かれる。(3) 西門慶に焦点を当ててみた場合、この場面からは彼の異常なまでの性欲、あるいはアブノーマルともいえる嗜好が浮かび上がってくる。ところが潘金蓮に焦点を当ててみた場合、そこから浮かび上がるのは、決して快楽を求めるだけの姿ではない。それは続く第二十九回の場面と併せて見ることによってよりはっきりとわかる。

婦人赤露玉體、止着紅綃抹胸兒、蓋着紅紗衾、枕石鴛鴦枕、在涼席之上、睡思正濃。房裡異香噴鼻。西門慶一見、不覺淫心頓起。……原來婦人因前日西門慶在翡（翠）軒誇獎李瓶兒身上白淨、就暗暗將茉莉花蕋兒攪酥油定粉、把身上都搽遍了。搽的白膩光滑、異香可掬。使西門慶見了愛他、以奪其寵。

女は美しい体を露わにし、紅い生糸の胸あてだけを身につけて、紅い紗の布団を掛けて鴛鴦枕を当て、寝ござの上でぐっすり眠っていました。部屋にはよい香りが漂っています。一目見た西門慶、思わず淫ら心がわき起こります。……女は先日西門慶が翡翠軒で李瓶児の体が白く美しいことを褒めたものですから、人知れず茉莉花の蕊を絡油とおしろいに混ぜ、それを体中に塗りつけていたため、肌は白くきめ細かくつるつるとしており、えもいわれぬ香りにあふれていたのでした。それを西門慶に見せて喜ばせ、寵愛を奪い取ろうとしていたのです。【第二十九回】

先の翡翠軒において、西門慶が李瓶児の白い肌を褒めたことを心に留めていた潘金蓮は、ひそかに体を白く塗り、西門慶の心を自分に向けようとするのである。つまり翡翠軒から続く一連の行為は、その裏に李瓶児への対抗心が窺える設定になっていると考えられる。(4) 潘金蓮の中で、李瓶児への対抗心が沸々と燃えたぎり始めていたのだった。

その李瓶児は第三十回、長男の官哥を出産する。

這潘金蓮聽見生下孩子來了、合家歡喜、亂成一塊、越發怒氣生。走去了房裡、自閉門戸、向牀上哭去了。

潘金蓮は子供が生れて家中が大喜び大騒ぎしているのを耳にすると、ますます怒りがこみ上げてきます。部屋に入って戸を閉め、ベッドの上に泣き伏してしまいました。【第三十回】

歓びに沸き返る西門家の一角で、誰の目に映ることもなく、ひとり泣き伏す潘金蓮の姿が描き出される。しかしそんな潘金蓮をよそに、官哥の誕生を喜ぶ西門慶は連日李瓶児の部屋へ泊るようになる。

単表潘金蓮、自從李瓶兒生了孩子、見西門慶常在他房宿歇、于是常懷嫉妬之心、毎蓄不平之意。

さてこちらは潘金蓮、李瓶児が子供を産んでからというもの、西門慶がいつも彼女の部屋に泊まるものですから、常に嫉妬の心を抱き、日々不平の気持ちを募らせておりました。【第三十二回】

潘金蓮の心は穏やかではない。たまに西門慶が自分の部屋を訪れると、何とか彼をつなぎ止めようと必死になる。

那金蓮聽見漢子進他房來、如同拾了金寶一般。……枕畔之情、百般難述、無非只要牢籠漢子之心、使他不往別人房裡去。

金蓮は男が彼女の部屋にやってきたと聞くと、まるで金か宝でも拾ったかのようです。……枕もとでの様子は、あの手この手と述べ尽くせませんが、ともかく男の心を籠絡し、他の女の部屋へ行かせまいとするためのものに他ならなかったのでした。【第三十三回】

この頃、西門慶が李瓶児の部屋へ行ったことをしつこく下男や女中に確認し、それを耳にする度にショックを受ける潘金蓮の姿が幾度となく描かれる。第三十八回、潘金蓮はその夜も外出先から帰ってくる西門慶をひとり待ちわびていた。

（潘金蓮）又喚春梅過來、「你去外邉再瞧瞧、你爹來了沒有。快來回我話。」那春梅走去、良久、回來說道、「娘還認爹沒來哩。爹來家不耐煩了、在六娘屋里吃酒的不是。」這婦人不聽罷了、聽了如同心上戳上幾把刀子一般、罵了幾句「負心賊」、由不得撲簌簌眼中流下淚來。一逕把那琵琶兒放得高高的、口中又唱道、

……常記的當初相聚、痴心兒望到老。（誰想今日他把心變了、把奴來一旦輕拋不理、正如那日。）被雲遮楚岫、水淹藍橋。打拆開鸞鳳走〔交〕。（到如今、當面對語、心隔千山。隔着一堵墻、咫尺不得相見。）心遠路非遙、（意散了、如塩落水、如水落沙相似了。）情踈魚雁杳。（空教我有情難控訴。）地厚天高、（空教我無夢到陽臺。）夢斷魂勞、俏冤家這其間心變了。〔合〕想起來、心兒裡焦、悮了我青春年少。你撇的人、有上稍來無下稍。

（潘金蓮は）またもや春梅を呼び寄せます。「おまえもう一度外へ行って、旦那さまが帰って来たかどうか見ておいで。急いで報告しに戻るんだよ。」見に行った春梅、しばらくすると戻ってきてこう言います。「奥さまはまだ旦那さまがお戻りになっていないとでも思っていらっしゃるんですか。旦那さまはお戻りになるとすぐに、六奥さまのお部屋で飲んでいらっしゃるじゃありませんか。」女は聞かなければよかったものを、聞いて心はいくつもの刃物が突き刺さったかのようになり、「裏切り者」と罵っては思わず涙がぽろぽろと流れ落ちます。そしてひたすら琵琶を高々とかき鳴らし、また唄うのでした。

……忘れもしないわあの頃は、いつも一緒だったわね、共白髪までと願ったわ。（あいつが心変わりをし

て、あたしを突然捨て去るなんて思ってもみなかった。まるであの頃みたい。）楚山は雲に遮られ、藍橋すっかり水浸し。鸞と鳳とは引き裂かれ、顔も見えなきゃ会えもせず。（今じゃ向かい合って話していても、心は遠い山の彼方。塀ひとつ隔てているだけ、すぐそこにいるのに会えないのね。）近くにいるのに心は遠く、（気持ちはすっかりバラバラで、水に落ちた塩みたい、砂に落ちた水みたい。）気持ちは離れて便りもない。（未練があるから訴えることもできないわ。）大地は厚く天高く、（夢の中でも陽台には行けない。）夢は途切れて気持ちは疲れ、愛しいあんたは心変わり。〔合唱〕想えば心はじりじり痛む。わが美しき青春を、無駄にしてしまったのか。捨てられちまったこのあたし、この先どうすりゃいいのやら。【第三十八回】

ここには潘金蓮の想いが、散曲のスタイルを用いて連綿と綴られている。二人の関係は昔とはすっかり変わってしまった、待っているだけではもう西門慶は戻ってこない、そうした絶望ともあきらめともいうべき心境が描き出されているのである。

こうして自らの境遇をはっきりと悟った潘金蓮は、これより後、西門慶が李瓶児の部屋へ行ったことを知っても、怒りはすれど涙するようなことはなくなる。同時に、李瓶児母子に対する嫉妬を激化させ、西門慶との関係にも更なる変化を見せるようになる。潘金蓮がなりふり構わず西門慶の気を引こうとするに至るさまは、続く第三十九回の冒頭で、

話說當日西門慶在潘金蓮房中歇了一夜。那婦人恨不的鑽入他腹中、在枕畔千般貼戀、萬種牢籠、涙搵鮫鮹、語言溫順、實指望買住漢子心。

さて、その日西門慶は潘金蓮の部屋で一夜を過ごしました。女は、西門慶の腹の中に潜り込めないのを恨

めしく思い、枕もとであれやこれやと手を変え品を変え、涙をハンカチでぬぐい、言葉は従順で、何とかして男の心をつなぎ止めようと必死でありました。【第三十九回】

と、読者にもはっきりと示されるのである。

三　歪んだ性

「抱孩童瓶兒希寵、粧丫鬟金蓮市愛（孩児を抱き 瓶児 寵を希《ねが》い、丫鬟に粧《ふん》し 金蓮 愛を市《か》う）」と題される第四十回、その日西門慶が役所から帰ってくると、潘金蓮が女中の扮装をして夫人達とふざけていた。

西門慶因見金蓮裝扮丫頭、燈下艶粧濃抹、不覺淫心蕩漾、不住把眼色遞與他。這金蓮就知其意、行陪着吃酒、就到前邊房裡。

西門慶は、金蓮が女中の扮装をし、灯下に美しく着飾り厚化粧をしているのを見ると、覚えず淫ら心が揺れ動き、しきりに目配せをいたします。金蓮はすぐにその意を察すると、お相伴をして、表の部屋（金蓮の部屋）へと向いました。【第四十回】

こうして一時的に西門慶の「愛を市《か》う」ことに成功した潘金蓮ではあったが、結局彼を自分のところに繋ぎとめておくことはできなかった。実はこの頃、西門慶は李瓶児母子に寵愛を注ぎつつも、外では西門家の番頭である韓道国の妻王六児と密通を繰り返していた。「後庭花」を好むという性癖を持つ王六児をすっかり気に入ってしまった西門慶は、以後も韓道国黙認の下、彼女との逢瀬を楽しむこととなる。

そうとは知らない潘金蓮は、ある日、自分の部屋に置いてあったはずの淫具が持ち出されていることに気づく。

且說潘金蓮那邉、見西門慶在李瓶兒屋里歇了、自知他偸去淫器包兒和他耍頑、更不體察外邉勾當。是夜暗咬銀牙、關門睡了。

さて潘金蓮の方は、西門慶が李瓶児の部屋で休んだのを見ると、彼が淫具の包みを盗み出したのは李瓶児と楽しむためだったのだと思いこみ、外での所業には全く思い及びません。その夜はひそかに歯がみをし、門を閉めて休みました。【第五十回】

実際は王六児と楽しむために持ち出されたのだが、誤解をした潘金蓮は、ますます李瓶児への嫉妬心を募らせる。第五十一回、その件でさんざん嫌味を並べ立てる潘金蓮をなだめすかしつつ、彼女と長い戦いを交わす西門慶だったが、胡僧にもらった媚薬が効きすぎたせいもあって、その日は結局満足するには至らなかった。翌日、再び潘金蓮の元を訪れた西門慶は、潘金蓮に「後庭花」を迫る。

西門慶把兩個托子都帶上、一手摟過婦人在懷裡、因說「你達今日要和你幹個後庭花兒、你肯不肯。」那婦人瞅了一眼、說道、「好個沒廉耻寃家。……」……婦人被他再三纏不過。……婦人在下蹙眉隱忍、口中咬汗子難捱。……

西門慶は托子を二つとも装着すると、女を懐に抱き寄せます。「お父さんは今日お前と後庭花をしたいんだが、いいかね。」女は一目見やり、「なんて恥知らずな人なの。……」……しかし何度もまとわりつかれた女は折れてしまいます。……女は男の下で眉をひそめてじっとこらえ、ハンカチを噛みしめて堪え忍ぶのでした。……【第五十二回】

いくら王六児との交渉を通してその味を占めていたとはいえ、これまで「後庭花」は、それを好む王六児、もしくは男妾（書童）に求める以外、誰にも強要したことはなかった。西門慶は、自分の快楽のためだけに、嫌がる潘金蓮に迫るのである。ここには、しぶしぶ承諾した潘金蓮が、苦痛に耐えながらそれを受け入れる様子が描き出されている。「後庭花」は、この一連の流れの中に位置づけて見ることによって、決して潘金蓮の好色さによるものではないことがわかる。

こうして何とかして西門慶をつなぎ止めようと躍起になる潘金蓮は、一方で禍根である李瓶児母子への嫉妬をエスカレートさせてゆく。自分の女中である秋菊を虐待することで間接的に李瓶児を当てこすったり（第四十一回、第五十八回）、正妻呉月娘と李瓶児とを仲違いさせようとしたり（第五十一回）、官哥をおびえさせたり（第五十二回）と、嫉妬の牙をむき出しにする潘金蓮は、第五十九回、ついに飼い猫を飛び付かせて官哥を死なせてしまう。

看官聽說、常言道、「花枝葉下猶藏刺、人心怎保不懷毒」。這潘金蓮平日見李瓶兒從有了官哥兒、西門慶百依百隨、要一奉十、毎日争妍競寵、心中常懷嫉妬不平之氣、今日故行此陰謀之事。馴養此猫、必欲唬死其子、使李瓶兒寵衰、教西門慶復親于己。

皆さんお聞き下さい。ことわざにも「花枝葉の下に猶《な》お刺《とげ》を蔵するに、人心怎《いかん》ぞ毒を懐かざるを保たん」

といいますが、李瓶児が官哥を産んでからというもの、西門慶が何でも彼女のいう通り、一を要すれば十を奉ずるといった様子をいつも目の当たりにしている潘金蓮は、日々妍を競って寵を争い、常に嫉妬や不満の気持ちを懐いておりましたがために、今日このはかりごとを実行に移したのであります。この猫を飼い慣らしておけば、必ずあの子を驚かして死なせることになるだろう、そうすれば李瓶児の寵を衰えさせ、西門慶の愛を再び自分に向けさせることができるだろう（と考えたのでした）。【第五十九回】

西門慶への執着に取り憑かれた潘金蓮は、もはや嫉妬の鬼と化していた。更に彼女は、官哥の死を嘆き悲しむ李瓶児にも精神的ストレスを与え続け、死に至らしめるのである（第六十一回）。

これでようやく西門慶を取り戻せる、そう思ったのもつかの間、李瓶児を忘れきれない西門慶は、彼女の部屋で乳母として働いていた如意に手を付けてしまう。

西門慶説、「我兒、你原來身體皮肉也和你娘一般白淨。我摟着你、就如同和他睡一般。……」

西門慶は言います。「可愛い子、お前の体もお前の奥さまと同じように白くてきれいだな。お前を抱いていると、まるで彼女と寝ているみたいだ。……」【第六十七回】

西門慶にとって、李瓶児と同じく白い肌を持つ如意は、まさしく李瓶児の身代わりであった。如意の存在は、潘金蓮にとって新たなる脅威となったのである。

（潘金蓮）自從李瓶兒死了、又見西門慶在他屋裡把奶子也要了、恐怕一時奶子養出孩子來、挽奪了他寵愛。

（潘金蓮は）李瓶児が亡くなって以降、西門慶が今度は彼女の部屋の乳母にまで手を付けてしまったものですから、ふと乳母が子供でも産んだりしたら、その寵愛が奪い取られてしまうのではないかと恐れます。

【第六十八回】

何としても如意に先を越されるわけにはいかない潘金蓮は、呉月娘が尼にもらった薬を飲んで懐妊したことを聞き出すと、自分にも同じ薬を調達してくれるようその尼に頼み込む。そんな潘金蓮は第七十二回、西門慶が東京へ出かけている間に、如意のちょっとした言動に怒りを爆発させ、彼女に摑みかかってしまう。孟玉楼になだめられて何とかその場は収まったものの、部屋に戻った後も孟玉楼に如意への怒りをぶちまける潘金蓮だった。

（潘金蓮）說道、「……你看、一向在人眼前花哨星那様花哨、就別模兒改様的。你看、又是個李瓶兒出世了。……」……金蓮道、「……你如今不禁下他來、到明日又敎他上頭腦上臉的、一時桶出個孩子、當誰的。」

（潘金蓮）「……見てごらんなさいよ、このところ人前で目立ちたがり屋の派手女みたいに浮ついちゃって、すっかり変わっちゃったじゃないの。ごらんよ、また李瓶児が現れたんだよ。……」……金蓮、「……今あいつを押さえつけとかないと、この先また調子に乗らせることになって、ふと子供でも生んだりした日には、何様になるかわかりゃしない。」【第七十二回】

如意という李瓶児の影に対して、彼女の焦りはもはや限界に達していた。そうした中、西門慶が東京から戻ってくる。

婦人在房内濃施朱粉、復整新粧、薰香澡牝。正盼西門慶進他房來。滿面笑容、向前替他脫衣解帶。……交接後、淫情未足、定從下品鸞簫。這婦人的說［話］無非只是要拴西門慶之心。又况拋離了半月、在家久曠幽懷、淫情似火、得到身、恨不得鑽入他腹中。那話把來品弄了一夜、再不離口。西門慶要下牀溺尿、婦人還不放、說道、「我的親親、你有多少尿、溺在奴口裡。替你嚥了罷。省的冷呵呵的熱身子。你又下去凍着、倒值了多的。」這西門慶聽了、越發歡喜無已、叫道、「乖乖兒、誰似你這般疼我。」……

女は部屋の中で厚化粧をし、身なりを整えると、香を焚きしめて牝を洗います。そこへちょうど西門慶が入ってきました。女は顔中に笑みを浮かべたまま、進み出て着物を脱がせ帯を解いてやります。……終わってもまだ淫ら心が満たされない女は、下から簫を吹きます。この女の話は、ただもうとにかく西門慶の心を繋ぎとめようとするものに他なりませんでした。ましてや半月もほったらかしにされ、ずっと家に閉じこめられたまま思い詰めていたわけですから、淫ら心は火の如く、西門慶の体を手に入れたが最後、彼のお腹の中にもぐり込めないのがもどかしいくらいでした。あれを握りしめて一晩中吹き、何が何でも口から放そうとしません。西門慶はベッドを下りて用を足そうとしますが、女はそれでも放さず、こう言います。「ねえあなた、用を足したいんだったら、あたしの口の中にしなさいな。飲んであげるから。暖まった体を冷やさなくてすむわ。下りて寒い思いをしてどうするのよ。」それを聞いた西門慶はますます大喜び、「いい子ちゃん、お前みたいにおれのことを想ってくれるやつは他にいないよ。」……【第七十二回】

潘金蓮は、用を足しに行こうとする西門慶を放さず、何と自らの口で受け止めるのである。その直後には、次のようなコメントが付されている。

看官聽說。大抵妾婦之道、故［蠱］惑其夫、無所不至、雖屈身忍辱、殆不爲耻。

みなさんお聞き下さい。たいてい妾というものは、夫を蠱惑せんがためには、何だってやるのであって、

身を屈して恥を忍んでも、ほとんど恥とも思わないのです。【第七十二回】

彼女がこれほど屈辱的な行為に及んだのも、全て西門慶を繫ぎとめるために他ならなかったというのである。しかし一方の如意も負けてはいなかった。

西門慶告他說、「你五娘怎的替我咂半夜、怕我害冷、連尿也不教我下來溺、都替我嚥了。」老婆道「不打緊。等我也替爹吃了就是了。」

西門慶は彼女に言います。「五奥さまは夜中吸ってくれていた時、寒いといけないからって、小便をしにも行かせず、全部飲んでくれたんだよ。」「かまいません、ひとつ私もだんな様のために飲んで差し上げましょう。」【第七十五回】

ここに描かれるのは、もはや単に好色な女性としての潘金蓮と如意ではない。潘金蓮にとっては、李瓶児母子がようやく消えてくれたというのに、李瓶児の身代わり的な存在が現れたのである。一方、自らの主人であった李瓶児が潘金蓮にさんざんな目に遭わされ、そのストレスから死に至るまでを間近で見てきた如意も、黙って潘金蓮に屈するわけにはいかない。

しかし潘金蓮にとって闘いの相手は如意だけではなかった。第七十五回にはついに呉月娘との争いが勃発し、表面上は何とか沈静化するものの、懐妊の企みも失敗に終わり、もはや後がないところにまできてしまった。そんな潘金蓮にはお構いなしの西門慶は、以前から関係を持っていた王六児、林人太らとの密通を繰り返すのみならず、下男の妻達にまで手を出すなど、とどまるところを知らない。ところが第七十九回、王六児との楽しみを終えて帰る途中、西門慶は突然黒い影に襲われ、すっかり下半身が萎えてしまっているところを潘金蓮の部屋に担ぎ込まれる。待ちかまえていた潘金蓮は、あの手この手で西門慶を奮い立たせようとするが、何をやっても効果がない。

（婦人）更不在誰家來、翻來覆去、怎禁那慾火燒身、淫心蕩意。

（女は）一体誰のところへ行ったのかしら、と寝返りを打つばかりで、欲情は身を焦がし、淫ら心はどうにもおさまりません。【第七十九回】

潘金蓮はとうとう弱っている西門慶に適量以上の媚薬を飲ませてしまう。挙げ句、西門慶は陰茎から血が止まらなくなり、死に至ることとなる。西門慶に執着し続けた潘金蓮は、ついに西門慶を死に追いやってしまったのである。

以上、潘金蓮の性描写を時系列に沿って検討していくと、そこには明らかな変化が見られた。しかもそれは単なる横並びの変化（バリエーション）ではなく、状況の変化、それに伴う心の変化と密接に絡み合いながら、歪んでいったともいうべき様相を呈していることが確認できた。彼女が好色な女性として描かれていることはまぎれもない事実である。しかしその歪みゆく性から浮かび上がるのは、単に快楽を貪るだけの彼女の姿ではない。状況の変化によって歪んでいく彼女の心そのものが、性を通して描き出されていたのである。

潘金蓮の性描写は西門慶の死を以て終わるわけではない。西門慶の死後、彼女はかねてより密かに想い合っていた娘婿の陳経済と交わりを結ぶことになる。

婦人黑影里抽身、鑽入他房内、更不答話、解開裙子、仰臥在炕上、雙凫飛肩、交陳經濟奸耍。……

二載相逢、一朝配偶。數年姻眷、一旦和諧。一個柳腰欵擺、一個玉莖忙舒。耳邉訴雨意雲情、枕上說山盟海誓。鶯恣蝶採、旖妮搏弄百千般、狂雨羞雲、嬌媚施逞千萬態。……


女は暗闇を抜けて彼の部屋にもぐり込むと、何も言わずに裙子を脱いで炕の上に仰向けになり、両足を陳経済の肩にかけて始めさせます。……

二載《ふたとせ》の相逢《であい》、一朝にして配偶す。数年の姻眷《えにし》、一旦にして和諧す。一個は柳腰を款《ねんご》ろに擺《ゆ》らし、一個は玉茎を忙《せわ》しく舒ばす。耳辺に雨意雲情《こいごころ》を訴え、枕上に山盟海誓《かわらぬあい》を説く。鶯蝶は恣《ほしいまま》に採み、旖妮《なまめか》しく搏弄《もてあそ》ぶこと百千の般、雨雲を狂おしく羞め、嬌媚《いろっぽ》く施逞《みせつけ》る千万の態。……【第八十回】

ここに描き出されるのは、その直前までの、あの切羽詰まったような性の形ではない。西門慶と潘金蓮が出逢った頃のような美しい描写に、ある意味戻ったともいえよう。西門慶への執着から解放された潘金蓮は、ただ欲情に身を委ね、恋する男との性を謳歌しさえすればよかったのである。これ以降にも潘金蓮と陳経済との描写は見られるが、西門慶との間に見られたような歪んだ性が描かれることはない(5)。

小結

本章では、潘金蓮の性が変化していくこと、しかもそれは単なる変化ではなく、西門慶に執着するが故に歪んでいくものであり、その歪みゆく性を通して、彼女の内なる叫びが浮かび上がる仕組みになっていることを指摘

した。(6)

第一章において、『金瓶梅』という作品は、『水滸伝』では「英雄」に斬り殺される対象でしかなかった「淫婦」に目をとめた作者が、「英雄」の物語を「淫婦」の物語に仕立て直し、彼女達の声を聞こうとした物語であった、と論じた。『水滸伝』において、潘金蓮はすでに義弟武松に色目を使い、西門慶と密通するような「淫婦」であった。『金瓶梅』の作者は、さらに執拗かつ過剰な性描写を加えることで、より徹底的な「淫婦」潘金蓮を作り上げた。しかし同時に、その執拗な性描写を通して、彼女の心情までも描いてみせたのである。

『金瓶梅』が成立した明清の時代には、『如意君伝』『肉蒲団』といった一群の好色小説が刊行されており、(7)『金瓶梅』の性描写の背景にも、こうした当時の潮流との関係が窺える。しかしこれらの好色小説における性は、それが描かれること自体が「目的」であるのに対し、『金瓶梅』に描かれるそれは、人間を描くひとつの「手段」として用いられており、単なる興味本位的なものに終わらない。(8)中でも潘金蓮という稀代の淫婦の心の動きがその性を用いて表現されている点は、特筆すべきことだと言えるのではないだろうか。

注

（1）順に、武田泰淳「淫女と豪傑」（『象徴』二、一九四七。後『武田泰淳全集』第十二巻〔筑摩書房、一九七二〕に収録）、吉川幸次郎「中国文学入門」（『中国文学入門』弘文堂、一九五一。後『中国文学入門』〔講談社、一九七六〕に収録）、黄霖『《金瓶梅》漫話』（学林出版社、一九八六）、日下翠『金瓶梅―天下第一の奇書―』（中公新書、一九九六）。

（2）例えば第十三回にも、春画を見ながら李瓶児との行為に及んだ話を聞かされた潘金蓮が欲情にかられる場面が見られる。

（3）第二十七回葡萄棚の場面は、先行する黄色小説『如意君伝』の影響を受けていることが、P.D.Hanan「Sources of the Chin Ping Mei」（『Asia MajorN.S.』vol X Part I、一九六〇）等において指摘されている。

（4）同様の指摘は、井波陵一「《金瓶梅》の構想」（「東方学報」五八、一九八六）等にも見られる。

（5）崇禎年刊に作られた『金瓶梅』の改訂本（以下「崇禎本」とする）につけられる批評の中には、潘金蓮と陳経済との関係について、興味深い指摘が見られる。第八十二回、約束をすっぽかして酔いつぶれてしまった陳経済が、怒った潘金蓮にわびる場面がある。「崇禎本」の評者は、そこに「金蓮従未受此軟款温存。敬濟似爲西門慶補遺（金蓮はかつてこれほど優しく思いやってもらったことはなかった。経済によって西門慶の遺漏が補われているようだ）。」と評をつける。また第六十一回の性描写については、金蓮の嫉妬心を西門慶が巧みに利用し、無理強いをしていたことを窺わせる見方を提示する。張竹坡のみならず、「崇禎本」の評者も、『金瓶梅』の性描写を単なる好色なものとしてではなく、人間の複雑な感情が反映されたものとして読み取っていたことがわかる。

（6）潘金蓮の性描写がその人物描写と関わっていることに言及しているものとしては、李時人「論《金瓶梅》的性描写」、田秉鍔「《金瓶梅》性描写思弁」、呂紅「《金瓶梅》的突破与失落—《金瓶梅》性描写的文化批判—」（いずれも『中国古代小説中的性描写』百花文芸出版社、一九九三）、張競『恋の中国文明史』（ちくまライブラリー九〇、一九九三）、尹恭弘「《金瓶梅》与晩明性文化的畸形化発展」（『《金瓶梅》与晩明文化』華文出版社、一九九七）、霍現俊「金瓶梅性描写的歴史与文化批判」（『金瓶梅新解』河北教育出版社、一九九九）等があるが、潘金蓮の性が徐々に歪んでいくこと、そしてそれが彼女の心の変化と密接に関わっていることについて具体的に論じられたものは、管見の及ぶ限り見あたらない。

（7）孫楷第『中国通俗小説書目』（人民文学出版社、一九八二）巻四「明清小説部乙　烟粉　猥褻部」等参照。

（8）そのことはたとえば、王汝梅『金瓶梅探索』（吉林大学出版社、一九九〇）にも「『金瓶梅』写性行為服従于人物的性格、命運的描写、放在従属地位。『肉蒲団』写性事放在突出地位、中心地位。」との指摘が見られる。

【附表】『金瓶梅』における性描写

本表は、『金瓶梅』における性的な場面（行為の如何を問わない）について、描かれる回、男性、女性（あるいは男性）を示し、描写の詳しさを大まかに、①「直接的で具体的な描写がある」、②「簡単な描写もしくは韻文等によってややぼかした描写がある」、③「ほとんど描写がない」に分けたものである（同じ①でもかなりの幅があるなど、分類という方法が適切とは言いがたいところもあるが、全体的な傾向を把握するために提示する）。尚『金瓶梅』では西門慶（あるいはその他の人物）が誰の部屋で休んだかという情報が記されることが多い。そのため、性的な描写がみられなくても、こうした記述がある場合は表に記した（分類番号なし）。

回数	男性	女性	分類
4	西門慶	潘金蓮	②
4	西門慶	潘金蓮	②
6	西門慶	潘金蓮	③
6	西門慶	潘金蓮	②
7	西門慶	孟玉楼	③
8	西門慶	潘金蓮	③
8	西門慶	潘金蓮	②
9	西門慶	潘金蓮	③
10	西門慶	潘金蓮	①
10	西門慶	春梅	③
11	西門慶	潘金蓮	
11	西門慶	李桂姐	
12	琴童	潘金蓮	②
12	西門慶	孟玉楼	
12	西門慶	李桂姐	
12	西門慶	潘金蓮	③
12	西門慶	李桂姐	①
13	西門慶	李瓶児	②
13	西門慶	潘金蓮	③
14	西門慶	孟玉楼	
16	西門慶	迎春、綉春	③
16	西門慶	李瓶児	③
16	西門慶	潘金蓮	②
16	西門慶	李瓶児	
16	西門慶	李瓶児	②
17	西門慶	李瓶児	②
18	西門慶	潘金蓮	①
19	西門慶	潘金蓮	①
19	蔣竹山	李瓶児	③
19	西門慶	潘金蓮	
19	西門慶	孟玉楼	
20	西門慶	李瓶児	②
20	西門慶	李瓶児	
21	西門慶	呉月娘	②
21	西門慶	呉月娘	
21	西門慶	孟玉楼	

回数	男性	女性	分類
22	西門慶	宋恵蓮	②
23	西門慶	宋恵蓮	②
24	西門慶	李瓶児	
25	西門慶	宋恵蓮	②
26	西門慶	宋恵蓮	②
27	西門慶	李瓶児	①
27	西門慶	潘金蓮	①
28	西門慶	潘金蓮	①
28	西門慶	潘金蓮	③
29	西門慶	潘金蓮	①
30	西門慶	潘金蓮	③
30	西門慶	李瓶児	
33	西門慶	潘金蓮	③
33	西門慶	孟玉楼	
33	韓二	王六児	③
34	西門慶	書童	②
35	西門慶	書童	②
35	西門慶	李瓶児	
37	西門慶	王六児	①
38	西門慶	王六児	①
39	西門慶	潘金蓮	③
40	西門慶	潘金蓮	③
42	西門慶	王六児	②
43	西門慶	孟玉楼	
44	西門慶	潘金蓮	
50	西門慶	王六児	①
50	西門慶	李瓶児	①
51	西門慶	潘金蓮	①
52	西門慶	潘金蓮	①
52	西門慶	李桂姐	②
52	西門慶	孟玉楼	
53	陳経済	潘金蓮	①
53	西門慶	潘金蓮	②
53	西門慶	呉月娘	③
53	西門慶	潘金蓮	③
53	陳経済	潘金蓮	③

回数	男性	女性	分類
53	西門慶	潘金蓮	
54	西門慶	李瓶児	
55	西門慶	呉月娘	
55	陳経済	潘金蓮	③
55	西門慶	呉月娘	③
57	陳経済	潘金蓮	③
58	西門慶	孫雪娥	
58	西門慶	呉月娘	
58	西門慶	李瓶児	
58	西門慶	孟玉楼	
59	韓道国	王六児	③
59	西門慶	鄭愛月	①
59	西門慶	李瓶児	
61	西門慶	王六児	①
61	西門慶	潘金蓮	①
61	西門慶	李瓶児	
62	西門慶	潘金蓮	
65	西門慶	如意	②
67	西門慶	如意	①
67	西門慶	潘金蓮	①
68	西門慶	潘金蓮	
68	西門慶	鄭愛月	②
69	西門慶	李嬌児	
69	西門慶	林太太	②
71	西門慶	李瓶児	③
71	西門慶	王経	③
72	西門慶	呉月娘	
72	西門慶	潘金蓮	①
72	西門慶	潘金蓮	①
73	西門慶	春梅	③
73	西門慶	潘金蓮	①
74	西門慶	潘金蓮	①
74	西門慶	如意	②
75	西門慶	如意	①
75	西門慶	孟玉楼	①
76	西門慶	李嬌児	
76	西門慶	潘金蓮	
76	西門慶	孫雪娥	
76	西門慶	如意	
77	西門慶	鄭愛月	①
77	西門慶	賁四の妻	①
78	西門慶	賁四の妻	①
78	玳安	賁四の妻	③
78	西門慶	潘金蓮	
78	西門慶	林太太	①
78	西門慶	孫雪娥	

回数	男性	女性	分類
78	西門慶	如意	①
78	西門慶	潘金蓮	③
78	西門慶	如意	
78	西門慶	来爵の妻	③
79	西門慶	呉月娘	
79	西門慶	王六児	①
79	西門慶	潘金蓮	①
79	西門慶	潘金蓮	③
80	陳経済	潘金蓮	②
82	陳経済	潘金蓮	③
82	陳経済	春梅	③
82	陳経済	潘金蓮	③
82	陳経済	潘金蓮	②
83	陳経済	潘金蓮	③
83	陳経済	潘金蓮	
83	陳経済	春梅	②
83	陳経済	潘金蓮、春梅	①
85	陳経済	潘金蓮	③
85	陳経済	潘金蓮	③
86	陳経済	春梅	③
86	王潮児	潘金蓮	③
87	周守備	春梅	
90	来旺	孫雪娥	③
91	李衙内	孟玉楼	③
92	陳経済	馮金宝	
92	陳経済	孟玉楼	③
93	陳経済	元宵	
93	金宗明	陳経済	②
93	陳経済	馮金宝	②
94	張勝	孫雪娥	③
95	来興	如意	③
95	玳安	小玉	③
96	侯林児	陳経済	③
97	陳経済	春梅	③
97	陳経済	春梅	②
97	陳経済	葛翠屏	②
97	陳経済	月桂	③
97	陳経済	春梅	③
98	陳経済	韓愛姐	②
98	陳経済	韓愛姐	③
98	何官人	王六児	③
99	陳経済	韓愛姐	③
99	陳経済	春梅	③
100	周義	春梅	③
100	周義	春梅	③

第三章　呉月娘論——罵語を中心として——

はじめに

『金瓶梅』以前の小説が、主に講釈師の語り（地の文）によって物語が進行していくのに比べ、当初から読み物として創作されたと考えられる『金瓶梅』は、登場人物の会話によって物語が進行していく傾向が強く認められる。志村良治「豪商と淫女（『金瓶梅』の世界）」（『中国小説の世界』評論社、一九七〇）に「登場人物の性格はこれらの会話を通して、具象的に表わされる。『金瓶梅』における各人物の形象化は、じつにこれらの洗練された会話によって行われる。」と指摘されるように、『金瓶梅』において会話が担う役割は非常に大きく、それぞれの登場人物の形象も、会話を通して生き生きと浮かび上がってくる。(1)会話の中に見られる言語表現を分析していくことで、『金瓶梅』の特質が見えてくる可能性があるのである。

とりわけ、『金瓶梅』では実に様々な罵り言葉が用いられており、その数も種類も、他の作品を圧倒している。そこで本章では、登場人物の罵語、その中でも呼称として用いられている罵りのニュアンスを含む言葉について、その使用状況を分析し、『金瓶梅』の人物描写、特に「良妻賢母」型の女性として設定されている呉月娘の描かれ方に考察を加えてみたい(2)。

一　罵語の使用状況

本章で「罵語」として取りあげるのは、登場人物が会話の中で他の人物を呼ぶ際に用いる呼称（当の本人が目の前にいるかどうかは問わない）のうち、明らかにマイナスのニュアンスを含むと判断されるものである。相手の欠点や身分などマイナスの特徴を表す語（「淫婦」「奴才」等）や、相手をマイナスのものに喩える語（「王八」「行貨子」等）、呪いが込められた語（「短命」等）が用いられているものを取り上げた。これらが実際にどれほどマイナスのニュアンスを帯びているかという問題については、関係性や文脈によっても変わってくる。そのため、愛称のような用いられ方をしていたとしても、ひとまず罵語として取り上げることとした。

『金瓶梅』におけるこうした呼称的な罵語を抽出した結果、男性で使用量が多いのは西門慶、次いで応伯爵、女性では、第五夫人潘金蓮、次いで正妻呉月娘、そして女中の春梅であった（附表を参照(3)）。

注目すべきは、正妻呉月娘の罵語の使用量が、潘金蓮に次ぐものだったことである。呉月娘については、地の文に「擧止溫柔、持重寡言」（第九回）、「賢淑的婦人」（第十八回）、「好性兒」（第二十回）、「誠實的人」（第三十五回、第三十七回）、「正經的人」（第五十七回）、「爲人正大」（第八十一回）という表現が見られ、挙止は温柔、慎み深く寡言、善良で気だても良く、真面目で筋の通った人物として設定されているかに見える。また、「清河左衛呉千戸之女」（第二回）という家柄であり(4)、他の夫人達（商人の未亡人、妓女あがり、女中あがり等）に比べれば、正妻らしく良家の子女として設定されていることがわかる。彼女は最終的に下男であった玳安に西門家を継がせ、七十歳で天寿を全うする。第百回の回末の詩でも「樓月善良終有壽、瓶梅淫佚早歸泉」と、李瓶児（第六夫人）や春梅が淫らであったが故に早死にしたのに対し、呉月娘と孟玉楼（第三夫人）は善良であったがために長寿を得たと示されているように、地の文における呉月娘描写はほぼ一貫している。しかし罵語の数量から見るに、呉月娘が「擧止溫柔、持重寡言（ものごしは柔らかで、慎み深く口数が少ない）」だとはとても思えない。

罵語の使用量とその人物の性格とが比例するのかということについては二つの問題点がある。一つ目は、発言回数の多寡に関わってくるため、発言回数の多い者が少ない者より罵語の使用回数も当然多くなるということ、二つ目は、作者にとっては罵語の使用が極めて自然なことであり、登場人物の性格づけに特段の役割を果たしていない可能性があるということ、である。

しかし例えば第三夫人の孟玉楼は、登場回数が多いにも関わらず罵語の使用量は少ない。彼女は、他人とぶつかることもなければ人に恨まれることもなく、世渡り上手ともいうべき人物として描かれている。その罵語の使用量が少ないということは、罵語の使用が彼女の人物像に比例していることを表しているものと考えられる。また逆に春梅は、重要人物ではあるものの登場回数はそれほど多い方ではなく（特に前半において）、発言する場面も決して多くはない。にもかかわらず、罵語の使用量は潘金蓮、呉月娘に次いでいる。春梅は、第十一回で「那個春梅、又不是十分耐煩的（春梅ときましたら、こちらもまた堪え性がなく）」と紹介され、第二十九回では人相占い師の呉神仙に「髮細眉濃、禀性要強。神急眼圓、爲人急燥（髪が細く眉が濃いのは、生まれつき負けず嫌いの証拠。せかせかしていて目が丸いのは、人となりがせっかちな証拠）」と指摘される人物で、女中仲間のみならず、第四夫人孫雪娥ともいさかいを起こしている。彼女の罵語の使用量が多いということは、やはりそれが彼女の人物像を形づくるものとして機能していると考えられる。作品全体を通して罵語が多く用いられているとはいえ、決して無秩序に使われているわけではない。そう考えると、呉月娘の罵語の使用も、彼女の人物像を形成する要素のひとつとして扱われるべきであろう(5)。

二　呉月娘の罵語

以下、具体的に呉月娘の罵語について考察を加えていきたい。まず最初に、今回取り上げた呼称的な罵語の基本的な構造について確認しておく。『金瓶梅』全体を通して目立つのが、「囚根子」「奴才」「小肉兒」「淫婦」といった語である。これらは、罵られる側の特徴（身分や、身体的性格的な欠点）を表すもので、今回、罵語と判断した基準でもある。例えば、女性に対しては「淫婦」「歪剌骨」が、下男に対しては「囚根子」が、女中に対しては「小肉兒」「狗肉」「臭肉」など「～肉」という語が、また個別にみれば陳経済に対しては「短命」が多く用いられている。これらが基本の形であり、この基本の形のみ、もしくはその前に「怪」「賊」「小」「鳥」「毬」、あるいは「沒廉恥」「負心的」「葬弄主子的」「狗攮的」など、明らかにマイナスのニュアンスを含む修飾の語が、一つないし複数組み合わされる形で罵語が構成されている。また、呼称となる基本の語が省略され、修飾語のみで用いられる場合もある（「賊負心的」「怪搗鬼牢拉的」等）。

『金瓶梅』で使われているひとつひとつの罵語が、実際にどの程度マイナスのニュアンスを含むものであったかについては、一絡げに論じることはできない。罵語であるとはいえ、『金瓶梅』において常用されていればさほどマイナスの意味を含んではいないとも考えられるし、逆に常用されていても、場合によってはひどく相手を傷つけることもあるからである。

呉月娘の罵語を見ていくにあたっても、その語が『金瓶梅』の中で常用されているかどうか、常用されていないものについては、他にどのような人物がその語を使っているか、その語を使ったことに対し、相手（あるいは周囲）はどう反応しているか、といったことを併せて見ていく必要がある。

まず常用されるものについて見ていきたい。『金瓶梅』の中で常用される罵語には、基本の形だけで用いられる、或いはその前に「小」「怪」「賊」など不特定のマイナスの意味を持つ語が付けられたり、「負心的」「沒廉耻」などそれほど限定的ではないマイナス行為や特徴を表す語が付けられたりする、といった傾向がある。孟玉楼や李瓶児なども、量的には少ないものの、時にはこれらの語を用いていること、またこれらの語が、本気で罵る場面に限らず見られることなどから、これらの常用されているものは、比較的程度の軽いものとして用いられていたことが推測できる。呉月娘も会話の中でこれらの語を多用している。たとえば第十八回、結婚の約束を交わしていた李瓶児が他の男（町医者の蔣竹山）のところへ嫁いだことを知った西門慶は、怒りのあまり、家に戻るなり女中をひっぱたくやら、下男をどなりつけるやらの大騒ぎを始める。そこで呉月娘は下男玳安を呼びつけて理由を尋ねる（以下、罵語の箇所については太字ゴシックで示す）。

月娘罵道、「**賊囚根子**、你不實說、教大小廝來吊拷你和平安兒。每人都是十板子。」……月娘道、「信那**沒廉耻的歪淫婦**、浪着嫁了漢子、來家拿人煞氣。」

呉月娘は、「この**賊囚根子**、本当の事を言わないと、年かさの小者に拷問させてお前と平安をひとりにつき板たたき十回ずつ板でたたかせるからね。」と怒鳴りつけます。……月娘、「なるほど、あの**沒廉耻的歪淫婦**が、ふらふらと他の男のところへ嫁いだもんだから、家に戻ると人をつかまえて当たり散らしたって

わけね。」【第十八回】

ここでは、玳安を直接罵るのに「賊囚根子」が、その場にいない李瓶児のことを呼ぶのに「沒廉耻的歪淫婦」が用いられている。前後の文脈から判断するに、この場面では呉月娘がひどく腹を立てているようでもなく、特にこうした語を使用する必要性があるわけでもない。しかし使用量からもわかるように、呉月娘には普段からこうした罵語の使用が目立つ。

次に、『金瓶梅』の中で、さほど常用されてはいない罵語を見ていきたい。常用されていない罵語には、基本の形の前に、「鳥」「毬」「狗攮的」などの性的な意味を持つ語が付いたり、「九條尾的」「葬弄主子的」など限定された場面で特定の人物のマイナス行為や性質を表す語、また「不逢好死的」など呪いの意味を持つ語が付く、といった傾向がある。

例えば呉月娘の罵語の中には、「鳥」（男性の性器）という語が見られる。胡士云「漢語罵人話簡論」（『大河内康憲教授退官記念中国語学論文集』東方書店、一九九七）では、『水滸伝』の中で罵り言葉として使われている「鳥」の多くが李逵によって発せられたものであることが指摘され、それを、李逵の粗野な性格を際立たせようとした作者の意図によるものとする。(6) それほどの罵語を、呉月娘はどのような場面で発しているのだろうか。

第七十六回には、家庭教師として西門家に住み込んでいた温葵軒という男が実は男色家で、西門家の下男画童に手を出していたということが呉月娘に報告される。それを知った呉月娘は、まだ何も知らない西門慶が彼に文章を書いてもらおうと言うのを聞くや、こう言い放つ。

月娘道、「還纏甚麽溫葵軒、**鳥**葵軒哩。平白安扎恁樣**行貨子**、沒廉耻、傳出去教人家知道、把醜來出盡了。」

月娘、「まだあの温葵軒だか、**烏**葵軒だかに頼むなんて言ってるの。むだにあんなしろものをうちに置いといて、恥知らず、このことが外に漏れて人に知られでもしたら、とんでもない大恥さらしよ。」【第七十六回】

この「烏」という語がいかに下卑た言葉であったかは、作品内で他にこの語を使っている人物が潘金蓮であることからも窺える。第十八回、西門慶と結婚の約束をしていた李瓶児だったが、待ちきれずに他の男に嫁いでしまう。そうした中、潘金蓮と西門慶との寝物語に、李瓶児の話題が持ち上がる。

西門慶道、「我對你說了罷。當初你瓶夷〔姨〕和我常如此幹、叫他家迎春在傍執壺斟酒、到好耍子。」婦人道、「我不好罵出來的。甚麼瓶姨**烏**姨、題那**淫婦**則甚。……」

西門慶は言います。「言って聞かしてやろう。あの頃瓶おばさん（李瓶児）と俺はいつもこうやっていたのさ。あそこん家の迎春に傍でお酌をさせて、なかなかいいもんだったよ。」潘金蓮、「怒鳴る気にもなれないわ。何が瓶おばさん、**烏**おばさんよ。あんな**淫婦**の話を持ち出してどうすんのさ。……」【第十八回】

潘金蓮が「淫婦」として設定されていることはここで改めて持ち出すまでもない。彼女は『水滸伝』（第二十四回）において、すでに夫武大に対して「糊突桶」「混沌魍魎」「腌臢混沌」といった罵語を浴びせかける女性として設定されていた。呉月娘の罵語は、その潘金蓮と同等なのである。

また、呉月娘が発する罵語の中に「狗攮的」という語も見られる。この「攮」は、現代語でいうところの「肏」（性交の意）と同様の意味を持つ語であり、いかに強い罵語であったかは容易に想像がつく[7]。第七十九回、呉月娘は、瀕死の西門慶が番頭の妻王六児とただならぬ関係にあったことを下男から聞き、憤慨していた。ところが西門慶の死後、その王六児がのこのことお悔やみにやってきたものだから、呉月娘の怒りが爆発する。

那來安兒不知就裡、到月娘房里、向月娘說、「韓大嬸來與爹上紙、在前邊站了一日了。大舅使我來對娘說。」這吳月娘心中還氣忿不過、便喝罵道、「**怪賊奴才**、不與我走。還來甚麽韓大嬸**毯**大嬸。**賊狗攮的養漢的淫婦**、把人家弄〔的〕家敗人亡、父南子北、夫迯妻散的、還來上甚麽**毯**紙。」

来安は内情を知らず、月娘の部屋へ行くと、「韓のおばさまが、だんな様のために紙銭を焼きに来てくださり、表で長いこと待ってらっしゃいます。おじさま（呉月娘の兄）が奥さまに知らせるように、とのことでした。」と言います。呉月娘はなおも腹立ちがおさまらず、大声で怒鳴りつけます。「この**怪賊奴才**め、とっとと行っておしまい。一体何しに来たんだよ。韓おばさんだか、**毯**おばさんだか、**賊狗攮的養漢的淫婦**め、人の家をめちゃくちゃにして、親子夫婦ちりぢりにしておいて、よくも**毯**紙なんて焼きに来られたもんだね。」【第八十回】

ここでは、呉月娘の激しい怒りが、罵語を用いることによって実によく表現されている。「狗攮的」に加え、「毯」（女性の性器）という語も連発されており、彼女の怒りのみならず、口汚さにも圧倒させられる。実際、この直後、呉月娘は兄の呉大舅にその言動を注意されることとなる。

這吳大舅連忙進去、對月娘說、「姐姐、你怎麽這等的。快休要舒口。自古人惡禮不惡。……做甚麽恁樣的、教人說你不是。」那月娘見他哥這等說、纔不言語了。

呉大舅は急いで奥へ行くと、呉月娘に向かって言います。「ねえさん、あんたはなんでそうなの。口を慎みなさい。昔から、憎い相手にも礼は尽くせ、って言うじゃないか。……どうしてあんたはそんな風なの。あんたが間違っていると言われるよ。」月娘は兄にそう言われ、ようやく黙りました。【第八十回】

先の罵語は、目の前にいない王六児のことを、間接的に（下男に向かって）罵る際に用いられたものであったが、外で待っている当の王六児にも筒抜けであった。王六児の方も、罵られたこと、まともに相手をしてもらえなかったことに腹を立て、後日夫である韓道国にこの一件を報告する。

老婆道、「……想着他孝堂、我到好意備了一張插卓三牲往他家燒帋、他家大老婆那**不賢良的淫婦**、半日不出來、在屋裏罵的我好訕的。我出又出不來、坐又坐不住。……」

おかみさん（王六児）は言います。「……孝堂（霊柩を安置する部屋）のことを考えて、よかれと思って祭卓と牛、豚、羊のお供え物を用意して紙銭を焼きに行ってやったのに、あそこの正室の**不賢良的淫婦**ときたら、いくら待っても出てきやせず、部屋の中であたしのことをさんざん罵っていたたまれなかったわ。あたしは出るに出られず、座るに座れずさ。……」【第八十一回】

結局この一件に腹を立てた王六児は、西門慶の金をくすねるよう韓道国をそそのかし、西門家は一千両という大金を失うことになる。呉月娘の怒りが頂点に達していた場面であるとはいえ、その言動に対して周りの人物が注意をしたり、罵られた当人がそれを根に持ったりするほどのひどい罵り様である。

この「狗攮的」という語が、いかに汚い言葉であったかは、呉月娘以外にこの語を発している人物が、女中の春梅や、下男の玳安であることからも想像がつく。たとえば第七十五回、春梅は、下男の春鴻に、唱い手の申二姐を呼びに行かせる。ところが申二姐は一向に腰を上げようとしない。春鴻からその報告を受けた春梅は、自分をないがしろにしたとして、申二姐のところへ怒鳴り込む。

（春梅）指着申二姐、一頓大罵道、「……你是甚麽總兵官娘子、不敢叫你。……你無非只是個走千家門、萬家戶、**賊狗攮的瞎淫婦**。……」

春梅は申二姐を指さしながら、激しく怒鳴り散らします。「……お前さんはどこかの総兵官の奥さまかなんかで、あたしらじゃ呼べないとでも言うのかい。……お前なんて、あっちのお屋敷、こっちのお屋敷を回っているだけの**賊狗攮的瞎淫婦**じゃないか。……」【第七十五回】

また、第五十一回では、下男の玳安が同じく下男の書童（西門慶の寵愛する美少年）とちょっとした言い合いになる。

玳安道、「**賊狗攮的秫秫小厮**、你賭幾個眞個。」走向前、一個潑脚撇翻倒、兩個就磆碌成一塊子。

「**賊狗攮的秫秫小厮**め、お前本気でオレとやろうってのか。」玳安がそういって歩み寄り、足払いをかけて書童をひっくり返すと、二人は取っ組み合いになってごろごろと転がります。【第五十一回】

このように、呉月娘が発した罵語は、下男や下女と同等のものであることが確認できる。そしてこのような罵語を用いることが、彼女の口汚さ、乱暴さを表していることは、周囲の反応からも明らかである。

以上、具体的な例を挙げながら呉月娘の罵語を見てきたが、そこからは、気が短く、粗暴な言葉を発して怒りを露わにする呉月娘の姿が浮かび上がってきた。

三　罵語の背景

呉月娘が罵語を発することについては、彼女の立場上の問題も考慮しておく必要がある。例えば先に挙げた「烏」という語については、呉月娘、潘金蓮のいずれも西門慶に向かって第三者を罵る場面で用いている（呉月娘は温葵軒を、潘金蓮は李瓶児を）。しかしその背景はそれぞれ違っている。呉月娘の場合は、住み込みで雇っていた家庭教師が男色家で、しかも下男に手を付けていたことに対する激しい嫌悪感が窺え、罵語が発せられる背景に、一家を取り締まるべき正妻という立場的なものが見える。一方潘金蓮の場合は、李瓶児の件で振り回されたことへの苛立ち、彼女に対する嫉妬心など、個人的な怒りに基づくものでしかない。

また「狗攮的」の例も同様に、呉月娘の場合は正妻として一家を背負っていく彼女の立場、道徳心からくる嫌悪感といったものが窺える。一方の春梅や玳安の例から窺えるのは、個人的な見栄やプライドだけである。同じ語が発せられてはいても、その背景は違っているのである。

正妻である呉月娘は、立場上、西門慶を諫めたり、下の者たちを管理したりと、大変な役回りである。そのため、発言数も作品の中ではかなり多い方であり、罵語の使用は、立場上やむを得ないことだと考えることもできる。しかし、呉月娘に罵られた人物が、それを「立場上やむを得ないもの」だと考えていたようには描かれていない。下男の玳安は、傅番頭との会話の中で、

玳安道、「……說起俺這過世的六娘性格兒、這一家子都不如他、又有謙讓、又和氣、見了人只是一面兒笑。俺每下人、自來也不曾呵俺每一呵、並沒失口罵俺每一句『奴才』。……」……玳安道、「雖倣〔故〕俺大娘好、毛司火性兒。一回家好、娘兒每親親噠噠說話兒、你只休惱狠着他、不論誰他也罵你幾句兒。總不如六娘、萬人無怨、又常在爹根前替俺們說方便兒。……」

玳安は言います。「……うちの亡くなった六奥さま（李瓶児）の性格ときたら、この家であの方にかなう人間はおりませんよ。謙虚でお優しくて、人を見ればとにかく笑っていらっしゃった。我々下々の者に対しても、これまで一度だって叱りつけられたことはなかったし、口が滑っても『奴才』だなんて罵ったりはなさいませんでした。……」……「大奥さまはいい人なんだけれど、気が短いからな。家の中が平穏な時は、奥さま方と仲睦まじく話をしていらっしゃるけれど、怒らせてしまった日には、誰彼かまわず怒鳴りつけられる。どのみち、誰もとがめたりせず、いつもだんな様の前で私たちのいいように取りはからってくださる六奥さまにはかないませんよ。……」【第六十四回】

と、李瓶児が「奴才」などと言って下の者を呼んだり叱ったりすることがなかったことを挙げて、李瓶児の優しい性格を褒める一方、呉月娘の気の短さを指摘している。

また、潘金蓮の女中である春梅も、上述した唱い手の申二姐を怒鳴って追いかえした件に関して、呉月娘が人前で自分を「奴才」と罵ったことを根に持ち、食事すらとろうとしない。

（西門慶）因問、「春梅怎的不見。」婦人道、「你還問春梅哩。他餓的只有一口遊氣兒、那屋裡倘着不是。帶今日三四日沒吃點湯水兒了、一心只要尋死在那里。說他大娘對着人罵了他『奴才』、氣生氣死、整哭了三四日了。」

「春梅はどうしたんだ。」と西門慶が尋ねると、潘金蓮、「あなた春梅のことがよく聞けたものね。腹ぺこで息も絶え絶え、あっちの部屋で横になってるじゃないの。この三四日、湯水すら口に入れず、死にたい死にたいってそればかり。大奥さまが人前であの子のことを『奴才』と罵ったことが悔しくてたまらない、って三四日も泣きっぱなしよ。」【第七十六回】

「奴才」のように比較的常用されている語ですら、浴びせられる側は不快感を抱いている。呉月娘が一家をまとめていかなくてはならない立場にあったからと言って、彼女が罵語を多用することは当たり前（呉月娘にならば罵られても仕方がない）という描かれ方はなされていない。呉月娘と潘金蓮や春梅では、罵語が発せられる背景はそれぞれ異なっている。しかしその点を考慮してもなお、罵語を通して描かれているのが、短気で口汚い呉月娘であることに変わりはないのである。

実際、罵語表現以外の面においても、彼女に対する作中人物の印象は決して好意的なものとは言えない。例えば、初めて呉月娘と顔を合わせた李瓶児は、彼女に対する印象をこう西門慶に語る。

婦人道、「……惟有他大娘性兒不是好的、快眉眼裡掃人。」

女は言います。「……ただ大奥さまだけはご気性がよくないようで、つんとしていらっしゃるわ。」【第十六回】

李瓶児は、呉月娘に対してマイナスの印象を抱いたという。また、西門慶の死後（呉月娘が息子の孝哥を出産した後）は、自分が西門家を取り仕切っていかなければならなくなったこともあり、呉月娘の厳格さにも拍車がかかる。彼女は、潘金蓮と娘婿の陳経済が密通していたことを知るや、まずはその手引きをした女中の春梅、続いて潘金蓮、そして陳経済と、立て続けに西門家から追い出す。そうした呉月娘に対して、追い出された当人達のみならず、周囲の者達までもが一様にマイナスの感情を抱いている様子が描き出されている。たとえば第八十五回、春梅を追い出す際、呉月娘は春梅が一切の物を持ち出すことを禁じる。見張り役として派遣された呉月娘の女中小玉は、潘金蓮に向かってこう言う。

正説着、只見小玉進來、説道、「五娘、你信我奶奶倒三顛四的。小大姐扶持你老人家一場、瞞上不瞞下、你老人家拿出他箱子來、揀上色的包與他兩套、教薛嫂兒替他拿了去。做個一念兒、也是他番身一場。」婦人道、「好姐姐、你到有點仁義。」

そう話していたところに、小玉が入ってくると、「五奥さま（潘金蓮）、うちの奥さまはやっていることがめちゃくちゃです。姐さん（春梅）はずっとあなた様に仕えてきたんですから、上はだましても下はだまさぬ、と言うように、奥さま、姐さんの葛籠を持ってきて、上等なのを二そろいほど包んでおあげになって、薛おばさんに持って行かせまし。記念になりますし、姐さんの門出でもあるんですから。」と言います。女（潘金蓮）、「やさしいお姐さんだね、あんたの方がよっぽど仁義があるわ。」【第八十五回】

呉月娘の冷たい仕打ちに、女中すら不満を抱く始末である。また、潘金蓮の方も、春梅が追い出されることになった後、周旋屋の薛嫂にこう愚痴をこぼす。

婦人道、「……他大娘自從有了這孩兒、把心腸兒也改變了、姊妹不似那咱親熱了。……」

女は言います。「……大奥さまは子供ができてからというもの、気持ちまで変わってしまわれて、姊妹（奥さま同士）も昔のように親密ではなくなってしまったのよ。……」【第八十五回】

呉月娘が以前にも増してすっかり冷たくなってしまったことは、呉月娘と共に西門慶亡き後の西門家を守ってきた第三夫人の孟玉楼が、再婚を決意するきっかけにもなった。

（孟玉樓）又見月娘自有了孝哥兒、心腸兒都改變、不似往時。

それに呉月娘は孝哥が生れてからというもの、気持ちまですっかり変わってしまって、昔のようではなくなりました。【第九十一回】

このように、周囲の人物にとって決して受けがいいとは言えない呉月娘だが、彼女にも彼女なりの思いがあったことが、以下の記述から窺える。第二十回、金持ちの未亡人であった李瓶児を迎え入れた西門家では、西門慶をはじめ、西門慶の友人や妓女達、皆が李瓶児を持ち上げる。そうした中、呉月娘は兄の呉大舅に不満を漏らす。

月娘歸房、甚是悒怏不樂。……月娘道、「……他有了他富貴的姐姐、把俺這窮官兒家丫頭、只當亡故了的筭帳。你也不要管他、左右是我、隨他把我怎麽的罷。賊強人、從幾時這等憂［變］心來。」說着、月娘就哭了。

呉月娘は部屋に帰りましたが、鬱々としておもしろくありません。……月娘、「……あの人は金持ちのおねえさんをもらったんですから、わたしみたいな貧乏官吏の娘なんかもう死んでしまった勘定にしているんです。あなたもあの人なんかに構わないでください。どのみちわたしはあの人にどうされようと構いはしません。強盗め、いつから心変わりをしてしまったんだか。」そういうと、泣き出してしまいました。

【第二十回】

裕福な李瓶児と自分を比べ、卑屈になる呉月娘の姿が描き出されている。また、第五十三回では、子供がいないことを潘金蓮らに陰で馬鹿にされていることを知った呉月娘が、

月娘不聽也罷、聽了這般言語、怒生心上、恨落牙根、那時卽欲叫破罵他。又是争氣不穿的事、反傷體面、只得忍耐了。一徑進房、睡在床上、又恐丫鬟每覺着了、不好放聲哭得、只管自埋自怨、短嘆長吁。……月娘纔起來、悶悶的坐在房裡。說道、「我沒有兒子、受人這樣懊惱。我求天拜地、也要求一個來、羞那些**賊淫婦**的**毴臉**。」【第五十三回】

月娘は聞かなければよかったものの、聞いてしまったものですから、怒りが生じ、恨みが喉もとまでこみ上げ、その場で怒鳴りつけてやろうかとも思いました。しかし表立って言い争うのも具合が悪く、かえって体面を傷つけることになる、と堪えるしかありませんでした。そのまま部屋へ入ってベッドに横たわりましたが、女中達に気づかれてはと思うと、声を挙げて泣くわけにもいかず、ひたすら恨みを呑んではため息をつくばかりです。……呉月娘はようやく起きあがりましたが、悶々として部屋に籠もったままです。「私に子供がいないものだから、こんな悔しい思いをさせられるんだわ。神さまにお願いして、私もひとり授けてもらって、あの**賊淫婦**の**毴臉**に恥をかかせてやる。」

と、ショックを受ける場面が描き出されている。心の内があまり描かれることのない呉月娘であるが、このように自分の立場やプライドが脅かされたり傷つけられることへの恐れも見え隠れする。しかし、正妻という立場にある呉月娘にそれなりの重圧があったとはいえ、彼女に対する周囲の反応はあくまで冷たく、生真面目な呉月娘と周囲との温度差が感じられるように描かれている。一歩上の目線から正論を振りかざし、厳しい罵声を浴びせる、呉月娘という女性は、決して手放しに賞賛される形象としては造型されていないのである。

四　呉月娘に対する後世の批評

こうした呉月娘の人物像について、『金瓶梅』の読者達はどのような反応を示しているのだろうか。

万暦四十五年の序を持つ『金瓶梅詞話』（以下「詞話本」とする）が刊行された後、崇禎年間には、その改訂本（以下「崇禎本」とする）が登場する。「崇禎本」は、長い韻文が削除されたり、「詞話本」における叙述の混乱が整理されるなど、読みやすいように手が加えられたものであると同時に、評点や評語が加えられている点も注目される。(8)「崇禎本」の評語を確認してみると、評者は呉月娘を、「如此賢婦、世上有幾」（第一回）、「賢婦」（第十八回）、「菩薩」（第四十三回）、「好人」（第七十一回、第八十一回、第九十回）等と評しており、基本的には地の文に添う評価がなされていると言える。しかし一方で、「月娘只不開口、開口亦毒（月娘は口を開かなければよいのだが、開けば辛辣である）」（第二十九回）、「月娘嘴亦狠（月娘は口が悪い）」（第五十一回）、「月娘不開口則已、開口亦不饒人（月娘は口を開かなければよいものの、開けば容赦はしない）」（第五十九回）、「月娘出語亦毒（月娘は言葉に毒がある）」（第七十三回）といった評語も見られ、彼女の口の悪さ、辛辣さについては、評者も指摘せずにはいられなかったようである。こうした呉月娘の人物像について、評者は、「金蓮乖人、開口亦惹人惱。月娘賢婦、觸着也要怪人。可見家庭老婆舌頭有所不兇（金蓮は利口だが、口を開けば人をいらいらさせる。月娘は賢婦だが、ぶつかれば人をとがめる。家庭の主婦たるもの、仕方のないことなのだろう）」（第十八回）、「雖月娘一時憤激之言、然一段宜家道理。金蓮則小不忍而亂大謀。可惜、可戒（月娘が一時的な憤りの言葉を発したところで、それは家のためである。金蓮は小さいことに辛抱できず事を騒ぎ立てる。残念であり、戒めるべきである）」（第七十五回）、「月娘雖呆、終不失爲好人（月娘はおろかではあるものの、善人であり続けた）」（第八十一回）等と、短気で口が悪いところもあるが、それは彼女の正妻という立場や思慮の浅さによるものでもあり、決して彼女が悪人だからではないと、一定の理解を示す。

その一方で、清代に、この「崇禎本」の本文に新たに評を付した張竹坡は、呉月娘のことを徹底的に非難する。張竹坡は巻首に付される「読法」の第二十四則で、「金瓶梅寫月娘、人人謂西門氏虧此一人内助、不知作者寫月娘之罪、純以隱筆、而人不知也（『金瓶梅』が月娘を描くことについて、人びとは、西門氏は彼女の内助あってこそだ、と言うが、それは作者が月娘の罪を描き出していることに気づいていないからである。というのもすべて隠筆を以て描かれているために、人はそれに気づかないのである）」とする。具体的な例として、張竹坡は、呉月娘が西門慶を諫めなかったことや、潘金蓮と陳経済の密通を咎めなかったこと、尼僧の話を聞いたり香を焚いたりしたこと等を挙げる。そして、「月娘雖有爲善之資、而亦流於不知大禮。卽其家常擧動、全無擧案之風、而徒多眉眼之處。蓋寫月娘、爲一知學好而不知禮之婦人也（月娘は善を為す資質を備えていたにもかかわらず、大礼を知らぬというところへ流されてしまった。その日頃の行いに、夫に対する敬意なるものが全く備わっておらず、いたずらに外見ばかりを気にしているのである。月娘を描くことによって、善人の真似をすることはできても礼は知らぬ婦人を描こうとしたのだろう）」という。要するに、「吴月娘是奸險好人（呉月娘は陰険な善人である）」（「読法」第三十二則）というのである。

「崇禎本」の批評を「俗批」とし、自らは精密な読みによって作者の真意を客観的に明らかにしようとする張竹坡ではあるが、(9)呉月娘に関する評語については辛辣かつ主観的とも思えるものが目立ち、「月娘豈忠厚人乎（月娘のどこが真面目で温厚なのだ）」（第十八回）、「月娘険人、可畏（月娘は悪人だ、おそろしい）」（第六十二回）、「丑絶、不堪（みっともなくて、たまらない）」（第七十五回）、「月娘如此無禮、眞是不堪（かくも無礼であるとは、なんともたまらない）」（第九十回）と、その人物像を非難するのみならず、「月娘等人眞是生生世世、我不願一見其人者（月娘のような人物とは本当に何度生まれ変わっても、絶対に出会いたくない）」（第四十回）、「月娘狠極。生生世世不願見此等人（月娘はひどすぎる。生まれ変わってもこんな人には会いたくない）」（第八十六回）と、激しい嫌悪感すら露わにする。

地の文においては、一貫して呉月娘を称えるような描写がなされている。しかしこの地の文から浮かび上がる呉月娘像と、罵語表現から浮かび上がる呉月娘像とは相容れないところがある。呉月娘の罵語に対する周囲の不快感が描かれていることから考えても、彼女は単純に良家の子女、温柔な性格の持ち主としては描かれていない。その結果、「崇禎本」の評者のように、呉月娘の口の悪さには辟易しながらもその立場を思いやる読み手が登場したり、張竹坡のように、呉月娘を陰険な人物としか見なしえない（張竹坡は、それが個人の感想によるものではなく、作者が意図して見かけ倒しの賢妻を描こうとしている、としている）読み手が登場したりするに至ったものと思われる。

小　結

魯迅は『中国小説的歴史的変遷』の中で、『紅楼夢』の人物描写について、「其要点在敢于如実描写、幷無諱飾、和従前的小説叙好人完全是好、壊人完全是壊的、大不相同、所以其中所叙的人物、都是真的人物（その描写の特徴は、ごまかすことなくありのままを描くことにあり、従来の小説が善人は完全な善、悪人は完全な悪として描くのとは大いに異なっている。そのため作中人物はみな本物の人間そのものである）。」と評している。王汝梅氏は、こうした魯迅の見解に対し、「其実、最早突破這一格局的応該是『金瓶梅』。『金瓶梅』已経擺脱了伝統小説那種簡単化的平面描写、開始展現真実的人所具有的複雑矛盾的性格（実際、最も早くこの人物描写のパターンを打ち破ったのは『金瓶梅』である。『金瓶梅』は伝統的な小説に描かれる単純で平面的な描写を脱し、人間が備える複雑で矛盾した性格を展開したのだ）。」として、『金瓶梅』こそが従来のステレオタイプな人物像を打ち破った最初期の作品だとする。(10) 本章では、こうした『金瓶梅』における人物描写の特徴を、罵語を通して見ることで具体的に指摘した。

潘金蓮が単なる悪女、呉月娘が単なる良妻賢母として描かれ、そう機能することによって物語が進行しているのなら、『水滸伝』の世界と同じである。『水滸伝』的世界における登場人物は、例えば「悪役」「道化役」というように、その人物の一面がクローズアップされる描かれ方をしているといえる。しかし潘金蓮、あるいは本章で取り上げた呉月娘の場合、そうした一面的な人物としては割り切れない、重層的な人物像が付与されているのである。王汝梅氏も指摘するように、『金瓶梅』の人物描写は、『紅楼夢』に先立つ近代小説性を備えるものとして位置づけられるべきであろう。

注

（1）たとえば曹煒『《金瓶梅》文学語言研究』（江蘇教育出版社、一九九七）にも、「而《金瓶梅》衆多人物形象的成功塑造、主要得力于作者賦予這些人物的性格化的語言。」との指摘がある。

（2）『金瓶梅』の罵語を抽出し、訳語を付けたものとして、池本義男『金瓶梅詞話の罵言私釈稿（初稿）』（采華書林、一九七五）がある。随時参照した。

（3）今回は取りあげなかったが、こうした呼称的な罵語だけでなく、「羞那些賊淫婦的毬臉」「你家媽媽子穿寺院、養和尚、合道士」のような罵り表現も多く見られる。これらを含めると、『金瓶梅』には更に多くの罵語が使用されていることになる。

（4）千戸は五品ではあるが、武官ということもあり、決して上流階級とは言えない。西門慶も副千戸という肩書きを得るが、荒木猛「『金瓶梅』における風刺―西門慶の官職から見た―」（「函館大学論究」一八、一九八五。後、『金瓶梅研究』（佛教大学研究叢書六、思文閣出版、二〇〇九）に収録）では、『明史』巻七十一選挙志によれば、武官職に世襲職たる世官と、そうではなくその都度適当な人が任命される流官との二種の別があったことがしるされている」とし、西門慶が流官の扱いであったのに対し、呉家の方は世官だったことが指摘されている。ともあれ、呉月娘は上流ではないものの、相応の家柄の子女として設定されていると考えて差し支えないだろう。

（5）寺村政男「『水滸伝』から『金瓶梅詞話』への変化～罵語を中心として～」（「中国総合研究」創刊号、一九七五）では、『水滸伝』の第二十四回～第二十六回と、その借用部分である『金瓶梅』第一回～第五回における罵語が比較され、『金瓶梅』の罵語が書き換えによって誇張化している点について、「私はこの現象の一番の原因を、罵語というものの性格から考えて、作者の日常口頭語である山東方言の影響ではなかろうかと考えている」と指摘される。確かに『金瓶梅』は、他の小説に比べて罵語表現が突出しており、そこには方言の影響も考えられよう。しかし登場人物の性格と罵語との関係については、方言の影響だけでは片づけられないものと考える。

（6）胡士云「漢語罵人話簡論」（『大河内康憲教授退官記念中国語学論文集』東方書店、一九九七）では、「筆者粗略地作了一下統計、在《水滸伝》中、含有罵人意思的〝鳥〟字共一五七例、其中有三九例出自李逵之口。也許小説作者以為、不使用比較粗魯的語言、不足以突出李逵其人的个性吧。」とする。また、大河内康憲「中国語の悪態、罵語」（『中国語の諸相』白帝社、一九九七）によると、現代中国語における「鳥人」「鳥事」は、「きつさ」のレベルが五段階中「五」であるという。

（7）大河内康憲氏の前掲論文（注（6））によると、現代中国語における「狗入的」も「きつさ」のレベルは「五」であるという。
（8）阿部泰記「『金瓶梅詞話』の叙述の混乱について」（「小樽商科大学人文研究」五八、一九七九）に詳しい分析がある。
（9）張竹坡の批評の特徴については、田中智行「『金瓶梅』張竹坡批評の態度—金聖歎の継承と展開—」（「東方学」一二五、二〇一三）に詳しい。また同氏の「張竹坡「批評第一奇書金瓶梅読法」訳注稿（上）」（「徳島大学総合科学部人間社会文化研究」二一、二〇一三）、「張竹坡「批評第一奇書金瓶梅読法」訳注稿（上）」（「徳島大学総合科学部人間社会文化研究」二二、二〇一四）も参照した。
（10）斉煙・汝梅校点『新刻繡像批評金瓶梅』（三聯書店〔香港〕、一九九〇）の王汝梅氏の前言による。

【附表】　潘金蓮、呉月娘、春梅の罵語

女性で特に多かった潘金蓮、呉月娘、春梅の罵語を挙げた。罵られる人物は【　】内に記し、同じ語が複数回使われている場合は、（×数）と表記した。複数の対象に向かって発せられた罵語に関しては「＊」を付けた。また「種子」「孩子」等、言葉そのものは決して罵語とは言えないものの、文脈上マイナスの意味で用いられていると判断しうる場合は取り上げた。

潘金蓮	**【西門慶】**傻冤家　怪碜貨　怪火燎腿三寸貨　怪貨　怪强盜　怪行貨　怪行貨子（×6）　怪賊囚子　怪奴才（×3）　怪發訕的冤家　汗邪的油嘴　好個沒來頭的行貨子　好個沒廉羞的行貨子　好個沒廉耻冤家　好個刁鑽的强盜　好不順臉的貨兒　好負心的賊　好老氣的孩兒　行貨子　三寸貨（×2）　隨風到舵順水推船的行貨子　精油嘴的東西　賊强人（×4）　賊作死的强盜　賊三寸貨强盜　賊三等九格的强人　賊囚根子　賊不逢好死的强人　賊不逢好死變心的强盜（×2）　賊不合鈕的强人　賊負心　賊負心的　賊沒廉耻貨（×2）　賊沒廉耻撒根基的貨　賊沒廉耻的貨（×3）　賊沒廉耻的昏君强盜　賊沒羞的貨　賊牢　賊跌折腿的三寸貨强盜　墮業的衆生　大眼裏火行貨子　大行貨子　淡孩兒　短命的　波答子爛桃行貨子　不逢好死三等九做賊强盜　不合理的行貨子　負心强人　負心賊（×2）　負心的囚根子　負心的賊　沒才料的貨　沒挽和的三寸貨　沒廉耻貨（×2）　沒廉耻的貨（×6）　沒廉耻的貨兒　沒羞的黄猫黑尾的强盜　牢拉的囚根子　老花子　傻行貨子　**【李嬌兒】**不逢好死的嚼舌根的淫婦＊　小淫婦＊　淫婦＊　好個奸倭的淫婦　**【孟玉楼】**怪行貨子　瘋淫婦（×2）　**【孫雪娥】**不逢好死的嚼舌根的淫婦＊　小淫婦＊　淫婦＊　小婦奴才（×2）　慇懃的小婦奴才　沒廉耻的小婦人　小淫婦　**【李瓶兒】**淫婦（×9）　賊淫婦　鳥姨　沒廉耻、弄虚脾的臭娼根　**【陳経済】**碜短命　怪賊牢拉的短命　怪短命（×4）　怪油嘴　怪搗鬼牢拉的　好個怪牢成久慣的囚根子　好個老成久慣的短命　好賊短命　好短命（×2）　小短命　少死的賊短命（×2）　說嘴的短命　賊才料　賊短命（×5）　賊牢成的　賊牢拉負心短命　短命　負心的短命賊囚　蠢賊奴　**【玳安】**怪尖嘴的賊囚子　欺心的囚根子　好小油嘴兒　囚根子（×2）　小油嘴（×2）　賊囚根（×2）　賊囚根子（×4）　賊囚根子們＊　賊積年久慣的囚根子　賊慇懃的奴才　慇懃的囚根子　**【平安】**囚根子　賊囚　**【琴童】**奴才（×2）　好成揖的奴才　尿不出來的毛奴才　賊囚　賊囚根子們＊　**【画童】**賊囚根　賊小囚兒　肉佞賊　小奴才　賊小奴才　**【書童】**蠻奴才（×2）　奴才（×4）　蠻秫秫小厮　賊蠻奴才　秫秫奴才　囚根子　好囚根子　賊囚根子　**【平安】**怪囚根子　**【来旺】**賊囚根子　賊萬殺的奴才　奴

才（×16）　犯死的奴才　【鉞安】賊囚　囚根子　【春鴻】囚根子　【春梅】怪小肉兒（×2）　好個閑嘈心的小肉兒　小肉兒（×8）　小油嘴　賊小肉兒（×7）　【秋菊】好賊少死的奴才　好賊奴才（×2）　好大膽奴才　賊淫婦奴才　賊奴才（×13）　賊奴才淫婦　賊奴才痞、不長俊奴才　賊破家誤五鬼的奴才　賊膽大萬殺的奴才　奴才（×10）　奴才的野漢子　沒廉耻的貨　【玉簫】怪狗肉　狗肉　賊狗囚　【宋恵蓮】淫婦（×6）　九焞十八火的主子的奴才淫婦　好嬌態的奴才淫婦　死的來旺兒賊奴才淫婦　成精的狗肉　賊淫婦（×3）　賊臭肉　賊少婦奴才　賊奴才淫婦（×4）　奴才淫婦（×8）　【如意】淫婦（×5）　怪臭肉　眼裏火爛桃行貨子　久慣的淫婦　行貨子　小賊歪剌骨　賊淫婦（×3）　賊活人妻淫婦　賊沒廉耻雌漢的淫婦　賊歪剌骨　賊歪剌骨、雌漢的淫婦　沒廉耻的淫婦、嘲漢的淫婦　歪剌骨（×2）　【王六児】賊淫婦　大摔瓜長淫婦　大紫膛色黑淫婦　淫婦（×3）　長大摔瓜淫婦　【林太太】老淫婦　賊老淫婦　張眼露睛的老淫婦　【賁四の妻】賊淫婦　水眼淫婦　好個怪淫婦　【応伯爵】　賊油嘴的囚根子　【花子虚】忘八　【温秀才】溫蠻子　【李桂姐】淫婦（×7）　賊淫婦　【申大姐】瞎拽磨的　瞎淫婦　賊瞎淫婦　【李銘】王八（×3）　賊王八（×4）　【小鉄棍】賊小奴才　小奴才（×2）　賊萬殺的小奴才　小奴才兒　【潘媽媽】好恁小眼薄皮的　怪老貨　老貨　老行貨子（×2）　【官哥】種子　尿胞種子（×2）　尿胞種　小油嘴兒　【孝哥】尿胞種　【韓道国】王八　明忘八　明王八　王八花子　【賁四】傻王八　王八　明王八　【王尼】好禿子　【武大】賊混沌　濁才料　賊混沌蟲　混沌魍魎　混沌東西　不識時濁物　濁東西　【迎児】小賤人（×2）　好嬌態淫婦奴才　牢頭禍根淫婦　牢頭淫婦　賊淫婦　【温秀才の妻】不長俊的行貨子

呉月娘

【西門慶】硶說嘴的貨　火燎腿行貨子　强人　好個汗邪的貨　好個說嘴的貨　好有張主的貨　行貨子　賊强人（×3）　賊皮搭行貨子　大謅答子貨　沒道理昏君行貨　沒來頭的行貨子　沒廉耻的貨　沒羞的貨　恁强的貨　涎臉涎皮的　獨强貨　傻才料　【孟玉楼】賊淫婦＊　【孫雪娥】不是才料處窩行貨子　【潘金蓮】賊不識高低貨　九條尾狐狸精　好淫婦　賊淫婦＊　沒尾八行貨子　賊　賤不識高低的貨　沒廉耻趁漢精　潑腳子貨　九條尾的狐狸精　潑皮賴肉的　淫婦　【李瓶児】沒廉耻的歪淫婦　淫婦　綿裏針、肉裏刺的貨　【陳経済】種子　潑才料　賊材料　短命王鸞兒　好個沒根基的王八羔子　沒天理的短命囚根子　羔子　【玳安】硶說嘴的囚根子　怪囚　怪囚根子（×2）　怪小囚兒　欺心奴才　好奴才　囚根子　囚根子＊　賊囚根子（×6）　賊奴才（×2）　賊兩頭弑番獻勤欺主的奴才　奴才（×4）　【平安】怪奴才　怪肉根子　怪賊奴才　奴才　【琴童】奴才

	（×2）賊見鬼的囚　囚根子＊　【画童】怪賊小奴才兒　【書童】奴才（×2）沒脚蟹的營生　【来安】小奴才　怪賊奴才　【小者達】賊奴才＊　【春梅】成精狗肉們＊　不合理的行貨子　奴才　【秋菊】賊葬弄主子的奴才　弄主子的奴才　奴才們　【玉簫】賊臭肉（×2）成精狗肉們＊　【小玉】怪臭肉每　賊臭肉（×2）賊狗胎　怪墮業的小臭肉兒　小淫婦兒（×2）小肉兒　賊小淫婦兒　【迎春】成精狗肉們＊　【蘭香】成精狗肉們＊　【恵秀】賊臭肉　【宋恵蓮】歪刺骨＊　賊臭肉們＊　賊成精的　傻孩子　【如意】狗肉　好淫婦　【王六兒】毖大嬏　賊狗攮的養漢的淫婦　【林太太】老浪貨　【恵祥】歪刺骨　賊臭肉們＊　【応伯爵】扯淡輕嘴的囚根子　【花大】刁徒潑皮的人　【温秀才】不上蘆葦的行貨子　鳥葵軒　行貨子　【李桂姐】淫婦　【李銘】王八　【官哥】好個不長俊的小廝　不長俊的小花子兒　不長俊的小油嘴　【雲離守】人皮包着狗骨　賤漢
春梅	【孫雪娥】淫婦奴才（×5）奴才　賤人（×3）【琴童】怪囚根子　賊囚根子　怪囚　【画童】賊見鬼小奴才兒　【春鴻】賊小蠻囚兒（×2）怪小蠻囚兒　【秋菊】賊餳奴　奴才（×4）賊見鬼的奴才　歪刺骨　好乾淨的奴才　見鬼的奴才　賊小死的囚奴　成精奴才　破包簍奴才　【玉簫】好個怪浪的淫婦　沒見食面的行貨子＊　怪淫婦　浪淫婦　【迎春】沒見食面的行貨子＊　怪小淫婦兒　【蘭香】沒見食面的行貨子＊　【王六兒】淫婦（×3）賊淫婦　【李桂姐】淫婦　【申二姐】走千家門萬家門賊狗攮的瞎淫婦　賊合遍街搗遍巷的瞎淫婦　賊瞎淫婦（×3）合遍街搗遍巷的賊淫婦　瞎婦　瞎淫婦　【李銘】好賊王八　賊少死的王八　賊王八（×3）王八（×8）【小鉄棍】小囚兒　【月桂】賊浪奴才　【海棠】賊奴才　奴才　【女中達】賊奴才＊

第四章　孟玉楼と呉月娘――『金瓶梅』の服飾描写――

はじめに

『金瓶梅』は詳細な描写を最大の特徴のひとつとする。明末の世に突如として現れたこの大部の小説に当時の文人たちが驚嘆した様は、複数の資料から窺うことができるが、たとえば刊行される以前、まだ誕生してほどない頃のものと思われる『金瓶梅』を目にした袁宏道（一五六八～一六一〇）は、友人の董其昌（一五五五～一六三六）に宛てた書簡の中で、

『金瓶梅』從何得來。伏枕略觀、雲霞滿紙、勝於枚生「七發」多矣。後段在何處、抄竟當於何處倒換、幸一的示。

『金瓶梅』はどこから手に入れられたのでしょうか。病床でざっと読みましたが、雲霞は紙に満ち、枚乗の「七発」よりもはるかに勝っています。後段はどこにあり、写し終わったらどこで交換すればよいでしょうか。ご指示をいただければと思います。

と、枚乗の「七発」を引き合いに出しつつ、『金瓶梅』はそれ以上だと賞賛する。序章でも指摘したとおり、細かい描写が繰り返されることで知られる「七発」にも勝る、というこの記述からは、袁宏道の評価した『金瓶梅』最大の特徴が、その詳細な描写にあったことが窺えよう。

事実、『金瓶梅』には様々な事物や行為が細かく描かれる。食事、調度品、ゲームや贈り物の内容、夜の営みや女性たちのおしゃべり、あらゆるものが微視的に描かれている。詳細であるがゆえに、従来こうした描写は、当時の文化や風俗を映し出す「資料」として注目される傾向にあった(1)。しかしこうした詳細な描写そのもののもつ意味はどこにあるのか、細かい描写によって『金瓶梅』が描こうとしたものは何なのか、といった問題については、なお議論の余地が残されているように思われる。

作品に登場する人物の外見、とくに服飾に関する描写も詳細を極めているが、それらは当時の服飾文化を忠実に再現しているというだけでなく、個々の人物像、あるいはストーリーの展開と深い関連性を持っているものと考えられる(2)。本章では、『金瓶梅』における服飾描写、とくに夫人たちの服飾に着目し、服飾描写を通して何が見えてくるのか、詳細な服飾描写は作品の中でどのように機能しているのか、という問題について考えてみたい。

一　ある日の夫人たち

ある日常のひとコマを取り上げて見てみたい。『金瓶梅』第五十六回、秋風が吹き始めた心地よい一日のこと、宴会続きで疲れていた西門慶は、夫人たちとともに自宅の庭で秋の花見をすることにする。その日の夫人たちのよそおいは、以下のように描写されている(3)。

月娘上穿柳緑杭絹對衿襖兒、淺藍水紬裙子、金紅鳳頭高底鞋兒。孟玉樓上穿鴉青段子襖兒、鵝黃紬裙子、桃紅素羅羊皮金滾口高底鞋兒。潘金蓮上穿着銀紅縐紗白絹裏對衿衫子、荳緑沿邉金紅心比甲兒、白杭絹畫拖裙子、粉紅花羅高底鞋兒。只有李瓶兒上穿素青杭絹大衿襖兒、月白熟絹裙子、淺藍玄羅高底鞋兒。四個妖妖嬈嬈、伴着西門慶尋花問柳、好不快活。

月娘（第一夫人）は、緑の杭州絹でできた対襟（前中央で襟が合わさっているもの）の袷《あわせ》の上着に、薄い藍色の紬の裙子《スカート》、つま先に鳳凰のデザインが施された金紅の高底の靴といういでたち。孟玉楼（第三夫人）は、濃紺の緞子の袷に、山吹色の紬の裙子、口のところが羊皮金で縁取ってある薄紅色の紹の高底の靴。潘金蓮（第五夫人）は、銀紅の縮緬で裏が白絹の対襟の単衣《ひとえ》の上着に、青豆色で縁取ってある朱色の比甲《ベスト》、裾に模様のほどこしてある白の杭州絹の裙子、桃色の紋紹の高底の靴といったいでたちです。李瓶児（第六夫人）だけは、無地の黒い杭州絹でできた大襟（右側で身ごろを留めるもの）の袷に、青白い練り絹の裙子、黒の中に藍が透けた紹の高底靴といういでたちです。四人ともあでやかな姿で西門慶に付き従って庭の景色を楽しみ、たいそう楽しく過ごします。【第五十六回】

明代の女性の服装

夫人達のよそおいは、色、形、素材など、ひとりひとり、詳しく描き分けられている。

第一夫人呉月娘は後ほど取り上げることとして、まずは第三夫人孟玉楼を見てみたい。ここで注目したいのは色使いである。彼女は、「鴉青段子襖兒」「鵝黄紬裙子」、そして「桃紅素羅羊皮金滾口高底鞋兒」といういでたちである。特に、彼女の靴に使われている「羊皮金」に注目したい。「羊皮金」とは、縁取りや装飾に多く用いられるものである。素材に関しては諸説あり、『金瓶梅大辞典』（巴蜀書社、一九九一）は「一種白色起絨類織金物（白色の毛羽立った金織物の一種）」とし、『金瓶梅詞話校注』（岳麓書社、一九九五）は「粘表在薄羊皮上的金箔（薄い羊の皮に金箔を張り付けたもの）」とする。清の葉夢珠『閲世編』（巻八 内装）には、

余幼見前輩内服之最美者、有刻絲織文、領袖襟帯以羊皮金鑲嵌。

私が幼い頃に見た、年上のご婦人方の衣服の中で最も美しかったのは、模様のある織物で、襟元や帯に羊皮金で縁取りがされているものである。

とあり、「羊皮金」を使って縁取られたものがたいへん美しいものであったことがわかる。また明末の宋応星『天工開物』（巻十四 黄金）には、

秦中造皮金者、硝擴羊皮使最薄、貼金其上、以便剪裁。服飾用皆煌煌、至色存焉。

秦中で皮金を作るものは、羊の皮をなめして薄くし、その上に金を貼って、裁断しやすいようにする。服飾に用いると、キラキラと輝いて美しい。

と、「羊皮金」を用いることで華やかさが加わることが記されている。これらの記述に拠れば、孟玉楼はきらびやかで華やかな靴を履いていた、ということになりそうである。しかし『金瓶梅』を詳細に読んでいくと、孟玉

楼にとって、「羊皮金」は決して華やかなものとしてはとらえられていなかったようだ。第二十九回には、夫人たちが靴を作る場面がある。

金蓮接過看了一回、説、「你這個到明日使甚麼雲頭子。」玉樓道、「我〔比〕不得你們小後生、花花黎黎。我老人家了、使羊皮金緝的雲頭子罷。週圍拿紗緑線鎖出白山子兒、上白綾高底穿、好不好。」金蓮道、「也罷。你快收拾、咱去來。李瓶兒那裡等着哩。」

金蓮は受け取って見て、「これからどういう雲模様にするつもりなの。」と言います。玉楼が「私はあなたたち若い人みたいに派手にするわけにはいかないわ。もう年だから、羊皮金で縫った雲の模様をつけることにしましょう。周りには、緑の紗の糸で白い山形をかがって、白綸子の高底にするのはどうかしら。」と言うと、金蓮、「それもいいわね。急いで片付けて行きましょう。李瓶児があちらで待っているわ。」

【第二十九回】

潘金蓮が、「大紅光素段子白綾平底鞋兒、鞋尖上扣綉鸚鵡摘桃（緋色の無地の緞子に白綸子の平底靴で、靴の先には鸚鵡が桃をついばむデザインが施されたもの）」を作ろうとしているのに対し（李瓶児は潘金蓮と同じデザインの高底靴）、ここで孟玉楼が、「若くないから派手にするわけにはいかない」と言って作ったのが、「羊皮金」の「雲頭子（雲の模様）」が付いた靴であった。「羊皮金」は、他の女性たちの衣服にもしばしば用いられているが、少なくとも孟玉楼にとっては、「花花黎黎」ではなく、「老人家」である自分にふさわしいものだと認識されていたことが窺える。

第五十六回における孟玉楼のこうした色使いについて、作品内を見渡してみると、他にも同じような配色を取り入れている人物がいた。西門家の使用人（韓道国）の妻でありながら、西門慶とも関係を持つ王六児である。

不一時、王六兒打扮出來。頭上銀絲䯼髻、翠藍縐紗羊皮金滾邊的箍兒、週圍插碎金草蟲啄針兒、白杭絹對衿兒、玉色水緯羅比甲兒、鵝黃挑線裙子。脚上老鴉青光素段子高底鞋兒、羊皮金緝的雲頭兒、耳邊金丁香兒。打扮的十分精緻、與西門慶插燭也似磕了四個頭兒、回後邊看茶去了。

しばらくすると、王六児が身ごしらえをして出てきます。頭には銀の仮髷をつけ、エメラルドグリーンに羊皮金で縁取りがしてある髪飾りを巻き付け、その周りに金でできた虫の髪飾りを挿し、白い杭州絹でできた対襟の上着、玉白色の水緯羅の比甲、山吹色のステッチの裙子を身につけております。足下は、濃紺の無地の緞子の高底靴で、羊皮金の雲模様がついており、耳には丁子の花のつぼみをかたどった金の飾り。綺麗にめかし込んで、西門慶に蠟燭を挿したような形で四回お辞儀をすると、奥へお茶を取りに戻ります。

【第六十一回】

「鵝黃挑線裙子」に、「老鴉青光素段子高底鞋兒」、その靴には「羊皮金緝的雲頭兒」があしらわれている。使われているアイテムこそ異なっているが、「鵝黃」「鴉青」などは作品中この二人にしか見られず、靴にも「羊皮金」の縁取りや模様が用いられるなど、共通点が見られることは指摘できよう。王六児の年齢は二十九（第三十七回）、嫁入り前の娘もおり、すでに若くはない女性として設定されている。つまりここでの孟玉楼は、やや年配の女性が取り入れるような、落ち着いた色使いをしているのではないかと推測できる。

孟玉楼は、西門慶に嫁いだ時点で三十歳（第七回）、西門慶より二歳年上である。(4) 呉月娘や潘金蓮とは四歳ほど、李瓶児とは六歳ほど違っており、どこか気後れしたような、一歩引いた調子である。西門慶の死後、孟玉楼は李衙内に嫁ぐこととなるが、仲人の薛嫂は、当時三十七歳になっていた孟玉楼と、三十一歳の李衙内との年齢差を埋めるため、算命先生に相談した上で、釣書の年齢を三十四歳に書き換える。(5) 孟玉楼には常に年齢の問題がつきまとっており、第二十九回の発言などからも窺えるように、本人もそのことを気にしているようである。つまり孟玉楼の服装からは、こうした気後れのようなものも読み取れるのではないだろうか。

一方、第五夫人潘金蓮は、「銀紅縐紗白絹裏對衿衫子」、「荳緑沿邉金紅心比甲兒」、「白杭絹畫拖裙子」「粉紅花羅高底鞋兒」といういでたちであり、赤やピンクがふんだんに取り入れられている。特に、上着に用いられた「銀紅（白味を帯びたピンク色）」に注目したい。第三十一回には、西門慶の付き人である書童という美少年が、身につけていた匂い袋を、玉簫という女中にねだられる場面が描かれている。

（玉筲）因見他白滾［瀼］紗漂白布汗掛兒上、繫着一個銀紅紗香袋兒、一個緑紗香袋兒、問他要、「你與我這個銀紅的罷。」書童道、「人家個愛物兒、你就要。」玉筲道、「你小厮家帶不的這銀紅的、只好我帶。」

書童が苧麻《からむし》の真っ白な肌着の上に、銀紅の紗の匂い袋と、緑の紗の匂い袋を付けているのを見て、玉筲（玉簫）はくれと言います。「この銀紅のを私にちょうだいよ。」「人が大切にしているものを、君はすぐ欲しがるんだから。」「男の子がこんな銀紅のなんて付けるもんじゃないわ。私が付けるべきね。」【第三十一回】

ここで、玉簫に「你小厮家帶不的（男の子が付けるもんじゃない）」と冷やかされているところからも、「銀紅」という色が、典型的な「女性色」だったことがわかる。清の李漁『閑情偶寄』（巻三 声容部 衣衫）には、

記予兒時所見、女子之少者、尚銀紅桃紅、稍長者尚月白。未幾而銀紅桃紅皆變大紅、月白變藍、再變則大紅變紫、藍變石青。

私が子どもの頃、若い女性は銀紅や桃紅といった色を、やや年がいくと月白を好んで身につけていた。しばらくすると、銀紅や桃紅は大紅に変わり、月白は藍に、更には大紅が紫に、藍が石青へと、（年齢と共に）変化していくのである。

とあり、「銀紅」は特に「若い女性」が好んで身につける色だったことが窺える。他の箇所（第十一回、第二十七回、第七十五回等）でも潘金蓮は「銀紅」のものを身につけていることなどから、彼女は、いかにも若い女性が好むような色を用いていたのではないかと想像しうる。[6]

第六夫人李瓶児は、「上穿素青杭絹大衿襖兒」「月白熟絹裙子」「淺藍玄羅高底鞋兒」と、潘金蓮とは実に対照的な色合いである。さきほどの『閑情偶寄』に拠れば、李瓶児がここで身につけている「月白」は、「女子之少者」に対する「稍長者」が用いる色であり、「藍」「青」といった色も潘金蓮が身につけている赤系統とは対照的な（かつ年長者が好む）色として位置づけられている。李瓶児は、元々西門慶の友人の妻だったが、不倫の挙句、夫を死なせて西門慶の第六夫人となる。夫を毒殺して西門慶の第五夫人におさまった潘金蓮と変わらぬ悪女ぶりである。ところが西門家に入ってからというもの、李瓶児は一変して潘金蓮とは対照的な存在になってしまい、潘金蓮の嫉妬に耐え忍ぶ、可憐な女性として描かれるようになる。[7] 李瓶児についてはもう少し検討の余地がありそうだが、ここでは、潘金蓮と李瓶児との対比が、彼女たちのよそおい（特に色使い）によって視覚的にも浮かび上がるようになっている可能性を指摘しておきたい。

二　呉月娘のよそおい

以上、『金瓶梅』の中から日常のひとコマを取り上げ、夫人たちのよそおいが描き分けられていることを確認した。特にこの自宅での花見における夫人たちのよそおいは、（後出する）婚約披露宴、元宵節の宴といったハレの席のものではないからこそ、個々人の特徴がとりわけ浮かび上がっているように思われる。そこで以下、正妻呉月娘のよそおいを取り上げてみたい。

この第五十六回の場面で注目したいのは、呉月娘が「金紅鳳頭高底鞋兒」を履いているという点である。これは、「金紅」つまり金味を帯びた紅の、「鳳頭」がデザインされた高底の靴である。雲のような模様がデザインされた「雲頭」の靴は作品中にたびたび登場するが、「鳳頭」の靴はこの場面にしか登場しない。李漁の『閑情偶寄』（巻三　声容部　鞋襪）に、

従來名婦人之鞋者、必曰「鳳頭」、世人顧名思義、遂以金銀製鳳、綴於鞋尖以實之。

かねてより婦人の靴は「鳳頭」と呼ばれていたが、人々はその名に合わせて金や銀で鳳凰をかたどり、靴の先端にあしらうようになった。

とあることなどからも、この「鳳頭鞋」は、豪華なデザインのものだったと考えられる。(8)

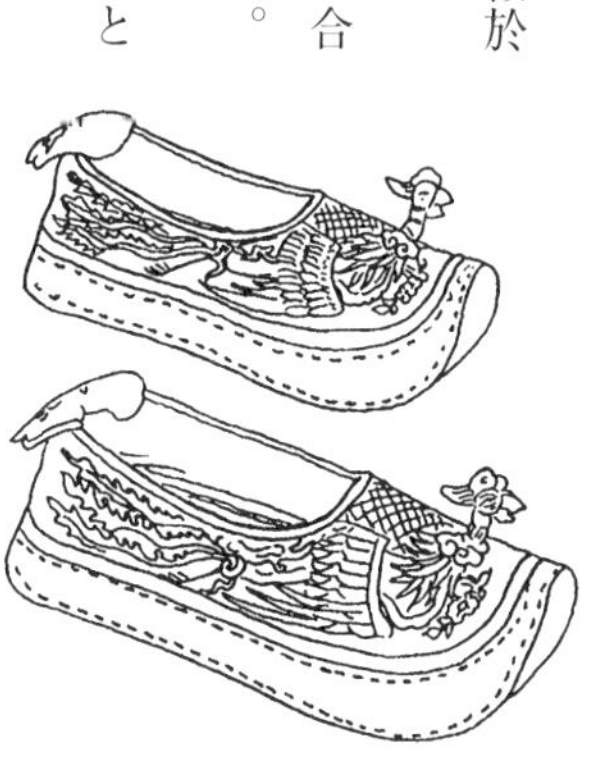
清代の鳳頭鞋

この場面に限らず、呉月娘のよそおいにはしばしば「鳳凰」が用いられている。もちろん鳳凰は一般的な吉祥のデザインであり、孟玉楼や潘金蓮、李瓶児らも身につけてはいるが、呉月娘、あるいは周守備のもとへ嫁いだ春梅（もともと潘金蓮付きの女中）が特に好んで身につけていることなどから、身分の高さとも関係があるものだったと予想される(9)。

そもそも、呉月娘だけが他の夫人たちとは異なるよそおいをしている場面が、作品中にはしばしば描かれている。たとえば、

呉月娘穿着大紅粧花通袖袄兒、嬌緑段裙、貂鼠皮袄。李嬌兒、孟玉樓、潘金蓮都是白綾袄兒、藍段裙。李嬌兒是沉香色遍地金比甲、孟玉樓是緑遍地金比甲、潘金蓮是大紅遍地金比甲。頭上珠翠堆盈、鳳釵半卸、鬢後挑着許多各色燈籠兒。

呉月娘は緋色の粧花織りの袖つづきの袷の上着に、緑色の緞子の裙子、貂の毛皮を身にまとっております。李嬌児、孟玉楼、潘金蓮は、白綸子《りんず》の袷に、藍色の緞子の裙子です。李嬌児は沈香色の遍地金（金の糸で花模様などが織り込まれているもの）の比甲、孟玉楼は緑の遍地金の比甲、潘金蓮は緋色の遍地金の比甲です。頭には真珠や翡翠の飾りが載せられ、鳳凰の釵が垂れ下がっており、鬢の後ろには色とりどりの灯籠飾りがぶら下げられています。

【第十五回】

比甲を着た
明代の女性

元宵節の灯籠見物の場面で、李嬌児、孟玉楼、潘金蓮については比甲の色が違うだけであるが、呉月娘だけは貂

の毛皮を羽織るなど、他とは異なるよそおいである(10)。同じく元宵節において、

話説一日、天上元宵、人間燈夕。西門慶在家廳上、張掛花燈、鋪陳綺席。正月十六、合家歡樂飲酒。……西門慶與吳月娘居上坐、其餘李嬌兒、孟玉樓、潘金蓮、李瓶兒、孫雪蛾、西門大姐都在兩邉列坐。都穿着錦綉衣裳、白綾襖兒、藍裙子。惟有吳月娘穿着大紅遍地通袖袍兒、貂鼠皮襖、下着百花裙、頭上珠翠堆盈、鳳釵半卸。

さて、その日は、天上では元宵、下界では灯籠の節句です。西門慶は家の大広間に提灯を飾り、宴席を設けます。正月の十六日、家族みんなで酒を飲んで楽しみます。……西門慶と呉月娘は上座に座り、李嬌児、孟玉楼、潘金蓮、李瓶児、孫雪娥、西門大姐は両側に並んで座ります。みな錦織の着物に、白綸子の袷、藍色の裙子といったいでたちです。呉月娘だけは、緋色の遍地金の袖つづきの長衣に、貂の毛皮、色とりどりの裙子をはき、頭には真珠や翡翠を載せ、鳳凰の釵を垂らしております。【第二十四回】

ここでもやはり呉月娘だけは他と異なるよそおいをしており、貂の毛皮や鳳釵が用いられている。

(趙裁)不一時走到、見西門慶坐在上面、連忙磕了頭。卓上鋪着氊條、取出剪尺來、先裁月娘的。一件大紅遍地錦五彩粧花通袖襖、獸朝麒麟補子段袍兒。一件玄色五彩金遍邉葫蘆樣鸞鳳穿花羅袍。一套大紅段子遍地金通袖麒麟補子襖兒、翠藍寬拖遍地金裙。一套沉香色粧花補子遍地錦羅襖兒、大紅金板［枝］緑葉百花拖泥裙。其餘李嬌兒、孟玉樓、潘金蓮、李瓶兒四個、多裁了一件大紅五彩通袖粧花錦雞段子袍兒、兩套粧花羅段衣服。孫雪娥只是兩套、就沒與他袍兒。

しばらくすると仕立屋の趙がやってきて、西門慶が前に座っているのを見るや、慌てて挨拶をいたします。テーブルの上にフェルトの敷物を敷き、鋏を取り出して、まず月娘のものから裁断します。まずは緋色の遍地金の彩り鮮やかな粧花織りの袖つづきの袷に、麒麟の補子《もん》の付いた緞子の長衣。そして縁に金が施されている、黒地に色とりどりのひょうたん模様と鸞鳳が花をつついている柄のついた薄絹の長衣。緋色の薄絹の遍地金で麒麟の補子の付いた袖つづきの袷と、エメラルドグリーンで裾の広がった遍地金の裙子の揃い。沈香色の粧花織りの補子の付いた遍地金の薄絹の袷と、真っ赤な地に金枝緑葉があしらわれ裾に百花が施された裙子の揃いです。李嬌児、孟玉楼、潘金蓮、李瓶児の四人は、緋色の地に色とりどりの金鶏があしらわれた粧花織りの袖つづきの緞子の長衣に、粧花織りの平織りの衣服を二揃いずつです。孫雪娥だけは平織りの二揃いだけで、長衣はありません。【第四十回】

夫人たちが服を仕立てる場面においても、李嬌児、孟玉楼、潘金蓮、李瓶児の四人は同様のものであるのに対し（女中上がりの孫雪娥は、長衣なし）、呉月娘だけは数も質も特別で、他との差別化が見られる。このことは、呉月娘の「正妻」という身分を考えると、当然のこととも思える(11)。

しかしここで注目したいのは、「麒麟補子」である。「補子」とは官服などに縫い付ける飾りで、鳥獣の絵柄などが刺繍されたもの（紋）である。その絵柄は、身分によって決められていた。彼女は、ここで仕立てた麒麟柄の上着を、官哥（第六夫人李瓶児の息子）の婚約披露宴で実際に着用している。

呉月娘這裡穿大紅五彩遍地錦白［百］獸朝麒麟段子通袖袍兒、腰束金鑲寶石閗［閙］粧、頭上寶髻巍峩、鳳釵雙插、珠翠堆滿。胷前繡帶垂金、頂［項］牌錯落、裙邉禁歩明珠。與李嬌兒、孟玉樓、潘金蓮、李瓶兒、孫雪娥、一箇箇打扮的似粉粧玉琢、錦繡耀目、都出二門迎接。

呉月娘は緋色の地に色とりどりの、遍地金の麒麟の緞子で袖つづきの長衣を身につけ、腰には金や宝石がはめ込まれた帯を締め、頭には髷を高く結いあげ、鳳凰の釵を二つ挿し、真珠や翡翠をちりばめております。胸の前には刺繡の帯に金がぶら下がり、首飾りがかけられ、裳裾の飾りは輝く真珠でできております。李嬌児、孟玉楼、潘金蓮、李瓶児、孫雪娥と、ひとりひとり玉細工のように美しく化粧をし、目がくらむような艶やかな姿をして、全員で二の門まで出て迎えます。【第四十三回】

ここでも、他の夫人たちと異なり、呉月娘だけは「麒麟段子」「金鑲寶石鬧粧」「鳳釵」など、その豪華なよそおいが細かく描写されている。

この「麒麟補子（段子）」について、荒木猛「金瓶梅補服考」（『長崎大学教養部紀要（人文科学篇）』第三一巻第一号、一九九〇。後、『金瓶梅研究』（仏教大学研究叢書六、思文閣出版、二〇〇九）に収録）には以下のように指摘されている。

実は、明代では、西門慶のような官吏の妻、つまり命婦の衣服についても細かい規則がある。それは、『明史』巻六七輿服志（三）に見える。洪武二十四年（一三九一）に定められた命婦の衣服の模様に関するきまりは、次のようである。

公侯及一品二品、金繡雲霞翟《てき》文。

三品四品、金繡雲霞孔雀文。

五品、繡雲霞鴛鴦文。

六品七品、繡雲霞練鵲文。

つまり、規則からすれば、呉月娘は五品官の命婦だから、彼女の衣服の模様は鴛鴦《おしどり》の紋でなければならなかったのである。それを、ここで月娘が麒麟の補服を着ているのは、大変な規則違反ということになる。……彼女らの着ている麒麟の補服は、あるいは権力や金力の象徴として描かれているのかもしれない。

呉月娘が「麒麟補子」を身につけるのは規則に外れる行為だという。実際、『明史』巻六十七輿服志三（洪武二十四年制定）に拠れば、麒麟の柄は「公、侯、駙馬、伯服」が身につけることを許されたものであり、本来であれば呉月娘が身につけることはできない。こうした状況については、荒木氏の論文にも挙げられる『万暦野獲編』（巻五　服色之僭）の記事が参考になる。

天下服飾、僭擬無等者、有三種。其一則勳戚。……其一爲内官。……其一爲婦人。在外士人妻女、相沿襲用袍帶、固天下通弊。若京師則異極矣、至賤如長班、至穢如教坊、其婦外出、莫不首戴珠箍、身被文繡、一切白澤麒麟、飛魚、坐蟒、靡不有之。……

天下の服飾において、分を超えたものとして、三種がある。その一つが勲功のあった皇帝の親戚である。……その一つが宦官である。……その一つが婦人である。都の外において士人の妻や娘は、前例にならって身分の高い者たちが身につける着物や帯を用いているが、これはまことに天下の通弊である。京師ではとりわけおかしなことになっており、使用人のような身分の低い者や、妓女のようなけがらわしい者まで、女性が外出するにあたっては、真珠の髪飾りを戴き、刺繍の入った着物をまとい、白沢や麒麟、飛魚、坐蟒の紋が入っていないものはない。……

婦人たちの中には、白沢・麒麟・飛魚・坐蟒等の刺繡のある衣服を身につけるものが多くいたという。荒木氏は、

　作者がこの作品において描こうとしたのは、単に官員の服装の乱れた当時の風潮を忠実に描写しようとしたのにとどまらない。ことに西門慶に対しては、その僭越な服装をいささか誇張して描くことによって、彼の俗物性を強調しようとしていることが、これまでの考察によって明らかになったことと思う。

と、西門慶の俗物性が強調されていることを指摘されつつも、呉月娘ら女性たちの服装については「婦人にも服飾違反の傾向があったこと」を確認した上で、『金瓶梅』が「女性の服装に関しても、この小説が書かれたと考えられている嘉靖末年から万暦初年にかけての風俗を忠実に描写していた」と述べられるにとどまる。しかし服飾に関する規則違反が女性たちの間で日常化していたとはいえ、この場面において「麒麟補子」を着用しているのは呉月娘だけである。「僭越な服装」が誇張して描かれているというのは、西門慶だけでなく、呉月娘についても当てはまるのではないだろうか。つまり彼女はひとり、ブランドもので身を固めているのではないだろうか。

　呉月娘だけがこうしたいわば高級志向のものを身につけている点に関しては、決して彼女しかそれらを所有していなかったことを意味するわけではない。たとえば、この「麒麟補子」は、西門慶に嫁ぐ前の第三夫人孟玉楼も身につけている。

　良久、只聞環珮叮咚、蘭麝馥郁、婦人出來。上穿翠藍麒麟補子粧花紗衫、大紅粧花寛襴。頭上珠翠堆盈、鳳釵半卸。

しばらくすると、腰飾りのチャラチャラという音が聞こえ、蘭香と麝香がたちこめ、婦人が出てきました。麒麟の補子が付いたエメラルドグリーンの粧花織りの薄絹の単衣《ひとえ》に、緋色の粧花織りで、縁取りがしてある服を着ております。頭には真珠や翡翠をちりばめ、鳳凰の釵を垂らしております。【第七回】

孟玉楼は呉服商の未亡人だったため、彼女が麒麟柄を着用するのは規則違反も甚だしいということになるのだが、それはさておき、彼女は、西門慶と初めて顔を合わせる際には、見合いの席ということもあってか、このような「麒麟補子」に「鳳釵」といった、呉月娘と同じような恰好をしていたのである。しかし、西門慶の第三夫人におさまって以降、彼女がこの「麒麟補子」を身につけることはない。それどころか、先ほど確認したように、彼女は極力落ち着いた身なりを、意識的にするようになるのである。所有していることと実際に身につけることとは、決してイコールではない。この問題について、もう少し考えてみたい。

第二十回には、第六夫人におさまったばかりの李瓶児が髪飾りをあつらえる場面がある。

（李瓶兒）又拿出一頂金絲䯼髻、重九兩、因問西門慶、「上房他大娘衆人有這䯼髻沒有。」西門慶道、「他毎銀絲䯼髻倒有兩三頂、只沒編這䯼髻。」婦人道、「我不好帶出來的。你替我拿到銀匠家毀了、打一件金九鳳墊根兒、毎個鳳嘴啣一掛珠兒。剩下的再替我打一件、照依他大娘正面戴金廂玉觀音滿池嬌分心。」

（李瓶児は）こんどは金糸の付け髷を取り出しますと、重さは九両ありますので、西門慶に尋ねます。「奥の部屋の大奥さま方はこんな付け髷を持っていらっしゃるかしら。」「銀糸の付け髷なら二、三持っているが、こんな付け髷は持っていないよ。」「でしたらわたし付けられませんわ。銀匠のところへ持って行って鋳つぶして、九羽の鳳凰が付いた髪飾りで、一羽ずつが真珠をくわえているものを作ってきてくださいな。

その残りで、大奥さまが正面に載せていらっしゃるのと同じような、金がはめ込まれた玉の観音満池嬌の髪飾りも作ってきてくださいい。」【第二十回】

李瓶児は、呉月娘らが持っていない金のつけ髷を付けることをためらい、鋳つぶして別のもの（九羽の鳳凰が真珠を加えた髪飾りと、呉月娘が付けているのと同じ髪飾り）を作るよう依頼している。自らのよそおいを決めるにあたって、他人とのバランスを気にしているのである。実際、李瓶児の危篤に際して、李瓶児のもとで働いていた乳母が、彼女の性格を誉めてこう言う場面がある。

（妳子道）「……娘可是好性兒、好也在心裡、歹也在心裡。姊妹之間、自來沒有個面紅面赤。有件稱心的衣裳、不等的別人有了、他還不穿出來。……」

（乳母が言うには）「……奥さまは本当に性格がよろしくて、良いことも悪いことも胸にしまいこみ、他の奥さま方の前で、顔を真っ赤にしてお怒りになるようなことは一度もありませんでした。お気に入りの着物があっても、他の奥さまがお持ちにならないようであれば、お召しになりませんでした。……」【第六十二回】

李瓶児の元夫である花子虚は、宦官の甥に当たる人物で、その叔父亡き後は、遺産をすべて花子虚が継ぐ。花子虚の死後は、李瓶児がその財産を受け継いだため、李瓶児は他のどの夫人よりも裕福であった。呉月娘もそのことを気にして、

月娘道「……他有了他富貴的姐姐、把俺這窮官兒家丫頭、只當亡故了的算帳。……」說着、月娘就哭了。

月娘「……あの人はお金持ちのおねえさんを手に入れたのだから、私のような貧乏役人の娘なんて、死んだも同然なのよ。……」【第二十回】

と泣き出すほどである。誰よりも高級品を多く所有していたはずの李瓶児が、他の夫人たちに気を遣っていたというのである。服飾は、単に彼女たちの身分や性格を表しているだけでなく、女性同士の力関係や、見栄、劣等感、処世術といったものとも密接に関連しつつ、周到に描き分けられていると考えられるのである。これらを考え合わせると、呉月娘だけが特別な恰好をしている場面が幾度も描かれていたのには、やはり呉月娘のいかにも正妻然としたよそおいを強調する意味もあったのではないかと思われる。

第三章で見たとおり、呉月娘は、清河県の千戸の娘であり、それほど高い身分ではないものの、良家の子女として設定されている。地の文でも、「擧止溫柔、持重寡言」（第九回）、「賢淑的婦人」（第十八回）、「好性兒」（第二十回）、「誠實的人」（第三十五回、第三十七回）、「正經的人」（第五十七回）、「爲人正大」（第八十一回）といった記述が見られることから、挙止は温柔にして、慎み深く寡言、善良で気だても良く、真面目で筋の通った女性として設定されているように思われる。にも関わらず、『金瓶梅』に評を付した清代の張竹坡は、呉月娘を「奸險好人（陰険な善人）」「老奸巨滑人（狡猾きわまる人間）」等と評す。日下翠『金瓶梅―天下第一の奇書―』（中公新書、一九九六）では、呉月娘に対するこうした批評に言及し、

近人の人物評には、偽善者などと言って、特に呉月娘を悪く評するものもあるが、それはあくまで潘金蓮の立場に立って作品を見ようとする偏った見方であって、作者の意図ではないであろう。呉月娘は、誇り高く、信心深く、生涯善良であろうとした身持ち正しい婦人である。夫にとっては説教くさく、いささか面白みに

かけるため、男性には不人気であるかもしれないが、それくらいは特に欠点とはいえない。反面的人物がほとんどというこの作品にあって、彼女だけは、正面的人物、因果応報の見ならうべき模範として存在しているのである。

と、呉月娘こそ模範的人物であって、悪く評価するのは「作者の意図ではない」との見解が示されている。

第三章において、『金瓶梅』の罵語に分析を加えた結果、表向きは良妻賢母として設定されている正妻呉月娘が、大量の、かつ野卑な罵語を発していること、またそれに対して周囲の人物が不快感を示している描写が随所に差し挟まれていることが明らかとなり、呉月娘が従来の良妻賢母の型には到底はまりきれない人物として描かれていることを指摘した。張竹坡の評は、決して「偏った見方」として一蹴できるものではない。呉月娘という女性は、確かに善良でまじめな女性ではあるものの、そうしたまじめさ故か、気短で、プライドが高い人物としても描かれているのである。呉月娘の高級志向、他とは一線を画す正妻然としたよそおいも、こうした呉月娘像を形成する大きな要素になっているのではないだろうか。

三　孟玉楼の紅い靴

最後にもう一度、第三夫人孟玉楼について見ておきたい。さきほど確認したように、孟玉楼はそれなりの財産を持って西門慶に嫁いだ元呉服商の未亡人ながら、西門家に入ってからは他人に気を遣い、年齢の問題もあってか極力目立たないような身なりをしていることが窺えた。そうした孟玉楼のもとを、第七十五回、西門慶が久々に訪れる場面がある。この頃、西門慶は第五夫人潘金蓮のところに入り浸り、他の女性たちのところへは足遠くなっていたのだが、孟玉楼が自身の誕生日の夜、体調を崩して部屋に下がったことを知り、久々に彼女のもとを訪れるのである。

（西門慶）于是走到玉樓房中、只見婦人已脱了衣裳、摘去首飾、渾衣兒歪在炕上、正倒着身子嘔吐。蘭香便熱［爇］煤炭在地。西門慶見他呻吟不止、慌問道、「我的兒、你心裡怎麽的來、對我説。明日請人來看你。」婦人一聲不言、只顧嘔吐。被西門慶一面扶起他來、與他坐的。見他兩隻手只揉胸前、便問、「我的心肝、你心裡怎麽。你告訴我。」婦人道、「我害心凄的慌、你問他怎的。你幹你那營生去。」西門慶道、「我不知道。剛纔上房對我説、我纔曉的。」婦人道、「可知你曉的。俺毎不是你老婆、你疼心愛的去了。」……婦人道、「可知你心不得閒、可不了一了［個］心愛的扯落着你哩。把俺毎這僻時的貨兒、都打到揣了［字］號聽題去了、後十年挂在你那心裡。」……（西門慶）揝着他白生生的小腿兒、穿着大紅綾子的綉鞋兒、説道、「我的兒、你達不愛你別、只愛你這兩隻白腿兒。就是普天下婦人選遍了、也沒你這兩隻腿兒柔嫩可愛。」

そこで西門慶が玉楼の部屋へやってくると、女はすでに着物を脱ぎ、髪飾りをはずして、下着は着けたまま炕の上で体をゆがめ、身をかがめて吐いておりました。蘭香がすぐに地面で炭をおこします。西門慶は、彼女がずっとうめいておりますので、慌てて「おまえ、胸がどうしたのか、言ってごらん。医者を呼んであげるから。」と尋ねます。女は何も言わず、しきりに吐いておりましたが、西門慶に助け起こされて一緒に座ります。玉楼が両手で胸のところをしきりに揉んでおりますので、西門慶、「おまえ、胸がどうなんだい。言ってごらん。」「ひどくむかむかするけれど、それを聞いてどうするんですか。あなたはあなたの夜のお仕事をしに行ってください。」「知らなかったんだ。さっき奥の（呉月娘）が私に話してくれてようやく知った次第さ。」「なるほどね。私たちはあなたの女房じゃないんだから、あなたは愛する人のところへ行ってくださいな。」……女、「なるほどあなたは心がお忙しくて、愛する人に引き留められているってわけね。私たちみたいな過去の品物は、みんなしまい込まれて、十年後に思い出されるんだわ。」……西門慶が彼女の真っ白な小さい足をつかむと、真っ赤な綸子の刺繍靴を履いております。「おまえ、お父さんはおまえの他のところはおいといて、おまえのこの白い足が好きなんだよ。世の中を探しても、こんなに柔らかくて愛すべきものはないよ。」【第七十五回】

体調が悪い中、普段はおとなしい孟玉楼が西門慶に向かって恨み言をいう場面であるが、ここで彼女が紅い靴（大紅綾子的綉鞋兒）を履いていることに注目をしたい。

紅い靴が西門慶の偏愛するものであることは、作品中、何度か言及されている。第二十八回には、紅い寝靴をなくしてしまった潘金蓮がやむなく別の靴を履いていたところ、西門慶に注意をされる場面がある。

晩夕上牀宿歇、西門慶見婦人脚上穿着兩隻紗紬子睡鞋兒、大紅提根兒、因說道、「阿呀、如何穿這個鞋在脚上。恠恠的不好看。」……西門慶道、「我的兒、你到明日做一雙兒穿在脚上。你不知、我達一心只喜歡穿紅鞋兒、看着心裡愛。」

夜、床に上がって休むに当たり、西門慶は、女が薄い綿の寝靴で、かかとに緋色の取っ手がついているのを履いているのを見ると、「おやおや、どうしてこんな靴を履いているんだい。みっともない。」……「おまえ、近いうちに一足作って履きなさい。知らないのかい、お父さんはとにかく紅い靴を履いているのが

好きで、見るとうれしくなるんだよ。」【第二十八回】

西門慶自ら、「只喜歡穿紅鞋兒」と発言しているのである。実際、第二十七回には、全裸に紅い靴、というあられもない姿で潘金蓮が西門慶を挑発する場面もみられる。

（西門慶）回來、婦人又早在架兒底下鋪設涼簟枕衾停當。脫的上下沒條絲、仰臥於袵蓆之上、脚下穿着大紅鞋兒、手弄白紗扇兒搖涼。西門慶走來看見、怎不觸動淫心。

（西門慶が）戻ってくると、女はすでに葡萄棚の下に寝ござを敷いて枕と布団を整え、一糸まとわぬ姿で仰向けに寝ておりました。緋色の靴を履き、白い紗の扇子を揺らして涼んでおります。それを目にした西門慶、淫ら心を動かさないわけがありましょうか。【第二十七回】

西門慶の好みを理解した潘金蓮らしい行為だといえよう。

孟玉楼という女性は、他人に気を遣い、強烈な個性を持つ潘金蓮ともうまくやっていく大人の女性として描かれている。そんな孟玉楼が、この第七十五回では、堰を切ったように西門慶に恨みをぶちまける。しかしその足には、西門慶の偏愛する紅い靴が履かれていたのである。二人はこの後、雲雨に及ぶこととなるが、この場面で孟玉楼が紅い靴を履いていたこと、またそのことにわざわざ言及されていることを考えると、あるいは孟玉楼は、西門慶のためにひそかに紅い靴を履いていた、そう解釈することも許されるのではないだろうか。

日下翠氏は、孟玉楼を「端正でゆらぎなく、しっかりした建物」「温厚な常識家」とするが、(12) 服飾描写を通して見ると、それだけではとらえきれない、彼女の繊細な人物像が浮かび上がってくるようにも思われるのである。

小結

本章では、『金瓶梅』の服飾描写に着目し、それらを通して何が見えてくるのか、服飾描写は作品の中でどのように機能しているのか、という問題について私見を述べた。持ち物や服飾、装飾品などが、特定の人物と結びつけられて描かれる例は、先行する作品においてもしばしば見られる。しかし『金瓶梅』において、服飾と人物との関係は、そうした記号的な次元にとどまらない。服飾は、人物形象に奥行きを与え、ストーリーを深化させる手段として、意識的に用いられているのである。

万暦年間に現れた『金瓶梅』(「詞話本」)だが、崇禎年間に改訂された版本が刊行されると、以後、この「崇禎本」およびその本文に清代の張竹坡が批評を付けた「第一奇書本」が広く行われるようになり、「詞話本」は影を潜めてしまう。改訂された版本では、一見ストーリー展開とは無関係に思える韻文や詳細な描写が削除されており、今回取りあげた服飾に関する描写も、その多くが削除あるいは省略されている。たとえば冒頭に挙げた第五十六回の場面は削除され、第二十四回の元宵節での夫人たちのよそおいや、第四十三回の婚約披露宴でのよそおいも簡略化されている。改訂者にとって、服飾描写を含む詳細な描写は、削除しても差し支えのないものだと認識されていたのかもしれない。

しかし服飾描写が、夫人たちの華やかさや美しさを表すだけの小道具でないことは、すでに指摘した通りである。『金瓶梅』という作品は、こうした細かい描写の積み重ねによって構成されており、それこそが真骨頂であるともいえる。おそらく服飾以外の、食事や調度品などの描写にも、それぞれ、それが採用された意味や必然性があるものと予想される。同時代を生きる袁宏道の目に映った『金瓶梅』の世界は、我々が見る以上に、もっと深く、彩り豊かなものだったのではないだろうか。

注

（1） たとえば、『金瓶梅』の服飾描写に関する研究についても、張金蘭『《金瓶梅》女性服飾文化』（万巻楼図書有限公司、二〇〇二）、施曄「従《金瓶梅詞話》看明人服飾風貌」（「南通紡織職業技術学院学報」二〇〇一年第一期）、張紅琳「『金瓶梅詞話』に表された明代女性の頭部装飾具に関して」（「一橋社会科学」四、二〇〇八）等、『金瓶梅』を通して明代の女性の服飾文化を明らかにすることに眼目を置くものが多く見られる。

（2） 『金瓶梅』の服飾描写に関する先行研究のうち、張金蘭『《金瓶梅》女性服飾文化』（万巻楼図書有限公司、二〇〇二）、施曄「服飾描写在《金瓶梅》中的作用」（「上海師範大学学報」哲学・社会学報二九、二〇〇二年第二期）等では、服飾と、登場人物の身分や性格との関連性が指摘されている。なかでも荒木猛「金瓶梅補服考」（「長崎大学教養部紀要（人文科学篇）」三二―一、一九九〇）は、服飾描写と人物像との関連性を具体的に指摘したものであり、筆者も大いに啓発された。本章は、これらの先行研究を踏まえた上で論を展開する。

（3） 図はいずれも呉山主編『中国歴代服飾、染織、刺繍辞典』（鳳凰出版伝媒集団 江蘇美術出版社、二〇〇一）のものを使用した。

（4） 第七回、西門慶は仲人の薛嫂に孟玉楼のことを「這娘子今年不上二十五六歳」と聞いていたものの、実際に会って尋ねてみると自分より年長であることがわかる。しかしそのやりとりを見ていた薛嫂がすかさず「女房が二つ上なら黄金は日に日に増し、三つ上なら黄金は積もって山となる」と口を挟む、という場面が見られる（西門慶道、「小人虚度二十八歳、……不敢請問、娘子青春多少。」婦人道、「奴家青春是三十歳。」西門慶道、「原來長我二歳。」薛嫂在傍插口道、「妻大兩、黄金日日長。妻大三、黄金積如山。」）。

（5） 第九十一回、薛嫂の話を聞いた陶媽媽は「只怕衙内嫌娘子年紀大些、怎了。他今纔三十一歳、倒大六歳。」と心配し、算命先生に相談をした上で、三十四歳に書き換える。鈞書を見た李衙内が「就大三兩歳也罷。」といえば、ここでも薛嫂がすかさず口を挟んで「老爹見的多。自古妻大兩、黄金長。妻大三、黄金山。」という。

(6)「銀紅」は潘金蓮しか身につけない、というわけではない。宋恵蓮が「銀紅線帯兒」を身につけていたり(第二十五回)、李瓶児が「銀紅綾銷江牙海水嵌八寶汗巾兒」を注文したり(第五十一回)する場面もある。あくまで、潘金蓮が意識的にこの色を選択している傾向がある、ということである。尚、「崇禎本」の批評の中には、金蓮のよそおいに対して「金蓮往往以媚勝」(第十九回)という指摘が見られる。

(7)この点については、第五章で詳しく論じる。

(8)『中国歴代服飾、染織、刺繍辞典』(鳳凰出版伝媒集団　江蘇美術出版社、二〇〇一)によると、「鳳頭鞋」は、鳳凰が首をもたげたように、靴先が反り返っているものを指す場合もあるようである。

(9)張金蘭氏の前掲書(注(1))にも、「其中鳳釵出現多次、質料多為金銀、使用者為呉月娘、藍氏及当了周守備正室的龐春梅、故可知鳳釵多為正室所使用。」との指摘がある。

(10)ただしここでの「鳳釵」は、呉月娘に限らず、夫人たちの華やかさを表しているものと思われる。

鳳頭鞋

(11)たとえば張金蘭氏の前掲書(注(1))にも、「呉月娘貴為五品官之妻、服飾自然与其他女性有所不同。」とある。

(12)日下翠『金瓶梅―天下第一の奇書―』(中公新書、一九九六)。

第五章 李瓶児論

はじめに

『金瓶梅』第六十二回、病床に臥していた西門慶の第六夫人李瓶児が、二十七才という若さでこの世を去る。

西門慶聽見李瓶兒死了、和吳月娘兩步做一步、奔到前邊。揭起被、但見面容不改、體尙微溫、脫然而逝。身上止着一件紅綾抹胸兒。這西門慶也不顧的甚麽身底下血漬、兩隻手抱着他香腮親着、口口聲聲只叫、「我的沒救的姐姐、有仁義好性兒的姐姐、你怎的閃了我去了。寧可教我西門慶死了罷。我也不久活于世了、平白活着做甚麽。」在房裡離地跳的有三尺高、大放聲號哭。

西門慶は李瓶児が死んだと聞くと、呉月娘と一緒に大急ぎで表の部屋に駆けつけます。布団をまくり上げてみると、顔つきは変わらず、体もまだ温かみを帯びていて、静かに逝ってしまった様子。体には紅い綾子の胸当てを付けただけの状態です。西門慶は李瓶児の体の下に血がついているのにも構わず、両手で彼女の頬をかかえて口づけをしながら、何度も何度も「助からなかったおねえさん、優しくて気だてが良かったおねえさん、おまえどうして私を置き去りにして逝ってしまったんだ。いっそこの西門慶を死なせてくれた方がましだ。私もそう長くはないだろうし、わけもなく生きていたってどうしようもないじゃないか。」と言うと、部屋の中で三尺も跳び上がっては大声をあげて泣きます。【第六十二回】

李瓶児の死に対して激しい悲しみを露わにする西門慶は、その後もことあるごとに李瓶児を思い出し、涙に暮れる日々を送る。「打老婆的班頭、坑婦女的領袖（女房叩きのかしら、女だましの首領）」（第十七回）とも言われる西門慶をかくも悲しませた李瓶児は、優しく謙虚で我慢強く、はかなく散ってしまう可憐な花のような女性として描かれている(1)。しかし彼女がそのような女性として描かれるようになるのは、彼女が西門慶に嫁いだ後のことであり、西門慶に嫁ぐ前の李瓶児は、対照的とも言える人物として描かれている。本章ではこの李瓶児像に見られる不一貫性に考察を加え、『金瓶梅』における人物造型の在り方、および人物描写という点から見た『金瓶梅』の位置づけについても考えてみたい。

一　李瓶児描写に見られる一貫性の欠如

李瓶児の死後、西門家の下男玳安は、李瓶児について番頭にこう語る。

玳安道、「……是便是、說起俺這過世的六娘性格兒、這一家子都不如他。又有謙讓、又和氣、見了人只是一面兒笑。俺每下人、自來也不曾呵俺每一呵、並沒失口罵俺每一句『奴才』。……」

玳安は言います。「……それにしても、うちの亡くなった六奥さまの性格ときたら、この家であの方に敵う人間はおりませんよ。謙虚でお優しくて、人を見ればとにかく笑っていらっしゃった。我々下々の者に対しても、これまで一度だって叱りつけられたことはなかったし、口が滑っても『奴才』だなんて罵ったりはなさいませんでした。……」【第六十四回】

ここからは、李瓶児の謙虚さ、優しさといったものが窺える。李瓶児の息子官哥の乳母である如意も同様に、李瓶児のことを以下のように語る。

（妳子道）「……娘可是好性兒、好也在心裡、歹也在心裡、姊妹之間、自來沒有個面紅面赤。有件稱心的衣裳、不等的別人有了、他還不穿出來。這一家子、那個不叨貼他娘些兒。……」

（乳母が言うには）「……奥さまは本当に性格がよろしくて、いいことも悪いことも胸にしまいこみ、他の奥さま方の前で、顔を真っ赤にしてお怒りになるようなことは一度もありませんでした。お気に入りの着物があっても、他の奥さまがお持ちにならないようであれば、お召しになりませんでした。この家の人間は、みんな奥さまのお陰を蒙っておりますわ。……」【第六十二回】

李瓶児はこのように、忍耐強く優しく謙虚で、下々の者からも好かれる女性として描かれている。特に彼女の忍耐強さは、潘金蓮の当てこすりに黙って涙する場面において強調される。

李瓶兒這邊分明聽見指罵的是他、把兩隻手氣的（氷）冷。忍氣呑聲、敢怒而不敢言。早辰茶水也沒吃、摟着官哥兒在炕上就睡着了。等到西門慶衙門中回家、入房來看官哥兒、見李瓶兒哭的眼紅紅的、睡在炕上。問道、「你怎的這咱還不梳頭收拾。上房請你說話。你怎揉的眼恁紅紅的。」李瓶兒也不題金蓮那邊指罵之事、只說、

「我心中不自在。」

当てこすられているのが自分だということがこちらまではっきり聞こえるものですから、李瓶児は腹が立って両手が冷たくなりました。しかしじっと我慢をして、怒りは覚えど口に出すことはしません。朝になってもお茶すら飲まず、官哥を抱いたまま炕の上で眠ってしまいました。西門慶が役所から戻り、李瓶児の部屋へ官哥を見にやってきたところ、李瓶児が真っ赤に泣きはらした目をして炕の上で眠っていますので、「どうしてこんな時間になってもまだ身ごしらえをしていないんだ。奥の（呉月娘）がお前に話があると言っていたぞ。なんでそんなに目を真っ赤にこすりあげたりしたんだね。」と尋ねたところ、李瓶児は金蓮に当てこすられた事はおくびにも出さず、「気分が悪いんですの。」とだけ答えます。【第四十一回】

潘金蓮に抵抗することもなく辛抱を重ねた李瓶児は、やがて病に倒れ、短い人生に幕を下ろすこととなる。

以上のような描写からは、李瓶児の、優しく忍耐強く、可憐で皆に愛される人物像が浮かび上がってくるのであるが、彼女は最初からそのような女性として描かれていたわけではない。これまでに見てきた李瓶児は、西門慶に嫁いで長男官哥を出産した後の李瓶児であり、それ以前の李瓶児は、対照的とも言える形象を持った女性として描かれているのである。

元々西門慶の友人花子虚の妻だった李瓶児は、廓通いに明け暮れる花子虚に不満を募らせていた。そんな李瓶児は、花子虚の廓通いをやめさせるべく協力を頼むという口実で、自ら西門慶に近づき、彼と関係を持つようになる。

這西門慶是頭上打一下脚底板響的人、積年風月中走、甚麽事兒不知道。可可今日婦人到明明開了一條大路、教他入港。

こちら西門慶は、打てば響くという男でしたし、長年色恋の道を歩いてきたものですから、わからないことなどありません。うまい具合に今日はこうして女の方からはっきりと道を開き、彼を誘ってきたのです。

【第十三回】

西門慶の方も前々から李瓶児に目を付けてはいたものの、李瓶児の方から仕掛けてきたという設定になっている。その後も西門慶と密通を続ける李瓶児は、花子虚が身内の財産争いに巻き込まれて牢獄に入れられてしまうと、花家の財産全てをひそかに西門慶に預けた上で、賄賂を使って花子虚を助け出してもらう。やっとのことで戻ってきた花子虚だったが、李瓶児に罵倒され財産もすっかりなくなってしまった事を知るや、腹立ちのあまり病気になって死んでしまう。

（李瓶兒）罵道、「呸、魍魎混沌。你成日放着正事兒不理、在外邉眠花臥柳、不着家、只當被人所筭、弄成圈套、拿在牢裡。……。」……後來子虛只摒湊了二百五十兩銀子、買了獅子街一所房屋居住。得了這口重氣、剛搬到那裡、不幸害了一場傷寒。從十一月初旬、睡倒在牀上、就不曾起來。的對［初時］李瓶兒還請的大街坊胡太醫來看、後來怕使錢、只挨着。一日兩、兩日三、挨到二十頭、嗚呼哀哉、斷氣身忘［亡］。

李瓶児は、「ぺっ、このぼけなす。あんたは一日中まともな仕事を放っぽらかしたまま、廓遊びばかりして家に居着かないもんだから、案の定人に陥れられ罠にかかって、牢屋につながれたんじゃないか。……。」と罵倒します。……それから花子虚は何とか二百五十両を工面し、獅子街に部屋を買って住むことにしました。しかし今回あまりにも腹立たしい思いをしたため、そちらに引っ越した途端、不幸にも熱病を患ってしまいました。十一月の初旬から床に臥したきり、起きてきません。初めのうちは李瓶児も大街坊の胡太医に診に来てもらっていましたが、やがて金を使うのが惜しくなり、ただただ先延ばしにします。一日が二日になり、二日が三日になり、二十日ばかりも引き延ばしましたところ、ああ哀しいかな、花子虚は息絶えてしまいました。【第十四回】

こうして花子虚を死に追いやった李瓶児は、その後一時的な気の迷いから蔣竹山という町医者と結婚するものの、西門慶のことが忘れられず、やがて蔣竹山にも愛想を尽かす。

（李瓶兒）又說、「你本蝦鱔、腰裡無力、平白買將這行貨子來戲弄老娘家。把你當塊肉兒、原來是個中看不中吃鑞〔鑞〕鎗頭、死王八。」罵的竹山狗血噴了臉、被婦人半夜三更赶到前邊鋪子裡睡。于是一心只想西門慶、不許他進房中來。

（李瓶児は）またこう言います。「あんたはもともと蝦や鰻みたいに腰に力が無いもんだから、むやみにこんなしろものを買ってきて私をなぶろうっていうのね。あんたのことを一人前の男かと思っていたのに、実際は見かけ倒しの鑞槍じゃないか、死に損ないの王八め。」さんざん罵られた蔣竹山は、夜の夜中に表の店舗に追いやられてそこで寝ます。女は一心に西門慶のことだけを想い、蔣竹山が部屋に入ってくることを許しません。【第十九回】

そして第十九回、彼女はなかば強引ともいえる形で西門家に嫁いでくることとなる。
以上のような描写からは、可憐な花とは似ても似つかない、多情にして口汚く打算的ともいえる李瓶児の姿が浮かび上がってくるのである。

このように、李瓶児は終始一貫する人物像を形成しているとは言い難い。この李瓶児の変貌に関しては従来多くの指摘が見られるが、例えば石昌渝氏は、強すぎる色欲が前半の如き李瓶児を生み出したものの、西門慶に嫁いだ後はそれが満たされ、もともとの温和な性格にもどったのだとし、霍現俊氏も、李瓶児の性格の変化は「女性」として「母性」としての欲望が満たされた結果である、とするなど、その原因を、李瓶児の心境の変化、環境の変化に因るものだとする。(2)一方、朱星氏は、李瓶児の性格が前後で大きく矛盾しているにもかかわらず、変化の過程に関する叙述もないのは「漏洞（手抜かり）」であるとし、牧恵氏もそれを『金瓶梅』の「欠陥」であるとするなど、その原因を作品の不備によるものだとする。(3)その他の見解もおおよそこの二つ、つまり李瓶児像における一貫性の欠如を、彼女の心境の変化などに因ると解釈するものと、作品の欠陥、不備などとするものとに大別できる。

二　三人の李瓶児

李瓶児像における不一貫性の原因を明らかにするためには、まず李瓶児の変貌が具体的にどの時点から見られるのか、その変貌に必然性があるのかどうかを確認する必要があるだろう。

李瓶児は第十三回にはじめて登場する。上述したように、第十九回で西門慶に嫁いでくるまでの李瓶児は、多情で口汚い形象を備える女性として描かれる。第二十回、第二十一回には、李瓶児を娶ったことで不仲になった西門慶と正妻呉月娘、早くも李瓶児を敵対視し始める潘金蓮、裕福な李瓶児にすり寄ってくる妓女達の姿など、李瓶児を迎えた西門家の様子が中心に描き出される。そのため、肝心の李瓶児の方はいささか影の薄い存在になってしまう。続く第二十二回〜第二十九回において、その傾向はより顕著になる。舞台では西門慶と宋恵蓮（西門家の下男来旺の妻）との不義密通の物語が繰り広げられる。この間、李瓶児はほとんど描かれないと言っても過言ではない。第二十六回で宋恵蓮が舞台から姿を消した後、第二十七回、やや唐突な形で懐妊が明らかにされた李瓶児は、第三十回の長男官哥の出産を機に、今度は優しく忍耐強い女性として描かれるようになるのである。

以上、李瓶児描写は次のようにまとめられる。

・第一段階（第十三回〜第二十一回）…多情で口汚い
・第二段階（第二十二回〜第二十九回）…ほとんど描かれない
・第三段階（第三十回以降）…優しく謙虚で忍耐強い

第二段階については、従来ほとんど注目されていなかった。しかし実際には、李瓶児は決して突然ではなく、存在感の薄い空白の期間を挟んで変貌を遂げるのである。第一段階に見られた李瓶児と、第三段階に見られる李瓶児、この二つをつなぐ第二段階において、彼女に何があったのか、心理的変化はあったのか、などを窺うことはできない。彼女の内面的な様相はもとより、李瓶児自体が描かれていないのである。物語内部に彼女の変貌の原因を窺わせる描写は見あたらず、第一段階に見られた多情で口汚い李瓶児は、一旦影をひそめた後、その内面が語られることもなく第三段階に見られる優しく謙虚な李瓶児へと変貌を遂げるのである。

このように見てくる時、李瓶児のこの変貌を、生きた人間の内面的な成長、変化と同等に見なすことには無理があるだろう。読者は第一段階における李瓶児と第三段階における李瓶児、この連続性のない二つの李瓶児像を重ね合わせ、空白部分を想像で埋めることで、何となく彼女が心理的成長、変化を遂げたかのようなイメージを抱くにすぎないのである。李瓶児像における一貫性の欠如を彼女の心境の変化に求める前者の解釈には、客観的な根拠が不足していると考えざるを得ない。

　では李瓶児像に見られる不一貫性は、後者の見解のように、何の必然性もない単なる不備、欠陥にすぎないのだろうか。以下、三つの段階における李瓶児の描かれ方を具体的に見ていきたい。

三　李瓶児の役割

(1) 第一段階（第十三回～第二十一回）…「李瓶児の物語」の主役

　第一段階では、花子虚の妻だった李瓶児が西門慶の第六夫人としておさまるまでの過程が描かれる。ここでは李瓶児がいかにして西門家へ嫁いでくるかという、李瓶児を中心とした物語（「李瓶児の物語」）が基本構造となり、そこにそれを巡る西門家の様子などが組みこまれる形になっている。

　この「李瓶児の物語」の直前、第一回～第十二回には、西門慶の第五夫人であり、この作品の女主人公でもある潘金蓮がいかにして西門家へ嫁いでくるかという、潘金蓮を中心とした物語（「潘金蓮の物語」）が描かれる。実はこの「潘金蓮の物語」と「李瓶児の物語」は、①夫に不満を抱く→②夫がいながら西門慶と密通する→③夫を死に至らしめる→④西門慶に待たされ、寂しい想いをする→⑤浮気が原因で西門慶に責められる、といった酷似した展開になっており、「李瓶児の物語」は「潘金蓮の物語」と同じ主題を持つ物語として、それを焼き直した形になっていることが指摘できる。そしてこの同じ展開の下に描かれる潘金蓮と李瓶児は、当然同じように口汚く多情な形象を備える女性として描かれるのである。

第一章において、『金瓶梅』の基本構造は、母胎となった『水滸伝』のそれを模したものになっていることを指摘した。『水滸伝』は、前半が個々の人物の銘々伝的物語によって構成され、後半には彼らが集団化した後の物語が描かれる。『金瓶梅』も同様に、前半は個々の人物の銘々伝的物語によって構成され、後半には集団化した後の様子が描かれている。注目すべきは、『水滸伝』の銘々伝が、武松、林冲といった「英雄」達がいかにして梁山泊という大舞台へ集結するかを描くものであったのに対し、『金瓶梅』のそれは、潘金蓮、李瓶児といった女性達がいかにして西門家という大舞台へ集結するかを描くものへと作りかえられている点にある。そして彼女達はいずれも、夫がいる身でありながら他の男と密通するという、『水滸伝』においては「英雄」達に斬り殺される存在にすぎなかった「淫婦」（閻婆惜、潘金蓮、潘巧雲、賈氏）と同じ形象を備えているのである。

つまり「李瓶児の物語」における李瓶児は、「潘金蓮の物語」における潘金蓮同様、「淫婦」の銘々伝を構成すべく、『水滸伝』における「淫婦」の形象を持つ女性として造型されており、その主演としての「淫婦」を演じていると考えられるのである。

（2）第二段階（第二十二回～第二十九回）…「宋恵蓮の物語」の端役

「李瓶児の物語」が幕を下ろした後、続いて語られるのは、西門家の下男である来旺の妻宋恵蓮を中心とした物語（「宋恵蓮の物語」）である。この宋恵蓮は、そもそもの身分が西門家で働く女中である点や、最終的に西門慶夫人としておさまることなく縊死してしまう点など、潘金蓮、李瓶児とはいささか事情が異なっている。しかし彼女もまた夫がいる身でありながら西門慶と恋仲になり、夫を流刑に追いやってしまうという、類似した形象を持つ「淫婦」に他ならない。つまり「宋恵蓮の物語」も、「潘金蓮の物語」「李瓶児の物語」同様、「淫婦」の銘々伝を構成していると考えられる。この「宋恵蓮の物語」が繰り広げられる第二十二回〜第二十九回の間、李瓶児はすっかり影を潜め、他の妾達と同様、背景として描かれるにとどまる。西門家入りを果たし、その銘々伝の主役を次なる宋恵蓮へと譲り終えた今、もはや「淫婦」李瓶児が語られる必要はなくなってしまったのである。ここでの李瓶児は、「宋恵蓮の物語」における完全な端役だと言えるだろう。

第二十六回、宋恵蓮が縊死すると、それを巡る西門家の様子などが描かれつつ、「宋恵蓮の物語」は収束に向かう。こうして「潘金蓮の物語」「李瓶児の物語」「宋恵蓮の物語」という「淫婦」達の銘々伝は幕を下ろす。

（3）第三段階（第三十回以降）**…「潘金蓮の嫉妬の物語」の脇役**

第三十回、李瓶児が長男の官哥を出産すると、これより、李瓶児母子に対する潘金蓮の嫉妬が繰り広げられる。(4) そしてこれ以降の李瓶児は、先の「李瓶児の物語」において見られた「淫婦」の形象を備える李瓶児とはほど遠い、忍耐強くて優しい女性として描かれるようになるのである。

ここで見逃すことができないのは、李瓶児の優しく忍耐強い形象というのが、嫉妬深い潘金蓮との対比において成り立っているという点である。先に挙げた、李瓶児を褒める下男下女達の台詞は、いずれも潘金蓮と比較する形で発せられたものであった。

たとえば官哥の乳母である如意は、李瓶児が潘金蓮の嫌がらせによって病気になった経緯をこっそりと尼に語る。

（妳子道）「……俺娘都因爲着了那邉五娘一口氣、……八月裡哥兒死了、他毎日那邉指桑樹罵槐樹、百般称快。俺娘這屋裡分明聽見、有個不惱的。左右背地裡氣、只是無［出］眼淚。因此這様暗氣暗惱、纔致了這一塲病、天知道罷了。娘可是好性兒、好也在心裡、歹也在心裡、姊妹之間、自來沒有個面紅面赤。……」

（乳母が言うには）「……うちの奥さまは、みんなあちらの五奥さまに腹を立てられたのが原因なんです。……八月にお坊ちゃまがお亡くなりになると、あの人は毎日あちらでなんのかんのと当てこすりを言っては、何かにつけ快哉を叫んでいらっしゃいました。うちの奥さまのこの部屋まではっきり聞こえるんですから、誰だって腹が立ちます。しかし結局奥さまは陰で腹を立てて、ただ涙を流されるだけなんです。そうした表には出ない腹立ちや怒りのために、とうとうこんな病気になられたのですが、お天道様だけがご存じだったらいいんです。奥さまは本当に性格がよろしくて、いいことも悪いことも胸にしまい込み、他の奥さま方の前で顔を真っ赤にしてお怒りになるようなことは一度もありませんでした。……」【第六十二回】

潘金蓮の残酷さとは対照的に、李瓶児がいかに「好性兒」であるかが語られるのである。
また李瓶児の死後、下男の玳安が彼女を褒める場面でも、李瓶児と潘金蓮が対比される。

玳安道、「……總不如六娘萬人無怨、又常在爹根前替俺們說方便兒。誰［隨］問天來大事、受不的人央、俺們央他央兒、對爹說。無有個不依。只是五娘快戳無路兒、行動就說、『你看、我對你爹說』、把這『打』只題在口裡。……」……「……如今六娘死了、這前邉又是他的世界。那個管打掃花園、又說地不乾淨、一清早辰吃他罵的狗血噴了頭。」

玳安は言います。「……いずれにせよ、誰もとがめたりせず、いつもだんな様の前で私たちのいいように取りはからってくださる六奥さまには敵いませんよ。何か大事が起きて、どうにもしようがなくなると、私たちはあの方に頼んで、だんな様に話してもらうんです。あの方を頼ってない者などおりませんでした。一方の五奥さまときたら気性が激しく、何かにつけ『見ておきなさい、旦那さまに言いつけてやるから』ときて、『叩くわよ』が口癖なんです。……」……「……このたび六奥さまがお亡くなりになって、こちら表の方はまたもやあの人の天下ですよ。誰かが庭の掃除をすれば、汚いとかいわれて、朝じゅうがなり立てられるんです。」【第六十四回】

李瓶児の大らかさ、忍耐強さに光が当てられることで逆に色濃く浮かび上がってくるのは、それとは対照的な潘金蓮の姿である。勿論潘金蓮の嫉妬はここで急に始まったわけではない。西門慶と李瓶児が不倫関係にあった頃、また西門慶と宋恵蓮が密通を繰り返していた頃も、潘金蓮は彼女達に嫉妬心を抱いていた。しかし、それでも潘金蓮は李瓶児が西門家に輿入れをする際には協力をしたり（第十六回）、西門慶と宋恵蓮の仲を取り持ってやったり（第二十二、二十三回）と、まだ余裕を見せており、潘金蓮の嫉妬が物語の主題として描かれるまでには至っていなかったのである。

ところが官哥の誕生以降は、潘金蓮の李瓶児に対する嫉妬が激化し、それが物語の中心的な位置を占めるようになってくる。つまり、第三十回以降は「潘金蓮の嫉妬の物語」が基盤となり、その上に李瓶児が形づくられていると考えられるのである。西門慶に嫁ぐ前の、あの潘金蓮にも匹敵するほどの李瓶児のまま潘金蓮と対等に張り合おうものなら、この「潘金蓮の嫉妬の物語」は成立しない。理屈から言えば、李瓶児が潘金蓮に対抗できなかったとは考えにくい。第五夫人である潘金蓮と、同じく妾同士の関係にある第二夫人李嬌児、第四夫人孫雪娥との対立を見てもわかるように、李瓶児が潘金蓮に対抗することは十分可能だったはずである。それどころか経済的にも立場的（長男の母）にも潘金蓮の上を行く李瓶児にとって、潘金蓮を押さえ込むことなど全く問題のないことである。西門慶に嫁ぐ前のあの李瓶児であれば、潘金蓮とも互角に張り合えるはずである。自分の欲望のためには夫をも破滅に追い込むような人間が、自分と愛する息子を陥れようとする潘金蓮に黙って屈する道理はない。ところが李瓶児は一切潘金蓮に対抗しようとはしない。李瓶児が潘金蓮の幾度となく嫌がらせに耐える場面は、ややパターン化している嫌いすらあるほど、彼女はあくまで耐えるのである。裏を返せば、李瓶児には耐えてもらう必要があった、つまり「潘金蓮の嫉妬の物語」を成立させるためには、嫉妬をされても抵抗しない、優しく忍耐強い李瓶児の存在が必要不可欠だったのである。

そうした視点でこの第三段階をもう一度見直してみると、李瓶児が西門家の長男官哥を出産するという展開自体、「潘金蓮の嫉妬の物語」という構想と密接に関わっているものと考えられる。当時、一族の嗣子を儲けることは、妻たる女性に課せられた、そして彼女達が切望した最重要事項であった。長男を出産することができれば、正妻であろうと側室であろうと、母として周囲に認められ、一生、更には死後も自らの居場所を確保することができる。そうして夫の愛情のみならず、生涯にわたる安泰をも手に入れることに成功した女性は、当然他の妾達にとって嫉妬の対象ともなりうる。『金瓶梅』にも、官哥出産後の李瓶児がまるで正妻であるかのような待遇を受け、そのことに潘金蓮らが不満をもらす場面（第三十九回、第四十一回）が描かれるなど、男児を出産するということが女性達の間でいかに大きな問題であったかが読み取れる。母となり、生涯の安泰、そして西門慶の寵愛を手に入れた李瓶児は、潘金蓮にとってもはやいくらあがいても敵いようのない存在となったのである。彼女を蹴落とすためには、官哥を消し去る他なかった。こうして潘金蓮の嫉妬は、官哥、そして李瓶児を死へ追いやることになる。後嗣問題は嫉妬と切り離せない関係にあり、「潘金蓮の嫉妬の物語」も、第三十回の李瓶児の官哥出産を発端として展開されるのである。

以上、第三段階における、優しく忍耐強い李瓶児は、「潘金蓮の嫉妬の物語」を成立させるべく、嫉妬をされる女性という役割を担っていることを指摘した。これは、李瓶児との関わりにおける西門慶像からも言える。出会った頃は、二人の密通といい、西門家への輿入れといい、李瓶児の方が積極的にリードするような関係であった（それは、第一段階の主題とも関係する）。ところが第三段階になると、李瓶児は完全な受け身に転じ、李瓶児に対する西門慶の寵愛ぶりは、潘金蓮のみならず、正妻呉月娘ですら不快に思うまでに至る。特に、彼女の死をいつまでも嘆き悲しむ西門慶の姿は悪人像とはほど遠く、西門慶像の中でもある種異質なものを感じさせる。李瓶児の愛によって、西門慶が「人間性」に目覚めたという見方もあるが[5]、李瓶児の死後、西門慶の女癖が治るわけでもなければ（それどころかますます拍車がかかる）、不正な行為が改まるわけでもない。つまり、李瓶児との関係においてのみ、ある種「人間らしい」西門慶が描かれるのである。この、他とは切り離される西門慶像に照らし出される形で、彼に愛される可憐な李瓶児がより鮮明な像を結ぶ。そして他の誰も立ち入ることができないこの西門慶と李瓶児の関係が描き出される陰で、惨めなまでに嫉妬心にさいなまれる潘金蓮の姿がより色濃く浮かび上がる構造になっているのである。

小結──『金瓶梅』における人物描写の特徴──

本章では、まず李瓶児像に一貫性がなく、具体的に三つの段階に分けられることを指摘した。そしてそれは彼女の心境の変化などに因るものではなく、かといって何の必然性もない単なる「不備」や「欠陥」でもない、それぞれの李瓶児を形づくる基盤の違いに因るものであることを指摘した。第一段階の李瓶児は、「淫婦」の銘々伝「李瓶児の物語」における主役、第二段階の李瓶児は、同じく「淫婦」の銘々伝「宋恵蓮の物語」における完全な端役、そして第三段階の李瓶児は、「潘金蓮の嫉妬の物語」における脇役（潘金蓮の「対」）として造型されているといえよう。同じ「李瓶児」でありながら、担わされる役割、つまり主題との関わり方によって、形象が著しく変化するという人物造型の在り方が確認できるのである。

『金瓶梅』は、語り物の集大成である従来の長編章回小説とはその成立を異にし、ある個人が意図を持って筆を執った個人創作の先駆けとして位置づけられる作品である。しかしそうした成立の事情もあってか、ややもすればこの作品がとかく近代的なものとして過大評価される傾向にあったのも事実である。(6)第二章、第三章および第四章で検討したように、『金瓶梅』には確かに近代的というべき発想と手法が見られる。『水滸伝』から誕生した潘金蓮という「淫婦」の、そうならざるをえなかった背景、徐々に変化していく心理が様々な角度から周到に描き出されるなど、一個の人間としての一貫性、必然性が追求されるという極めて近代的な人間描写の視点が窺えるのである。

しかし一方で、李瓶児像に見られたような人物造型の在り方は、先行する長編章回小説、たとえば『西遊記』『水滸伝』などにおいてはより顕著に見られる現象である。『西遊記』における玄奘三蔵は、冒頭部こそ苦難多き取経の旅に名乗り出る勇敢にして有能な僧として描かれるが、旅が始まってからは一転、優柔不断で無能な人物として描かれるようになる。三蔵とて何も旅の過程で「人として丸みを帯びた」などという内的変化を遂げたわけではなく、それぞれ別個の主題の下に形成された二人の三蔵、つまり実在した三蔵法師に基づいて造形された有能な三蔵と、物語を面白くするために一行が危機に陥るような行動ばかりを取る狂言回し的な三蔵が合わされたことで、結果的にその形象が一貫性を欠いたものになったと考えられる。[7] 前者と後者、それぞれの造型の基盤となるところ（どのような主題の下でどのような役割を担っているのか）が異なっているのである。

そう考える時、李瓶児像に見られた人物造型の在り方は、『金瓶梅』の「前近代的」とも言うべき側面を表していると考えられる。たとえ一人の作者の手によって作られたものであるとしても、『金瓶梅』は第一回から第百回までの全体を見通す単一の構想、主題によって貫かれた長編小説ではない。李瓶児像を通しても確認できたように、作品内部には異なる主題を持ついくつかのまとまった小構想群が認められるのである。この点では『金瓶梅』も語り物の集大成である先行作品群と共通する構造を有していると言えよう。そして、人間としての一貫性、必然性が追求される形で人物が造型される一方、小構想の主題の下でどのような役割を担うかによって人物が造型されるという、前近代小説に共通する特徴も李瓶児描写においては確認できるのである。

『金瓶梅』を以て近代小説の幕開けとすることができる点については、筆者も異論はない。しかし決して、一足飛びに近代的な小説が誕生したわけではない。人間がいかに描かれるかという視点に立った時、『金瓶梅』はまさに、その転換点に位置づけられる作品だと言えるのである。

注

（1）日下翠『金瓶梅―天下第一の奇書―』（中公新書、一九九六）は、第四十六回の亀占いの場面を引き、「……李瓶児は、いわば土でできた花瓶なのである。美しく、自己を主張することなく、何事も内に秘めて堪え忍ぶ、華奢で脆くて、こわれやすい花瓶なのである。」とする。

（2）石昌渝・尹恭弘『金瓶梅人物譜』（江蘇古籍出版社、一九八八）、霍現俊『金瓶梅新解』（河北教育出版社、一九九九）。

（3）朱星『金瓶梅考証』（百花文芸出版社、一九八〇）、牧恵『金瓶風月話』（江蘇古籍出版社・中華書局［香港］、一九九二）。

（4）以降の主題が潘金蓮の嫉妬にあることは、第三十二回に「潘金蓮自従李瓶兒生了孩子、見西門慶常在他房裡宿歇、于是常懐嫉妬之心、毎蓄不平之意（潘金蓮は李瓶児が子どもを産み、西門慶が彼女の部屋でばかり休むようになったのを見ると、嫉妬の心を胸に抱き、不平の気持ちを募らせるようになりました）」と示されていることなどからも窺える。

（5）清水茂「金瓶梅における人間性」（金谷治編『中国における人間性の探究』創文社、一九八三）。

（6）例えばこの李瓶児像に見られる不一貫性に関しても、章培恒「論《金瓶梅詞話》」（『復旦学報（社会科学版）』一九八三―四）では「這是一个性格多麼複雑的人。而這種複雑性格是符合生活邏輯的、高度真実的。在《金瓶梅詞話》之前、我国小説中従来没有出現過象李瓶児這様的典型形象。」とし、霍現俊氏の前掲書（注（2））でも「従李瓶児的形象塑造中、我們可以看出、不同的環境可以形成不同的性格。在她的身上、我們没有発現人格的分裂、倒看出了作者対人性認識的深化、対人性的全方位理解和対伝統文学観念的突破。」として高く評価する。

（7）三蔵像に見られる問題については、鈴木陽一「『西遊記』における人物形象の再検討（一）―三蔵法師―」（『松山商大論集』三〇―四、一九七九）等の考察がある。

第六章　『金瓶梅』の発想

――容与堂刊『李卓吾先生批評忠義水滸伝』の評語を手がかりに――

はじめに

『水滸伝』の数あるテキストにおいて、現存する最も古い完本は、容与堂刊『李卓吾先生批評忠義水滸伝』である。[1] 書名のとおり、明末の思想家李卓吾（一五二七～一六〇二）のものとされる批評を有する。周勛初氏が「詩文に批評圏点［短いコメントや、優れた字句の横に引かれた強調記号の点や線］を加えることは、以前から有ったが、小説に批評圏点を加えることは、李贄に始まる」とするように、[2] 小説や戯曲を詩文と同じくひとつの文学作品と見なし、そこに評を付すという行為は明末に興り、『李卓吾先生批評西遊記』『李卓吾先生批評北西廂記』等、李卓吾批評を謳う小説や戯曲が多数刊行された。『李卓吾先生批評忠義水滸伝』（以下「容与堂本」とする）には、巻頭に「批評水滸伝述語」「梁山泊一百単八人優劣」「水滸伝一百回文字優劣」「又論水滸伝文字」「忠義水滸伝叙」（北京本は欠）があり、本文には圏点や傍線、眉批、旁批が、また各回末には「李禿翁曰」「李和尚曰」「李卓吾曰」「李贄曰」などとしてその回の総評が見られる。特に本文に付される圏点や傍線、眉批旁批は、物語を読み進める上で否応なく眼に入ってくるため、読者に直接与える影響も少なからぬものがある。中でも白木直也氏が「容与堂本のそれ（筆者注・眉評旁批）に一、二字のもの、多いのは、……全体に認められる特色である。而もそれには数言十数言費やしたものより肺腑を衝き読者をギクリとさせる真剣味の感ぜられるものが多い」と指摘するように、(3) 容与堂本にはとりわけ一、二字の眉批、旁批が目に付く。

容与堂本の眉批旁批における一文字の批評のみを抽出したところ、数が多かった順に、畫(373)、妙(308)、是(172)、佛(103)、趣(52)、眞(32)、癡(32)、悪(28)、奇(22)、好(19)、腐(13)、高(11)、刪(10)、賊(9)、通(7)、蠢(6)、俗(5)、肖(3)、密(3)、智(2)、雅(2)、野(2)、詐(2)、多(2)、不(2)、莽(2)、怕(2)、巧(1)、屁(1)、韵(1)、咳(1)、有(1)、廉(1)という結果になった(4)（附表を参照）。実に様々な評語が用いられていることがわかるが、その中でも最も多いのが三百七十三箇所に付される「畫」である。

そこで本章では、容与堂本における評語について、「畫」を中心として考察を加えることで、「李卓吾」がどのような視点で『水滸伝』を読み、何をどう評価したのか、容与堂本の李卓吾批評はどのような意味を持ちうるのか、といった問題について考えてみたい。

一　「畫」について

そもそも「畫」とは、どのような意味を持つ評語なのだろうか。(5) たとえば第十三回には、周謹と楊志が矢比べをする場面に「形容周謹楊志比箭處如畫（周謹楊志の矢比べを描写したところは絵のようである）」という眉批がつけられており、ここでは「畫」が「絵画」という意味で用いられている。また第二十三回、武松が虎を滅多打ちに

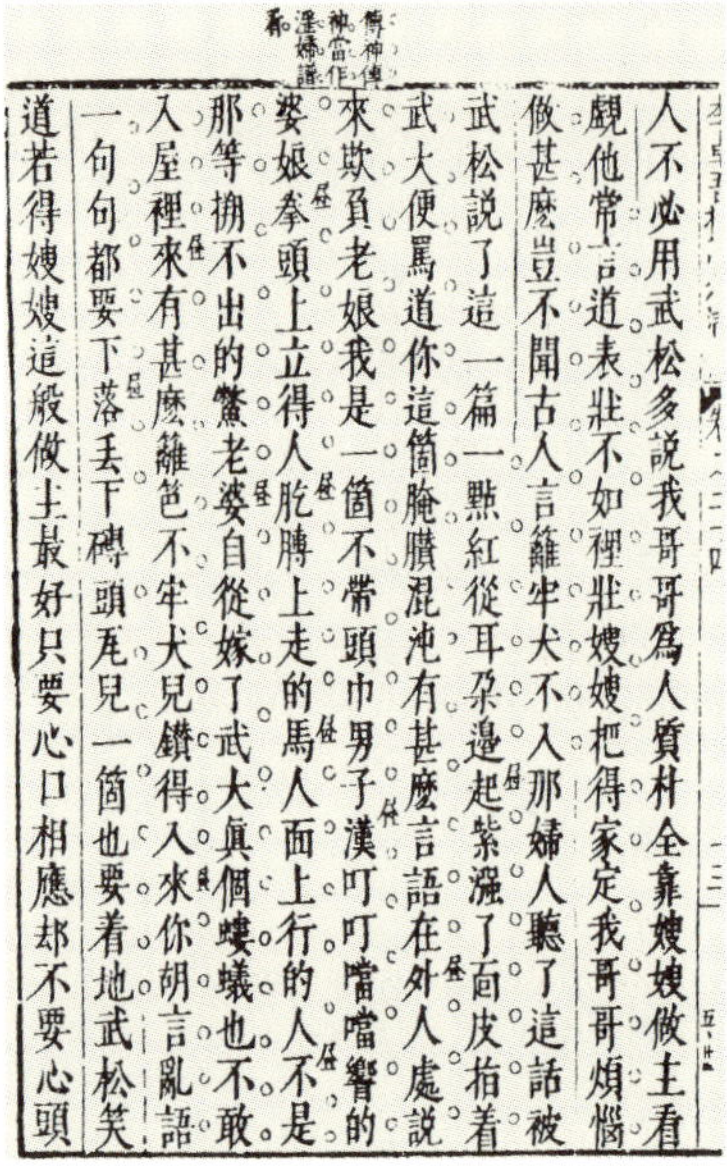

傳神傳神當作淫婦譜看

人不必用武松多說我哥哥爲人質朴全靠嫂嫂做主看覷他常言道表壯不如裡壯嫂嫂把得家定我哥哥煩惱做甚麼豈不聞古人言籬牢犬不入那婦人聽了這話被武松說了這一篇一點紅從耳朶邊起紫漲了面皮指着武大便罵道你這箇腌臢混沌有甚麼言語在外人處說來欺負老娘我是一箇不帶頭巾男子漢叮叮噹噹響的婆娘拳頭上立得人肐膊上走的馬人面上行的人不是那等搠不出的鱉老婆自從嫁了武大眞個螻蟻也不敢入屋裡來有甚麼籬笆不牢犬兒鑽得入來你胡言亂語一句句都要下落丟下磚頭瓦兒一箇也要着地武松笑道若得嫂嫂這般做主最好只要心口相應却不要心頭

容与堂刊 「李卓吾先生批評忠義水滸伝」
第二十四回十三葉ウラ

容与堂刊 「李卓吾先生批評忠義水滸伝」
巻五図

する場面には「又畫武松打虎了。恐畫也沒有這樣妙（また武松が虎を打つのを描いている。絵であったとしても（絵にかいたとしても）これほどすばらしくはないだろう）」という眉批が見られる。ここでの「畫」も、「絵に描く」もしくは「絵画」という意味で用いられている。こうした例から、「畫」が一文字で用いられている場合も、描写がすばらしく、絵画のようである様を評価しているものと考えられる。

では絵のような描写を称えるものと思われる「畫」は、容与堂本では具体的にどのような箇所に用いられているのだろうか。第五回には、魯智深の容姿が韻文で描写されており、「……嘴縫邉攅千條斷頭鐵線、胸脯上露一帶蓋膽寒毛。（口元には千条のちぎれた針金のような髭をたくわえ、胸元には肝を覆う体毛を露わにしている）……」という表現に対して圏点ならびに「畫」という旁批が付けられている。挿絵に見られる魯智深の姿（巻五図）そのものであり、実に絵画的な表現であるといえよう。

しかしこうしたいわば静的な描写に対して「畫」が用いられる例は実は極めて少なく、「畫」のほとんどは動的な描写、それも登場人物の台詞やしぐさに付けられている。たとえば第九回、流刑先である滄州に到着した林冲は、はじめ看守に賄賂を贈らない。林冲を罵倒する看守だったが、しばらくして林冲が銀子を渡すや、その態度が一変する。

正説之間、只見差撥過來問道、「那個是新來配軍。」林冲見問、向前答應道、「小人便是。」那差撥不見他把錢出來、變了面皮、指着林冲罵《畫》道、「你這個賊配軍、見我如何不下拜、却來唱喏。你這廝可知在東京做《畫》出事來、見我還是大剌剌的。我看這賊配軍、滿臉都是餓文《畫》、一世也不發跡。打不死、拷不殺的《畫》頑囚。你這把賊骨頭、好歹落在我手裡《畫》、教你粉骨碎身。少間叫你便見功效《畫》。」林冲只罵的一佛出世、那里敢擡頭應答。衆人見罵、各自散了。林冲等他發作過了、去取五兩銀子、陪着笑臉告道、「差撥哥哥、些小薄禮、休嫌小微。」差撥看了道、「你教我送與管營和俺的《畫》、都在裡面。」林冲道、「只是送與差撥哥哥的。另有十兩銀子、就煩差撥哥哥送與管營。」差撥見了、看着林冲笑道、「林教頭、我也聞你的《畫》好名字、端的是個好男子。想是高太尉《畫》陷害你了。雖然目下暫時受苦《畫》、久後必然發跡。據你的大名、這表《畫》人物、必不是等閒之人、久後必做大官《畫》。」

話をしていると、看守がやってきて尋ねます。「どいつが新入りの罪人だ。」そう聞かれた林冲が進み出て「わたくしです。」と答えますと、看守は林冲が金を出さないのを見て顔色を変え、林冲を指さして罵ります。「この罪人め、わしに会うのになぜ深々と礼もせず、お辞儀で済ますのだ。こいつ東京で事をしでかしておきながら、わしを目の前にしてもまだ偉そうにしているとは。おまえには顔中に餓死の相が出ていて、一生かかっても出世しないぞ。死に損ないのしぶとい囚人め。とにもかくにもおまえの骨はわしの手に落ちたのだから、ぼろぼろにしてくれようぞ。そのうち思いしらせてやる。」こてんぱんに罵られた林冲、顔を上げて言い返すこともできません。皆も怒鳴られてそれぞれ戻っていきました。林冲は彼の怒りが収まるのを待つと、五両の銀子を取り出し、愛想笑いをしながら、「看守さん、わずかですがお受け取りください。」と言えば、看守はそれを見て、「典獄に届ける分とわしの分、両方含まれているのか。」と尋ねます。「これは看守さんだけに差し上げる分です。別に十両ありますので、お手数ですが典獄さんにお届けいただけないでしょうか。」と林冲が言えば、それを見た看守は林冲に向かってほほえみながら、「林教頭、私もあなたのお名前は耳にしておりましたが、実にすばらしい人物。おそらく高太尉に陥れられたのでしょう。当面の間はお辛いでしょうが、いずれきっと志を得られるはず。あなたのご高名、お人柄からして、そこらの人間とはわけが違う。そのうち必ず大官におなりでしょう。」と申します。【第九回】

この場面では、看守の台詞としぐさに圏点が施され、多くの「畫」が付けられている。眉欄には二度にわたって「傳神（真に迫っている）」の文字が見られ、回末の総評でも、「李卓吾曰、施耐庵、羅貫中眞神手也。……至差撥處、一怒一喜倏忽轉移、咄咄逼眞、令人絶倒（李卓吾曰く、施耐庵、羅貫中はまことに妙手である。……看守の描写に至っては、怒りから喜びへ一転するなど、すばらしく真に迫っていて、実に感心させられる）」と、看守の姿が活写されていることに称賛の言葉が送られる。

続く第十回、林冲は流刑先の滄州で、かつて助けてやった李小二という男と再会する。酒屋を営む李小二は、ある日店にやってきた男たちが林冲を追って都から来た者たちだと気づいて慌てる。

李小二應了、自來門首叫老婆道、「大姐、這兩箇人來的不尷尬。」老婆道、「怎麽的不尷尬。」小二道、「這兩箇人語言聲音是東京人。初時又不認得管營、向後我將按酒入去、只聽得差撥口裡《畫》訥出一句高太尉三箇字來。這人莫不與林教頭身上有些干《畫》碍。我自在門前理會。你且去閤子背後聽說甚麽。」老婆道、「你去營中尋《畫》林教頭來認他一認。」李小二道、「你不省得。林教頭是箇性急的人、摸不着便要殺人放火。倘或叫的他來看了、正是前日說的甚麽陸虞候、他肯便罷。做出事來、須連累《畫》了我和你。你只去聽一聽再理會。」老婆道、「說得是。」便入去聽了一箇時辰、出來說道、「他那三四箇交頭接耳說話、正不聽得說《畫》甚麽。只見那一箇軍官模樣的人、去伴當懷裡取出一帕子物事、遞與管營和差撥、帕子裡面的、莫不是金銀。只聽差撥口裡說道、『都在我身上、好歹要結果了他性命。』」正說之《畫》間、閤子裡叫將湯來。

李小二は（客の呼びかけに）返事をすると、入り口までやってきて妻を呼び、「おまえ、あの二人はどうもおかしいぞ。」と言います。妻が「何がおかしいの。」と尋ねると、小二、「あの二人の話しぶりからすると東京の人間だ。もともと典獄とは知り合いでなかったようだが、あとからおれが酒の肴を持って入って行くと、看守の口からぼそっと『高太尉』という三文字が聞こえた。あの男、林教頭の身の上に関係のある人物じゃないだろうか。おれは表で対応するから、おまえはしばらく客室の裏へ行って彼らの話を聞いてきてくれ。」妻、「駐屯所へ林教頭を尋ねて行って、本人に確認してもらったらいいじゃない。」李小二、「お前はわかっちゃいない。林教頭は気が短い人だから、人を殺したり火を放ったりしかねないんだ。本人を呼んで確かめてもらったはいいが、それがこないだ話に出た陸虞候とかなんとかいう人だったとしたらそれで済むと思うか。事が起きてしまったら、おれとおまえも巻き添えを食うことになる。まあおまえに偵察してもらってきてから考えよう。」妻は「それもそうね。」と言うと、二時間ほど聞き耳を立てて戻ってきます。「あの人たち、こそこそと耳打ちをして何を話しているのか聞こえなかったわ。ただ、軍官みたいな一人が、お供の者の懐から風呂敷に包んだ物を取り出して典獄と看守に渡していたけれど、風呂敷の中身は、ひょっとしたら金銀じゃないかしら。看守が『すべて私に任せてください、とにもかくにもやつを始末しましょう。』と言っていたわ。」そこへ、客室から湯を持ってくるよう声がかかります。【第十回】

林冲のためを思ってというよりも、自分たちが巻き添えを食らうことを恐れて、なんとか大事に至らぬよう彼らなりに知恵を巡らす様子が描かれる。ここでは李小二とその妻の台詞のほぼすべてに圏点が施され、「畫」という批語が付けられている。その後、李小二が林冲に対してこの件を報告する場面においても、李小二が林冲をなだめようとする台詞、怒って出て行った林冲に対して李小二夫妻が手に汗を握る描写に「畫」が付けられ、眉欄には「描畫李小二夫妻兩箇無不入神（李小二夫妻を描いたところはすべて神業の域に達している）」との評語が見られる。回末の総評でも「李翁曰、水滸傳文字原是假的、只爲他描寫得眞情出、所以便可與天地相終始。即此回中李小二夫妻兩人情事、咄咄如畫（李翁曰く、水滸伝の文章はもともとつくりものであるが、真情が描き出せているがために、天地が続く限り残りうる。実際この回の李小二夫妻の様子は、なんとまあ絵に描いたようではないか）」と、『水滸伝』の真骨頂が李小二夫妻の描写に発揮されているという。

これらの例からは、「畫」が生き生きとした人物の描写を評価していること、しかも「眞情」、つまり嘘偽りのない心、ありのままの姿が描き出されていることに注目されていることが窺える。

「畫」がこうした人物描写のリアルさを評価しているとすれば、他の評語、たとえば「妙」や「趣」とはどのような違いがあるのだろうか。第十回には、林冲が、自分を亡き者にするために都からやってきた陸虞候、富安、そして二人に手を貸した看守を殺害する場面が描かれる。

林冲罵道、「奸賊、我與你自幼相交、今日倒來害我、怎不干你事。且吃我　刀。」把陸謙上身衣服扯開、把尖刀向心窩《佛》裡只一剜、七竅迸出血來、將心肝提在手裡。回頭看時、差撥《畫》正爬將起來要走。林冲按住喝道、「你這廝原來也恁的歹。且吃我一刀。」又早把頭割下來、挑在鎗上。回來、把富安、陸謙頭都割下來、把尖刀插了、將三箇人頭髮結做一處、提入廟裡來、都擺在山神面《趣》前供卓上。再穿了白布衫、繫了搭膊、把毡笠子帶上、將葫蘆裡冷酒《妙》都吃盡了、被與葫蘆都《更妙》丟了不要、提了鎗、便出廟門投東去。走不到三五里、早見近村人家都拿着水桶鈎《密》子來救火。林冲道、「你們快去救應、我去報官《妙》了來。」提着鎗只顧走。

林冲は「悪党め、幼いころから付き合いがあるのに、おれを殺めようだなんて、知らないでは済ませないぞ。くらえ。」と罵倒すると、陸謙の上着を引っぱがし、短刀を手にみぞおちめがけてひとえぐり、七つの穴から血がほとばしります。心臓肝臓を手にぶら下げ、振り返って見ると、看守が這い起きて逃げようとしているところ。林冲は押さえつけて「おまえもこんなに悪いやつだったとはな。くらえ。」と怒鳴りつけると、さっと首を切り落とし、槍の上にひっかけます。戻って富安と陸謙の首も切り落とすと、短刀をしまい、三人の髪の毛を一つに結びつけ、ぶら下げて廟の中へ入り、山神さまの祭壇前の供物台の上に並べます。それから白木綿の上着を身につけ、胴巻きを締め、毛氈の笠をかぶると、ひょうたんの中の冷えた酒を飲み干し、布団とひょうたんはいらぬと打ち捨て、槍をぶらさげ廟門を出て東へ向かいます。三、四里も行かぬうちに、早くも近くの村の人々が水桶と鳶口を手に火消しにやって来るのに出会いました。

林冲は「急いで救援に向かってくれ。私は役所に通報しに行ってくる。」と言って槍をさげたまま、ひたすら歩きます。【第十回】

この場面には、「佛」「畫」「趣」「妙（更妙）」「密」という旁批が見られる。「佛」は「阿彌陀佛」の略語として用いられていると思われる評語で、人が殺される場面に多く見られる。魯智深の言動にも集中して用いられ、その活躍が描かれる第四回には五十二箇所に「佛」が用いられるなどやや特殊な評語でもある。「畫」については、ここでは慌てふためいてなんとか逃げようとする看守の動きに付けられており、やはり人物の描写が評価されていることがわかる。「趣」は三人の首をそれぞれの髪の毛で結びつけて一つにし祠に供えるという趣向について、その面白さを評価しているものと思われる。また「密」という評語は全体で三例しか見られないが、ここでは火事を目にした村人たちが桶と鳶口を持ってやってきたことに対して、描写の周到さを評しているものと考えられる。さらにここでは三つの「妙」が用いられている。一つ目は三人を殺害した林冲が身支度を整えた後、ひょうたんの中の残り酒を飲み干す場面に、そして二つ目は用済みとなったそのひょうたんと布団をうち捨てる場面に付けられている。「妙」については、「妙人」「妙語」といった評語も見られ、人物の行動や台詞に対して「おもしろい」「機転が利いている」という意味で使われているようである。ここでは、持ち場であったまぐさ場が燃え、三人を殺害してしまったという緊急の場面であるにもかかわらず、酒を飲み干してからそこを立ち去る（そしてもう戻ってこないという意思を示す）林冲の行動に「妙」が付けられているものと考えられる。三つ目の「妙」は、火消しにやってきた村人たちに林冲が嘘をついてその場を立ち去る場面に付けられている。容与堂本において「妙」の多くはこのように登場人物が芝居を打つ場面に見られる。そのことがよくわかるのが第十六回、呉用らが楊志から生辰綱をだまし取る場面である。ここでは、呉用らが酒売りになりすまして、楊志ら一行にしびれ薬を飲ませようと大芝居を打つくだりに、「妙」が多用されている。それぞれの評語は明確に使い分けられているのである。

以上、容与堂本『水滸伝』の一文字批評の中で最も多く用いられる「畫」という語は、絵のようにリアルな描写を評価する語であること、そのほとんどが人物の描写に付けられていること、特に真に迫る台詞やしぐさによって、登場人物の心の動きまでもが活写されているところに用いられていることが確認できた。「李卓吾」は『水滸伝』を、人間を描いた一幅の絵としてとらえ、その完成度の高さに「畫」という賛辞を送っているようにみえる。それは、人物の描写に対して、「傳眞」「傳神」「逼眞」「丹靑」「肖像」「點綴」といった絵画に関係する語が多用されていること、「顧虎頭」「呉道子」といった画家の名が引き合いに出されていることなどからも窺える。(6)

二　画《えが》かれた人々

「畫」という評語によって、リアルな人物描写が評価されていることを確認したが、全百回を通して見ると、使用頻度に偏りがあり、その数が突出している回があることに気づく。第二十一回(91)、第二十四回(42)、第二十五回(28)、第四十五回(20)である。これらの回に共通するのは、いずれも「淫婦」をめぐる物語だということである。第二十一回には閻婆惜が、第二十四回〜第二十六回には潘金蓮が、第四十五回〜第四十六回には潘巧雲が、それぞれ情夫と密通し、宋江、武松、楊雄に殺害されるくだりが描かれる。以下、これらの回における批評を具体的に見ていきたい。

第二十四回は全三十五葉に及ぶ長編の回であるが、それにしても圏点の多さが他の回よりも目立つ。中でも前半は、武松に対する潘金蓮の言動に集中的に圏点が施されている。

次日早起、那婦人慌忙起來、燒洗面湯、舀漱口水。叫武松洗漱了口面、裹了巾幘、出門去縣裡畫卯。那婦人道、「叔叔畫了卯、早些個歸來吃飯、休去別處吃。」武松道、「便來也。」逕去縣裡畫了卯、伺候了一早晨、回到家裡。那婦人洗手剔甲、齊齊整整、安排下飯食。三口兒共卓兒食。武松是個直性的人、倒無安身之處。吃了飯、那婦人雙手捧一盞茶、遞與武松吃。武松道、「教嫂嫂生受、武松寢食不安。縣裡撥一箇士兵來使喚。」那婦人連聲叫道、「叔叔却怎地這般見外。自家的骨肉、又不伏侍了別人。便撥一箇士兵來使用、這廝上鍋上竈地不乾淨、奴眼裏也看不得這等人。」武松道、「恁地時、却生受嫂嫂。」

翌朝、女は急いで起き出すと、顔を洗う湯を沸かし、うがい用の水を汲んできて、武松に洗面を済ませました。武松は頭巾をかぶって役所へ出勤しようとします。女が「二郎さん、仕事が終わったら早めに食事に戻ってくださいな。他のところへ食べに行かないようにね。」と言えば、武松は「すぐ戻ります。」とまっすぐ役所へ行って出勤簿に印を入れ、朝のあいだ勤務して家に戻りました。女は手を洗って爪をきれいにし、きちんと食事の用意を整えます。三人は食卓を囲みました。武松は生真面目な人間だったので、かえって落ち着きません。食事が終わると、女は両手で茶を差し出し、武松に飲ませます。武松が「嫂さんにご面倒をおかけして、武松は気が休まりません。役所から地元の兵士を一人こちらへ回して使いましょう。」と言うと、女は立て続けに「二郎さんどうしてそんなに他人行儀なの。身内であって、他人のお世話をするわけじゃないんです。地元の兵士を一人こちらに回して使うったって、そんなのが台所に入るの

は汚いし、そんな人、見たくもないわ。」とわめきますので、武松、「それでは嫂さんのお世話になりましょう。」【第二十四回】

武松が越してきて一緒に暮らすようになった初日の朝、潘金蓮はいそいそと武松に支度をさせて仕事に送り出し食事の用意をする。恐縮する武松に対して、彼女は身内であることを強調しつつなんとか自分が世話を焼こうとするのである。武松の描写を避けるように、潘金蓮の台詞、しぐさにのみ圏点が施され、眉欄には「處處傳神（どの描写も真に迫っている）」との評語が付されている。そしてある日、潘金蓮はついに武松に誘いをかける。

那婦人將酥胸微露、雲鬟半亸、臉上堆着笑容說道、「我聽得一箇閑人說道、叔叔在縣前東街上、養着一箇唱的、敢端的有這話麼。」武松道、「嫂嫂休聽外人胡說、武二從來不是這等人。」婦人道、「我不信、只怕叔叔口頭不似心頭。」武松道、「嫂嫂不信時、只問哥哥。」那婦人道、「他曉的甚麼。曉的這等事時、不賣炊餅了。叔叔且請一杯。」連篩了三四杯酒飲了。

女は白い胸をわずかにのぞかせ、髷を半ば垂らして、笑みをたたえながら言います。「二郎さんが役所前の東街に歌い女を囲っている、って言っている人がいたんだけれど、本当かしら。」武松、「嫂さん、他人のでたらめなんて聞いちゃだめですよ。武二は生まれてこのかたそんな人間ではありません。」女、「信じないわ。二郎さん、口と心が裏腹なんじゃないの。」武松、「信じないのであれば、兄さんに聞いてください。」女、「あの人に何がわかるっていうのよ。こんなことがわかるくらいだったら、蒸し餅売りなんてやっていないわ。さあ二郎さん一杯どうぞ。」そう言って立て続けに三、四杯お酌をして飲ませます。【第二十四回】

ここでも噂話を持ち出して武松の気持ちを揺さぶろうとする潘金蓮の台詞に圏点が付され、眉欄には「無一處不畫（描けていないところはひとつもない）」との評語が見られる。

しかし結局潘金蓮は武松に厳しく突っぱねられ、帰ってきた武大に泣きながら不満をぶちまける。一言も発せずに家を出て行く武松、おろおろするばかりの武大、怒りがおさまらない潘金蓮、彼らのしぐさ、台詞に圏点が施され、眉欄には「將一箇烈漢、一箇呆子、一箇淫婦人、描寫得十分肖象、眞神手也（硬骨漢、まぬけ、淫婦、実に生き写しであって、まことに妙手である）」との批評が加えられる。

その後、知県の命を受けて東京へ旅立つことになった武松は再び武大宅を訪れる。武松の再訪の意味を勘違いした潘金蓮はこってりと化粧を重ね、髪を整え、派手な着物に着替えて出迎えるが、予想に反してくれぐれも下手な気を起こさぬよう武松にたしなめられる。

那婦人聽了這話、被武松說了這一篇、一點紅從耳朶邊起、紫漲了面皮、指着武大便罵道、「你這箇腌臢混沌。有甚麼言語、在外人處說來、欺負老娘。我是一箇不帶頭巾男子漢、叮叮噹噹響的婆娘。拳頭上立得人、肐膊上走的馬、人面上行的人、不是那等搠不出的鱉老婆。自從嫁了武大、眞個螻蟻也不敢入屋裡來、有甚麼籬笆不牢、犬兒鑽得入來。你胡言亂語、一句句都要下落。丟下磚頭瓦兒、一箇也要着地。」武松笑道、「若得嫂嫂這般做主最好。只要心口相應、却不要心頭不似口頭。既然如此、武二都記得嫂嫂說的話了、請飲過此杯。」那婦人推開酒盞、一直跑下樓來、走到半胡梯上發話道、「你既是聰明伶俐、恰不道長嫂爲母。我當初嫁武大時、曾不聽得說有甚麼阿叔、那里走得來。是親不是親、便要做喬家公。自是老娘晦氣了、鳥撞着許多事。」哭下樓去了。

女は話を聞いていましたが、武松にそう言われたものですから、耳元から真っ赤になって、顔が紫にふくれあがり、武大を指さして罵ります。「この薄汚いぼけなす、よその人間の前で一体何て言ったんだい。私を馬鹿にさせるなんて。私は頭巾をかぶっていない男、打てば響く女だよ。拳の上に人を立たせ、腕の上に馬を走らせ、顔の上に人を歩かせるような真っ当な人間であって、人前に顔も出せないような下品な女と一緒にしないでほしいわ。武大に嫁いでからというもの、アリの一匹だってうちへは入って来られないのに、籬が頑丈でなければ犬も入って来られるだなんて一体どういう言いがかりよ。いい加減なことを言ってるけれど、根拠はあるんでしょうね。投げた煉瓦はひとつ残らず地面に落ちるものよ。」武松が笑って、「嫂さんがそんな風にしっかりしてくださるんなら何よりです。心と口が裏腹でないことが大切ですよ。そういうことであれば、武二は嫂さんのお言葉をしっかり覚えておきましょう。さあこの杯を干してください。」と言えば、女は杯を押しのけ、まっすぐ階段をかけ降りると、中ほどまで降りたところで「お利口さんだったら『長男の嫁は母親と同じ』って言葉を知らないわけないでしょう。武大に嫁いだ頃は弟がいるなんて聞いたこともなかったのに、どこからやってきたんだか。肉親なのかどうなのかもわからない人に家長面されるなんて。ああついてないわ、こんなばかみたいなことに巻き込まれて。」と吐き捨てるように言い放ち、泣きながら下へおりていきます。【第二十四回】

ここでは顔を真っ赤にした潘金蓮が武大を罵倒し、武松に捨て台詞を吐く場面に、圏点および大量の「畫」が付され、眉欄には「傳神傳神、當作淫婦譜看（実に真に迫っていて、淫婦譜さながらである）」「無不如畫。何物文人、乃敢爾爾（すべてが絵に描いたようだ。いったいどんな文人にこんなことができるというのだ）」と喝采が浴びせられる。

第二十四回における「畫」（およびそれに伴う圏点、あるいは眉批）に注目すると、前半は潘金蓮（およびそれをめぐる武松、武大の反応）に、その後は王婆（およびそれに対する西門慶）、鄆哥に、とその対象が少しずつ移っていくのがわかる。回末の総評では、「李生曰、說淫婦便象箇淫婦、說烈漢便象箇烈漢、說呆子便象箇呆子、說馬泊六便象箇馬泊六、說小猴子便象箇小猴子、但覺讀一過、分明淫婦、烈漢、呆子、馬泊六、小猴子光景在眼、淫婦、烈漢、呆子、馬泊六、小猴子聲音在耳、不知有所謂言語文字也。（李生曰く、淫婦を語れば淫婦のようで、硬骨漢を語れば硬骨漢のよう、まぬけを語ればまぬけのようで、手引き屋を語れば手引き屋、小僧を語れば小僧そのもの。一読すれば淫婦、硬骨漢、まぬけ、手引き屋、小僧が目の前にいるようで、淫婦、硬骨漢、まぬけ、手引き屋、小僧の声が聞こえるよう。そこにいわゆる言葉や文字があるということを忘れてしまうようだ。）」と、彼ら一人一人の存在が五感で感じられるほどリアルであることが改めて評価される。多量の圏点、眉批、旁批、そして回末の評からは、「李卓吾」の興奮がそのまま伝わってくるようである。同じ傾向は、第二十一回、第四十五回においても認められる。

こうした人物描写のリアルさを評価する「畫」は、英雄豪傑たちの勇ましい描写には見られない。たとえば、第二十一回に登場する宋江、第二十四回～二十五回に登場する武松も、こうした淫婦たちとのやりとりの中では「畫」が散見されるものの、他の回において、彼らの英雄然とした描写に「畫」が付けられることはない(7)。先に取り上げた「畫」も、看守や酒屋夫婦の描写に付けられたものだったが、全体を通してみても、「畫」は、小役人（牢役人、護送役人、首切り役人、検死役人等）、庄屋、町人、囚人、女中、下男、周旋屋、やりて婆、妓女、店員といったいわゆる小人物の、その小物ぶりが発揮される描写に対して付けられる顕著な傾向が認められるのである(8)。中でも特筆すべきが、淫婦とそれを巡る人々の描写であった。作品の後半になり、こうした小人物たちが描かれなくなると、「畫」も激減し、回末の評にも「此回文字不濟、不濟（この回の文章はどうにもならない）」（第七十回）、「文字至此、都是强弩末了。妙處還在前半截（文章もここまでくると、強弩の末。よく描けていたのはやはり前半である）」（第九十八回）との言葉が並ぶようになる。

　第二十四回の総評で「李卓吾」は、「若令天地間無此等文字、天地亦寂寞了也（もし天地の間にこのような文章がなかったとしたら、世界は寂しいものになってしまう）」と言う。『水滸伝』を読んだ彼がその真価を見いだしたのは、英雄たちの周りで、己の欲望、弱さ、ずるさ、醜さをむき出しにし、必死に生きる、ちっぽけな人間の姿だったのである。

三　容与堂本李卓吾批評の視点

　容与堂本におけるこうした人物への視点は、他のテキストにおいても認められるのだろうか。周知のとおり、『水滸伝』には批評を有するテキストが複数存在しており、李卓吾評を持つものとしても、容与堂本の他に袁無涯刊『李卓吾批評忠義水滸全伝』（以下「全伝本」とする）、芥子園刊『李卓吾評忠義水滸伝』（以下「芥子園本」とする）、無窮会刊『李卓吾評忠義水滸伝』（以下「無窮会本」とする）が存する。[9] また、後世や日本への影響が大きいものとして金聖嘆の『第五才子書施耐庵水滸伝』（以下「金聖嘆本」とする）がある。

　たとえば第二十四〜二十五回の潘金蓮をめぐる物語には、全伝本、金聖嘆本にも多くの評語が確認できる。[10] しかしたとえば、上述した潘金蓮と武松とのやりとりの場面において、容与堂本では武松の言動を避けるように潘金蓮の言動のみに圏点が付される傾向があったのに対し、全伝本、金聖嘆本の批点には、容与堂本のような明らかな偏りは認められない。

また、作中の描写を「畫」で評価することに関しては、全伝本、金聖嘆本ともに「如畫」「活畫」「活現」といった類似の評語が見られるものの、容与堂本における「畫」のように突出しているわけでもなく、付される描写についても容与堂本と一致するわけではない。たとえば、第二十一回、閻婆惜が金子の入った包みを布団の中に隠して宋江に渡すまいとする場面で、容与堂本では「婦人身邊却有這件物倒不顧被、兩手只緊緊地抱住《畫》胸前（身体のわきに例のものがありましたので、女は布団がはぎ取られそうになるのには構わず、両手でしっかりと胸の前に抱きかかえました）」というあくまで閻婆惜のしぐさに圏点が付され、「畫」という旁批が付けられるのに対し、金聖嘆本ではそれに続く「宋江扯開被來、却見這鸞帶頭正在那婦人胸前拖下來（宋江が布団をはぎ取ってみると、包みの入った幅広帯の端がちょうど女の胸の前に垂れ下がっているではありませんか）」という、宋江の目から見た緊迫した状況の描写に圏点が付され、「如畫」と評される。また第十回で、林冲が自分の持ち場となったまぐさ置き場の小屋の中を見渡す場面では、「仰面看那草屋時、四下里崩壞了、又被朔風吹撼、搖振得動（藁葺き小屋を仰ぎ見ると、周囲は崩れ落ち、北風に吹き動かされてがたがたと揺れています）」という描写に対して、全伝本および金聖嘆本には全体に傍点が付され、それぞれ「情景逼眞（状況がリアルだ）」、「如畫、便畫也畫不來（絵のようだが、絵にかこうとしてもこううまくは描けない）」と、賛辞が送られているが、この箇所、容与堂本では批語はおろか、点のひとつも施されていない。更には、たとえば第二十一回、閻婆惜の部屋の様子を詳しく描写した箇所に対して、全伝本が「畫出房屋器具來、先布景、後着人、一一如見（部屋の中の物が描き出されるのは、まず画面にその背景を配置し、それから人を描くというものであって、ひとつひとつが目に浮かぶようになっている）」と評価し、金聖嘆本も圏点や傍点を多用して「眞是閑心妙筆（実に遊び心のある優れた文章である）」とするのに対し、容与堂本は「可刪（削除すべきである）」とするなど、真逆とも言える評価も見られる。つまり全伝本、金聖嘆本が、文字通り絵画的な（状況や風景の）描写にも注目するのに対し、容与堂本が見つめているのは、あくまで人間の姿である。同じ作品であっても、見えているものが違っているのである。

容与堂本が「畫」という語で評価するこうした小人物の描写に対して、全伝本、金聖嘆本には全く異なる評語が付される場合も少なくない。たとえば第二十五回、自分が毒殺されようとしていることに気づかぬ武大が、夜中に薬を飲ませてあげようという潘金蓮に向かって「却是好也。生受大嫂（畫）、今夜醒睡些箇（そりゃいい。世話をかけるが、今夜は寝入らないようにしておいてくれ）」と頼む場面で、容与堂本では武大の台詞に「畫」という旁批が付されるのに対し（いかにも「呆子《まぬけ》」な武大らしい台詞である）、全伝本には「可憐」、金聖嘆本にも「可憐語」という批語が付され、続く毒殺の場面にも、全伝本には「是痛是恨」「狠毒甚」といった語が並ぶ。また第二十一回で容与堂本が「畫」を多用して称賛する閻婆惜の台詞に対して、金聖嘆本では「醜」「醜語」という語が並ぶなど、両書には容与堂本とは明らかに異なる態度が見て取れる。

こうした傾向は、回前あるいは回末に付される総評からも確認できる。容与堂本の第二十四回には、上述の通り、そこに描かれる人間たちの、あまりにも人間らしい真に迫った描写そのものに賛辞が送られていたが、全伝本では「……淫穢之事、可爲世俗垂戒者、幸有武都頭之利刃在（……淫猥な事については、世間の戒めとなりうるものであって、武都頭の刃にかかることになるのだ）」と、そこに戒めの意を見、金聖嘆本も「寫淫婦心毒、幾欲掩卷不讀（淫婦の残忍さを描いたところは、本を閉ざして読むのをやめたくなるほどである）」と嫌悪感を露わにする。

各評に窺える方向性は、本文の在り方そのものとも関連している。笠井直美氏は、全伝本の「本文、特に詩・韻文の微妙な改変、新たな詩の挿入など、及び楊定見本（筆者注：全伝本）評においては、好漢の兇悪な側面を抹消したり目立たぬようにし、或いはその正義を強調し、或いは敵役の「悪」「毒」を強調して、好漢と敵役の敵対関係が「善玉vs悪玉」の対立の図式として読まれるように要請する、かなり顕著な傾向が存在する」と指摘し、[11]佐高春音氏も、潘巧雲と裴如海に対する呼称が金聖嘆本では「淫婦」「賊禿」に統一されるようになることを指摘するなど、[12]各テキスト（本文および批評の在り方）にはそれぞれの視点、方向性が認められる。

こうした後出のテキストに逆照射される形で浮かび上がるのが、容与堂本のニュートラルともいうべき態度である。[13]否、ニュートラルというよりもむしろ、容与堂本は善悪の価値観とは異なる態度で『水滸伝』の人物たちを見つめ、欲望や感情をありのままに表出する小人物たちの姿を指して、『水滸伝』の真骨頂はここにあると、我々読者に訴えかけているのである。

四　容与堂本と『金瓶梅』

『金瓶梅』が『水滸伝』第二十四回～第二十六回から誕生した作品であることは周知の事実であるが、筆者は、『金瓶梅』と『水滸伝』との関係は、従来考えられている以上に深いものだと考えている。すでに第一章において、『金瓶梅』と『水滸伝』を比較し、『金瓶梅』が『水滸伝』の構成を意識的に模倣していること、そして同じ枠組みを用いつつ『水滸伝』そのものを反転させていることを指摘した。『水滸伝』では、「英雄」達がやむにやまれぬ事情により、宋江を中心とした梁山泊へ集結する様が描かれるのに対し、『金瓶梅』は、その『水滸伝』においては「英雄」に斬り捨てられる「対象」でしかなかった「淫婦」達が西門家へと集結する様を描いている。『金瓶梅』は、部分的に『水滸伝』の文章やプロットを引用したり、『水滸伝』中の人物をそのまま登場させたりといった次元にとどまらず、より根源的に『水滸伝』を母胎とした作品であり、全体の構成までも利用しつつ、裏と表をひっくり返してみせたのだと結論づけた。『水滸伝』の中の「淫婦」（潘金蓮、閻婆惜、潘巧雲）に目をとめ、彼女たちを主人公とした物語を作り上げた人物がいたのである。『金瓶梅』に描かれるのは淫婦だけではない。西門慶のような悪党、王婆や薛嫂といった媒婆、応伯爵をはじめとしたたいこ持ち、妓女や男娼、女中や下男といった小者たちが、欲望の赴くままにその本領を存分に発揮する姿が描かれている。英雄や賢夫人はひとりとして登場しない[14]。大枠として因果応報が採用されてはいるものの、そこに善悪の対立はなく、ある意味では、容与堂本の批評に認められた視点によって『金瓶梅』の世界が形作られているといっても過言ではないのである。

『金瓶梅』の作者が用いた『水滸伝』が百回本系統であったことはつとに指摘されているが[15]、それは容与堂本ではなく、それに先行するものだったと考えられる。容与堂本は巻首に付される「忠義水滸伝叙」に「庚戌仲夏」とあることから、万暦三十八年（一六一〇）が初刻本の刊行年と考えられている。一方『金瓶梅』の現存する最古の版本は万暦四十五年（一六一七）の序を持つ『金瓶梅詞話』であるが、万暦二十四年に書かれた袁宏道の書簡からは、すでに『金瓶梅』が抄本として読まれていたことが窺え[16]、この時点で少なくとも『金瓶梅』の前半はできあがっていたことがわかる。佐藤晴彦氏は、異体字に注目して『金瓶梅詞話』を分析した結果、「これは万暦以降の現象ではなく、それより前―嘉靖以前―の言語現象と判断できる」とし[17]、「『金瓶梅』の作者は、恐らく本残巻（筆者注・嘉靖年間に作られたと考えられる国家図書館蔵『水滸伝』残巻。以下「嘉靖本」とする）のような版本を底本としたに違いない」とする[18]。『金瓶梅』はこの嘉靖本、あるいは嘉靖本や容与堂本の祖本に当たるテキストに依拠して作られたと考えるのが妥当であろう[19]。

しかしそのことは、必ずしも容与堂本と『金瓶梅』の間に関係がなかったということを意味するとは限らない。『水滸伝』の李卓吾批評については、当初から偽作とする説が見られはするが[20]、袁中道の『游居杮録』に拠れば、中道が万暦二十年に李卓吾のもとを訪れた際、李卓吾は常志なる僧に『水滸伝』を抄写させ、批点を付けていたといい、李卓吾による批評そのものはたしかに行われていたことがわかる。(21)これが果たして容与堂本の批評に相当するのかどうかについては決め手がないものの、問題は、容与堂本の批評に認められた視点と、『金瓶梅』の世界観に、見過ごすことのできない共通点が見られる点にある。成立年代から考えれば、『金瓶梅』の視点が容与堂本の批評に影響を与えた可能性も否定はできない。『金瓶梅』については、袁宏道の評価を起爆剤として、抄本の段階から文人たちの間で話題になっており、李卓吾本人、もしくは容与堂本の評者「李卓吾」が目にした可能性も少なからずあると考えられるからである。(22)あるいはそこに直接的な影響関係はないのかもしれない。しかしそうであればなおのこと、両者にはっきりと認められる視点、つまりあるがままに生きる小さき者たちへのまなざしが共有されているという事実は、『金瓶梅』の誕生、あるいは容与堂刊『李卓吾先生批評忠義水滸伝』の登場が、決して突発的な偶然の産物ではなく、時代の要請であったことを意味しているのではないだろうか。このことは、明末という時代に盛んに行われた俗文学の創作、批評、出版の意味を考える上でも、軽視できない現象であるように思われる。

小　結

本章では、容与堂刊『李卓吾先生批評忠義水滸伝』における一文字の批評、その中でも最も多く見られる「畫」という評語に注目して、「李卓吾」がどのような視点で『水滸伝』を読み、何を評価したのかについて考察を行った。「畫」は描写のすばらしさ、それもリアルな人物描写を評価する語であるものの、主人公である英雄たちの勇ましい描写には見られず、脇役である小人物たちの描写に対して付される明らかな傾向が窺えた。それは、人間らしい欲望や感情が、小人物の描写にこそ表れていることを意味している。とりわけ「淫婦」とそれをめぐる人々の物語に際立って多く用いられていることは、「李卓吾」が『水滸伝』の本質的な価値を、彼女たちの描写に認めていたことの表れであろう。それと共通する視点によって作られた作品が『金瓶梅』であった。

『水滸伝』の批評といえば、その影響力の大きさから金聖嘆に注目が集まる傾向にあり、李卓吾批評については、版本の研究あるいは李卓吾の研究に材料を提供する形で用いられることはあるものの、批評そのものについて十分な注意が払われているとは言いがたい。しかし批評が施されたテキストは、当然ながら、圏点傍点、眉批旁批といった「批評込み」で紙面が構成され、ひとつの世界を形作っている。そうして作られた世界が新たな作品を生み出すきっかけとなったり、もしくはある作品の誕生によって既存の作品に新たな読みの世界が広がっていくことも視野に入れる必要がある。明末にはこうした現象が連鎖的に起こっていた可能性があり、批評はそういう意味でもあらためて見直される必要があるのではないだろうか。

注

（1）容与堂刊『李卓吾先生批評忠義水滸伝』については、北京の国家図書館（以下「北京本」とする）、国立公文書館内閣文庫、天理大学付属図書館に完本が存在する。本章では、北京本の影印本『明容与堂刻水滸伝』（上海人民出版社、一九七五）を用い、この影印本を底本とした点校本『容与堂本水滸伝』（上海古籍出版社、一九八八）を参照した。本文に施される圏点や旁批はできる限り再現したが、眉批および回末の評に付けられる圏点は煩雑さを避けるため省略した。

（2）周勛初著、高津孝訳『中国古典文学批評史』（勉誠出版、二〇〇七）。

（3）白木直也「一百二十回水滸全伝の研究―其の「李卓吾評」をめぐって―」（『日本中国学会報』二六、一九七四）。
（4）ここではおおまかな傾向を把握するために、「妙人」「真巧」「都好」「大是」といった二文字以上のものはひとまず外し、明らかに一文字の批評だと判断できるもののみをカウントした（尚、影印本で確認できる範囲での数を記した）。
（5）「畫」の表記については、「畫」「晝」「昼」といった違いが見られる。検討の結果、ひとまず意味上の違いはないものと判断し、本章では一律に「畫」として扱う。尚、上海古籍出版社の点校本でも「畫」に統一されている。
（6）詩文に「如畫」「逼眞」といった語が用いられる例は古くより見られるが、黄霖・李桂奎「中国〈写人論〉的古今演変」（『文史哲』二〇〇五年第一期）に拠れば、もともとは絵画の評語であった「逼眞」「傳神」などの語を小説や戯曲の批評に用いた初期の人物として、やはり李贄が挙げられるという。
（7）たとえば武松については第二十三回や第三十一回にも「畫」が付けられているが、酔って酒屋に絡む台詞、虎を倒してへとへとになった姿等、英雄とはほど遠い、本音ともいうべき部分が表れている描写に対するものである。その他、たとえば魯智深、林冲、宋江、李逵等の描写についても同様の傾向が窺える。
（8）容与堂本巻首に付される「水滸伝一百回文字優劣」においても、潘巧雲や潘金蓮といった淫婦や王婆の他、小役人らの描写が挙げられて「情狀逼眞」とされる。
（9）芥子園本、無窮会本ともに全伝本と一致する批語が多く認められることから（佐藤錬太郎「李卓吾評『忠義水滸伝』について」［『東方学』七一、一九八六］等参照。但し、無窮会本には独自の批語もあるという）、本稿ではひとまず全伝本を以て代表させる。
（10）本稿では、明清善本小説叢刊所収『忠義水滸伝全書』（天一出版社、一九八五）、古本小説集成所収『第五才子書水滸伝』（上海古籍出版社、一九九〇）を用いた。また、第〇回という場合、本稿では容与堂本の回数に拠る。
（11）笠井直美「『水滸』における「対立」の構図」（『東洋文化研究所紀要』一二二、一九九三）。
（12）佐高春音「『水滸伝』の人物呼称に見える待遇表現」（『日本中国学会報』六八、二〇一六）。尚この場面に関しては、容与堂本においてもこうしたマイナスの呼称は用いられているが、佐高氏が指摘するように、「「賊禿」呼称に統一されることはなく、「賊禿」「和尚」「海闍梨」が混在した状態で物語が進」み、「その使い分けの基準は明確でない」。
(13) 笠井氏前掲論文（注（11））でも、容与堂本の描写を「比較的ニュートラルで価値判断を含まない描写」とする。
(14) 『水滸伝』では英雄だった武松も、怒りにまかせて人を殴り殺したり物をかすめ取ったりする人物として描かれており、賢婦として設定されているかに思える正妻呉月娘についても、気の短さやプライドの高さが描き出されている。このことについては、第一章、第三章、第四章で論じた通りである。
(15) 大内田三郎「『水滸伝』と『金瓶梅』」（『天理大学学報』二四―五、一九七三）等参照。
(16) 袁宏道が董其昌に宛てた書簡に、「『金瓶梅』從何得來。伏枕略觀、雲霞滿紙、勝於枚生「七發」多矣。後段在何處。抄竟當於何處倒換。幸一的示。」とある。
(17) 佐藤晴彦「『水滸伝』は何時ごろできたのか？──異体字の観点からの試論」（『アジア遊学』一三一『水滸伝の衝撃』、勉誠出版、二〇一〇）。
(18) 佐藤晴彦「国家図書館蔵『水滸伝』残巻について──〝嘉靖〟本か？」（『日本中国学会報』五七、二〇〇五）。
(19) 『水滸伝』諸本間の関係については、小松謙「『水滸伝』諸本考」（『京都府立大学学術報告（人文）』六八、二〇一六）に詳しい。
(20) 銭希言『戯瑕』巻三「贋籍」等。
(21) 『游居柿録』巻九に、「記萬曆壬辰夏中、李龍湖方居武昌朱邸。予往訪之、正命僧常志抄寫此書、逐字批點。」とある。
(22) たとえば沈徳符『万暦野獲編』巻二十五に拠れば、麻城の劉承禧が『金瓶梅』の完本を有していたというが、李卓吾の活動拠点こそまさしくその麻城であった。

【附表】　容与堂刊『李卓吾先生批評忠義水滸伝』に見られる一文字の評語

第一回	
蠢	3
高	1
是	2
癡	1
第二回	
是	3
高	1
俗	1
好	1
妙	2
第三回	
是	1
奇	3
俗	1
畫	7
佛	2
妙	3
趣	1
第四回	
佛	52
悪	1
妙	1
好	1
腐	1
第五回	
畫	3
佛	6
趣	1
妙	3
第六回	
佛	1
眞	1
是	1
畫	1
好	1
妙	2
第七回	
畫	1

是	1
妙	5
第八回	
是	1
畫	4
刪	1
悪	3
第九回	
腐	3
是	1
畫	15
趣	1
刪	1
妙	9
第十回	
畫	42
密	2
佛	1
趣	1
悪	1
是	1
妙	2
廉	1
第十一回	
不	1
癡	1
佛	1
眞	2
第十二回	
悪	1
第十三回	
畫	8
是	1
第十四回	
妙	7
第十五回	
畫	1
奇	2
妙	1

眞	1
第十六回	
是	10
眞	6
好	1
妙	16
第十七回	
癡	1
是	3
奇	1
高	1
畫	1
妙	3
第十八回	
智	1
是	1
妙	1
第十九回	
趣	2
悪	1
眞	1
通	1
佛	1
妙	4
第二十回	
智	1
妙	2
第二十一回	
畫	91
佛	1
趣	1
是	1
癡	4
妙	5
第二十二回	
是	2
刪	1
有	1
第二十三回	

畫	3
是	1
第二十四回	
畫	42
眞	1
刪	1
是	11
妙	10
趣	1
第二十五回	
畫	28
刪	1
第二十六回	
腐	1
畫	6
肖	1
佛	4
妙	5
癡	1
第二十七回	
眞	1
妙	9
第二十八回	
畫	6
妙	7
第二十九回	
眞	1
畫	1
妙	7
第三十回	
癡	1
第三十一回	
畫	11
悪	3
眞	1
多	2
佛	1
第三十二回	
是	3

妙	1
第三十三回	
妙	2
第三十四回	
刪	1
是	1
妙	4
第三十五回	
是	4
刪	1
妙	2
第三十六回	
腐	1
畫	1
奇	4
妙	2
第三十七回	
通	1
腐	1
是	1
怕	1
第三十八回	
雅	2
畫	1
俗	1
是	1
妙	3
第三十九回	
趣	1
畫	5
刪	1
是	2
第四十回	
巧	1
好	1
是	2
妙	1
趣	1
第四十一回	
是	6
畫	4
趣	4

密	1
佛	1
奇	1
妙	3
惡	1
第四十二回	
趣	1
蠢	1
眞	5
癡	1
是	2
第四十三回	
奇	1
畫	4
趣	3
是	1
妙	3
佛	1
第四十四回	
是	3
佛	1
妙	7
第四十五回	
畫	20
好	1
佛	2
妙	13
第四十六回	
畫	6
是	1
蠢	1
妙	1
第四十七回	
是	1
妙	7
第四十八回	
腐	1
是	3
蠢	1
趣	2
畫	1
妙	1

第四十九回	
畫	7
惡	1
是	3
佛	5
好	1
妙	4
第五十回	
是	1
好	1
趣	1
惡	2
妙	13
第五十一回	
眞	1
畫	2
佛	1
第五十二回	
佛	2
是	1
腐	1
妙	1
第五十三回	
惡	5
癡	2
畫	5
佛	1
趣	7
妙	19
第五十四回	
趣	1
是	3
妙	1
不	1
第五十五回	
是	1
妙	1
第五十六回	
賊	2
畫	1
癡	1
妙	3

眞	1
第五十七回	
ナシ	
第五十八回	
肖	2
惡	1
是	5
妙	5
第五十九回	
佛	3
趣	1
是	1
好	1
妙	8
賊	1
第六十回	
是	3
惡	1
莽	1
妙	2
腐	1
第六十一回	
癡	6
是	2
咳	1
眞	1
趣	1
腐	1
妙	1
第六十二回	
是	8
畫	20
好	3
癡	1
佛	1
妙	7
第六十三回	
佛	1
是	1
第六十四回	
詐	2
佛	1

癡	6
賊	2
是	1
妙	1
第六十五回	
賊	1
第六十六回	
是	1
第六十七回	
好	1
佛	1
眞	1
妙	5
趣	1
是	3
第六十八回	
妙	1
眞	1
第六十九回	
是	1
好	3
畫	4
癡	1
惡	1
佛	1
妙	2
第七十回	
是	1
趣	1
第七十一回	
癡	2
妙	2
第七十二回	
妙	4
畫	1
奇	2
賊	1
趣	1
通	2
是	1
佛	1
第七十三回	

趣	4
佛	2
是	6
妙	9
第七十四回	
趣	10
是	3
好	1
畫	5
佛	1
奇	1
妙	6
俗	1
屁	1
第七十五回	
是	8
野	2
奇	1
趣	1
妙	1
第七十六回	
ナシ	
第七十七回	
奇	1
妙	1
第七十八回	
俗	1
刪	1
賊	1
惡	1
畫	1
第七十九回	
畫	1
是	4
佛	1
妙	1
第八十回	
惡	4
畫	1
是	2
奇	3
妙	3

怕	1
第八十一回	
眞	1
妙	23
第八十二回	
是	6
趣	1
妙	1
第八十三回	
是	7
眞	1
第八十四回	
是	2
腐	1
妙	1
第八十五回	
是	1
賊	1
妙	21
第八十六回	
ナシ	
第八十七回	
畫	12
第八十八回	
ナシ	
第八十九回	
好	1
是	2
癡	1
韵	1
第九十回	
是	2
第九十一回	
妙	2
第九十二回	
腐	1
眞	2
趣	1
第九十三回	
是	5
第九十四回	
莽	1

第九十五回	
通	1
佛	1
是	1
刪	1
奇	2
第九十六回	
眞	1
是	4
妙	1
第九十七回	
是	1
佛	1
第九十八回	
趣	1
是	3
妙	1
第九十九回	
佛	4
癡	2
是	4
通	2
高	4
好	1
妙	1
眞	1
第百回	
是	2
高	4
惡	1
眞	1
妙	2

第二部　江戸時代の『金瓶梅』

第七章　江戸時代における『金瓶梅』の受容

第一節　辞書、随筆、洒落本を中心として

はじめに

江戸時代に日本へやってきた『金瓶梅』は、『三国志演義』『水滸伝』『西遊記』とともに中国四大奇書のひとつに数えられながらも、日本文学、文化に与えた影響は他の三作品に遠く及ばない。『金瓶梅』は『水滸伝』の一部から誕生した、いわば水滸外伝的な作品であるが、母胎となった『水滸伝』が江戸時代の日本人に大いに愛され、和刻本、翻訳、翻案、注釈書、絵本など様々な形で受容されたのとは運命を異にした。全訳本の刊行も戦後を俟たなければならない。ひとり日の当たらない存在であった『金瓶梅』は日本でどのように受容されてきたのだろうか。

日本における『金瓶梅』の受容に関する先行研究としては、主に以下のものが挙げられる。

長澤規矩也「我国に於ける金瓶梅の流行」（「書誌学」第十二巻第一号、一九三九。後、『長澤規矩也著作集　第五巻』〈汲古書院、一九八五〉に収録）
澤田瑞穂「『金瓶梅』の研究と資料」（『中国の八大小説』平凡社、一九六五。後、『宋明清小説叢考』〈研文出版、一九八二〉に収録）
小野忍「『金瓶梅』の邦訳・欧訳」（「図書」岩波書店、一九七三―八。後、『道標―中国文学と私―』〈小沢書店、一九七九〉に収録）
澤田瑞穂主編、寺村政男・堀誠増補『増修　金瓶梅研究資料要覧』（早稲田大学中国文学会、一九八一）

澤田他（一九八一）は日本における『金瓶梅』関係資料の要覧であり、長澤（一九八五）、澤田（一九六五）、小野（一九七三）はいずれも『金瓶梅』の受容について概説的に述べるにとどまるなど、まとまった資料の提示はない。このことは、『金瓶梅』の受容を「受容史」として論じることが難しい実情、つまり『金瓶梅』に関する資料の少なさを物語っているといえよう。

こうした現状について、澤田氏は以下のように指摘する。

澤田瑞穂　『金瓶梅』の研究と資料」

日本では江戸末期に大衆作家の馬琴が自作に翻案して『新編金瓶梅』を出したのが、公然と『金瓶梅』を宣伝した唯一の例といってよく、『水滸伝』や『西遊記』ほど大衆に親しまれ、日本文学に影響を与えることはなかった。何しろ「淫書」の随一というキワメがついているので、君子の読んだり語ったりするものではないと考えられ、せいぜい唐話《とうわ》（当時の中国語・中国俗語文）をこなす一部の漢学者が、こっそり机の下から取り出して読むくらいであった。この「机の下の読物」という日蔭の身分が、江戸時代から明治・大正と続き、次の昭和も、戦前は公然とこれを研究の対象にすることはできなかった。淫書という呪縛が、思想の抑圧とともに容易に解けなかったからである。

『金瓶梅』は「淫書＝机の下の読み物」であったために日本ではなかなか受け入れられず、江戸時代から戦前に至るまで研究の対象にすらならなかった、という。同様に小野氏、日下氏も以下のように指摘する。

小野忍「『金瓶梅』の邦訳・欧訳」

『金瓶梅』はしかしそれほどまでには流行しなかったように見える。馬琴がその一部分を翻案して『新編金瓶梅』を書いたのが知られている程度にすぎない。とはいえ、マニアはやはりいたと見えて、私はかつて長澤規矩也氏の御案内によって、上野図書館の未整理本のなかから見つかった、『金瓶梅』の難語・難句を手書した一冊（あるいは一冊以上だったかもしれない）を見たことがある。また、宝暦ころ歿した大阪の岡南（姓は岡、名は南、字は問喬。貴適斎と号した）という人が『金瓶梅訳文』二冊を書いたという記録もある。（中略）この人は医を業とし、かたわら中国の口語小説に親しんだ人らしい。やはりマニアのひとりであったのだろう。

日下翠『金瓶梅―天下第一の奇書―』（中公新書、一九九六）

我が国でも江戸時代より、『金瓶梅』が多くの読者を得てきたことはよく知られている。（中略）しかし、まともな読み物とみなされていたわけでは勿論なく、唐本よみの好事家《こうずか》が、人にかくれてこっそりよんでいたというのが実態であった。

いずれも、『金瓶梅』は一部の「マニア」「好事家」によってひそかに読まれたにすぎない、との見方である。

しかし、では日本において『金瓶梅』はまともに受容されなかったのかというと、決してそうではない。結論から先にいえば、『金瓶梅』が淫書として机の下に追いやられたのはおそらく明治以降のことで、江戸時代の『金瓶梅』はもっとオープンに、そして決してマニアのみならず、様々な人びとに読まれていたのである。(1)

江戸時代に作られた『金瓶梅』に関する資料が少ないことは間違いない。しかしその受容の在り方を全面的に明らかにしようとするならば、注釈書や訳本といった直接的な資料だけではなく、これまでほとんど調査されることのなかった資料、たとえば当時作られた辞書、随筆、書簡、日記といった間接的な資料も考察の対象とする必要がある。

一　『金瓶梅』の日本伝来

まずはじめに、『金瓶梅』の日本伝来について整理をしておきたい。『金瓶梅』のテキストは大きく三つの系統に分けることができる。

（一）　万暦四十五年（一六一七）の序を持つ「金瓶梅詞話」（通称「詞話本」「万暦本」）。

（二）（一）に改訂が加えられたもので、崇禎年間（一六二八～一六四四）に刊行されたとされる「新刻繡像批評金瓶梅」（通称「崇禎本」「改訂本」）。

（三）（二）の本文に清代の文人張竹坡（一六七〇～一六九八）が評を付けた「皐鶴堂批評第一奇書金瓶梅」（通称

「第一奇書本」「張竹坡批評本」）。

この三系統のテキストは、いずれも江戸時代に日本に伝来している。

（一）詞話本

現存する最古の版本である「詞話本」は、台北の故宮博物院、日光山輪王寺、徳山毛利家に完本の所蔵が確認されている（京都大学にも残本が存する）。

①　日光山輪王寺慈眼堂蔵『金瓶梅詞話』

日光山輪王寺慈眼堂には、江戸時代初期の高僧で徳川家康のブレーンとしても知られる天海僧正（一五三六〜一六四三）の膨大な蔵書、「天海蔵」が収められており、その中には「天海蔵」のしるしの入った「詞話本」も蔵されている。(2)

「天海蔵」の中には、天海存命中に所蔵されていたものだけでなく、没後に寄進されたものも含まれているようだが、後者は主に仏典であることなどから、「詞話本」は天海存命中の所蔵書だと考えられる。朝廷や公家、他の寺院から、様々な書物が天海のもとへ寄せられたというが、天海自身も積極的に書物の蒐集を行っていたようである。(3)たとえば、天海の書簡の中には書籍の入手を依頼しているものが見られる。十二月九日付大樹坊宛の書簡の中には、「新渡唐本・物本共之事、長崎へ疾に申遣候条、其元にて取申候事御無用候（舶来したばかりの唐本や物本などに関しては、さっそく長崎へ遣いを出したので、そちらで入手する必要はない）」との記述があり、(4)彼が中国からの舶来書の蒐集にも力を注いでいたことが窺える。

そうした努力の甲斐もあってか、「天海蔵」には「詞話本」以外にも、様々な白話小説、中でも天下の孤本とされる明版の小説『忠義水滸志伝評林』『禅真後史』『拍案驚奇』『東度記』などが収められている。おそらく「詞話本」も、伝来後そう間を置かずに天海のもとへ寄せられたものと考えられよう。

以上を考え合わせると、天海蔵「詞話本」は、天海の存命中、つまり一六四三年までには日本に伝来していたものと考えられる。「詞話本」には万暦四十五年（一六一七）の序が付けられていることから、ほぼリアルタイムで日本に伝来したということになる。

②　徳山毛利棲息堂蔵『金瓶梅詞話』

「詞話本」は、徳山藩第三代藩主・毛利元次（一六六八〜一七一九）によって建てられた棲息堂文庫にも所蔵されていた。和漢の学を好み、自らを「余亦有書癖。如過者不及。故欲忘却、不克禁。他見者可謂書淫（余も亦た書癖有り。過ぎたるは及ばざるが如し。故に忘却せんと欲するも、禁ずる克《あた》はず。他の見る者 書淫と謂ふべし）」[5]というほど書籍を愛好し、その蒐集に力を注いだ元次の蔵書は、宝永五年（一七〇八）に作られた「御書物目録」に見られる。その中に「金瓶梅詞　十八冊」との記録があることから、「詞話本」が一七〇八年以前には元次の手元にあった可能性が高い（但し、正徳六年までに入手されたものは書き足されているという）。日本へ伝来した時期についてはわかりかねるが、この棲息堂所蔵「詞話本」は、天海蔵「詞話本」と同版のやや後刷りとされることから[6]、伝来自体はもう少し早いものと推測しうる。江戸在勤中にはしばしば将軍綱吉の経書の講釈に列席し、伊藤東涯らにも師事したという元次のもとに、「詞話本」はいかなる過程を経てか引き寄せられたのであろう。

（二）崇禎本

国内では、内閣文庫、東京大学東洋文化研究所、天理大学付属天理図書館の所蔵が確認されている（うち、内閣文庫所蔵のものと東洋文化研究所所蔵のものとは同版とみられる）。長澤氏がつとに「現在内閣文庫に伝存する明版は、二十一本といふ冊数から考へて、御文庫書目によると、正保元年（一六四四）に紅葉山文庫に入ったものである」と指摘されたように[7]、「御文庫目録」正保元年の項には「金瓶梅　廿一本」との記載がある[8]。正保元年に紅葉山文庫に入ったとすれば、崇禎年間（一六二八～一六四四）の刊行直後に日本に将来されたことになる。

（三）第一奇書本

本国でも日本でも最も広く流通したのは、「第一奇書本」である。国内でも、内閣文庫、東洋文庫、京都大学付属図書館、天理大学付属天理図書館、早稲田大学図書館など、多くの所蔵が確認されている。現存する当時の輸入書目録からも、この「第一奇書本」がたびたび日本へ持ち込まれたことが確認できる[9]。

正徳三年（一七一三）『舶載書目』十七

彭城張竹坡批評金瓶梅
第一奇書　二十四本　一百回
本衙蔵板翻刻必究
序　康熙乙亥癸中　覚天者謝頤題於皐鶴堂
竹坡閒話　寓意説　苦孝説　冷熱金針　雑録小引
潘金蓮淫過人目　西門慶房室

金瓶梅趣談　読法　已上首巻
俗小説也　即金瓶梅也

正徳三年（一七一三）『商舶載来書目』（国立国会図書館蔵）
第一奇書金瓶梅　一部廿四本

正徳四年（一七一四）『齎来書目』（天理図書館蔵）
第一奇書　一部四套二十四本

寛延四年（一七五一）大意書『午七番船同九番船同拾番船持渡書物覚書』（宮内庁書陵部蔵舶載書目第三九冊所収）
金瓶梅　十一部各二套　四部各廿四本　七部各二十本

天保十四年（一八四三）『落札帳』（九州大学九州文化史研究所蔵）
ヤも登ト
袖珍金瓶梅　壱部　弐包　〆廿四冊
三十五匁　今村
〃　木下
三十二匁九分　の登や

嘉永五年（一八五二）『亥弐番船同四番船子壱番船書籍元帳』（長崎県立長崎図書館蔵）
六匁五分　金瓶梅　〇一部二套

確認できる目録の上では、『舶載書目』正徳三年（一七一三）の記録が最も早いが、そこに「俗小説也　即金瓶梅也（俗小説なり、即ち金瓶梅なり）」との記載が見られることから、あるいはこれ以前にすでに輸入されていた可能性もある。「第一奇書本」は、巻首に康熙三十四年（一六九五）に書かれた謝頤の序を付していることから、刊行はそれ以降になると考えられる。正徳三年（一七一三）には遅くとも日本に伝来していたと考えると、「第一奇書本」も「詞話本」「崇禎本」同様、刊行からそう隔たることなく日本へ伝来したことになる。

以上を整理すると、（一）「詞話本」の伝来は一六四三年以前、（二）「崇禎本」の伝来は一六四四年以前、（三）「第一奇書本」の伝来は遅くとも一七一三年、ということになり、いずれも刊行からそう隔たることなく日本に持ち込まれたことがわかる。しかも寛延四年（一七五一）には十一部も輸入されるなど、それなりの需要もあったと考えられる(10)。

二　辞書、随筆、洒落本に見られる『金瓶梅』

こうして日本へやってきた『金瓶梅』は、実際どのように流通し、どのように読まれたのだろうか。江戸時代に作られた『金瓶梅』に関する直接的な資料として、現時点で確認されているものは以下の二点である。

・**岡南閑喬著　『金瓶梅訳文』**（一七五〇頃の成立か）

『金瓶梅』（第一奇書本）の中の難語に、回毎に注を付けた語釈集。現在抄本が四部ほど確認されており、その中の一部（波多野太郎氏旧蔵本）が影印刊行されている（『中国文学語学資料集成　第一編第一巻』不二出版、一九八八(11)）。

・**高階正巽筆写　鹿児島大学附属図書館玉里文庫蔵『金瓶梅』**（一八一七〜一八三二）（以下、「玉里本」とする）

『金瓶梅』（第一奇書本）全文が抄写され、そこに訓点が施されたもの。余白部分に見られる様々な書き入れから、『金瓶梅』の読書会が行われた際の記録だと思われる（第八、九章で詳しく論じる）。鹿児島大学附属図書館玉里文庫に所蔵され、現在のところ江戸時代のものとしては唯一の、そして現存する最古の『金瓶梅』の翻訳（訓訳）である。

また、『金瓶梅』の影響を受けて作られた作品として、以下の作品が挙げられる。

・**曲亭馬琴著　『新編金瓶梅』**（一八三二～一八四七）

『金瓶梅』を翻案した合巻。しかし原作からは大きく離れ、馬琴自身も「拙作は唐本の金瓶梅とは、いたくちがひ候ものに御座候（天保三年十一月二十五日篠斎宛書簡）」というほどである。この『新編金瓶梅』は、その後歌舞伎化され（『金瓶梅曾我松賜』）、万延元年（一八六〇）にはそれを合巻に仕立て直したもの（『金瓶梅曾我賜宝』）も刊行されている[12]。

こうした直接的な資料は、当時『金瓶梅』がどう読まれていたのかを具体的に示すものであるが、数が少ないために、これらだけで江戸時代における『金瓶梅』受容の全体像を把握するのは難しく、各資料の正確な位置づけもできない。そこで、まずは間接的な資料群を整理することで、江戸時代における『金瓶梅』の受容状況を考えてみたい。

今回は、『金瓶梅』に関する記述がありそうなもののうち、影印もしくは活字化されているなど比較的調査しやすいという理由から、以下の資料を調査の対象とした。

（a）『唐話辞書類集』全二十一巻（汲古書院、一九六九～一九七六）
（b）『日本随筆大成』第一期全二十三巻、第二期全二十四巻、第三期全二十四巻、別巻全十冊（吉川弘文館、一九七三～一九七九）、『続日本随筆大成』全十二巻、別巻全十二冊（吉川弘文館、一九七九～一九八三）
（c）『洒落本大成』全三十巻（中央公論社、一九七八～一九八八）
（d）曲亭馬琴の書簡（『馬琴書翰集成』全七巻、八木書店、二〇〇二～二〇〇四）および日記（『曲亭馬琴日記』全五巻、中央公論新社、二〇〇九～二〇一〇）

本節では（a）～（c）の中から『金瓶梅』に関する記述を抽出し、受容の足跡をたどっていきたい。

（1）『文会雑記』　湯浅常山　著（『日本随筆大成』第一期　第十四巻）

著者である岡山藩士の湯浅常山（一七〇八～一七八一）は、藩命を受けて享保十七年（一七三二）に初めて江戸へ上った際に、服部南郭（一六八三～一七五九）の門に入る。『常山紀談』『常山楼文集』の著者としても知られる常山だが、本書は、享保十七年（一七三二）、寛延二年（一七四九）、宝暦三年（一七五三）、宝暦十年（一七六〇）、明和五年（一七六八）と江戸へ上った際の出来事、主に古学派の人々の話を書き留めたものがもとになっている。(13)

その「巻之二上」に、次のような記述が見られる。

一　梅村惣五郎ト云書肆来ル。京師ノ本店ニ文選ノ李善注バカリノ本アリ。四帙ニテ価十五金ナリト云リ。ソレトモニ本少シトテ殊ニ貴重スト也。四部稿ヲ携来ル善本ナリ。価二十金ナリト云リ。

梅村という書肆が、『文選』の李善注四帙、『四部稿』を持ってやって来たという。また、

一　南郭老師モ、近頃二十一史ヲ見タマフト見ヘテ、床ノ上ニ宋書ノ唐本アリ。句豆ヲシカケテアリ。十三経ノ汲古閣ノ本モアリ。注ニ句読ヲシカケテアリ。又西遊記モ百回アリ、ト南郭老師咄ケル。

とあり、服部南郭が、『宋書』や「十三経」、『西遊記』を所有していたこともわかる。その少し後には、

一　**金瓶梅**二帙百回、梅村携ヘ来ル、口二巻ニ図アリ、水滸伝ノ画ノ如シ。春ノ図アリ、康熙年中ノ序アリ、鳳州門人ノ手ニナリタルトモ云。又弇州ガ作ナリトモ云ヨシ序ニ見ユ。読法ナドモ有レ之ナリ。

と、先ほどの書肆が、今度は『金瓶梅』二帙を持ってきたという。この『金瓶梅』は、「康熙年中ノ序アリ」「読法ナドモ有レ之ナリ」といった記述から、「第一奇書本」であることがわかる。最終的に常山（もしくは南郭）によって購入されたかどうかは記されていないが、書肆がこうして儒者のもとに珍本を持って見計らいに来ていたことがわかる。

これがいつの出来事かは定かでないが、前後に服部南郭の言動が多く記されることから、南郭存命中のことであることは間違いない。とすれば、寛延二年（一七四九）、宝暦三年（一七五三）頃のことになるだろう。ちょうど「第一奇書本」が多く輸入された寛延四年（一七五一）の前後に当たる。

（2）『当世花街談義』（『洒落本大成』第一巻）

宝暦四年（一七五四）に刊行された『当世花街談義』は、吉原を浄土に、遊女を如来（「女良意《にょらい》」）に見立て、そ

こへ集まる遊客たちとのやりとりなどを記した遊里文学である。(14) その「問答花街談儀第四」の「三類附毒品第七」に、「とかく初会の処では其女良意《にょらい》の相手にならるる咄《はな》しをすべし」と遊客の心得を説く箇所があり、「女良意《にょらい》の嬉しがらぬ」例として以下のように記される。

然るに少し小学問《こがくもん》でもしたわろは。別《わけ》て自漫《みそ》に詩《し》を作《つく》り。歌をよみ。其中にも髭《ひげ》のない唐本手合《とうほんてあい》は。**金瓶梅**《きんぺいばい》に潘金蓮《はんきんれん》といふ妾《てかけ》がどふしたの。覚悟禅《かくごぜん》に未央生《びわうせい》といふ色男が有ての。肝《きも》のつぶれたことを華音《とういん》で。がんといひ又はきやんと云など。先《さき》で合点《がてん》もゆかぬ唐みそ是等は篤実《とくじつ》の道学先生《どうがくせんせい》をみせつける道具《どうぐ》にして。此土《ど》にては女良意《にょらい》の憘《うれ》しがらぬことなり。慎《つゝ》しむべし、〱。

「少し小学問」をした輩が、詩を作ったり歌をよんだり、『金瓶梅』や『覚悟禅』(『肉蒲団』のこと)の話をして唐話の知識をひけらかしたりすることがあるが、そうしたことはくれぐれも慎むべきであるという。ここで注目されるのは、『金瓶梅』や『肉蒲団』といった書名が例として挙げられるほど「知られていた」ということである(どれくらい「読まれていたか」は別として)。この場面で『金瓶梅』や『肉蒲団』が話題として出されるのは、これらが遊廓でのネタとしてふさわしいものだと認識されているからであろう。しかしだからといって、こうした作品を読んでいることは決して恥ずべきことではなく、むしろ「篤実の道学先生をみせつける道具」だったという。『金瓶梅』が歴とした漢籍として認識されていたということがわかる。

(3)『俗語解』(『唐話辞書類集』第十巻、第十一巻)

実際『金瓶梅』は、唐話、つまり当時の中国語を学ぶ人々にとって学問の対象に他ならなかった。

江戸時代後期には唐話に関する辞書が数多く編纂されたが、『俗語解』はそうした唐話辞書の中の白眉とも評される[15]。編者、成立年代ともに未詳であるが、京都の書肆・沢田一斎（一七〇一～一七八二）の手沢本が国会図書館に所蔵されていることから、成立は天明二年（一七八二）以前だと考えられる。中国の俗語を、いろは別に分類、配列し、解釈を施したもので、小説や戯曲の用例、邦人の説などが引かれる。江戸時代には公刊されずに写本のみで伝わり、現在伝写本が十本ほど残っている[16]。ここでは、『唐話辞書類集』に載せられる「長澤規矩也氏蔵本（以下「長澤本」）」と「静嘉堂蔵本（以下「静嘉堂本」）」の二つを調査した。

岡田袈裟男『江戸の翻訳空間―蘭語・唐話語彙の表出機構―』（笠間書院、一九九一）に拠れば、「長澤本」は、もっとも良質の写本とされる「沢田一斎手沢本（国立国会図書館蔵）」と「語彙数が近く、対校の結果では語彙の配列、釈義などを含めて一致度が高い」とされる。一方の「静嘉堂本」は、蘭学に通じ、中国小説を愛読したという桂川中良によって文化六～七年（一八〇九～一〇）に作られた自筆の稿本で、『俗語解』の伝写本を友人から借り受けた桂川が、いろは別を画引、頭字別に並べ替え、増補を加えたものであるが、残本である。

以下、『金瓶梅』の用例が挙げられている箇所をすべて抜き出し、『金瓶梅』の該当回数を〔　〕に記す（なお『金瓶梅』各テキストと対照した結果、『俗語解』の拠ったテキストも「第一奇書本」であることが確認できた）。

【長澤本】

p98　**掏渌**　金瓶梅云、恐怕他家粉頭～～壊了你身〔第十二回〕

p207　**攙纏**　入用ナリ。金瓶梅云　此両日倒要些銀子～～〔第六回〕

p238　**到底**　……亦金瓶梅ニ～～七進的房子ト云　ヲクユキ七間ノ部ヤト云コト也〔第一回〕

p256　**托頼**　金瓶云〜〜相公福蔭　カクニヨリマシテト云ホドノコト〔第一回〕

p298　**籮圏**　金瓶梅　西門慶們十個一斉〜〜作了一個揖トアリ　籮ノ如ク圏クナラビ坐スルコト　車坐ト云カ如シ〔第一回〕

p367　**血口子**　金瓶梅　尖指甲掐スルコト　両道〜〜〜　血ノ出ルホドツメル〔第八回〕

p448　**挨光**　金瓶梅云　怎的是〜〜此如今俗呼偷情就是了〔第三回〕

p494　**響槌子**　金瓶梅　婦人将手向西門慶臉辺弾的云〜〜〔第八回〕

p507　**髻髭**　金瓶梅　鄆哥道　便罵你這馬伯六(只)作牽(双)頭的老狗肉直我〜〜〔第五回〕

p527　**紫漲**　金瓶梅　〜〜了面皮　ツラヲ紫色ニフクラス〔第二回、第七回、第五十八回〕

p538　**斜溜**　金瓶梅　〜〜他一眼児　ヨコニチラリトミル〔第四回〕

p630　**表**　金瓶梅ニ且表スト云コトアリ　水滸ナドニ且説トアルニ同　表ハアラワスコト　故且題スト云意ニ同〔第十回、第四十八回、第五十三回、第八十八回〕

p647　**成色**　金瓶梅　一個々共像有風病的狂的通没些〜〜〔第六十二回〕

p717　**纍垂敠曹**　金瓶〔第五十三回〕

p721　**美女相思套**　金瓶梅　甲ノルイナルベシ〔第十九回〕

p721　**春方**(17)　金瓶梅〔第三十一回〕

p722　**品玉**　金〔第五十一回〕

p722　**品簫**　金〔第十回　第十七回、第七十二回〕

【静嘉堂本】

p739　引用眉目記号

　西遊記真詮 [西]　三国志演義正本 [三]　水滸伝正本 [水]　金瓶梅 [金]　以上四種ヲ四大奇書ト称ス

p989　〔斜部〕**～溜**　[金]　～～他一眼児　ヨコニチラリトミル〔第四回〕

以上、『俗語解』に引かれる『金瓶梅』の用例からは、引用箇所が作品の全体に及んでいること、そして、決してたまたま『金瓶梅』の用例が挙げられたわけではなく、他の白話小説には用例がほとんど、もしくは全く見られないものが主に挙げられているということがわかる。たとえば、「掏渌」「籮圈」「血口子」「響榧子」「美女相思套」などは『金瓶梅』にしか見られない語であり、「到底」や「品簫」などは、言葉としては特に珍しくないものの、『金瓶梅』では特殊な意味で使われている。『金瓶梅』は唐話の研究者たちによって、研究の対象そのものとして熟読されていたのである。

（4）『奇字抄録』（『唐話辞書類集』第十四巻）

同様の例として、『奇字抄録』を挙げることができる。白話文中に見られる俗字や略字を収録したもので、原文が引用されている。編者、成立年代ともに未詳。巻頭の引用書目一覧中に『金瓶梅』が見られる。

p127　**硶**　[金瓶梅]　只当狗改不了吃屎就弄硶児来了〔第八十六回〕

p144　**頦**　〔眉批〕[金瓶梅]　婦人両手摟着西門慶脖項令西門慶亦扳抱其腰　在上只顧揉搓那話漸没至根〔第七十三回〕

（5）『小説字彙』（『唐話辞書類集』第十五巻）

（6）『水滸字彙外集』（『唐話辞書類集』第十三巻）

引用書目一覧にのみ『金瓶梅』の名が見えるものとして、『小説字彙』『水滸字彙外集』が挙げられる。

寛政三年（一七九一）刊行の『小説字彙』は、小説などに見られる語句を画引配列し、簡単な訳解を加えたものである。「此書専ラ簡便ヲ尚《タツト》べハ、其援引スル所ノ書目ハ是ヲ巻首ニ附ス」として、一々出典は挙げない。巻首に置かれる「援用書目」に『金瓶梅』の名が見られる。

また『水滸字彙外集』も、『水滸伝』中の語句が画引配列され、訳解が加えられたものである。その「編訳引書」の中に『金瓶梅』および『金瓶梅訳文』（上述した『金瓶梅』の語釈集）の名が挙げられる。ただし「盖馬琴引書矣」と見られることから、後述する馬琴の『新編水滸画伝』初編に記される「編訳引書」を写したものと思われる（つまり『水滸字彙外集』の編者が馬琴でない限り、編者が実際に『金瓶梅』『金瓶梅訳文』を参照したのかどうかは疑わしい）。

（7）『烹雑の記』　曲亭馬琴 著（『日本随筆大成』第一期 第二十一巻）

曲亭馬琴（一七六七〜一八四八）の随筆である本書は、文化八年（一八一一）に刊行されたもので、本文の前に置かれる概略には、本書が童蒙のための書であることが記されている。上下巻全二十種が収められ、「六、その罪《つみ》を悪《にくみ》てその人を悪《にくま》ず」に『金瓶梅』に関する記述が見られる。「仮名手本忠臣蔵」に「君子《くんし》はその罪《つみ》を憎《にくん》でその人を憎《にくま》ず」とあるのを発端としつつ、朱子の文章に俗語が見られることを指摘するに至る。

……今按《あん》ずるに、是のみならず、朱子《しゆし》の孟子《もうし》に序《じよ》したる、千変万化只説《センヘンバンクワタヾトキタル》レ従《ヨリ》二心上《シンシヨウ》一来とある来《らい》ノ字《じ》を、キタルと訓《よむ》はあやまりなるべし。この来《らい》ノ字《じ》又俗語《ぞくご》にて哩《り》ノ字《じ》とおなじく通用《つうよう》す。〔割注〕水滸伝《すいこでん》に来《らい》とあるところを、金《きん》瓶梅《ぺいばい》には哩《り》に作《つく》れり、考ッべし。水滸伝第三回《すいこでんだいさんくわい》に、挣《モガケドモ》不レ起《オキラレ》来、とある来《らい》ノ字《じ》これなり。この余《よ》いくばくもあり。枚《かぞへ》挙《あぐる》に遑《いとま》あらず。俗語《ぞくご》に所云《いはゆる》、来《らい》ノ字《じ》の義《ぎ》は、この方の俗語《ぞくご》に、それよ、これよなどいふよの字《じ》と等《ひと》し。しかれば来ノ字に意《ゐ》あるにあらず。これらの議論《ぎろん》をこちたく物せんは、嗚呼《をこ》がましき所為《わざ》なるべければ、さてやみつ。

「来」の解釈をめぐって、ここでは「キタル」という意味ではなく、「哩」〔文末の語気詞〕と通用するという。割注の中で、『水滸伝』が「来」字を用いている箇所を『金瓶梅』は「哩」に作ると説明されており、馬琴が『水滸伝』『金瓶梅』を、文字の異同にまで注意を払いつつ読んでいたことが窺える。

（8）『玄同放言』　曲亭馬琴　著（『日本随筆大成』第一期　第五巻）

本書も馬琴の随筆で、前編が文化十四年（一八一七）、後編が文政三年（一八二〇）に刊行されている。「天部」「植物部」「人事部」「器用部」「動物部」「雑部」にわかれ、考証が加えられるが、その「第三十人事　宋ノ陳彭年《チンハウネンガ》綽号《アダナ》」に、次のような記述が見られる。

〔封神演義と通俗武王軍談の関係について〕しかれども、通俗武王軍談の原本は、亦是一本なり、譬ば、水滸伝と**金瓶梅**の如し。

『通俗武王軍談』の元ネタが『封神演義』であることを、『水滸伝』と『金瓶梅』の関係を例に挙げて説明する。この記述からは、『金瓶梅』が『水滸伝』から誕生した作品であるというのは自明のことであった、ということがわかる。

尚、馬琴は後に『金瓶梅』を翻案した『新編金瓶梅』（第一集の刊行は天保二年（一八三一））を著すことになるが、文化三年（一八〇六）に刊行された『新編水滸画伝』初編（曲亭馬琴著）に記される「編訳引書」には『金瓶梅』『金瓶梅訳文』の名が見られ、彼が文化年間にはすでに『金瓶梅』に関心を寄せ、これらを手元に置いていたことが窺える。

(9)『嬉遊笑覧』喜多村信節 著（『日本随筆大成』別巻 第七～一〇巻）

本書は国学者喜多村信節（一七八三～一八五六）によって著された、江戸時代の社会、風俗に関する百科事典ともいうべき書であり、文政十三年（一八三〇）の自序が見られる。『金瓶梅』に関する記述は以下の六箇所に確認できる。

巻一上（居処）

○天井　……「類書纂要」に天井明堂甬道など出たるもこゝに云ふ天井にはあらず。「**金瓶梅**」十八回　呉月娘をはじめ衆美人、前庁の天井にて虫を弄びなぐさむ事あり。……

ここでは、和漢の「天井」に関する例が引用される中に、『金瓶梅』の用例が見られる。これは『金瓶梅』第十八回、屋敷に戻った西門慶が、呉月娘ほか二名の夫人と娘が、「前庁の天井」つまり表座敷に面した中庭で遊んでいるのを目にする場面である。ここでの「天井」は、著者も指摘するように、いわゆる日本の天井とは異なり、四方を建物に囲まれた中庭を指す。

巻四（**武事**）

（侏儒）○……小人島といふ事はいひ伝ふる事なれどもいづくとも定かならず……〔割注〕「**金瓶梅**」に李瓶児が生る子の名を道士に付さする時、道士より道家の衣冠服玩を小く製りて一櫃に入て贈れる事あり、これらもし漂流して他国に行事もあらむにはかならずいぶかしく思ひて小人島の調度ならむといはんかし。

巻四（**雑伎**）

（まり　円社）○まりとは円き義なり、漢土にても「事林広記」に天下惣呼円といへり、また「**金瓶梅**」十五回西門慶進二院中一幇嫖といふ条に見二三個穿青衣黄板師者一、謂二之円社一、手裡捧二着一隻焼鵞一、提二着両瓶老酒一、大節間来孝二順大官人一、向レ前打二了半跪一云々、亦有二朝天子一詞一、単表二這踢円的始末一、在二家中一也閑、到処刮レ涎、生理全不レ幹、気毬児不レ離在二身辺一、毎日街頭站、窮的又不レ趨、富貴他偏羨、従二早辰一只到レ晩、不レ得二甚飽餮一、転不レ得二大銭一、他老婆常被二人包占一、これは妓女など、鞠を踢《ケ》客人の幇閑をなす、是を円社といふ、漢土の蹴鞠はかやうの卑きものなり。

巻四には二箇所に『金瓶梅』が引かれる。前者は第六夫人李瓶児の一人息子官哥が、道士から子供用の衣冠服玩を贈られるくだり（第三十九回）について、後者は、『金瓶梅』第十五回に登場する「円社（宴席などで蹴鞠の技を披露するたいこ持ちの集団）」について説明されたものである。いずれも単なる語句の引用にとどまらず、作品の理解を伴うものである。

巻六上（音曲）

（歌板）〇彼国の南京絵に女の手にこれを握り鳴して踊るさま画きたるもの有り、漢土にては歌板といへる物是ならむ……「**金瓶梅**」二十四回　一般児四個、家楽在レ傍、搊レ箏歌板弾二唱灯詞一、（割注）西門慶が家僮女四人して歌曲を唱ふる所。また「因樹屋書影」先大人常作二観宅四十吉祥相一、有レ益二於世道人心一云々、不下在二席上一接中優人曲上、不下以二筋并足一代為中撃板上。その小註に撃レ板接レ曲去二優人一幾希、これらは板を筋などにて撃拍子をとると見えたり。おもふに歌板にも種々の製あるか、こゝにてもさゝらあや竹などのごとく用ひて拍子をとる。

ここでは「歌板（打楽器の一種）」について、『金瓶梅』第二十四回、元宵節の夜の宴席の場で、西門家の四人の侍女たちが、箏を弾き、歌板を打ち鳴らしながら灯籠の歌を歌う場面が引用され、解説が加えられている。

巻九（娼妓）

〇はなをやる……（花に色々）漢土には褒美にはな遣すを纏頭助采といへり。「板橋雑記」などにみえたり。

「**金瓶梅**」十一回　書袋内取二両封賞賜一、毎レ人三銭。

ここは、「花をやる」ことについての和漢の用例が挙げられる中、『金瓶梅』第十一回、友人宅で開かれた宴席で、歌い終わった二人の妓女に、西門慶が三銭ずつ花を渡す場面が引かれる。

巻十二（禽虫）

（螽を飛す）〇児戯に、土螽《ツチイナゴ》また蟿螽《シヤウレウバツタ》を糸につなぎて飛せて遊ぶ……「金瓶梅」十八回　呉月娘、孟玉楼、潘金蓮、幷西門大姐四個、在㆓前庁天井内㆒、月下跳㆓馬索児㆒、とあり、馬索は螞蚱なるべし、跳らせて襲羽を見るなり。

ここでは、虫を糸につないで飛ばせる遊びの例として、巻一上（居処）の「天井」と同じ文章が引かれる。著者は、「月下跳馬索児」の「馬索」を「螞蚱（イナゴ）」ととらえ、「月下に馬索児を跳ばす」と解釈したようである。(18)

上述した「玉里本」（『金瓶梅』の訓訳本）には、文政十一～十二年頃、唐話を善くし白話小説に通じていた遠山荷塘（一七九四～一八三一）を中心として江戸で開かれていた『金瓶梅』の読書会の様子が記録されており（第八、九章で詳しく論じる）、そこには本書の著者である喜多村信節の発言も複数見られる。たとえば「玉里本」の第十八回、該当箇所の上欄には、「筠庭主人曰、馬索ハ螞蚱ノ別音、イナゴ也」との書き入れが見られ、その後もイナゴに関する注記が続く。読書会の場でもおそらく議論が重ねられたのであろう。ここからは、読書会に参加していた喜多村が積極的な態度で『金瓶梅』を読んでいたことや、読書会の場で様々な事物に関する問題が取りあげられ、議論されていた様子が窺える。喜多村は、この読書会で『金瓶梅』を通して知り得た中国の風俗、風習に関する知識を、ちょうど同時期に執筆していた『嬉遊笑覧』に取り込んだのだものと思われる。

（10）『画証録』　喜多村信節　著（『日本随筆大成』第二期　第四巻）

本書も喜多村信節による随筆で、天保十年（一八三九）の自序が見られる。序文に「数十言を費やしたところで読者にとっては煩冗となるだけ、画によって示せば一目瞭然である」との旨が記されるように、当時の風俗をまず絵によって示し、説明を加えたものである。『金瓶梅』に関する記事は、「傀儡考　百太夫　夷まはし」の項に見られる。

「**金瓶梅**繍像喪礼図[19]」
漢土に傀儡は、もと喪家の具と云り。そは循喪の芻人など是也。後世もさるべき家の送葬に、険道神とて鬼をはりぬきに造りて、是を舞す事あり。開路神とも云。前に立る也。事物紀原軒轅本紀を引て云、帝周遊時。元妃螺祖死二於道一。この時喪を防ぐ為にこれを作る。故に方相亦曰、防喪蓋其始也といへり。俗号険道神。

『金瓶梅』第六十五回の挿画には、西門慶の第六夫人李瓶児の喪儀の場面が描かれている。ここでは、その喪儀の列の先頭で道祖神の人形を持つ人物を描いた部分が写し書きされ、説明が加えられている。上述の「玉里本」の該当回を確認してみると、回末には「険道神」についての詳しい説明が加えられており、「軒轅本紀曰、帝周遊、元妃螺祖、死道。令次妃姆嫫監護、因置方相、亦曰防喪、此蓋其始也。俗号険道神。……」と、本書に見られる説明と同様の文言が見られる。ここからも、『金瓶梅』の読書会では、作中の用語、特に風俗に関するものが取り上げられて、詳しい考証がなされていたことが窺える。

(11)『梅園日記』　北静廬　著（『日本随筆大成』第三期 第十二巻）

本書は弘化二年（一八四五）に刊行されたもので、全五巻、百七十三条に及ぶ考証随筆である。著者の北静廬（一七六五～一八四八）は、江戸新橋の料理兼待合茶屋に生まれ、のち屋根葺棟梁に婿入りし、狂歌を元木阿弥に、国学を山岡浚明に学んだ、博覧強記の好学者として知られる。その巻三「女房」に、「房奩」（嫁入り支度）の用例として、『夢梁録』『西廂記』『水滸伝』『金瓶梅』の記事が引かれる。

○女房廿五……房奩の二字は、連続したる語にて、よめいりの支度をいふなり。其証は夢梁録に、……、西廂記白馬解囲に、崔夫人云、……。水滸伝に、清河県裡《ノ》、有二一箇《ノ》大戸《ノ》人家一。有二箇《ヒトリノ》使女《シジヨ》一。小名喚《ヨビ》做《ナス》二潘金蓮《ト》一。年方二十余歳、頗有二些顔色一。因為《テナスニ》二那箇《カノ》大戸《タイコ》《カネモチ》要《モトムルコトヲ》レ纏《カマハントカレニ》レ他。這使女《コシモト》、只是去告《ツゲ》二主人婆《ウチカタニ》一。意下《コヽロ》不レ肯《ゼ》二依従《シタガフコトヲ》一。那箇《カノ》大戸、以レ此恨記《シ》二於心《ニ》一、却倒賠《カヘツテモノイリシテ》二些房奩《ヲ》一。不レ要《モトメ》二武大《カ》一文銭《ヲモ》一、白白地《タヾ》嫁《ヨメラス》二与他《カレニ》一。〔頭註〕近事叢残示、室周氏房奩銀二百六十両。**金瓶梅**に。倒賠《カヘツテ》二些房奩《ヲ》一。要《ス》レ尋《タヅネント》二嫁得《ル》一箇相応的《ノ》人《ヲ》一など有にて知べし。

ここに挙げられる『水滸伝』（第二十四回）と『金瓶梅』（第一回）の記事については同じ場面のものであり（『水滸伝』第二十四回は、『金瓶梅』第一～四回に対応している）、両書の関係については、当然ながら認識されていたこと、その上で異同がありながらも「房奩」については同じ意味で用いられていることが示されている。

(12)『寒檠璅綴』　浅野梅堂　著（『続日本随筆大成』第三巻）

本書は、江戸時代末期の幕臣であり、蔵書家、美術鑑賞家でもあった浅野梅堂（一八一六～一八八〇）の随筆である。和漢雅俗にわたる幅広い記事が取り上げられ、その博学ぶりが窺い知れる内容となっている。その巻四に、『金瓶梅』に言及した記述が見られる。

小説俗語ハ一種ノ学問ニテ、水滸伝**金瓶梅**ナド読ニハ解シカネル語ノミ多シ。又字モツネノ字トハ更ニ義詁ノチガイタルアリ。張ノ字ヲノゾクト読、窺覰ノ義ニ用ユナド、字書ニハナキ訓詁ナリ。……此類書アツメタランニハイカホドモアルベケレドモ、カギリナケレバ聊ソノ一二ヲ記ス。且吾俗言ニテ解セシハ的当ナラズ、牽強ノ釈モ多カルベシ。

ここで梅堂は、「小説俗語は一種の学問」であるとして『水滸伝』『金瓶梅』といった書名を挙げ、こうした小説の中には、古典とは字義が異なるものが見られるとしていくつかの例を示す。当時、中国の通俗小説がひとつの学問と見なされていたこと、その代表作品として名が挙げられるほど、『金瓶梅』が認知されていたことが窺える。

（13）『零砕雑筆』　中根香亭　著（『続日本随筆大成』第四巻）

本書は、朝川善庵の外孫であり、『兵要日本地理小誌』の編者として知られる漢学者中根香亭（一八三九～一九一三）の随筆で、和漢の詩歌が多く取り上げられている。その中に、「金瓶梅の中の韻語一首」として次のような記事が見られる。

○**金瓶梅**の中の韻語一首

做レ天莫レ要レ做二個四月天一。蚕要二温和一麦要レ寒。種二小菜一個哥〻要二落雨一。採レ桑娘子要二晴乾一。善く人の情をいへり。歓娯嫌二夜短一。寂寞恨二更長一といふも亦此の類なり。

ここに挙げられる韻語については、（現存する）『金瓶梅』の中には見られず、『醒世恒言』巻十八に見られるものである。[20] 筆者の記憶（ないしは記録）違いによる可能性も大きいが、いずれにせよ、ここでは山本北山や大田南畝、『輟耕録』等の詩文が取り上げられるなか、白話小説中の韻文が同等に扱われ、その例として『金瓶梅』中の一首が挙げられていることがわかる。

以上、（1）～（13）の資料を挙げながら、江戸時代における『金瓶梅』受容の足跡を確認していった。そこから、以下のような受容の在り方を指摘することができる。

まず流通については、（一）「詞話本」や（二）「崇禎本」が貴重書として一部の人間の目にしか触れることがなかったのとは異なり、版本の現存状況や輸入書目録の記載などから、（三）「第一奇書本」は日本に多く輸入され、流通していたことがわかっていた。その実際の状況を（1）から垣間見ることができた。江戸時代中～後期の『金瓶梅』は、金と伝手さえあれば、比較的容易に手に入れることができたようである。そのことは、その他の資料すべてからも言える（実際、彼らはいずれも『金瓶梅』を読むことができたのである[21]）。

次にその知名度、認知度についてであるが、（2）からは、『金瓶梅』がある程度名の知れた作品であったことが窺えた。そしてそれが遊廓で話題となるに相応しい内容のものであることも認識されていたようである。また（8）からは、『金瓶梅』と『水滸伝』との関係がすでに広く知られていたことが、（12）からは、通俗小説の代表作品として『水滸伝』とともに名が挙げられるものであったことが窺えた。

最後にその読まれ方について、（2）では、『金瓶梅』が歴とした漢籍のひとつとして扱われていたが、実際、ここに挙げた資料はいずれも、『金瓶梅』を学問の対象として扱っている。（3）（4）（5）（6）からは、唐話を研究する人々に語学的な関心を以て読まれたことが確認でき、（7）（12）からは、俗語俗字への関心が窺えた。また（9）（10）（11）からは彼の地の風俗、風物への強い関心が読み取れ、（13）からは、『金瓶梅』中の韻文が正統な詩文と同様に扱われていたこともわかる。そして何より、これらの資料はいずれも、『金瓶梅』が決して秘すべき書物ではなかったことをはっきりと物語っている。

小結

江戸時代に日本へやってきた『金瓶梅』は、直接的な資料が非常に少ないため、従来その受容の在り方についてほとんどわからないままであった。そこで本節では、辞書、随筆、洒落本といった間接的な資料から江戸時代の『金瓶梅』受容に関する考察を試みた。その結果、『金瓶梅』は一般に流通し、認知され、しかも学問的態度で読まれていたことが確認できた。『金瓶梅』は決して「マニア」の「机の下」で眠っていたわけではなかったのである。

数少ない直接的な資料である『金瓶梅訳文』、および「玉里本」も、こうした流れの中に位置づけることができる。『金瓶梅』の辞書ともいうべき『金瓶梅訳文』は、当時の唐話辞書編纂ブームの中、作られるべくして作られた書であり、決して小野氏のいう「マニアのひとり」によって趣味的に作られたものではないだろう。唐話の研究者たちにとって、『金瓶梅』は他の小説同様、すでに研究の対象だったのである。また『金瓶梅』の読書会の様子が記録された「玉里本」は、そこに集まった人々が極めて学問的な態度で『金瓶梅』を読んでいたことを示す資料であるが（第八、九章で論じる）、何も彼らだけが特別にそうであったわけではなく、江戸時代において、『金瓶梅』を読むという行為は、学問そのものだったと考えられるのである。

『金瓶梅』の翻案が曲亭馬琴によって世に出されるのは、天保二年（一八三一）のことである。文化年間には『金瓶梅』に関心を寄せ、手元に置いていた馬琴であるが、彼の書簡からも、当時の『金瓶梅』の受容の在り方、そして馬琴自身の『金瓶梅』観を窺い知ることができる。次節に譲りたい。

注

（1）江戸時代における『金瓶梅』受容の大きな流れについては、拙稿「江戸時代の『金瓶梅』」（アジア遊学一〇五『日本庶民文芸と中国』、勉誠出版、二〇〇七）でも論じた。

（2）長澤規矩也編『日光山「天海蔵」主要古籍解題』（日光山輪王寺、一九六六）に拠る。

（3）「天海蔵」に関しては、長澤規矩也「「天海蔵」考」（「書誌学」復刊新七号、一九六七）、菅原信海「天海蔵について─日光天海蔵を中心に─」（「斯道文庫論集」三八輯、二〇〇三）、宇高良哲「南光坊天海の書籍蒐集について」（「智山学報」第五六輯、二〇〇七）等を参照した。

（4）『慈眼大師全集』（寛永寺、一九一六）に拠る。

（5）『御書物目録』毛利元次公序文より。尚『御書物目録』は、『毛利元次公所蔵漢籍書目』（徳山市立図書館双書第十二集、一九六五）に拠る。

（6）長澤規矩也「『金瓶梅詞話』影印の経過」（「大安」第九巻第五号、一九六三。後『長澤規矩也著作集　第五巻』（汲古書院、一九八五）に収録）等参照。

（7）長澤規矩也「我国に於ける金瓶梅の流行」（「書誌学」第一二巻第一号、一九三九。後『長澤規矩也著作集　第五巻』

〈汲古書院、一九八五〉に収録）。

（8）大庭脩「東北大学狩野文庫架蔵の御文庫目録」（『関西大学東西学術研究所紀要』第三輯、一九七〇）に拠る。

（9）大庭脩編『江戸時代における唐船持渡書の研究』（関西大学東西学術研究所、一九六七）、『宮内庁書陵部蔵　舶載書目付解題』（関西大学東西学術研究所、一九七二）に拠る。

（10）『卯壱番船書藉元賬』（長崎県立長崎図書館蔵）安政二年（一八五五）の項には、「繡像続金瓶梅　袖珍　七部各二套」とあり、江戸末期には続書も（しかもここでは七部も）将来されていたことがわかる。

（11）『金瓶梅訳文』については、前掲論文（注（1））で詳しく取り上げた。

（12）高橋則子「合巻『金瓶梅曾我賜宝』考」（和漢比較文学叢書一七『江戸小説と漢文学』汲古書院、一九九三）参照。

（13）『日本随筆大成』の解題等を参照した。以下同じ。

（14）和田博通「『白増譜言経』と『当世花街談義』」（『山梨大学教育学部研究報告第一分冊　人文社会科学系』四三号、一九九二）等を参照。

（15）石崎又造『近世日本に於ける支那俗語文学史』（清水弘文堂書房、一九六七）。

（16）村上雅孝『近世漢字文化と日本語』（おうふう、二〇〇五）参照。

（17）原文は「那迎春方才取出壺」であり、本来は「春方」で切るべきではない。

（18）「馬索」については、後文から「百索（縄遊び）」の誤刻とみられ、実際ここは「中庭で縄跳びをする」という意味で解釈するのが妥当と思われる。

（19）画像は、国立国会図書館デジタルコレクションからの転載である。

（20）『醒世恒言』巻十八は「做天莫做四月天、蠶要溫和麥要寒。種要日時麻要雨、采桑娘子要晴乾。」に作り、文字の異同がある。

（21）今回の取り上げた資料で確認できるものについては、いずれも「第一奇書本」に基づくものであった。

〈付記〉本節については、初出である「江戸時代における『金瓶梅』の受容（1）―辞書、随筆、洒落本を中心として―」

（『龍谷紀要』第三二巻第一号、二〇一〇年）では取り上げなかった資料を新たに加えた。『日本随筆大成』について、データベースでの検索が可能となったため、国際日本文化研究センター（京都）で調査を行ったところ、初出論文発表当時は見落としていた資料が存在していることがわかり、それらを組み込んだためである。

第二節　曲亭馬琴の記述を中心として

はじめに

江戸時代に日本へやってきた『金瓶梅』は、関連資料がわずかしか残されていないこともあり、どのように受容されたのか、その具体的な状況に関してはほとんどわかっていなかった。しかし前節で明らかにした通り、江戸時代の『金瓶梅』は一般に流通し、認知され、しかも学問的態度で読まれていたのである。

そうした『金瓶梅』の翻案『新編金瓶梅』（全十編）の第一集が、天保二年、曲亭馬琴（一七六七～一八四八）によって世に出される。さかのぼること二十五年前に刊行された『新編水滸画伝』初編（文化三年刊）には、冒頭の「編訳引書」の中に『金瓶梅』『金瓶梅訳文』の名が見られ、馬琴が早くから『金瓶梅』に関心を寄せていたことがわかる。「『金瓶梅』から直接影響を受けたほぼ唯一の近世小説」[1]とされる『新編金瓶梅』を著した馬琴は、江戸時代の日本人の中で最も『金瓶梅』と縁の深いひとりだと言えるだろう。

そこで本節では、馬琴の書簡、日記、『新編金瓶梅』の序文等の中から『金瓶梅』に関するものを抜き出して年代順に整理し、江戸時代後期の『金瓶梅』受容について、さらには馬琴自身の『金瓶梅』観について考察を加えたい。[2]

一　『新編金瓶梅』第一集刊行以前

馬琴の書簡は、「伝存率は日本文学者中第一等、その数は多く、且つ無類の長文」とされ、[3]「馬琴三友」とも言われる殿村篠斎（伊勢松坂の豪商、国学者）、小津桂窓（伊勢松坂の豪商、蔵書家）、木村黙老（高松藩の家老）とのやりとりを中心とする。

以下、馬琴の書簡における『金瓶梅』に関する記述を具体的に見ていきたい。[4]

① **文政十三年**（一八三〇）　**正月二十八日　篠斎宛　書簡**

……○早春、『金瓶梅』かりよせ、見かゝり候へども、読書のいとまなく、わづか半冊斗よみさし、打捨置候。これハ、『金ぴら船』板元へ、『傾城水滸伝』のやうに綴り易、遣し可申哉と存候下心有之候処、よく〳〵考候へバ、西門慶一件ハ『水滸伝』の趣ニて、その余ハ淫奔の事のミ候へば、とり直し候ても、をかしからず可有之と思ひかへし、未致一決候。右『金瓶梅』ハ、昔年蔵弆いたし候へども、あまりニ誨淫の書故、他本と交易いたし、今ハ蔵弆不致候故、久々ニて披閲いたし候事ニ御座候。小説中の手とり物ニて、よみ易からず候。

（中略）

…早春、『金ぴら船』のはん元参り、女の忠臣ぐらを綴りてくれと願ひ申候。これも、『けいせい水滸伝』を羨ミ候によりての事と聞え候。依之、『金瓶梅』をつゞりかえて遣さんと約束して、女の忠臣ぐらハ速にもミけし申候。

ここでは、馬琴が『金瓶梅』を翻案することになったいきさつが語られる。神田正行「『新編金瓶梅』発端部分の構想と中国小説」（『読本研究新集』第四集　翰林書房、二〇〇三）では、ここに至る事情が「……馬琴の長編合巻『傾城水滸伝』は、文政八年正月に初編四冊が刊行された。同書の好評には、他の板元も無関心ではおられず、白話小説や通俗ものを翻案した合巻の編述を、こぞって馬琴に依頼した模様である。……文政七年から『西遊記』の翻案作である『金毘羅船利生纜』（英泉画）を続刊していた甘泉堂和泉屋市兵衛も、『傾城水滸伝』の流行に刺激されて、女性を主人公とする長編合巻の起筆を馬琴に願い入れた」とまとめられている。しかし結局、馬琴は和泉屋提案の「女の忠臣ぐら」を断り、代わりに『金瓶梅』の翻案を約束する。馬琴が『金瓶梅』に目を付けたのは、それが他ならぬ『水滸伝』から誕生した物語、それも馬琴が特に気に入っていたと思しき武松、金蓮、西門慶の物語を扱ったものだったからだと考えられる。『新編水滸画伝』（文化三年～）、『傾城水滸伝』（文政八年～）、『南総里見八犬伝』（文政十一年～）など、「水滸もの」を多く手がけている馬琴であるが、中でも『傾城水滸伝』、『雲妙間雨夜月』（文化五年）といった、武松、潘金蓮、西門慶の物語を下敷きにした作品をこの時点ですでに著していることを考えると、馬琴が『金瓶梅』の翻案を構想することは、ある意味自然な流れだったと考えられよう。

しかし一方で、「よく〳〵考候ヘバ、西門慶一件ハ『水滸伝』の趣ニて、その余ハ淫奔の事のミ候へば、とり直し候ても、をかしからず可有之と思ひかへし、未致一決候」と、そもそも西門慶の物語は『水滸伝』からの借り物であること、それ以外は「淫奔の事のミ」であることから、馬琴の中には執筆をためらう想いも渦巻いていたようだ(5)。

馬琴は『新編金瓶梅』執筆にあたって、久々に『金瓶梅』を借り寄せて読み始めたという。先述した通り、文化三年には『金瓶梅』を所有していた馬琴だったが、「右『金瓶梅』ハ、昔年蔵弆いたし候へども、あまりニ誨淫の書故、他本と交易いたし、今ハ蔵弆不致候」と、「あまりニ誨淫の書」ゆゑ、手放したという。『金瓶梅』について、馬琴は「小説中の手とり物ニて、よみ易からず候」と、当時流行していた中国白話小説の中でも難解であることを指摘している(6)。

② **文政十三年（一八三〇）三月二十六日　篠斎宛　書簡**

一、『金瓶梅』、昔歳御蔵弆被成候へ共、染々不被成御覧、御沽却のよし。右之本、いかやうの物ニ候哉、洒落本やうのものかと御尋の趣、承知仕候。則此書の事、為御心得、あらましを別紙ニ記し、御めにかけ申候。

先の書簡を読んだ殿村篠斎は、「右之本、いかやうの物ニ候哉、洒落本やうのものか」と早速『金瓶梅』に興味を示してきた。篠斎もかつて『金瓶梅』を所蔵していたが、読むことなく売却したという。そこで馬琴は同日の書簡の「別紙」に、『金瓶梅』についての詳細な説明を記す。

③ **文政十三年（一八三〇）三月二十六日　篠斎宛　書簡（別紙）**

一、『金瓶梅』の事、御尋ニ付、略記いたし、入貴覧候。そも〳〵『金瓶梅』の書名ハ、西門慶が愛妾なる潘金蓮・李瓶児・龐春梅、この三人の名をとりて名づけしもの也。この三淫婦の内、金蓮ハその良人武太良を毒殺したる姪悪婦人、李瓶児ハ西門慶が友人花子虚が妻にて、花子虚を気死して、西門慶の妾になりしもの也。春梅もおとらぬ大淫婦にて、いづれも終りをよくせざるもの也。この三姪婦によりて書名を設たるにて、その書となりの正しからぬ事を推し給へかし。百回二十四冊、初回ハ西門慶が十友結レ義兄弟となることにはじまり、此段に打虎の風聞あり。これより武松、都頭となり、兄の武太良にあふ段より、王婆・金蓮相はかりて武太を毒殺するまで、第六回に至りて『水滸伝』の趣と異なることなし。只少しヅヽ文をかえたるのミ、『水滸伝』のまゝに写したる所もあり。武太が死する折、武松ハ李皂隷といふものを打殺せし罪によりて、孟州道へ配流せられて、五六年配所ニあり。此時、金蓮ハ西門慶に嫁して、妾となる也。これより末ハ、させる趣向なし。只姪奔の事のミにて、春画のおく書のごとく、君臣父子の間にてハ、よミ得がたきこと多かり。

一、西門慶は、七十七回にて、胡僧より得たりし房薬をのミ過し、淫をもらして病死する、とし三十三といふ。これハ、金蓮が情慾のあまり、彼房薬を西門慶に多くのませしによれり。これ則、武太良を薬酖せし悪報といふ評あれども、西門慶を武松にうたせざれば、勧懲にうとかり。

一、西門慶没して後、金蓮ハ西門慶が聟の陳敬済と密通せし事により、西門慶が後妻呉月娘のはからひとして退《ケ》レ之《ヲ》、王婆が宿所にをらしむ。依之、金蓮又王婆が子の王潮と好通ス。かゝる折から、太子降誕によりて、武松は赦にあふて故郷へ帰り、又都頭（ママ）となる。かくて、金蓮ハ王婆が宿所にありて、他へ嫁せんとすといふ事を聞てたづねゆき、金蓮をめとられんといふて、次の夜、金蓮・王婆を宿所へ迎へ、武太が霊前ニてこの両人の仇をころす事、『水滸伝』におなじ。かくて武松ハ逐電して、梁山泊へ落草スとのミありて、このゝち武松が事なし。但し、武松ハ孟州道へながされしとき、施恩にたのまれて蔣門神を打たふし、そのゝち張都監等一家をころし尽せしとき、又遠所へ流されたりといふ噂、わづかに五行斗あり。かくて、太子降誕によりて、赦にあふてかへりしといふ。張都監一家をころしてさへ、赦にあひし武松なるに、兄の仇をうちて穿鑿きびしく、梁山泊へ落草せしといふも、不都合なることに似たり。

一、武太良が先妻のむすめに、迎児といふ小女あり。金蓮が武太良に嫁せしとき、迎児ハ十二才也。武松が配流せられし後、所親に養れてその家にあり。武松が仇を打しとき、迎児を捨て逐電せしハ、人の情によりてよすがもとめて、ある人の妾になりしといふ。此迎児ハ出ものなれども、武太良に後あらせんと思ひし為にてもあるべし。武松が金蓮を殺す段ハ、八十七回なり。

一、西門慶が十友ハ、○応伯爵。字光候、渾名応花子　○謝希大。字子純　○祝実念。字貢誠　○孫天化。字伯脩、綽号孫寡嘴　○呉典恩。字佚　○雲理守。字非去　○常峙節。字堅初　○卜志道。字佚　○白賚光。字光湯　西門慶とゝもに十人、みなこよなき小人なり。このうち、終の詳ならぬもの多かり。

一、西門慶死するの日、後室月娘、安産して、男子出生ス。その名を孝哥（普）といふ。是、西門慶が再来といふ。最後に普静老師の弟子となり、出家して法名を明悟といへり。西門慶が家ハ、所親の子玳安といふものつぎて、西門安と改名す。是一部の結局也。

一、末に至りて、金兵の乱あり。僖宗・欽宗両帝、金国へとらハれ、国々の民乱離し、西門慶が一家も流浪に及び、月娘母子永福寺に寄宿のとき、普静禅師の与抜によりて遊魂成仏し、おの〳〵生を某生々の子に托せしといふもの、

統製周秀　春梅ハ後にこの人の妻になりて、なほ淫奔也。周秀ハ討死せしもの也。
西門慶　溺血して死して、生をその子孝哥に托せしもの。
陳敬済　西門慶が婿にて、不孝の人也。後に張（王）勝にころされしもの。
潘金蓮　良人武太を毒殺せしもの。則、武松にうたれし也。
武植　則、武太良事。
李瓶児　花子虚が妻也。良人を気死して西門慶が妾となり、後に病死せしもの。
花子虚　その妻瓶児に気死せられしもの。
宋氏　西門慶の妾にて、自縊れしもの。
龐春梅　西門慶妾。後に周統秀の妻となり、色労によりて死せしもの。
張勝　周統制（製）の家来。陳敬済を殺せしにより、杖殺せられしもの。
孫雪峨　西門慶が妾。みづからくびれしもの。
西門大姐《（妲）》　西門慶が前妻のうみし女児。陳敬済が妻。みづから縊れしもの。
周義　周統制（製）の族人。春梅と奸通して、打ころされしもの。

これらの遊魂、みな生候某々の子に托するといふ。この中、王婆はなし。作者の遺漏歟、さらずハその就中毒悪なるをにくみて、はぶきたるなるべし。編中の婦人、○呉月娘○楊姑娘○李嬌児○孟玉楼○潘《（藩）》金蓮○李瓶児○孫雪峨○李桂姐《（妲）》○卓二姐《（妲）》　みな西門慶が妻妾、或ハ密通せし淫婦人どもなり。この内、李嬌児・卓二姐ハ、西門慶が金蓮に奸通せぬ已前よりの妾なり。王六児《西門慶家来》　来旺《同》　玳安《同》　この書、勧懲の意味なきにあらねど、宜淫導慾の書にて、武太良の事を除キてハ、巧なる趣向一ツもなし。謝頤が序に、『金瓶梅』ハ鳳洲の門人の作ともいふ。又鳳洲の手記ともいふと見えたり。張竹坡が評ハ、金瑞が『水滸』の評にならひて書り。尤文章の妙をほめたるもの也。『金瓶梅』ハ、俗語中にてよミ得がたきもの也。しかし、『水滸伝』のよくよめる人にハ、よめざる事なし。『金瓶梅』の書名、世に高キ故、よくこの書の事をいふものあれども、この書をよミたるものすくなし。文化中、『金瓶梅訳《（釈）》文』といふ珍書を購求め候ひしが、他本と交易して、今ハなし。これハ編者の稿本にて、只一本ものニてありし也。かくのごとき淫書なれども、書名をよく人のしりたるもの故、これをとり直し、趣をかえて、当年合巻に作りなし可申存罷在候。出板之節、御覧、御高評可被下候。

（中略）

『西廂記』ハ、巧なる趣向にあらず、尤あハ〱しきものなれど、妙文なるにより、から国にてとりはやし申候。『金瓶梅』なども、淫風を歓ぶと、文章のよき故、かしこにてとりはやし候也。『金瓶梅』ハ、『源氏ものがたり』の意味ありて、それを市中の事にしたるが如し。あまりの長文、労にたへずして、文略仕候。

篠斎の質問に対し、馬琴は『金瓶梅』の概要、登場人物、作品の特徴等について細かい説明を加える。「『金瓶梅』ハ、俗語中にてよミ得がたきもの也」と『金瓶梅』の難解さを再度強調しつつも、「しかし、『水滸伝』のよくよめる人にハ、よめざる事なし」と言うように、馬琴には『金瓶梅』がおおかた理解できていたと考えて差し支えないだろう。張都監一家を殺害してなお恩赦を受けた武松が、兄の敵を討った際には厳しい罪に問われ、結局梁山泊へ落草することになるのは、「不都合なることに似たり」と、矛盾点を指摘するほどである。また「第六回に至りて『水滸伝』の趣と異なることなし。只少しヅ、文をかえたるのミ、『水滸伝』のまヽに写したる所もあり」とあることから、馬琴が『金瓶梅』の本文を『水滸伝』のそれと対照しながら丁寧に読んでいたことも推測される。

　では馬琴は、『金瓶梅』に対してどのような感想を抱いたのだろうか。『水滸伝』では武松によって仇討ちされる西門慶が、『金瓶梅』では淫死する。これに対して馬琴は、「西門慶を武松にうたせざれば、勧懲にうとかり」と、勧善懲悪の点で不十分であることに不満を述べる。馬琴の興味はあくまで『水滸伝』との重複部分、つまり武松、潘金蓮、西門慶の物語にあり、「これより末ハ、させる趣向なし。只姪奔の事のミにて、春画のおく書のごとく、君臣父子の間にてハ、よミ得がたきこと多かり」「この書、勧懲の意味なきにあらねど、宜淫導慾の書にて、武太良の事を除キてハ、巧なる趣向一ツもなし」と、手厳しい批判を加えている。馬琴の目に映った『金瓶梅』は、「勧懲にうと」く、「させる趣向な」く、「巧なる趣向一ツもな」き、「只姪奔の事のミ」の「春画のおく書のごと」き「宜淫導慾の書」だったのである。

　ではなぜ、『金瓶梅』の翻案を馬琴は自ら発案したのだろうか。「かくのごとき淫書なれども、書名をよく人のしりたるもの故、これをとり直し、趣をかえて、当年合巻に作りなし可申存罷在候」と馬琴は記す。つまり、「書名をよく人のしりたる」『金瓶梅』の名を冠すれば売れると見越したのだ。馬琴の執筆活動には、自身が「為生活《よわたりくさ》に作れるのミ」（『傾城水滸伝』第四編序）と言うように、経済的な問題も大きく関与していたものと考えられる。江戸時代中期以降、『金瓶梅』がそれなりの知名度を有していたことは前節で確認した通りだが、馬琴はそうした知名度にあやかる形で『金瓶梅』翻案作の執筆に取りかかったのだった。

　天保二年正月に刊行された『新編金瓶梅』第一集の序文には、右の書簡に見られた馬琴の『金瓶梅』観が、読者に向けて明確に示される。

④『新編金瓶梅』第一集　序（天保二年正月刊行）

金瓶梅一百回《きんぺいばいいつひやくくわい》。清《せい》の康熙乙亥《かうきいつがい》に、敬斎謝頤《けいさいしやい》これに序《じよ》して、鳳洲門人《ほうしうもんじん》の作《さく》と云《いひ》。又鳳洲《またほうしう》の手集《しゆしふ》ともいへり。

抑《そも〳〵》彼書《かのしよ》に演《のべ》たるよしハ、則《すなはち》宋《さう》の巨商《おほあきひと》西門啓《せいもんけい》といふものゝ、一期婬楽《いちごいんらく》の話説《ものがたり》にて、その九友応伯爵《きういうおうはくしやく》等《ら》と、玉皇廟《ぎよくわうびやう》に義《ぎ》を結《むす》べるを開場《じよひらき》にしたるなり。この時《をり》武松《ぶせう》が景陽岡《けいやうこう》にて、虎を搏《うち》とる風声《ふうぶん》あり。併《ならび》に王婆潘金蓮《わうばはんきんれん》等《ら》が武植《ぶしよく》即《すなはち》武太郎《ぶたいらう》を毒殺《どくさつ》の両三回《りやうさんくわい》ハ、則《すなはち》水滸《すゐこ》と同《おなじう》して文《ぶん》を易《かえ》たる処《ところ》も有《あり》けり。畢竟《ひつきやう》水滸《すいこ》の西門啓《せいもんけい》と金蓮《きんれん》が奸通《かんつう》の毒悪《どくあく》の談《だん》を父母《ふぼ》として、もて作設《つくりまうけ》たり。但《ただし》武松《ぶせう》が復讐《あだうち》の一条《いちでふ》ハ、第《だい》八十七回《くわい》に在《あ》り。是《これ》より先《さき》に西門啓《さいもんけい》ハ、胡製《こせい》の房薬《ばうやく》を過飲《のみすぐ》して、遂《つひ》にその身《み》を喪《うしな》ふこと、第《だい》七十七回《くわい》に在《あ》り。是《これ》武太郎《ぶたいらう》を薬鴆《やくちん》せし、悪報《あくのむくひ》なりといふ。張竹坡《ちやうちくは》が評論《ひやうろん》ハ、金瑞《きんずい》が水滸伝《すいこでん》の、外書批評《ぐわいしよひひやう》に倣《なら》ひたり。因《よ》て勧懲《くわんちやう》に傅会《ふくわい》して、勉《つとめ》て作者《さくしや》を資《たすく》るものから、彼書《かのしよ》の宣婬導慾《せんいんどうよく》なる、君臣父子《くんしんふし》の間《あハひ》にハ読《よむ》べからざるもの夛《おほ》くあり。しかるに唐山《からくに》の書買等《ふみあきひとら》水滸西遊三国演義《すいこせいゆうさんこくゑんぎ》と、金瓶《きんぺい》をもて四大奇書《しだいきしよ》とす。顧《おも》ふに文《ぶん》の佳妙《かみやう》なると、猥褻《わいちやう》時好《じこう》に称《かな》へバならん。予《よ》をもて視之《これをみる》ときハ、その趣向《しゆかう》ハ、国俗《みくにうど》の、浮世物真似《うきよものまね》といふものめきて、巧《たくみ》なる条理《すぢ》ハ一箇《ひとつ》もなし。彼《かしこ》の乱朝悪俗《らんちやうあくぞく》の、情態《じやうたい》をよく写《うつ》せしのミ。彼書舶来《かのしよはくらい》せしより以来《このかた》、書名漸々此間《しよめいやうやくこのあひだ》に高《たか》かり。こゝをもて、雅俗只《がぞくたゞ》その書名《しよめい》を知《し》れども、得《え》てよく読《よむ》ものあること稀《まれ》也。見《げ》に彼《かの》書中《しよちう》にハ方言洒落《はうげんしやらく》、ほのめかしたることもあるに、且通俗《かつつうぞく》の訳文《やくぶん》なし。彼《かしこ》の俗語《ぞくご》に疎《うと》きものゝ、読《よめ》ねバ知らぬを諭《さと》し皃《かほ》に、彼書《かのしよ》に縁《よ》りて戯《たハむ》れに、今這策子《いまこのさうし》を著《あらハ》せども、敢《あへて》鳳洲《ほうしう》の顰《ひそみ》に倣《なら》ハず。この編発端八巻《へんほつたんやまき》のごときハ、素《もと》より彼書《かのしよ》になき所《ところ》、咸予《みなよ》が意匠《ゐせう》に出《いで》たるなり。是《これ》より下《しも》もその猥褻《わいちやう》の、甚《はなはだ》しきハ刪去《けづりさり》て易《かゆ》るに奨善《しやうぜん》の話説《ものがたり》を以《もつて》し、その取《と》るべきハこれを取《と》り、おもしろからぬ所《ところ》を放下《ほか》して、別《べち》に新研《しんしゆこう》を発《おこ》すもの也《なり》。この故《ゆゑ》に翻案筆削《ほんあんひつさく》、総《すべ》て傾城水滸伝《けいせいすいこでん》と同《おな》じからず。具眼《ぐがん》の看官《けんぶつ》、知音《ちいん》の諸君子《しよくんし》、甘《あま》し鹹《から》しを舐《なめ》嘗《こころみ》て、作者《さくしや》の用意《ようゐ》を知ることあらバ、亦九三冊子《またくささうし》をもて見《み》ることなく、和漢《わかん》その差《しな》あるをおもハん。

文政十四年辛卯春正月吉日新鐫　曲亭馬琴自叙

『金瓶梅』とは「宋《さう》の巨商《おほあきひと》西門啓《せいもんけい》といふもの、、一期婬楽《いちごいんらく》の話説《ものがたり》」であり、「宣婬導慾《せんいんどうよく》なる」書であり、「君臣父子《くんしんふし》の間《あはひ》にハ読《よむ》べからざるもの夛《おほ》く」あるものであった。しかし、「文《ぶん》の佳妙《かみやう》なると、猥褻《わいちやう》時好《じこう》に称《かな》へバ」「唐山《からくに》の書賈等《ふみあきひとら》水滸《すいこ》西遊三国演義《せいゆうさんこくゑんぎ》と、金瓶《きんべい》をもて四大奇書《しだいきしよ》とす」、そのため「彼書舶来《かのしよはくらい》せしより以来《このかた》、書名《めいやう》漸々此間《やくこのあひだ》に高《たか》かり。こゝをもて、雅俗《がぞく》只《たゞ》その書名《しよめい》を知《し》れども、得《え》てよく読《よむ》ものあること稀《まれ》也」という。つまり『金瓶梅』は文章がすぐれており、淫猥な内容も時好に適っていたため、本国ではもてはやされて『水滸伝』『西遊記』『三国志演義』とともに「四大奇書」に数えられていた。日本でもその書名は広く知られていたものの、実際に読み得た者はまれであった。というのも、「見《げ》に彼書中《かのしよちう》にハ方言洒落《はうげんしやらく》、ほのめかしたることもあるに、且《かつ》通俗《つうぞく》の訳文《やくぶん》なし」と、『金瓶梅』には方言や洒落ことばもあり、通俗（書き下し調）の訳文もなかったからだという。

江戸時代において、『金瓶梅』の受容が遅れた最大の原因は、従来言われてきたような内容の「淫猥さ」にあるのではなく、文章の「難解さ」にあるのではないだろうか。(7) 馬琴の記述は、そうした事情を物語るものだと言えよう。

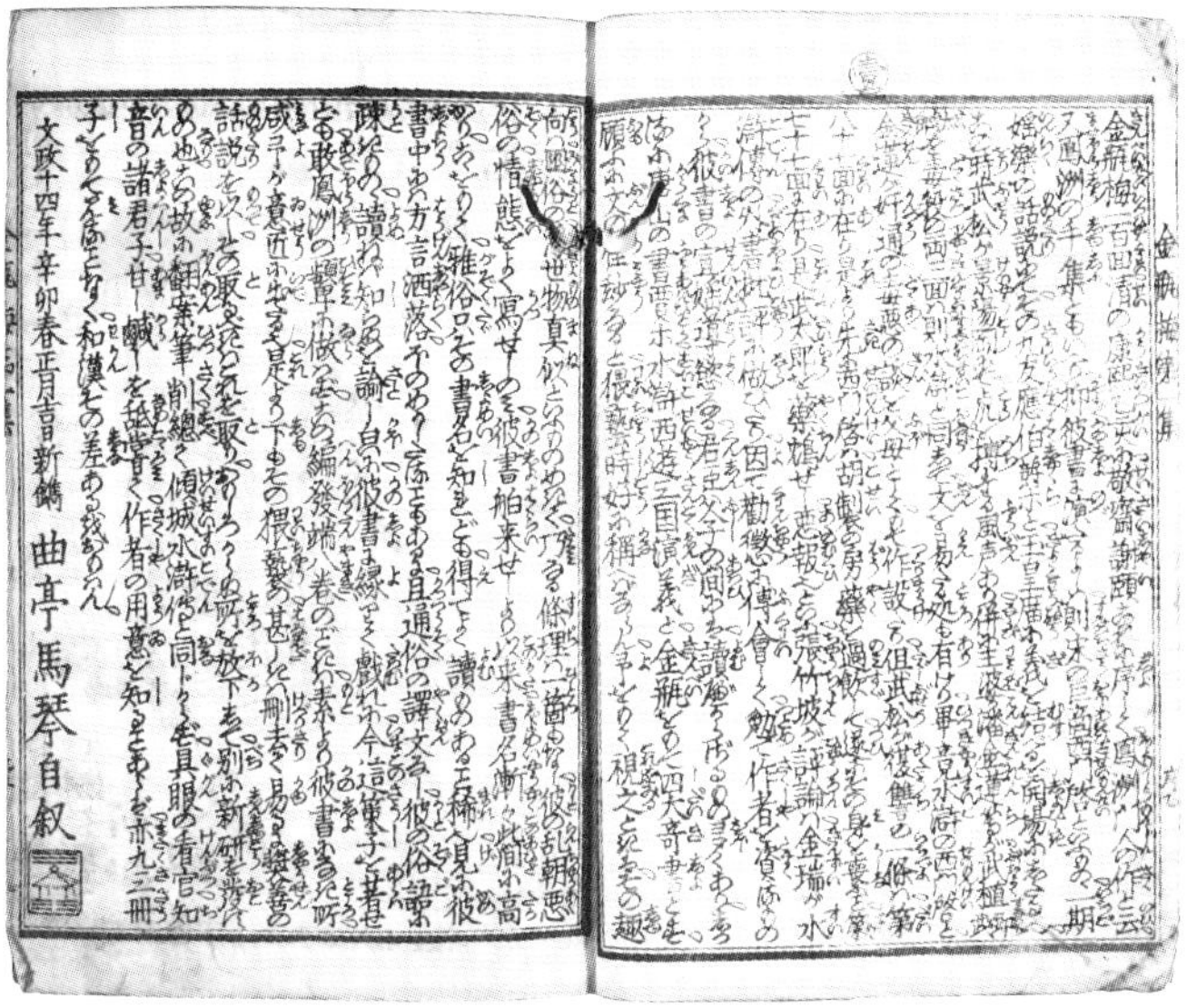

『新編金瓶梅』第一集　序（早稲田大学図書館蔵）

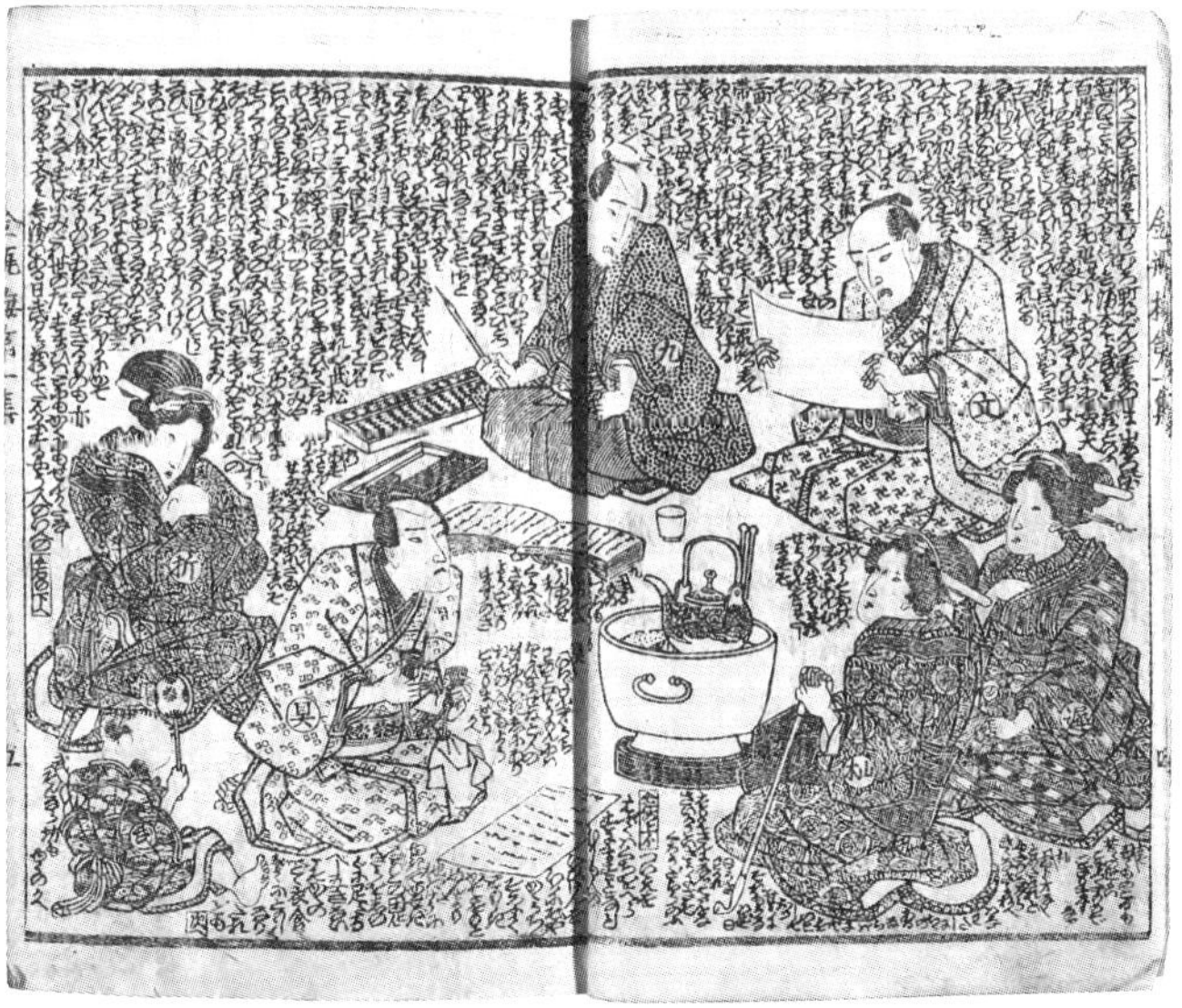

『新編金瓶梅』第一集　四葉ウラ～五葉オモテ（早稲田大学図書館蔵）

二　『新編金瓶梅』第二集刊行の前後

馬琴は、就寝時間や天気の変化まで記した緻密な日記を書き残し、うち約十九年分の存在が確認されていたが、関東大震災による焼失や散逸でその大半が失われたという(8)。現存するもののうち、『新編金瓶梅』第二集執筆中にあたる天保二年六月一日から三日にかけての日記の中に、『金瓶梅』に関する記述が見られる。

⑤　**天保二年**（一八三一）　**六月朔日辛巳　日記**

一、予、金瓶梅十二回め迄被閲。序目ゟ五冊め也。……

⑥　**同　六月二日壬午　日記**

一、予、金瓶梅十五回迄、被閲。……

⑦　**同　六月三日癸未　日記**

一、夕方、予、屋代太郎殿へ罷越、春中借用之崇正闢謬永吉通書八冊之内、借用分七帙とも返却。右謝礼として、剣びし酒一升、玉川酒切手、進之。且、去冬及約束候、椿説弓張月、書名椿説の出処、水滸伝・拍案驚奇・金瓶梅、所引、具ニ注之、今日持参、進上。

（中略）

一、予、金瓶梅、広法《ママ》、其余十五回迄抄録。

馬琴はこの時期、集中的に『金瓶梅』を読んでいたようだが、本文だけでなく、「広法」（「読法」のことか）も抄録しつつ『金瓶梅』を読み進めていたことが記録されている。馬琴が読んだ『金瓶梅』は、当時広く流通していた「第一奇書本」系統のテキストであった。そのことは、「初回ハ西門慶が十友結レ義兄弟となることにはじまり」「張竹坡が評ハ、金瑞が『水滸』の評にならひて書り。尤文章の妙をほめたるもの也」（③）、「清《せい》の康熙《かうき》乙亥《いつがい》に、敬斎謝頤《けいさいしやい》これに序《じよ》し」「張竹坡《ちやうちくは》が評論は金瑞《きんずい》が水滸伝の、外書《ぐわいしよ》批評に倣《なら》ひたり」（④）といった記述からわかる。この「第一奇書本」の巻首に掲げられるのが張竹坡の「読法」であり、登場人物に対する批評や読者の心得などが百八条にわたって記されている。馬琴は『金瓶梅』を読むにあたって、この読法にも注目していたのである。翌年正月に書かれた『新編金瓶梅』第二集序文には、その影響が色濃く窺える。

⑧『新編金瓶梅』第二集　序（天保三年正月刊行）

和漢小説稗史《わかんしようせつはいし》の作者《さくしや》、善悪邪正賢不肖《ぜんあくじやせうけんふせう》、動静云為《どうじやううんゐ》、山水景致《さんすいけいち》、みづから先《まづ》その苦楽《くらく》を喫《な》めて、然《しか》して後《のち》に作《つく》るにあらず。智慧《ちゑ》あるものハおのづから、世《よ》を観《くわん》じ情《じやう》に通《つう》じて、知《し》らずといふ所《ところ》なし。知《し》るといふとも文《ぶん》なければ、亦情態《またじやうたい》を写《うつ》すに難《かた》かり。嗚呼《ああ》談何《だんなん》ぞ容易《ようゐ》ならん。かゝる故《ゆゑ》に張竹坡《ちやうちくは》が金瓶梅《きんぺいばい》の読法《どくはう》に、金瓶梅《きんぺいばい》ハ人《ひと》をしも、是誤《これあやまた》するものならず。人々《ひと〱》みづからこれを誤《あやま》る。夫人《それひと》に賊《ぞく》を説《と》くものハ、原戒《もといましめ》を示《しめ》す也。然《さ》るを听《き》く者《もの》これに因《より》て、遂《つひ》に賊《ぞく》を倣《な》すときハ、これ説《と》くもの丶過《とが》ならず。听《き》くものみづから賊《ぞく》を倣《な》すのミ。云云《かにかく》となんいへりける。這批語《このひご》寔《まこと》に説得《ときえ》て好《よ》し。譬《たとへ》バ提婆達寻《だいばだつた》が悪《あく》も、原是世尊《もとこれほとけ》の説《と》く所《ところ》、

> 世尊提婆《ほとけだいば》の悪《あく》を做《なし》て、言《こゝ》に初《はじめ》てその情《じやう》に、通《つう》じてこの義《ぎ》を説《とき》たまハんや。歌人《かじん》ハ居《ゐ》ながら名所《めいしよ》を知《し》る。歌《うた》人必《ひとかならず》その地《ち》を踏《ふん》で、初《はじめ》て名所《めいしよ》を知《し》るにあらず。一事《いちじ》を推《おし》て万理《ばんり》に渉《わた》らバ、寓言《ぐうげん》も亦勧懲《またくわんちやう》の、捷径《ちかみち》にしてまんざらならず。あるが中《なか》にも物《もの》の本《ほん》の作者《さくしや》々〳〵と沢山《たくさん》さうに、人《ひと》ハいへども詎《たれ》やハある。這首《こち》でハ源語《げんご》、那首《あち》でハ水滸《すいこ》。和漢今昔抜萃《わかんこんじやくばつすい》なるハ、犬《いぬ》の歯《は》にあふ蚤《のみ》より罕《まれ》にて、人《ひと》に知《し》られぬ冗籍《ねきもの》ハ、又只花見《またたゞはなみ》虱《しらみ》より夛《おほ》く背《せなか》を祇店《ほしみせ》にあり。とばかりならで吾《われ》も亦《また》、数《かず》にハ漏《も》れぬ自恣荒唐《じしかうたう》。果敢《はか》なき技《わざ》に年長《としたけ》ても、大象《きさ》ハ遊《あそ》バぬ兎園《とゑん》の冊子《さつし》。合巻物《がふくわんもの》の悲《かな》しさハ、何書《なにかこ》うにも席《せき》ハなし。情態景致《じやうたいけいち》ひとつとして、写《うつ》すに足《た》らぬ児戯《じげ》の本《ほん》。心弥敢《こゝろやたけ》に惴《はや》りても、九尺店《くしやくだな》でハ使《つかハ》れぬ。二間《にけん》の槍梅《やりうめ》、金瓶梅《きんべいばい》。高《たか》き書名《しよめい》を仮初《かりそめ》に、著《あらハ》せしより既《すで》にはや、今茲《ことし》ハ二編《にへん》を接木《つぎき》の室咲《むろさき》。閉籠《とぢこも》る間《ま》もあらバこそ、だら〳〵急案一夕稾《きうあんいちやづけ》。根《ね》もなき言《こと》をあり皃《がほ》に、枝《えだ》葉《は》を麗《つけ》て香《か》に匂《にほ》ふ。花《はな》の大江戸《おえと》の名物《めいぶつ》、といハでもしるき策子《さうし》の序《じよ》ひらき。草稿《したかき》もせぬ筆《ふで》に信《まか》し都《つ》。
>
> 天保三年壬辰春正月吉日開鐫　曲亭馬琴識

ここには、「張竹坡《ちやうちくは》が金瓶梅《きんべいばい》の読法《どくはう》に、金瓶梅《きんべいばい》ハ人《ひと》をしも、是誤《これあやまた》するものならず。人々《ひとひと》みづからこれを誤《あやま》る。夫人《それひと》に賊《ぞく》を説《と》くものハ、原戒《もといましめ》を示《しめ》す也。然《さ》るを聴《き》く者《もの》これに因《より》て、遂《つひ》に賊《ぞく》を做《な》すときハ、これ説《と》くもの、過《とが》ならず。听《き》くものみづから賊《ぞく》を做《な》すのミ。云云《かにかく》となんいへりける」と張竹坡読法の第八十二条が一部引用されているほか、(9) 冒頭の「和漢小説稗史《わかんしようせつはいし》の作者《さくしや》、善悪邪正賢不肖《ぜんあくじやせうけんふせう》、動静云為《どうじやううんゐ》、山水景致《さんいけいち》、みづから先《まづ》その苦楽《くらく》を喫《な》めて、然《しか》して後《のち》に作《つく》るにあらず。智慧《ちゑ》あるものハおのづから、世《よ》を観《くわん》じ情《じやう》に通《つう》じて、知《し》らずといふ所《ところ》なし。知《し》るといふとも文《ぶん》なければ、亦情態《またじやうたい》を写《うつ》すに難《かた》かり」も、読法第六十条を焼き直したものと考えられる。(10)『金瓶梅』本文が張竹坡の評と併せ読まれたことは他の資料からも窺えるところであるが、(11) 馬琴も張竹坡の批評から少なからぬ影響を受けていたことがわかる(12)。

⑨　**天保三年（一八三二）十一月二十五日　篠斎宛　書簡**

一、『金瓶梅』二集下の廿丁、被成御覧候よし、真虎の出しやう抔御賞美被下、本望の至に御座候。桂窓子も、いたくほめられ候。同人も『金瓶梅』の原本を見ぬ故に、云々抔被申越候。乍然、拙作は唐本の『金瓶梅』とは、いたくちがひ候ものに御座候。何分原本も御めにかけ申度候。拙蔵の『金瓶梅』は、大本廿冊二帙にて、大に岁有之候。……原本『金瓶梅』、来秋頃迄は入用無之候。もし御覧も相成候はゞ、十二月比、一帙まづ御めにかけ可申候。乍失礼、『金瓶梅』が、すら〳〵とよみがくだり候へば、俗語によめぬものなし。まづ御試に、一帙御よみ被成御覧候てはいかゞ。風味宜候はゞ、引かへにして、又下帙も御めにかけ可申候。合巻の『金瓶梅』は、原本の筋によらぬと申ながら、さすがに著述中は手ばなしがたく候。尤、桂窓子へも御見せ可被下候。貴答次第にて、当暮右の上帙、飛脚へ差出し可申候。……

『新編金瓶梅』第二集に対しては、篠斎、桂窓の評判も上々であった。原本『金瓶梅』と自作とが「いたくちがひ候もの」であることを強調する馬琴は、いまだ『金瓶梅』の披閲を果たさぬ篠斎に対し、『金瓶梅』を貸し出してもよいと記す。しかし、「乍失礼、『金瓶梅』が、すら〳〵とよみがくだり候へば、俗語によめぬものなし」と、『金瓶梅』が難解である旨、念押しされる。

⑩　**天保三年（一八三二）十一月二十六日　桂窓宛　書簡**

一、「拙作金瓶梅貴評」中ニ、原本の『金瓶梅』を見ぬ故に云云と、二三ケ処御しるし、御尤ニ奉存候。拙作ハ原本によらず、大かた新趣向にて、少しづゝその意をまじえ候処、有之のみニ御座候。篠斎子も、『金瓶梅』原本ハいまだ見ずと被申候故、拙蔵の『金瓶梅』、十二月比迄ニ、彼方へ向ケさし出し、見せ可申候。其節、可被成御覧候。原本ニよらぬとハ申ながら、『金瓶梅』三集著述中ハ、手ばなしがたく候。三集つゞり候へバ、来秋比迄ハ入用ニ無之候。寛々可被成御覧候。『金瓶梅』ハ、俗語中の手どりものニて御座候。『金瓶梅』と『水滸伝』が、すら〳〵とよめ候へバ、俗語によめぬものハ無之候。失礼ながら、小説もの御よみ被成候思召候ハヾ、存候分ハ伝授可致候。俗語ハ正文とうらうへニて、慚愧とあるハ恥ることなれど、俗語ニてハ忝イといふ事ニ成候。ケ様の義理をわきまへねバ、よみてもわかり不申候。工夫といふハ、物を案ずる事なるに、俗語にてハひまなる事、むなしき事ニ成候。ケ様の義理をわきまへねバ、よみてもわかり不申候。先年、篠斎子ニも云云申試候処、彼大人、例の我儘気質にて、イヤ〳〵、俗字学問する心ハなし。只慰によみ候故、わからぬ事ハわからでもよしといハれ候故、口をつぐミ候。貴兄ハ御年わかの御事故、かやうの義も申試候。……

翌日に書かれた桂窓宛書簡にも、同じく『金瓶梅』を貸し出してもよいとの記述が見られると同時に、「『金瓶梅』ハ、俗語中の手どりものニて御座候。『金瓶梅』と『水滸伝』が、すら〳〵とよめ候へバ、俗語によめぬものハ無之候」と、『金瓶梅』の難解さも強調される。篠斎に対しては、「例の我儘気質にて、イヤ〳〵、俗字学問する心ハ」なく、「只慰によみ候故、わからぬ事ハわからでもよし」であるがゆえに「口をつぐ」んだ馬琴であったが、年若い桂窓に対しては、「失礼ながら、小説もの御よみ被成候思召候ハヾ、存候分ハ伝授可致候」と、白話小説の読解について助言をしてもよい旨が記されている。

⑪　**天保三年（一八三二）　十二月八日　篠斎宛　書簡**

一、『金瓶梅』貸進可致哉と申試候処、御地にうり本有之、御望被成候ハヾ、譲り可被申よしも候へバ、桂窓子と御相談被成候て、御買取被成候思召ニ付、『金瓶梅』不及貸進旨、桂窓子より被申越、承知仕り、そのこゝろ得ニて罷在候。

結局、『金瓶梅』は篠斎、桂窓の住む伊勢にて入手が可能とのこと、篠斎は桂窓と相談の上、それを買い取ることにしたという。貸し出しが不要になった旨、馬琴は了解する。同日に書かれた左の桂窓宛て書簡の冒頭にも同様の内容が見られる。

⑫　**天保三年（一八三二）　十二月八日　桂窓宛　書簡**

一、『金瓶梅』唐本、未被成御覧候よしニ付、貸進の事申試候処、幸ひ御近辺ニ所持の仁有之、御望被成候ハヾ、ゆづり可申書ニ付、篠斎子ト御相談の上、御とり入可被成思召候間、貸進いたし候ニ不及旨被仰越、承知仕候。その心得ニて罷在候也。

一、『金瓶梅』ハ、小説俗語中ニて、尤よミ得易からぬ物云云、先便得貴意候処、俗語まなびも可被成思召のよしニて、筌蹄の諸書御所蔵分、書名御しるし、御見せ被成、その内ニて、有用ト無益との義、指示可致旨被仰越、承知仕候。老拙も弱官の比、俗語よミ習ひ候節ハ、みな蔵弆いたし候書ニ御座候。此内、用立候ハすけなく、用立かね候もの多く御座候。無用のものハ、みな沽却いたし、只今ハ『水滸解』のミ蔵弆いたし罷在候。右御尋ニ付、心事左ニ申述候。

『水滸伝』初編　二編　享保・宝暦板

テンのつけやう、よろしからず候得ども、近ごろ高山二三二の点より宜候。此二編ハ焼板ニて、まれなるものに候所、よくも御手ニ入候ものかな。老拙も秘蔵いたし罷在候。去年篠斎子へかし遣し、見せ候キ。

『水滸伝解』小刻　一冊　初篇　陶氏著

『水滸伝抄訳』右の二編也　鳥山左太夫著

これは至極よろしきものニ御座候。俗語の筌蹄、これにますものなし。これも二編ハ焼板ニて、稀ニ御座候。老拙ハ寛政中、此二編めヲ価拾弐匁ニて、からうじてかひ取候キ。尤、少しづゝあやまりなきにあらず。その段ハ、愚案を頭書にいたし置候キ。

『水滸伝解』　百二十回　写本

これハ、岡嶋冠山の解ニて可有之。岡白駒ニもあり。老拙も、昔年蔵弆いたし候ひしが、後に思へバ、あやまり多かり。用立かね候書ニ御座候。白駒のかた、よろしく候。いづれに候哉。

『小説字彙』

これも、文化中かひ取候て見候処、一向にやくにたゝぬ書故、早速他本と交易いたし候キ。これにハ、引書信用しがたきものあり。この編者、その書を見て抄録せしにハあらざるべし。限りなき俗語の、只一小冊にて事足るべきにあらず。これらハなくて事かけず、ありても用にたゝぬものニ御座候。

『小説奇言』

『小説精言』

『小説粋言』

『照世盃』

小説よみならふにハよし。テンのつけやうわろきもあり。可もなく不可もなし。

○愚意、右之通ニ御座候。すべて紀聞の学ハ、書をよまぬ人の為にせしのみ。只多く俗語を見て、発明するに増すことなし。老拙とても、俗語ハなまがみ、なまのミこみにて、中々人さまの相談相手ニ成候程に学び候事無御座候。実に、独学孤陋にて、事を済し候のミ。御心がけ被成候ハヾ、追々に自得可被成候。……

○『金瓶梅訳文』といふもの、是ハ俗語を好ミ候医師の訳せしものゝよし、二冊あり。文化中、撰者の原本を、高料ニて買取候て見候処、撰者の解したる事のミ抄訳して、わからぬ事ハ書のせず、何のやくにもたゝぬもの故、他本と交易し候ひキ。かゝるもの多かり。よくえらまぬと、無益の費用ニ及び候。三折の功、たれもかゝることあるべく候。

先の書簡に見られた馬琴の申し出に対し、桂窓からは、手持ちの手引き書を記すので有益無益の書を教えてもらいたいとの返事が寄せられる。十八世紀中頃に到来した白話小説熱の中、江戸時代中期以降には『水滸伝』関係の語釈集をはじめ、白話の辞書ともいうべき書物が多く編まれた[13]。馬琴はそのいくつかを所有し、それらを傍らに白話小説を読んでいたようであるが、「無用のものハ、みな沽却いたし、只今ハ『水滸解』のミ蔵弆いたし罷在候」と、結局ほとんどは売却したという。

桂窓から問い合わせのあった九点について、馬琴は以下のような評価を示している。

冒頭に挙げられる「『水滸伝』初編　二編　享保・宝暦板」は、岡島冠山によって施訓されたとされる本邦初の和刻本『忠義水滸伝』（初集五冊は享保十三年刊、二集五冊は宝暦九年刊）である。馬琴は「テンのつけやう、よろしからず候得ども、近ごろ高山二三子の点より宜候」とし、文政十二年に刊行された高知平山の和訳本『聖歎外書水滸伝』よりはましだという評価を与えている。

次に挙げられる「『水滸伝解』小刻　一冊　初篇　陶氏著」「『水滸伝抄訳』右の二編也　鳥山左太夫著」は、いずれも陶山南濤の講義を基に整理されたものとされており、前者が第十六回まで（宝暦七年刊）、後者が第十七回から三十六回まで（天明四年刊）である。両書に対し、馬琴は「至極よろしきものニ御座候。俗語の筌蹄、これにますものなし」と高い評価を与えている。特に前者は、高島俊男氏も「一語一語の説明が白駒のものとはくらべものにならぬほど懇切なこと」を挙げ、「懇切なだけでなく、一々がぴたりと肯綮にあたっている」と評されるものである。(14)

「『水滸伝解』　百二十回写本」は、「岡嶋冠山の解ニて可有之。岡白駒ニもあり」とあるが、岡島冠山のものは未見である。岡白駒のものは、「昆斎」なる人物によって筆写された『水滸全伝解』（享保十二年写）と思われ、後世において高く評価されるものである。馬琴も「白駒のかた、よろしく候」としている。

『小説字彙』は秋水園主人なる人物によって寛政三年に刊行された白話語彙集であるが、馬琴は「一向にやくにたゝぬ書故、早速他本と交易いたし候キ」とする。長澤規矩也氏も、「江戸末期に弘く行はれしにも似ず、学術的には特に勝れたものとは言へない」とする。(15)

『小説奇言』（岡白駒、宝暦三年）、『小説精言』（岡白駒、寛保三年）、『小説粋言』（沢田一斎、宝暦八年）、『照世盃』（清田儋叟、安永二年）はいずれも訓訳本であるが、馬琴は「小説よみならふにハよし」「可もなく不可もなし」とする。

白話小説の手引き書ともいうべきこれらの語釈集や和刻本に対する馬琴の評価は、おおかた後世の評価と一致するものであり、彼が白話に関する書物を読み込み、相当の理解力を備えていたことが窺える。

その馬琴によって酷評されるのが『金瓶梅訳文』である。岡南閑喬という人物によって正徳から宝暦にかけて作られた『金瓶梅訳文』は、現存する限りにおいて、日本で最古の、そして江戸時代唯一の『金瓶梅』の語釈集であり、文化三年の時点では馬琴の所有が確認されていたが、「撰者の解したる事のミ抄訳して、わからぬ事ハ書のせず、何のやくにもたゝぬもの」ゆえ、手放したという。馬琴は、「かゝるもの多かり。よくえらまぬと、無益の費用ニ及び候」と、当時数多く作られた白話の辞書や訳本が玉石混淆であったことを指摘する。馬琴は、「老拙とても、俗語ハなまがみ、なまのミこみにて、中々人さまの相談相手ニ成候程に学び候事無御座候」と謙遜しつつも、「只多く俗語を見て、発明するに増すことなし」と、若い頃からの多読によって、次第に読めるようになったことを明かしている。

⑬　天保三年（一八三二）　十二月十一日　篠斎宛　書簡

……『金瓶梅』ハ、御地に所持の人二人有之、この方より御借受可被成思召のよし。依之、貸進仕候ニ不及旨、承知仕候。

その後、伊勢に『金瓶梅』を所有する人物が二人おり、貸借が不要となったことが篠斎より報告され、馬琴は了承する。

『新編金瓶梅』第四集執筆中にあたる天保五年から翌六年にかけて、馬琴は『金瓶梅』の続書『隔簾花影』を披閲する機会に恵まれた。

三　その後

⑭　**天保五年（一八三四）五月二日　篠斎宛　書簡**

……又一包ニハ、御蔵書唐本、

一、『両交婚伝』　八冊一帙

一、『隔簾花影』　八冊一帙

右御恩借被下、慥ニ落手、千々万々忝、奉多謝候。両書とも未見之、尤珍書ニ御座候。『金瓶梅』『平山冷燕』〔伝〕抔、後編の作あるべしとハ思ひきやニ御座候。此『両交婚伝』御所蔵の上ハ、『平山冷燕』、是非なくてハ叶ざる御事、御渇望、御尤至極と奉存候。おしかゝり、早速拝見ハいたしがたく候へども、少しづゝの手透〳〵ニ、半冊づゝもよみ見候て、又可申上候。一昨日着早々、その夜両書とも、序目ハ一覧いたし、まづ仕舞置候。御手当よろしく候間、道中いさゝかも損じ無之候。此段、御安心可被成下候。

この時期、馬琴は殿村篠斎からたびたび白話小説を借覧していたようであるが[16]、ここに記される『隔簾花影』もそのひとつであった。『金瓶梅』の続書にあたる『隔簾花影』の到着を、馬琴は「後編の作あるべしとハ思ひきやニ御座候」と喜び、早速序目に目を通している。

⑮　天保五年（一八三四）七月頃　篠斎宛　書簡（断簡）

両□無之、忝入手仕候。病中少々快方ニ趣候頃、『隔簾花影』ハ、四の巻迄被閲仕候。人物の姓名はちがひ候へども、佶としたる『金瓶梅』の後編ニ御座候。西門慶ヲ南宮吉とし、呉月娘を楚雲《（雪）》娘として、西門・南宮の慶吉、呉月・楚雲《（雪）》の対もあるかひ《（あそびカ）》なく候。『金瓶梅』ハ、西門の大奸□悪報、いひ足らず候故、後来の因果応報を、丁寧ニ解分いたし候作者の用心、江湖の浮驕の輩を醒し候鍼砭、勧懲の意味、件之書中ニつくされ候。趣向巧なる事なければ、中通りの作なれども、仕入物とちがひ、趣向ニ貫目あり、金軍の乱妨、幷ニ李獅々の憐態など、よくうがち得て、妙ニ御座候。瓶ニ入れあまり候事もなき様なれども、却て哀れニ御座候。余は全部熟読卒業之節、尚又申試候。『金瓶』より淫奔少く、味ひ御座候。……

『隔簾花影』は紛う方なき『金瓶梅』の続書であり、しかもそこには「勧懲の意味」が尽くされていた。「趣向巧なる事なければ、中通りの作なれども、仕入物とちがひ、趣向ニ貫目あり」と、馬琴はまずまずの評価を与え、総じて「『金瓶』より淫奔少く、味ひ御座候」という。

⑯　天保五年（一八三四）十一月朔日　篠斎宛　書簡

……『金瓶梅』、御手ニ入候よし、いかで、一わたり被成御覧候様奉存候。『金瓶梅』不被成御覧候てハ、『隔簾花影』の作者の用心も、思召とられざる事多かるべく奉存候。……

馬琴は篠斎に対し、「『金瓶梅』不被成御覧候てハ、『隔簾花影』の作者の用心も、思召とられざる事多かるべく奉存候」と、『金瓶梅』を読んだ上で『隔簾花影』を披閲するべきだとする。『金瓶梅』の続書として、馬琴には『隔簾花影』がよほど周到に作られた作品だと認識されたようだ(17)。

⑰　**天保六年**（一八三五）　**正月十一日　篠斎宛　書簡**（別翰）

一、『隔簾花影』、両三日已前、やうやく看をハり、卒業いたし候。此小説も、仕入本ニあらず、作者こゝろありて作り候ハ勿論也。畢竟、因果応報と即色是空の四字を説広め候のミ、新奇の趣向ハ見えず候得ども、そが中にハ、よろしき事も往々有之候。抑、『金瓶梅』ハ唐山ニて、ことの外歓び候小説ニ候へども、愚眼などにハ、さばかりにも不存候。それを蒸かへせしもの故、実ハ労して功なき場ニも候ハん歟。譬バ、よき梅也とも、桃台ニ接ギ候へバ、花も実も佳ならざるごとくニ候。……

約半年の後、披閲を終えた馬琴は、「新奇の趣向ハ見えず候得ども、そが中にハ、よろしき事も往々有之候」と、『隔簾花影』にまずまずの評価を与える一方、「抑、『金瓶梅』ハ唐山ニて、ことの外歓び候小説ニ候へども、愚眼などにハ、さばかりにも不存候」と、『金瓶梅』に対しては本国でもてはやされているほどではないと評している。

⑱　**天保七年**（一八三六）　**正月六日　篠斎宛　書簡**（別翰）

……年々『金瓶梅』著編ニ付、原本『金瓶梅』をよミかへし候半と存候ひつゝ、忘れたれどもウロ覚の書故、又見るも懶く、尚半分もよみかへし不申候。老てハ好ム事ながら、読書も太義に存候事あり、何事も老邁ハ朽をしきものニ御座候。……

『新編金瓶梅』第五集に向け、なかなか進まないといいつつも、馬琴は『金瓶梅』を再三読み返している。馬琴自ら「拙作は唐本の『金瓶梅』とは、いたくちがひ候ものに御座候」「合巻の『金瓶梅』は、原本の筋によらぬ」⑨といい、また桑山竜平「馬琴の金瓶梅のことなど」（「中文研究」第七号、一九六七）にも、「中華に金瓶梅という本があるがほんのあらすじを翻案して日本の読者に提供し、特に勧善懲悪の意を寓したといつて、全く似ても似つかぬものにしてしまつた」と指摘されるが、馬琴は決して原文をおざなりにしたわけではなく、幾度となく『金瓶梅』を読み、読み込んでなお『金瓶梅』とは趣向の異なる作品を作り上げたのである。

小　結

江戸時代に日本へやってきた『金瓶梅』はどのように受容されたのか。本節では、『金瓶梅』の翻案『新編金瓶梅』を著した曲亭馬琴の記述の中から『金瓶梅』に関するものを抜き出し、考察を加えた。その結果として、以下のような点を指摘することができる。

まずテキストについてであるが、馬琴が『新編金瓶梅』執筆にあたって閲読したテキストが「第一奇書本」系統のものであることは、「初回ハ西門慶が十友結レ義兄弟となることにはじまり」「張竹坡が評ハ、金瑞が『水滸』の評にならひて書り」③、「清《せい》の康熙乙亥《かうきいつがい》に、敬斎謝頤《けいさいしやい》これに序《じよ》し」「張竹坡《ちようちくは》が評論《ひやうろん》ハ金瑞《きんずい》が水滸伝《すいこでん》の、外《ぐわい》書《しよ》批《ひ》評《ひやう》に倣《なら》ひたり」④といった記述、および「予、金瓶梅、広法（ママ）、其余十五回迄抄録」⑦などからわかる。ただし、文政十三年に借り寄せたものは「百回二十四冊」③であり、三年後の書簡には「拙蔵の『金瓶梅』は大本廿冊二帙」⑨とあることから、馬琴はこの間、新たに二十冊本を購入したようである。[18]「詞話本」や「崇禎本」が貴重書として一部の人間の目にしか触れることがなかったのとは異なり、「第一奇書本」の方は日本に多く輸入され、流通していた。前節で確認した通り、江戸時代中期〜後期の『金瓶梅』は、金と伝手さえあれば比較的容易に手に入れることができたようである。そのことは、馬琴の記述からも窺うことができた。馬琴が少なくとも生涯三種の『金瓶梅』を閲覧していること（文化三年時点で所有し後に売却したもの、『新編金瓶梅』執筆にあたって借り寄せた「百回二十四冊」のもの、「大本廿冊二帙」のもの）、篠斎、桂窓の住む松坂でも入手が可能だったことなどがそのことを裏付けている。

知名度、認知度については、「『金瓶梅』の書名、世に高キ故、よくこの書の事をいふものあれども、この書をよミたるものすくなし」「かくのごとき淫書なれども、書名をよく人のしりたるもの」③と、知名度は高かったものの、実際に読み得た人間は少なかったという。『新編金瓶梅』第一集の序文には、「雅俗只《がぞくたゞ》その書名《しよめい》を知《し》れども、得《え》てよく読《よむ》ものあること稀《まれ》也。見《げ》に彼書中《かのしよちう》にハ方言洒落《はうげんしやらく》、ほのめかしたることもあるに、且通俗《かつつうぞく》の訳文《やくぶん》なし」④と、方言や洒落ことばが含まれており、通俗の訳文もなかったため、実際に読めた人間はまれだと記されている。多くの辞書や訳本を購入し、「よくえらまぬと、無益の費用ニ及び候」⑫と失敗を繰り返しながらも、「独学孤陋」⑫で白話を学んだ馬琴は、「只多く俗語を見て、発明するに増すことなし」⑫と、多読によって白話小説の読解力を身につけた。そんな馬琴にとっても、『金瓶梅』は「小説中の手とり物ニて、よみ易からず候」①、「俗語中にてよミ得がたきもの也」③、「『金瓶梅』がすら〱とよみがくだり候へば、俗語によめぬものなし」⑨、「『金瓶梅』ハ、俗語中の手どりものニて御座候。『金瓶梅』と『水滸伝』が、すら〳〵とよめ候へバ、俗語によめぬものハ無之候」⑩、「『金瓶梅』ハ、小説俗語中ニて、尤よミ得易からぬ物」⑫と、難解な作品だった。しかし馬琴は江戸時代に作られた唯一の『金瓶梅』注釈書である『金瓶梅訳文』を「文化中、撰者の原本を、高料ニて買取候」⑫と高価で入手していることからも、早い段階からこの難解な作品を積極的に読もうとしていたようである。

その『金瓶梅』について、「淫風を歓ぶと、文章のよき故、かしこにてとりはやし候也」③、「しかるに唐山《からくに》の書買《ふみあきひと》等《ら》水滸《すいこ》西遊《せいゆう》三国演義《さんこくゑんぎ》と、金瓶《きんぺい》をもて四大奇書《しだいきしよ》とす。顧《おも》ふに文《ぶん》の佳妙《かみやう》なると、猥褻《わいちやう》時好《じこう》に称《かな》へバならん」④と、文章にすぐれ、淫猥な内容も時好に適っていたために本国ではもてはやされたと記す馬琴であるが、彼自身の評価は、「あまりニ誨淫の書」①、「その書となりの正しからぬ事」「只姪奔の事のミにて、春画のおく書のごとく、君臣父子の間にてハ、よミ得がたきこと多かり」「勧懲の意味なきにあらねど、宜淫導慾の書にて、武太良の事を除キてハ、巧なる趣向一ツもなし」③、「(『隔簾花影』は)『金瓶』より淫奔少く、味ひ御座候」⑮と、総じて「淫書」であるというものであった。

馬琴にとって、『金瓶梅』はあくまで『水滸伝』の亜流であり、筋立てにもおもしろみのない、勧善懲悪も不十分な、淫猥な作品だったようである。さらに、方言や洒落ことばを多分に含む難解な作品でもあった。しかし四大奇書のひとつとされていたこともあり、書名だけは人のよく知るところであった。その知名度にあやかる形で『金瓶梅』の翻案に取りかかった馬琴だが、「拙作は唐本の『金瓶梅』とは、いたくちがひ候ものに御座候」⑨、「拙作ハ原本によらず、大かた新趣向にて、少しづゝ、その意をまじえ候」⑩と、あくまで自作が原作とは異なることを強調する。

積極的な動機によって創作が開始されたとは言い難い『新編金瓶梅』ではあったものの、ほとんどが未完に終わる長編合巻の中で、馬琴は視力を失いながらも、唯一この作品だけは完成させ、「抑《そも〳〵》此書《このしよ》ハ四三《よみ》本にして、見せまく欲《ほし》きもの」（『新編金瓶梅』第一集之三　馬琴再識）と誇るほどの力作となった。

『新編金瓶梅』第一集序文の中には、すでに確認したように、馬琴の『金瓶梅』観が読者に向けて広く示されている。「彼書《かのしよ》に演《のべ》たるよしハ、則宋《すなはちさう》の巨商《おほあきひと》西門啓《せいもんけい》といふものゝ、一期婬楽《いちごいんらく》の話説《ものがたり》」「彼書《かのしよ》の宣婬導慾《せんいんどうよく》なる、君臣父子《くんしんふし》の間《あハひ》にハ読《よむ》べからざるもの夛《おほ》くあり」「その趣向《しゆかう》ハ、国俗《みくにうど》の、浮世物真似《うきよものまね》といふものめきて、巧《たくみ》なる条理《すぢ》ハ一箇《ひとつ》もなし」。かくして『新編金瓶梅』の読者は、原本の『金瓶梅』を読むことなくして、言うなればその「書となり」を知ることとなる。

明治四十二年に発表された森鷗外の『キタ・セクスアリス』には、次のような一節がある。

> 或日先生の机の下から唐本が覗いてゐるのを見ると、金瓶梅であつた。僕は馬琴の金瓶梅しか読んだことはないが、唐本の金瓶梅が大いに違つてゐるといふことを知つてゐた。そして先生なかなか油断がならないと思つた。

「馬琴の金瓶梅」しか読んだことのない「僕」が、なぜ「唐本の金瓶梅が大いに違っているということを知っていた」のか。そしてなぜ「先生なかなか油断がならないと思った」のか。それは「僕」の知る『金瓶梅』が、馬琴を通して知り得たものであったからに他なるまい。

江戸時代に日本へやってきた『金瓶梅』は、直接的な資料が非常に少ないため、従来その受容の在り方についてほとんどわからないままであった。前節で辞書、随筆、洒落本といった間接的な資料群から江戸時代の『金瓶梅』受容に関する考察を試みた結果、『金瓶梅』は一般に流通し、それなりに認知され、学問的な態度で読まれていたということがわかった。その『金瓶梅』を広く世に知らしめたのが曲亭馬琴であった。難解であったために読み得た者の少なかった『金瓶梅』を、多読によって身につけた白話の読解力を以て読み込んだ馬琴は、『新編金瓶梅』の序文に自身の『金瓶梅』観を明確に、執拗なまでに示した。結果として、馬琴は『金瓶梅』を「淫書」として広く読者に紹介することとなる。以後、『金瓶梅』は、おそらくこの馬琴の『金瓶梅』観に大きく影響される形で、「淫書」の代名詞として定着していくことになるのである。

注

（1）神田正行「『新編金瓶梅』発端部分の構想と中国小説」（『読本研究新集』第四集　翰林書房、二〇〇三）。

（2）本節では、曲亭馬琴の書簡、日記、『新編金瓶梅』を調査の対象とし、以下のテキストを用いた。『馬琴書翰集成』全七巻（柴田光彦・神田正行編、八木書店、二〇〇二～二〇〇四）、『曲亭馬琴日記』全五巻（柴田光彦新訂増補、中央公論新社、二〇〇九～二〇一〇）。『新編金瓶梅』については、早稲田大学古典籍総合データベースの「逍遙文庫」本を用い、国立国会図書館所蔵明治十七年清水市太郎訳『新編金瓶梅』、および若山正和編『新編金瓶梅』（下田出版株式会社、二〇〇九）を参照した。

（3）木村三四吾『滝沢馬琴―人と書翰―』（八木書店、一九九八）。

（4）馬琴は書簡中、原本『金瓶梅』も『新編金瓶梅』も、ひとしく『金瓶梅』と表記して区別していない。本節の主眼は、馬琴の記述から江戸時代における『金瓶梅』の受容状況を明らかにすることにあるため、ここでは原本『金瓶梅』に関するものだけを取り上げる。尚『新編金瓶梅』に関しては、神田正行氏の詳細な論考（注（1）の他、「『新編金瓶梅』と『金蘭筏』」（『論集太平記の時代』新典社、二〇〇四）、「『新編金瓶梅』と『隔簾花影』」（「近世文芸」八二号、二〇〇五）、「毒婦阿蓮の造形―『新編金瓶梅』の勧善懲悪」（「芸文研究」九一号、二〇〇六）、「『新編金瓶梅』

の翻案手法―呉服母子の受難と中国小説」（『江戸文学』三五号、二〇〇六）等）がある。

（5）それ以外の理由として神田氏前掲論文（注（1））は、「同じ武松・金蓮譚を翻案した、『傾城水滸伝』第五編（文政十一年刊）の刊行から、さして時日を経ていなかったことも作用していたに違いない」と指摘する。

（6）『金瓶梅』の難解さについては、かつて小野忍・千田九一両氏による『金瓶梅』の訳本が出版された際（三笠書房〔第一冊〕、一九五一）、倉石武四郎氏が「『金瓶梅』の作者が誰か文学史家にとって難題であるように、その言語も難解を極めている。これではせっかくの記念碑も無字碑に等しい。その意味でこの翻訳はロゼッタストーンの解題にも似た意味を持つ」と評されたほどである（小野忍『道標―中国文学と私―』〔小沢書店、一九七九〕に拠る）。

（7）拙稿「江戸時代の『金瓶梅』」（アジア遊学一〇五『特集日本庶民文芸と中国』勉誠出版、二〇〇七）でも論じた。

（8）『曲亭馬琴日記』（注（2））に拠る。

（9）張竹坡の「読法」第八十二条に「……是誤人者『金瓶梅』也。何爲人自誤之。夫對人説賊、原以示戒、乃聽者反因學倣賊之術、是非説賊者之過也、彼聽説賊者本自爲賊耳。」とあり、ここが引用されたものと思われる。

（10）澤田瑞穂「随筆金瓶梅」（『宋明清小説叢考』研文出版、一九八二）に指摘がある。張竹坡の「読法」第六十条の原文は「作『金瓶梅』、若果必待色歴遍才有此書、則『金瓶梅』又必做不成也。何則。卽如諸淫婦偸漢、種種不同、若必待身親歴而後知之、將何以經歴哉。故知才子無所不通、專在一心也。」である。

（11）前節で取り上げた岡南閑喬著『金瓶梅訳文』、高階正巽筆写鹿児島大学附属図書館玉里文庫蔵『金瓶梅』（玉里本）にも、張竹坡批評の語注や訓訳が見られる。

（12）神田正行「『新編金瓶梅』の翻案手法―呉服母子の受難と中国小説」（注（4））には、「彼（筆者注・張竹坡）が「一部之金鑰」（冷熱金針）とする「冷熱」は、馬琴が自作の小説原理として、意識的に導入した「陰陽二元論」や「変易論」にも通じるものといえよう」「呉服のたどる運命には、第一奇書本『金瓶梅』における張竹坡の呉月娘観が、少なからず作用していたのではあるまいか」と、張竹坡の批評が馬琴の『新編金瓶梅』創作に与えた影響についての具体的な指摘がある。

（13）こうした白話辞書のうち、現存するものの多くは『唐話辞書類集』（汲古書院、一九六九～一九七六）に収められている。

（14）高島俊男『水滸伝と日本人―江戸から昭和まで―』（大修館書店、一九九一）。

（15）『唐話辞書類集』第十五集（汲古書院、一九七三）解説。

（16）神田正行「『新編金瓶梅』と『隔簾花影』」（注（4））参照。

（17）馬琴がその後『新編金瓶梅』に『隔簾花影』を取り入れていく様は、神田氏の前掲論文（注（16））に詳しい。

（18）前節で取り上げた『舶載書目』の記載からは、当時日本に輸入された第一奇書本が二十四冊、もしくは二十冊だったことがわかる。

第八章　白話小説の読まれ方
――鹿児島大学附属図書館玉里文庫蔵「金瓶梅」を中心として――

はじめに

江戸時代には、多くの白話小説が中国からもたらされた。『水滸伝』の日本での流行はよく知られているが、[1]従来あまり取り上げられることのなかった『金瓶梅』も、十七世紀中頃には伝来していたと考えられる。[2]『金瓶梅』はその後もたびたび舶載書目にその名が確認され、寛延四年（一七五一）には十一部も輸入されている。[3]十八世紀中頃になると、石崎又造氏によって「斯くて是等俗文学者達によって俗語小説は次第に解読せられ、普及せられて行った。そこで『水滸伝』の語釈物も既述の外多数無名氏の手になっている。……前後未曾有といふ可く以て小説流行の一斑を窺うに足るであらう。此外俗語小説向の字書や一般俗字書は枚挙に遑ない。」と指摘されるように、[4]白話小説ブームが到来する。この時期には、岡白駒の『水滸全伝訳解』（一七二七年昆斎写）、陶山南濤『忠義水滸伝解』（一七五七年刊）、鳥山輔昌『忠義水滸伝抄訳』（一七八四年刊）といった『水滸伝』の語釈集や、一鯤北溟『小説抱璞集』（一七四七年刊）、秋水園主人『小説字彙』（一七九一年刊）などの白話辞書ともいうべき書物が多く編まれている。江戸や京阪では白話小説をはじめとする中国俗文学の講読会も盛んに行われていたようである。

では彼らはいったい白話小説をどのように読んだのだろうか。現在我々が目にしうるもの（上述した辞書類や刊行された翻訳書など）は、そのほとんどがいわば「完成形」に近いものであって、そこに至るまでの過程、つまり具体的な解読の様子、方法を知りうる資料はそう多くはない。

そうした江戸時代（とりわけ後期）における白話小説の「読まれ方」を窺うことができる資料がある。鹿児島大学附属図書館玉里文庫所蔵の「金瓶梅」と題される抄本がそれである（以下、「玉里本」とする）。『金瓶梅』（「第一奇書本」）全文が抄写され、そこに訓点、和訳、注が施されたもので、文政十年（一八二七）から天保三年（一八三二）にかけて作成されたものである。現在のところ、江戸時代のものとしては唯一の、そして現存する最古の『金瓶梅』の邦訳（訓訳）である。余白に記される様々な注、作成者の落書きとも思える書き入れなどからは、この「玉里本」が決してそのまま世に出されることを意図して作られたもの、つまり「完成形」にあたるものではなく、『金瓶梅』を読んだ際のノート、言ってみれば未整理の状態のものだということがわかる。さらにこの「玉里本」は、（後述するように）『金瓶梅』の読書会が開かれた際のことが記録されたものでもある。注の付けられ方、解釈の揺れ、興味の対象など、「玉里本」からは、作成者およびその周囲の人々が『金瓶梅』をどのように読んでいったのかが浮かび上がってくるのである。

「玉里本」について最初にまとまった報告を行ったのは、管見のおよぶ限りでは徳田武「遠山荷塘と『金瓶梅』」（『日本近世小説と中国小説』青裳堂書店、一九八七）であり、その後、井上泰山「高階正巽訳『金瓶梅』覚書」（「中国俗文学研究」一一、一九九三。後、『中国近世戯曲小説論集』〈関西大学出版部、二〇〇四〉に収録）でも「玉里本」についての紹介がなされている。前者は『金瓶梅』読書会の中心人物と目される遠山荷塘に関する考察に主眼が置かれたもので、後者は「玉里本」全体に対する整理と紹介が行われたものである。両者とも「玉里本」の書き入れの一部が取り上げられ、読書会の様子に言及されてはいるものの、『金瓶梅』が具体的にどう読まれたのか、という問題についてはなお考察の余地が残されている。

そこで本章では、江戸時代後期における『金瓶梅』の読まれ方、ひいては白話小説の読まれ方がどのようであったのかを明らかにすべく、この「玉里本」に考察を加えたい。

一　玉里本について

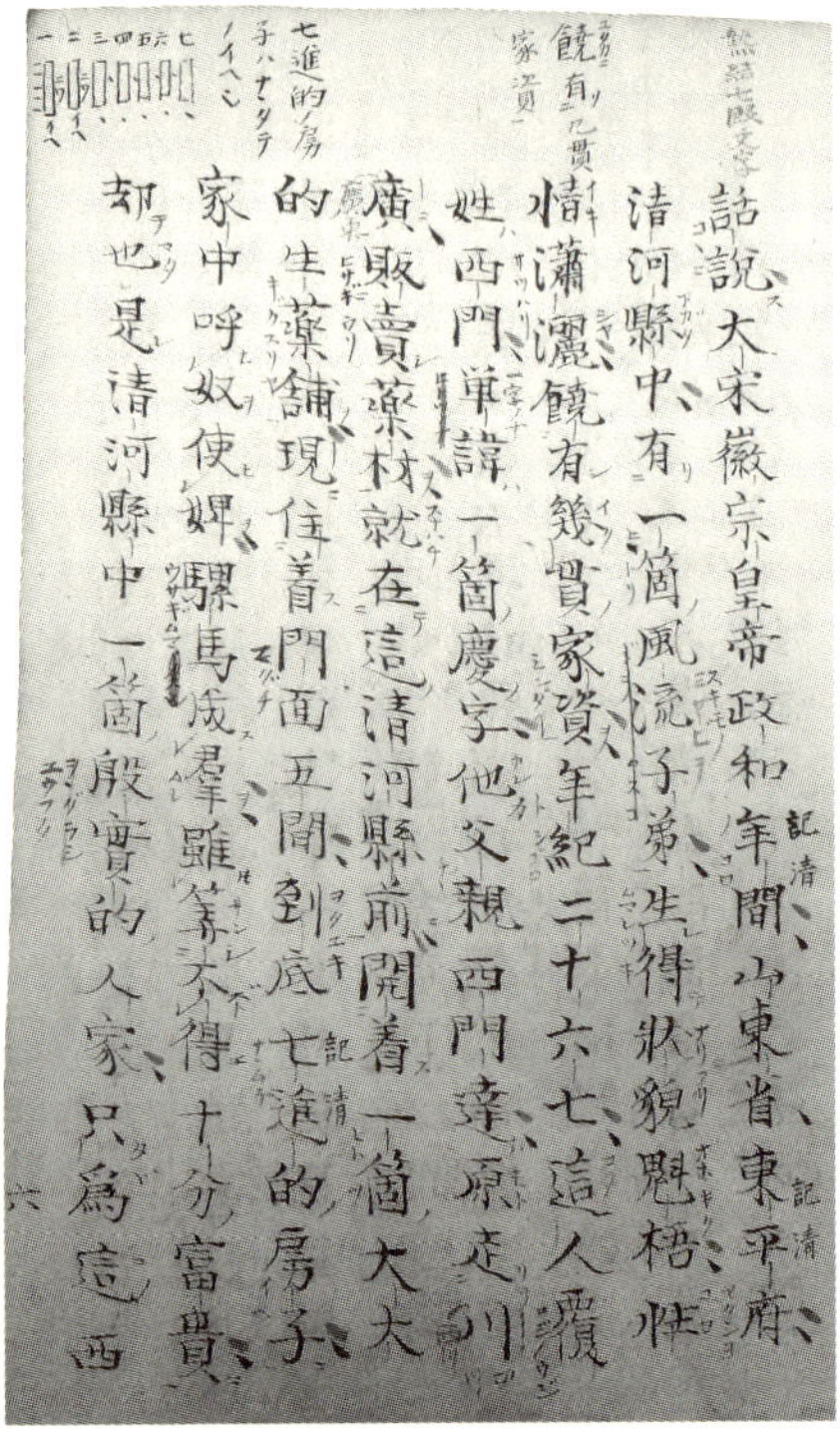
詰說大宋徽宗皇帝政和年間山東省東平府
清河縣中有一箇風流子弟生得狀貌魁梧性
情瀟灑饒有幾貫家資年紀二十六七這人複
姓西門單諱一箇慶字他父親西門達原走川
廣販賣藥材就在這清河縣前開着一箇大大
的生藥舖現住着門面五間到底七進的房子
家中呼奴使婢騾馬成群雖算不得十分富貴
卻也是清河縣中一箇殷實的人家只爲這西

第一回六葉オモテ

まず最初に、「玉里本」について確認しておきたい。「玉里本」の全体像に関しては、すでに徳田武氏によって詳細な報告が行われている。そこで、ここではそれを参照しながら整理することとする。

〈1〉張竹坡批評本全百回をすべて筆写し、全文に句読・訓点を施す。部分的に張竹坡批評を引き、時

に本文の左右に和訓を付し、上欄に書き入れがある。すべて一筆。

〈2〉筆写を行ったのは高階正巽。字は子止、号は鉛汞軒、俗号は原田（頽羅堕）端太夫。江戸の麻布長坂の生まれ（文政十年の時点で二十二歳）。焼《キ》レ鉛《ヲ》煉《ル》レ汞《ヲ》的《ノ》仮仙《ニセ》人鉛汞軒主人訳《ヤクス》。……鉛汞《エンコウ》軒主人、姓高階《タカシナ》、名正巽《マサツネ》、字子止、俗号原田端《タン》太夫、又原田書《カク》二頽羅堕《ハラダト》一、号《ス》二鉛汞軒《ト》一。生于江戸麻布長坂太田原侯《サマノ》潘城《ヤシキ》、隍廟《ウヂカミ》西久保八幡宮是也。［第二十三回末尾］

〈3〉文政十年（一八二七）から天保三年（一八三二）にかけて筆写と施訓が行われたらしい。ただし、回の順次を追って写したのではなく、後の回でも写す機会が早ければ、その早いものから写すことがあったことがわかる。

〈4〉「圭上人曰、还ハワタスコトナリ。还《ワタシ》二我主児《ニ》一来《ヲクレヨ》（第五回）」「圭上人云、些ハ漢土ノ言語ノ助字ナレバ、シイテ解スベカラズ。多ク書ヲヨミテ知ベシ（第十六回）」といった書き入れが見られることから、「玉里本」

には『金瓶梅』の会読が行われた折の、圭上人すなわち遠山荷塘の語釈や見解が記されているようである。また、「這個《コノ》二十九回《ハ》荷塘圭上人《ノ》句読《ナリ》、別《ナカレ》二等閑《ナホザリニ》看《ルコト》一罷《ヨ》（第二十九回）」といった書き入れがあることから、全体の施訓も、荷塘のものである可能性が高い。

〈5〉「荷塘一圭門人鉛汞陳人高階正巽《タカシナマサツネ》訳《ス》（第二十六回）」「荷塘圭上人門葉《デシ》鉛汞陳人正巽訳《ス》（第三十三回）」といった記述から、高階正巽が遠山荷塘の弟子であったらしきことがわかる。「玉里本」は、遠山荷塘の訓法に基づいて、弟子の正巽が施訓を行ったものと思われる。

〈6〉荷塘の語釈や見解からは、白話小説を解読する際にも、和漢の硬軟雅俗にわたる文献に用例を求めて、それに基づいて語釈するという学問的な方法が取られていたことがうかがえる。そして師の遠山荷塘が確立させていたこの方法を、弟子の正巽も見習っていたことが看取できる。

以上、「玉里本」は、遠山荷塘という人物を中心とした読書会の様子を、弟子の高階正巽が記録したもの、ということになる。中でも「玉里本」にたびたび引かれる『記諺』という語釈集らしきものが、遠山荷塘の著作とされる白話辞書『胡言漢語』の前身であろうとの徳田氏の指摘は、荷塘の関与（それも中心的人物としての、もっといえば講師としての）を強く窺わせるものである。

ここで遠山荷塘について確認しておきたい(5)。遠山荷塘（号は一圭、一溪、荷塘道人）、陸奥の人。十七歳で出家し、二十二歳の頃から諸国を遊歴、二十三歳のころ豊後日田の広瀬淡窓の塾に入る。その後二十七歳から三十歳までの約三年、長崎に留学。留学後、筑前の亀井昭陽宅に三ヶ月あまり滞在した後、一旦淡窓の元に寄り、半年かけて諸国を遊歴しつつ江戸に至る。江戸に着いた翌年には朝川善庵、大窪詩仏、宮沢雲山らに招かれ、『西廂記』

『琵琶記』の講義を行う。また、大窪詩仏宅で、朝川善庵、菊池五山、館柳湾、大沼竹渓、清水礫洲らを前に『水滸伝』の講義も行ったという。天保二年七月一日、三十七歳で病没。『諺解校注古本西廂記』『胡言漢語』『訳解笑林広記』『月琴考』などを著したとされる。

「玉里本」には、その他、『嬉遊笑覧』『筠庭雑考』の著者としても知られる喜多村筠庭の発言も記録される（第七章第一節を参照）。少なくとも、遠山荷塘、喜多村筠庭、高階正巽が席を同じくして『金瓶梅』を読んでいたことは間違いないだろう。

ただし、「玉里本」全体が読書会の記録だとは考えがたい。「玉里本」各回の回末には、ほぼ全回にわたって高階正巽の署名が見られるが、その中で日付が入っているものは、全百回中、四十八回分ある。これらを日付の順に並び替えてみると、書かれた時期によって、大まかではあるが、署名にある一定の傾向が見られることがわかる（附表を参照）。また筆跡や体裁も、書かれた時期によって異なる特徴を示しているように思われる。これらの中で、遠山荷塘の発言が記されている回、もしくは遠山荷塘への言及が見られる回を確認してみると、それらが文政十一〜十二年頃に書かれたと思われる回に集中していることがわかる。(6) そもそも遠山荷塘は、文政八年（一八二五）に江戸に上り、天保二年（一八三一）七月一日には没している。そうしたことを考えあわせても、遠山荷塘の関与は文政十一〜十二年頃に限られるようである。また、同席していた喜多村筠庭の発言もやはり同時期のものと思われる回に限定される。そう考えると、遠山荷塘の関与のみならず、読書会の開催自体が文政十一〜十二年頃のことだと推測できよう。このことは、第六十二回（文政十二年八月十一日）と第六十三回（天保二年六月四日）の間に約二年の空白があることとも関係しているように思われる。

つまり「玉里本」は、「文政十一年〜十二年頃に書かれたと思われる回」と、『それ以降に書かれたと思われる回」とに分けて考える必要があるだろう。読書会の記録という側面を持つのは、前者ということになる。

そこで以下、「文政十一年～十二年頃に書かれたと思われる回」を中心に分析を加え、遠山荷塘、高階正巽および読書会のメンバーがどのように『金瓶梅』を読んでいったのか、具体的に考えてみたい。

二　『金瓶梅』はどう読まれたか

「玉里本」には、上欄や余白に様々な書き入れが見られる。書き入れを行ったのは高階正巽と思われるが、それが果たして誰の見解であるのか、必ずしもすべてが特定できるわけではない。また、本文の施訓に関しても、誰によるものかはにわかに定めがたい。しかし「文政十一年～十二年頃に書かれたと思われる回」に関しては、直接的であれ、間接的であれ、「読書会での『金瓶梅』の読まれ方」を反映しているものと見ることができよう。そこでここでは、発言や施訓の主体についてはは特にこだわることなく、読書会全体での『金瓶梅』の読まれ方が示されたものとして取り扱う。

以下、「文政十一年～十二年頃に書かれたと思われる回」のものを中心として、「（一）発音」「（二）語釈」「（三）読解」に分けて、分析を進める。

（一）発　音

「玉里本」には、たびたび中国語の発音が示される。

第一回　二十四葉オモテ
可《コウ》不《ボ》折《ツエ》殺《サ》 小《スヤ○ウ》人《ジン》罷《バア》了《リヤ○ウ》

第一回　三十二葉ウラ
搬《ハン》音般《ハン》、唐音パンナリ。搬《パン》運《イユン》

第二回　六葉ウラ
匹《ピ》手《シウ》與劈《ピ》手《シウ》通　劈《ピ》手《シウ》搶《ツヤン》《ヒツタクル》

第七十九回　二十葉ウラ
搽《ツア、》　ツケル。ヌル。華音ツア、漢音サ

このようなカタカナによる中国語音の表示は、江戸時代に作られた他の白話辞書などにもよく見られるもので、決してめずらしいことではない。このことは、白話小説の流行が、唐話（当時の中国語）の学習と密接な関係にあったことを窺わせるものである。

そもそも白話小説は唐話のテキストとして用いられていた。江戸時代には、文人たちの間で唐話の学習が広く行われていたが、その発端ともなったのが、荻生徂徠（一六六六〜一七二八）による、いわゆる「唐話学習のススメ」だと考えられる。

……予嘗為二蒙生一定二学問之法一。先為二崎陽之学一、教以二俗語一、誦以二華音一。訳以二此方俚語一。絶不レ作二和

訓廻環之読㆒。

…予嘗て蒙生のために学問の法を定む。先づ崎陽の学［筆者注・長崎の学問、つまり唐話を学ぶこと］をなし、教ふるに俗語を以てし、誦するに華音を以てし、訳するに此の方の俚語《りご》を以てし、絶して和訓廻環の読を作《な》さず。(7)

古典を正しく理解するには、訓読ではなく、中国語音にて直読すべきである、と主張する徂徠は、自らの塾に、長崎唐通事出身で後に江戸時代を代表する唐話研究者となる岡島冠山（一六七四～一七二八）を講師として招き、自身も冠山の指導のもとで唐話を学んだ。こうした日本人学習者のために、冠山は多くの唐話のテキストを編纂することとなる。(8)『水滸伝』の和刻本としては我が国初となる『忠義水滸伝』（初集五冊は享保三年刊）の施訓も冠山によるものとされるが、これもそうした唐話テキスト編纂の一環としてとらえることが可能であろう。

唐話学習における白話小説の有用性は、たびたび指摘される。たとえば、長崎で中国語を学び、のち対馬藩で朝鮮通事として活躍した雨森芳洲（一六六八～一七五五）は、

或曰、学㆓唐話《ヲ》㆒須ㇾ読㆓小説《ヲ》㆒可《ナラン》乎。曰可也《ナリ》。(9)

（或ひと曰く、唐話を学ぶに小説を読むを須《もち》ふるは可ならんかと。曰く、可なり。）

と指摘し、また江戸中期の文人画家で、長崎に遊学して中国語を学んだ柳沢淇園（一七〇四～一七五八）も、

象胥［筆者注・通訳のこと］をまなびたく思ふならば、水滸伝・西遊記・通俗三国志などを唐よみに学ぶべし。(10)

と、白話小説が唐話学習に有効であることを指摘している。

『水滸伝』に関しては読書会も広く行われ、その席上では音読もされていたようである。たとえば『水滸伝』の辞書のひとつとして残る『忠義水滸伝解』（宝暦七年刊、『唐話辞書類集』第三集所収）は、陶山南濤（一七〇〇～一七六六）による『水滸伝』の講義を弟子が記録、整理したものとされるが、ここでは列挙されるすべての語にカタカナで発音が表記されている。こうしたことからも、白話小説は、唐話の学習（とりわけ発音）と密接な関係にあったことが確認できる。

『金瓶梅』の読書会でも、長崎留学で中国語をマスターした遠山荷塘先生によって、音読、あるいは発音の指導が行われていたらしく、

第五回　六葉オモテ
圭上人曰　直《ジ》ハ脊《ジ》ト唐音ニテ通ズ　ヲシコムコト也

第十三回　四葉ウラ
甚麼《シモ》　甚ハ去声ニテ華音シャ也　ジンモナド、ヨムベカラズ

といった書き入れが見られる。高階正巽自身も、ある程度は中国語音に通じていたようである。

第一回　十葉オモテ
鉛汞按ズルニ自恁《ヅウニン》ハ似恁《ズウニン》ノ音通《ヲンツウ》ナルベシ　金丹ノ詩ニ　似恁《カクノゴトキ》　游ヲ沮杆《ソニムダニ》用《ユ》レ心《ヲ》トアリ　又也似《エ、スウ》ヲ也是《エ、ズウ》トモ
通《カヨハ》シ　自《ヅウ》ヲ是《ズウ》ノ処へモ用ヒタリ

第三回　五葉オモテ

　鉛汞再按　終不成《チヨンポヂン》　終不然《チヨンポゼン》　同義カ

第四十九回（上半回）　十四葉ウラ

　鉛汞按ズルニ　不消《ポスヤ〇ウ》ハ不須《ポスヱ、》ナリ　蓋シ　消《スヤ〇ウ》ハ須《スヱ、》ノ音ノ転ジタルカ

「鉛汞按」（鉛汞は高階正巽の号）としての発音に関する書き入れも散見されるのである。白話小説の場合、音通する別の文字が用いられる場合もあるため、中国語音の理解は、本文を解釈する際にも必要だったと考えられる。ただしこうした中国語の発音表記は、読書会が開かれていた時期のものに集中しており、読書会が開かれなくなった後に作られたと思われる回のものには、ほとんど見られなくなる。音読は、読書会の席上では行われていたものの、その後、おそらく高階正巽が一人で読み進めたであろう際には特に行われなかったようである（少なくとも中国語音がわざわざ注記されることはなくなる）。

以上、「玉里本」に見られる発音の表記からは、『金瓶梅』の一部が何らかの形で音読されていたこと、そしてそこからは江戸時代後期においても、白話小説が唐話のテキストとしてなお有効であったことを指摘することができる。

（二）語　釈

続いて語釈に関する書き入れを確認していきたい。

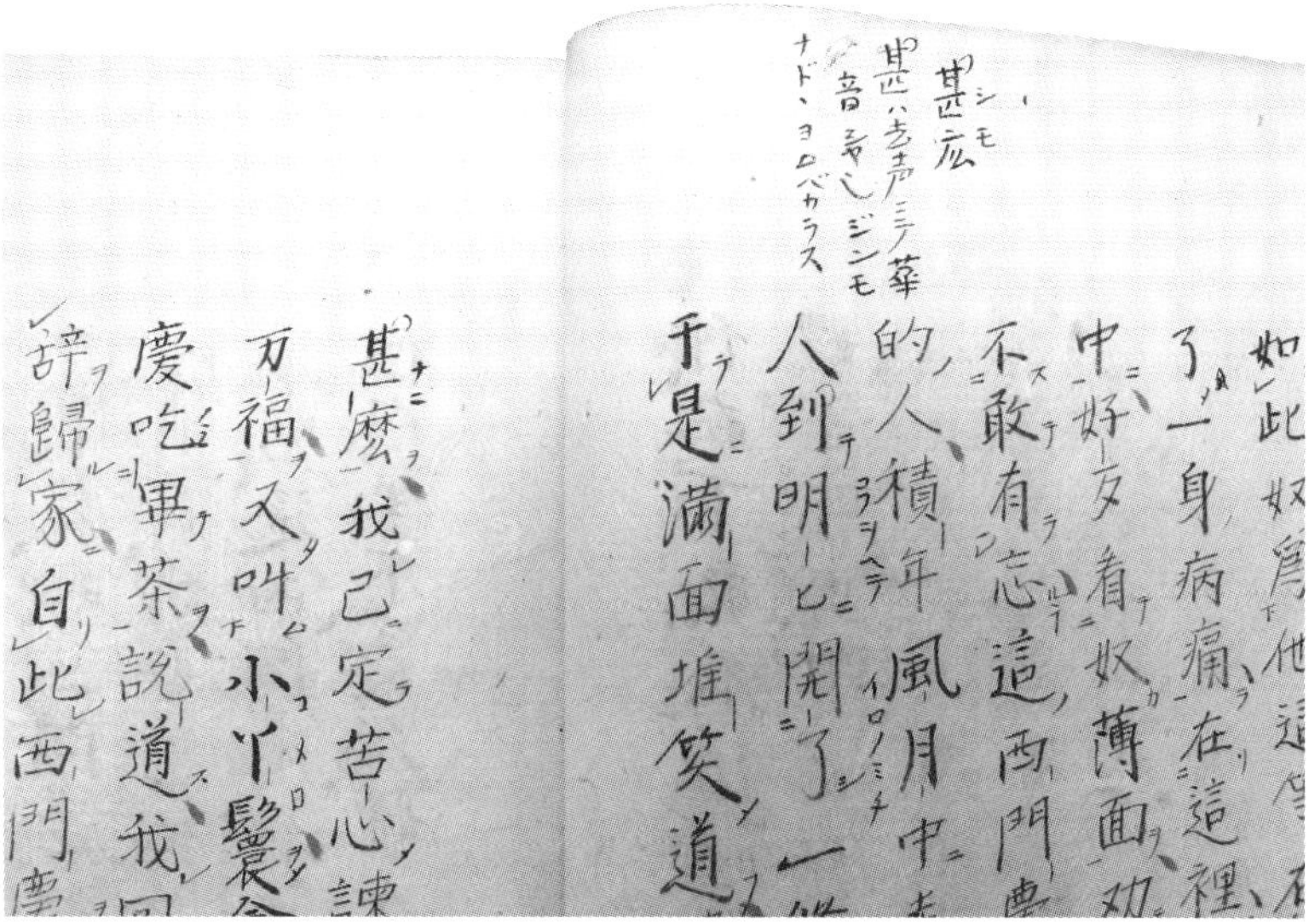

「玉里本」第十三回 四葉ウラ

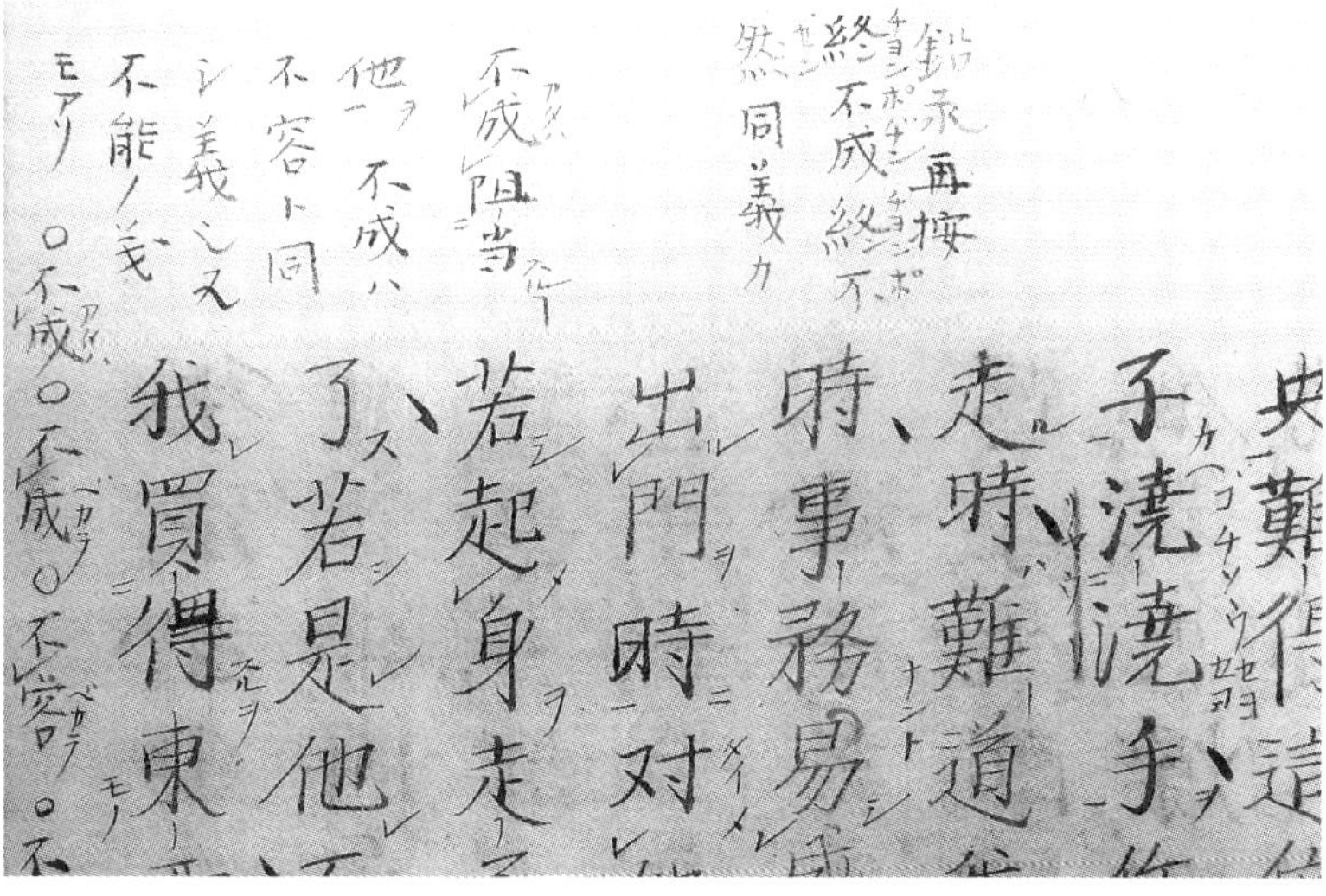

「玉里本」第三回 五葉オモテ

第一回　二葉オモテ

利害ハ害ト云コトナリ　又緩急ハ只急ト云コト　是非ハ非ト云コト也

第一回　二十九葉ウラ

好ハ好生也　偏生ヲ偏ト云ガゴトシ　生ハツケジ也

第七十二回　十葉ウラ

央及　及ハ助語

これらの書き入れは、単に語の意味を記すのではなく、その語の文法的特徴を示すものである。こうした方法は、先行する辞書類とも共通する。

『忠義水滸伝解』（宝暦七年刊　『唐話辞書類集』第三集所収）

利害《リイハイ》　キツイコトナリ　雅語ニテハ利ト害ト二ツ事ニナルナリ　俗語ニテハ害バカリノコトナリ　前ニ釈シタル大小浅深等ノ類ナリ　男ト云コトヲ男女ト云モ同ジ

『忠義水滸伝鈔訳』（天明頃の成立か　『唐話辞書類集』第三集所収）

偏生　ヒトエニイヂワルクト云コトナリ　生ハ付字也

これらは、中国においては長らく研究の対象とはされなかった白話小説が、日本においては文言の作品同様、一字一句の意味を明らかにする研究的態度で読まれたことを示している。同時に、作品を読むことで、白話の読解力そのものを養おうとする意識も窺える。そうした意味では、単に作品を楽しむというのではなく、やはりテキストとしての側面を色濃く備えるものだったと言えよう。そのことは、

第十六回　N葉オモテ

這些《コノアマタ》　……　圭上人云　些ハ漢土ノ言語ノ助字ナレバ　シイテ解スベカラズ　多ク書ヲヨミテ知ベシ

といった書き入れに見られる遠山荷塘の発言からも窺える。

さて、語釈に関して注目すべきは、様々な文献から用例が引かれている点である。

第三回　三葉オモテ（本文中の「双六」に対して）

五雜組六ノ二十二　雙陸ハ　一名ハ握槊、本ト胡ノ戯レ也

第十二回　U葉オモテ（本文中の「稀罕」に対して）

肉蒲團　希罕《ヲミカギリ》ス　我這等醜陋東西ヲ

こうした、様々な文献から用例が挙げられる点に関しては、すでに徳田氏による指摘がある。氏の考察によると、「玉里本」にたびたび引かれる『記諺』という書は、おそらくは遠山荷塘が白話読解のために作成していた語釈ノートであり、それは長澤規矩也氏によって「邦人編者の俗語解の類書中では、比すべきもない出色の書[11]」と評された『胡言漢語』の前身にあたるものだということ、そしてそのノートに基づいて用例が示されたであろうとのことである。「玉里本」にはおびただしい数の書物が引用されているが、その書目に関しては井上氏によって

詳しく整理されているので、(12)ここでは挙げない。

むしろここで指摘しておきたいのは、語釈にあたって、彼らが和漢の古典に用例を求めただけでなく、同時代の先行研究をも大いに参考にしている点である。たとえば第六回の末尾には、「馬蹄刀木杓裏切《ニル》レ菜《ヲ》　西門慶ト金蓮ト通奸ノコトヲ隠スコトハナラヌト云諭也……」「水泄《ルモ》不レ漏《サ》二半点児《ヲ》一　也《タ》没《シ》レ得《ルコト》レ落《ルコトヲ》レ地《ニ》　タトヒ世間ニテ通奸ノウワサガアルトモ我ハ少シモ漏サヌト云諭ナリ」として、「馬蹄刀木杓裏切菜」「水泄不漏半点児也没得落地」といった句に関する釈義が付けられた後、「右水滸伝解後篇」との書き入れが見られる。つまりその釈義は「水滸伝解」に拠ったという。『金瓶梅』第一回～第十回および第七十九回は、部分的に『水滸伝』第二十三回～第二十七回と重なっており、当時すでに行われていた『水滸伝』に関する研究を、彼らは参考にしていたようなのである。

当時成立していた『水滸伝』に関する代表的な辞書（研究書）としては、『唐話辞書類集』で確認できるものとして以下の四種が挙げられる。(13)

㋐『水滸全伝訳解』（第一回～第百二十回）
岡白駒講、昆斎校正　享保頃成立
㋑『忠義水滸伝解』（第一回～第十六回）
陶山南濤　宝暦七年（一七五七）刊
㋒『忠義水滸伝鈔訳』（第十七回～第百二十回）
陶山南濤（長澤氏によれば、㋑の稿本が伝写されたものか）

㊞『忠義水滸伝抄訳』（第十七回～第三十六回）

鳥山輔昌　天明四年（一七八四）刊

彼らが参照したという「水滸伝解」は、いずれに当たるのだろうか。「玉里本」第六回末尾の釈義を試みにこれら四種の該当箇所と対照させてみると（㋑は回数が該当しない）、㊞『忠義水滸伝抄訳』と完全に一致することがわかる。㊞との一致はこの箇所にとどまらない。本文中の和訳においても、明らかに㊞の訳語を採用したと思われる箇所が複数確認される。いくつかその例を挙げてみよう。「玉里本」の本文での訳語、そしてそれが㋐㋒㊞ではどう訳されているかを挙げる（その語が取られていない場合は挙げない）。

玉里本（第二回十一葉オモテ）

錯見　ヲミカギリ

㋐　錯見　ヲミヘナサレヌゾ　錯ハクヒチガフナリ

㋒　錯見　見アヤマル　トリチガヘル

㊞　錯見了　ヲミカギリト云コトナリ

玉里本（第三回十三葉ウラ）

布機也似針線　布ヲオルゴトクニ針ヲツカフテキ、ト云コト也

㋐　布機也似　機ニテ織タル様ニ縫

㋒　布機也似好針線　機ニテ布ヲ織ル如クニヨク縫ナリ

㊁　布機也似好針線　布ヲオル如クニ針ヲツカウテキ、ト云コト也

㊁　如何出得他手　彼ニ勝ツコトハアルマイト云フコト也

㋒　出得他手　カレガ手ヨリ上ナコトハアルマイ

玉里本（第五回三葉ウラ）

出得他手　カレニカツコトハナルマイ

㊁　死頂住　コ、ヲサイゴトヲサエル也

㋒　死頂住　ゼヒトモ動サヌヤウニトメテ居ル　死命頂住トモ同ジ

玉里本（第五回六葉ウラ）

死力頂住　コ、ヲサイゴトヲサヘル

こうして見比べてみると、その一致が偶然ではなく、明らかに㊁の訳語をそのまま採用したことによるものだということがわかる。しかし、彼らは決して安易に㊁に拠ったわけでもないようで、先行する訳語を採用せず、あえて自分たちでより良いと判断される新たな訳語を当てている箇所も複数みられる。

玉里本（第五回八葉オモテ）

氣得發昏　ムネンガリテ　メガクラム

㋒　氣得發昏　アマリハラヲ立テ目ヲマワスコト

㊁　氣得發昏　アマリ立腹シテ目ヲマワスト云コト也

玉里本（第五回九葉オモテ）

情孚意合　マコトアリテ心カ相合ト云コト

㋒　情孚意合　情意ノアマネクネンゴロナルコト

㋓　情孚意合　情意ノ深クネンゴロニナルコトナリ

また、一旦自分たちで訳語を付けた後、試行錯誤の末、最終的に㋓の訳語を採用したと思われる箇所もある。

玉里本（第五回七葉オモテ）

提醒《ヨビサマ》《ハゲマシ》《キヲツケ》

㋒　提醒　念頭ハヂシメラレテイカサマニモト思フテ気ヲ引立ルコト

㋓　提醒　気ヲツケラレルコト

こうした例からは、先行研究を参考にしつつもそれに寄りかかるのではなく、よりよい解釈、訳語を求めて試行錯誤する彼らの姿が浮かび上がってくる。そうしたこだわりは、随所に見られる。

第十五回　二葉オモテ（本文中の「轎子《カゴ》《ノリモノ》」に対して）

轎子《ノリモノ》　カゴトハ訳サレズ　ヒトリデヌス車ノゴトキモノナリ

第十五回　十六葉オモテ（本文中の「保兒《ワカイモノ》」に対して）

保兒ハデツチ。シモヲトコナド訳スルヨリ　院裡《ジヨウロヤ》ナレバ　ワカイモノト訳スルガ的當スルナラン

第五十六回　十葉オモテ（本文中の「栲栳《ザル》」に対して）

栲栳ハ竹籃児《タケカゴ》ナリ　タケタゴトモ　ザルトモ訳ス　ザルノホウガヨカルベシ

このように、安易に訳語を当てるのではなく、その文脈においてはどう訳すのが最も適当であるのか、検討を重ねたようである。

先行研究を参考にするという点に関しては、他にも例が見られる。

第一回　十二葉ウラ

瞧ハミルコトナリ　ソレヲ岡白駒ナドハ　スイリヨウトヤクスコト　好《ハ○ウ》笑《スヤ○ウ》不《ポ》好《ハ○ウ》笑《スヤ○ウ》

岡白駒（一六九二〜一七六七）は江戸時代前期を代表する白話小説研究家で、長崎に遊学して唐話を学び、「三言」を日本に紹介した人物としても知られる。『水滸全伝訳解』（上述の㋐）は、岡白駒による『水滸伝』の講義を「昆斎」という人物が記録、整理して成ったとされるが、その第二十一回部分に「瞧見 スイリヤウ」とある。高階正巽ら読書会メンバーは、おそらくここを参照したのであろう。その上で、「瞧」は「見ること」であって「推量」ではおかしい、と批判しているのである。彼らが先行する『水滸伝』の辞書を参考にしていたことはすでに確認した。その際、㋓が多く採用されていることを指摘したが、彼らは決して㋓しか見ていなかったわけではない。少なくとも㋐㋓は対照した上で、㋓の訳語を多く採用したということがわかるのである。

第三十二回　**九葉オモテ**

虎口ハ大《オオ》ユビトヒトサシノアイダヲ云ト南山考講記ニミユ

第五十八回　**十六葉ウラ**

南山俗語考ニ貝ノ摠名ヲ蛤螺ト云

ここでは、『南山考講記』『南山俗語考』が参照されている。両書は薩摩藩第八代藩主であった島津重豪（一七四五～一八三三）による俗語集で、『南山考講記』は『南山俗語考』の前身とされる。『南山考講記』第四巻「身体」に「虎口　ヲヲユビヒトサシノアイ」、『南山俗語考』巻五「鱗介部」に「蛤螺　貝ノ摠名」とある。

第五十七回　**五葉オモテ**（本文中の「做主《セワヲセン》」に対して）

唐話便用ニ　作主ハ　フンベツト訳シ　ヤクツウルイリヤクニハ　カタウトト訳ス　出頭ハ　リツシント訳ス

第十回　**C葉ウラ**（本文中の「闘毆《タ、カヒウツ》」に対して）

雅俗語類ニ　闘毆ヲ　タ、カヒウツト訳スルアリ

ここに挙げられる『唐話便用』（享保二十年）、『訳通類略』（正徳～享保頃か）、『唐音雅俗語類』（享保十一年刊）は、いずれも岡島冠山の著作、もしくは岡島冠山の講義を基に作成されたものである。それぞれ、『唐話便用』巻四に「……凡事全靠仁兄作主。……凡事全ク仁兄ノ御分別ヲタノミ候フ。……」、『訳通類略』「仕官類」に「出頭了　立身スル」とある（「作主」は確認できず）。また、『唐音雅俗語類』巻五に「闘毆及故殺人者不知何断

闘殴《タヽカヒウチ》及故《コトサラ》ニ人ヲ殺ス者ハ如何決断スヤ」とある。

第十六回　N葉オモテ
這些《コノアマタ》　孔雀先生ノ訳也　些ノ字ヲ多《アマタ》ノ義トナルナド、キ妙ナコトヲ云テ　人ヲ狐惑セントハ　ウマイ
〱　ソレハ昔流行《ハヤ》ラヌ時ノコト　今ノ人ハソノテハクワヌゾ

第四十六回　総評三葉オモテ（本文六葉ウラの「食面《クヒモノ》」に対して）
孔雀先生　食ヲ見ザル面ノ像クト訳セリ　大ニ非ナリ

孔雀先生とは江戸中期の儒者清田儋叟（一七一九〜一七八五）のこと（号は孔雀楼）と思われる。中国の小説を好み、『水滸伝』を愛読していたとされる彼の訳語も、こうしてたびたび批判の対象となっている（尚、ここに挙げられる「這些」「食面」に関しては確認できず）。

このように、彼らは先行研究を参考にしつつも、それを全面的に採用するのではなく、批判を加えながらよりよい解釈を試みていたことがわかる。

以上、「玉里本」の語釈に考察を加えた結果、『金瓶梅』が唐話、白話の理解力を養わんとして（いわばテキストとして）読まれていたこと、また古典に用例が求められるのみならず、同時代の研究書も参照されながら、極めて学問的態度で読まれたことが確認できた。

（三）読　解

さて、こうして発音を確認し、一字一句の意味を確認した後、彼らはどのように『金瓶梅』を読んでいったのだろうか。そこには、語釈の際にも見られた、彼らのこだわり、そして試行錯誤の痕跡が見られる。

第十六回　F葉ウラ

【本文】除二了《シテ》 我家《カ》舗-子大発貨多《ヲ》一、随-問《タトヒ》多-少時《ノモ》、不レ怕《ズレ》三他《ノ》 不《ルヲ》一來《テ》 尋《ネ》レ我《ヲ》。

【上欄】不レ怕三 クニセヌ　不《ルヲ》二他《ノ》來《テ》尋《ネ》レ我《ヲ》。

本文で「彼の来て我を尋ねざるを怕れず」と読んだものを、上欄で「彼の来て我を尋ねざるをく（苦）にせぬ」と訂正している。

第一回　三十三葉オモテ

【本文】見《テ》二他《ノ》本-分《リチギナルヲ》一　常《ニ》照-顧《セワヲスル》二他《カレヲ》一、照-顧《セワヲヤイテ》 他依《モトノゴトク》レ舊《テニ》 賣《リ》二些《ノ》 炊-餅《ヲ》一、……。

【上欄】常《ニ》照二顧他《ヲ》一、照二顧《シテ》 他《ヲ》一旧ニヨツテ些ノ炊餅ヲウラシメ　トヨムベシ

再按スルニ　常照二顧他《ヲ》一照-顧《ス》句　トヨムヲ穏也トス

本文では「常に他《かれ》を照　顧《セワヲスル》、照　顧《セワヲヤイテ》 他《か》れモトノゴトク些の炊餅を売《う》り…」と読んでいるが、上欄で「常に他《かれ》を照顧す、他を照顧して旧《モトノトヲリ》によって些の炊餅をうらしめ」と変更、その後さらに、「再按するに、常に他《かれ》を照顧照顧す」と、句点の位置まで変更して読むよう改めている。

第八十七回　五葉ウラ〜六葉オモテ

【本文】那《ノ》漢子殺《スニ》人不《ヲズ》斬《サヘギラ》眼《ニ》、……鉛汞按スルニ殺人不眨眼ハ人ヲコロスニ目ニモ見セズニコロスト云コト也、此ニ眨トアルベキヲ斬トアルハ書損ナルベシ、眨《サツ》音札《サツ》、コノコトワザハ水滸ニモミヘタリ

【上欄】鉛汞再按　不斬眼ハ不眨眼ノ書損デハナシ

本文で「那の漢子、人を殺すに眼に斬ず（めにもみせぬ）」と読んだ後、割注で「斬」字が「眨」字の誤りではないかとの見解を示すも、上欄にて前言を撤回、「不斬眼は不眨眼の書損ではなし」と訂正を加えている。

以上のように、「玉里本」には一旦訓点を施した後に変更（あるいは再訂正）が加えられる例もたびたび見られる。こうした、よりよいものを追求する姿勢は、「玉里本」全体から窺えるが、それは特に「玉里本」作成者である高階正巽に顕著だったように思われる。

第七十九回　二十六葉オモテ

【本文】大街上　胡太医　最《モ》治《シ》的好《エテヨシ》　痰火《ヲ》、……

【上欄】治的《ス》好痰火《ヲ》　初回　会《ニ》一《シ》手《ノ》　好琵琶《ヲ》　又会《ス》一　腿《ノ》　好気毬《ヲ》トアリ　カ、レバ痰火ヲ治シ的《エ》テ好シトハヨマレマイ　然レドモ看《ミ》的《エテ》痰火《ヲ》好《シ》トアレバ　治《シ》的《テ》好《シ》痰火《ヲ》トヨンデモキコヘル

姑舎待《ツ》圭上人《ノ》解《ヲ》

「治《シ》的好《エテヨシ》　痰火《ヲ》（筆者注：痰火は喘息のこと）」と付けられた本文の読みに対し、「治的好痰火《ス》《ヲ》」と読めるのではないかとの見解を示した高階正巽は、その根拠として、「会《シ》一手《ノ》　好琵琶《ヲ》」「会《ス》一　腿　好気毬《ヲ》」と、「好＋名詞」の形で読まれている他の例を挙げる。しかし一方で、「看《ミ》的《エテ》痰火《ヲ》好《シ》」と、「好」を補語的に解釈す

る例を挙げ、やはり元の読みも可能であることを確認し、最後に、「姑舎待圭上人解（姑《しばら》く舎《お》きて圭上人の解を待つ）」と書き入れている。若き高階青年が、頭を抱えながら真剣に『金瓶梅』を読む姿が眼前に浮かび上がるようである。

こうした解釈の揺れ、試行錯誤の跡からは、白話小説、なかでも特に難解とされる『金瓶梅』が、彼らにとって決して簡単に読めるものではなかったこと、しかしだからこそ読み応えもあったであろうことが窺える。

小結

江戸時代に流行した白話小説は、どのように読まれていたのだろうか。本章では、そうした江戸時代における白話小説の読まれ方の一端を探るべく、江戸時代後期に作られた『金瓶梅』の訓訳本「玉里本」について、考察を試みた。その結果をまとめると以下のようになる。

①『金瓶梅』の読書会ではその一部が何らかの形で音読されていたと考えられる。これは、白話小説が唐話のテキストとして用いられていた江戸初期の白話小説の受容のあり方を窺わせるものであり、『金瓶梅』も唐話のテキストとして用いられていたことを示している。

②文法的な解説を加えたり、様々な文献から用例を挙げたりしながら、一字一句の意味にこだわり、よりよい訳語、解釈を追求する姿勢が見られる。

③先行研究を大いに利用し、時には批判も加えている。これらは、当時数多く作られた白話に関する書物が、どのように流通し、読まれていたのかを示す資料にもなり得る。

④解釈に、揺れ、試行錯誤の跡が見られる。白話小説、とりわけ『金瓶梅』の読解が彼らにとってたいへん難しいものであったことが窺える。

なお、今回特に取り上げることはしなかったものの、「伬ハ尽ノ俗字ナルベシ（第八回M葉オモテ）」「鉛汞山人云　豊ハ豐ノ俗字　体ハ體ノ俗字　唐本即チカクノゴトクニアリ（第九回D葉ウラ）」など、字体に関する注記が見られたり、「後来、一本作後日（第三十八回八葉ウラ）」「點、袖珍本作点（第四十九回前半九葉オモテ）」など、複数の版本による校勘が行われていたと思われる記述が見られたり、建物の構造や楽器などの図が示されたりするなど、『金瓶梅』がきわめて研究的な態度で読まれていたことを窺わせる例が他にも見られることを付け加えておきたい。

「玉里本」に見られた方法が、当時の白話小説の一般的な読まれ方を示しているとは必ずしも言い切れない。しかし少なくとも当時の白話小説の読まれ方のひとつのあり方を提示していることは間違いない。

そして何より、今回の考察を受け、従来の『金瓶梅』受容に関する見方に訂正を加える必要がある。澤田瑞穂「『金瓶梅』の研究と資料」（『中国の八大小説』、平凡社、一九六五。後、『宋明清小説叢考』〔研文出版、一九八二〕に収録）には、日本における『金瓶梅』の受容のあり方について、以下のように指摘される。

日本では江戸末期に大衆作家の馬琴が自作に翻案して『新編金瓶梅』を出したのが、公然と『金瓶梅』を宣伝した唯一の例といってよく、『水滸伝』や『西遊記』ほど大衆に親しまれ、日本文学に影響を与えることはなかった。何しろ「淫書」の随一というキワメがついているので、君子の読んだり語ったりするものではないと考えられ、せいぜい唐話《とうわ》（当時の中国語・中国俗語文）をこなす一部の漢学者が、こっそり机の下から取り出して読むくらいであった。この「机の下の読物」という日蔭の身分が、江戸時代から明治・大正と続き、次の昭和も、戦前は公然とこれを研究の対象にすることはできなかった。淫書という呪縛が、思想の抑圧とともに容易に解けなかったからである。

確かに『金瓶梅』には多くの性描写が含まれ、「淫書」として受容された側面もあるだろう。しかしそれが机の下に追いやられたのは、前章でも確認したように明治以降のことであって、江戸時代の『金瓶梅』は、むしろもっとオープンに、もっと真剣に読まれていたと考えられるのである。

本章では、「玉里本」の中でも、読書会の記録という側面を持つ部分を中心に考察を行ったが、読書会が開かれなくなってからも、高階正巽によって『金瓶梅』は読み続けられ、第百回まで施訓が行われる。そもそも高階正巽とは何者なのか、「玉里本」はなぜ作られたのか、高階正巽にとって『金瓶梅』とはどういう意味を持つ作品だったのか等、「玉里本」からは、『金瓶梅』特有の受容の在り方を窺うこともできる。このことに関しては次章で述べたい。

注

（1）高島俊男『水滸伝と日本人―江戸から昭和まで―』（大修館書店、一九九一）に詳しい。

（2）日光山輪王寺慈眼堂所蔵の『金瓶梅詞話』には「天海蔵」とのしるしがあり、天海僧正（一五三六〜一六四三）の存命中に日本に伝来したものと考えられる。また、同版と思われる徳山毛利家所蔵の『金瓶梅詞話』も、宝永五年（一七〇八）に作られた『御書物目録』にその名が見られる。こうしたことから、十七世紀中頃にはすでに伝来していたと考えられよう。第七章第一節を参照されたい。

（3）大庭脩『舶載書目』（関西大学東西学術研究書資料七、一九七二）による。

（4）石崎又造『近世日本に於ける支那俗語文学史』（清水弘文堂書房、一九六七）

（5）遠山荷塘に関しては、石崎又造『近世日本に於ける支那俗語文学史』（清水弘文堂書房、一九六七）、青木正児「伝奇小説を講じ月琴を善したる遠山荷塘が伝の箋」（『青木正児全集』第二巻　春秋堂、一九七〇）、山口剛「荷塘印影」（『山口剛著作集』第六巻　中央公論社、一九七二）、岩城秀夫「僧一圭と亀井昭陽」（『森三樹三郎博士頌寿記念東洋学論集』朋友書店、一九七九）、徳田武「遠山荷塘と広瀬淡窓・亀井昭陽」（『江戸漢学の世界』ぺりかん社、一九九〇）等がある。これらを参照した。又、遠山荷塘の活動について更に具体的な考察が行われたものとして、樊可人「遠山荷塘『諺解校注古本西廂記』の成立経緯について」（『日本中国学会報』六九、二〇一七）、同「遠山荷塘の『嫦娥清韻』について─江戸後期の明清楽受容に関する一考察─」（『東方学』一三六、二〇一八）がある。

（6）この点については、井上泰山「高階正巽訳『金瓶梅』覚書」（『中国俗文学研究』一一、一九九三。後、『中国近世戯曲小説論集』（関西大学出版部、二〇〇四）に収録）においても、「実際に荷塘が『金瓶梅』の会読に加わっていた時期を特定することは困難であるが、筆者の推測によれば、それは意外に短い期間ではなかったかと思われる。かく推定する理由は、本書において荷塘の号である「圭」又は「一圭」の名が記された全十七箇所のうち、抄写年代を特定できるものが四箇所（十三回・二十五回・二十九回・三十六回）あり、そのいずれもが文政十一年に偏っていることによる。」と指摘される。

（7）『訳文筌蹄』訳筌初編題言十則。『荻生徂徠全集』第五巻（河出書房新社、一九七七）所収のものに拠る。

（8）『唐話類纂』『唐話纂要』『唐話便用』『唐話便覧』『唐音雅俗語類』（いずれも『唐話辞書類集』汲古書院、一九六九所収）などがある。

（9）『橘窓茶話』巻之上。『日本随筆大成』第二期第七巻（吉川弘文館、一九七四）所収のものに拠る。

（10）『ひとりね』上。『近世随想集』（日本古典文学大系九六、岩波書店、一九六五）所収のものに拠る。

（11）『唐話辞書類集』第一巻（汲古書院、一九六九）解説。

（12）井上泰山氏前掲論文（注（6））。

（13）いずれも『唐話辞書類集』（汲古書院、一九六九）所収。

【附表】　★遠山荷塘の関与が窺える回　☆喜多村筠庭の発言が見られる回

回	年月日	署名
49（後）		
50	文政十丁亥年九月（二十二歳）	鉛汞樓（金瀝生）主人　寫之
1		鉛汞樓主人（金瀝生）寫於木犀花陰
2☆	文政十一年戊子稔正月二十九天	鉛汞樓金瀝高階正巽子正
3		鉛澒樓（金瀝）主人寫之
4		鉛澒樓（金瀝生）主人寫之
5★		
6		鉛汞樓（金瀝生）主人寫了薔薇架下
10		鉛汞樓主人寫
11	時文政十一土兄鼠二月後六	鉛汞樓主人寫之
12	文政十一年戊子三月初二天	鉛澒樓主人　正巽寫之
13★	文政十一、土兄鼠	鉛汞樓主人、娶了無情的不丟底女、害房罷、禁毰毸、暇寫之
14		鉛汞軒主人忍害目疾而寫之
15	文政十一戊子歳三月十三天午間	鉛汞軒主人害眼裡抄寫
16★		鉛汞軒主人謄之
17		鉛汞軒主人謄
18☆		鉛汞軒主人抄
20		鉛汞軒　高階正巽子正　謄
21	文政十一土兄鼠六月二日	鉛汞軒主人謄之……、寫了臨田樓上
24		鉛汞樓主人抖擻精神謄
51		鉛汞閣主人謄之

87		文政十一戊子年七月念八日	鉛汞陳人抄寫
57		文政十一戊子歳八月十日（二十三歳）	鉛汞陳人譯
25	★	文政十一戊子稔十一月八日	鉛汞陳人正巽譯
26	★		荷塘一圭門人鉛汞陳人高階正巽譯
28			
29	★	文政十一土兄鼠歳十一月十二日黄昏時分	鉛汞陳人正巽譯
30			鉛汞陳人譯
31	★		江戸靑山　鉛汞陳人正巽譯
32	★		鉛汞陳人譯
33	★☆		荷塘圭上人門葉　鉛汞陳人正巽譯
34			鉛汞陳人正巽譯
35	★		江戸靑山鉛汞陳人譯
36	★	文政十一戊子歳十二月九日	鉛汞陳人譯
37	☆		江戸靑山　鉛汞陳人譯
38	★		荷塘一圭禪闍闍門人鉛汞陳人譯
39	★		圭上人的子鉛汞陳人譯
47		文政歳巳丑春上元日	鉛汞陳人譯
48			金水山人鉛汞高正巽譯文
40			江戸靑山　鉛汞山人譯
41			靑耶魔　鉛汞山人譯
42	★		靑山　鉛汞山人譯
43			東都　阿活牙痲　鉛汞閑人譯
44			江戸靑山閑漢　鉛項呆人譯
45			江戸靑山　鉛汞閑人譯

46		江戸阿遠耶魔　鉛汞山人譯
61	文政十二土弟牛歳六月十五日（二十四歳屬虎）	江戸青山　鉛汞陳人高階正巽子止譯
62	文政十二巳丑年八月十一日	江戸　鉛汞山人高階正巽譯
63	天保二年辛卯六月四日	鉛汞譯
64	天保二年辛卯六月（初七～初八）	鉛汞譯
66	天保二年龍飛辛卯六月（初八～初九）	鉛汞譯
65	天保二年辛卯八月四日	鉛汞譯
70	天保二年八月二十日	鉛汞譯
71	天保二年辛卯年八月三十日	鉛汞譯
72	天保二年辛卯年九月四日	鉛汞譯
73	天保二年辛卯九月十八日	鉛汞譯
67	天保二年辛卯九月二十九日	鉛汞譯
68	天保二年辛卯十月念四日	鉛汞譯
69	天保二金弟兎稔上無月念六日	鉛汞譯
77	天保辛卯十一月二日	鉛汞譯
76	天保二年辛卯年十一月七日	鉛汞頗羅墮正巽譯
78	天保二辛卯年十一月十七日	鉛汞頗羅墮正巽子止譯
75	天保二年辛卯年十二月二日	鉛汞譯
80		鉛汞譯
84	天保二金弟兎歳十二月中二日	江戸青山穏田　鉛汞主人譯
81	天保三水兄龍兒歳新正月念二日	江戸頗羅墮鉛汞主人
82		江戸青山　頗羅墮鉛汞譯
83	天保三水兄龍歳二月十五日	青山　頗羅墮鉛汞主人譯
85	天保三壬辰年二月十七日	青山　頗羅墮鉛汞譯

86	天保三壬辰年二月念三日	青山　頗羅墮鉛禾主人譯
89	天保三壬辰年二月念五日	青山　頗羅墮鉛項主人譯
90	天保三壬辰年二月念八日	鉛禾主人譯
88	天保三壬辰年三月七日	江戸青山　鉛禾主人譯
93	天保三龍飛壬辰、三月清明佳節	江戸青山　頗羅墮鉛禾主人譯
98	天保三壬辰年三月十四日	江戸青山　鉛禾主人譯
91	天保三龍集壬辰孟夏黒頭	鉛禾主人譯
99	天保三壬辰年四月七日	鉛禾譯
96	天保三壬辰年四月九日	鉛禾譯
97	天保三水兄龍兒稔四月十一日	鉛禾譯
100	天保三壬辰年四月十三日	鉛禾譯
92	天保三水兄龍兒稔孟夏十八日	鉛禾主人譯
94	天保三壬辰年四月念二日	江戸青山　鉛禾山人高階正巽譯
95	天保三壬辰年四月念三日	鉛禾譯

〈現時点で判断のつかない回〉

7		高階正巽子正
8		鉛禾譯
9		
19		鉛禾譯
22		
23☆		焼鉛煉禾的假仙人鉛禾軒主人譯　……鉛禾軒主人、姓高階、名正巽、字子正、俗號原田端太夫、又原田書頗羅墮、號鉛禾軒。生于江戸麻布長坂太田原侯潘城隍廟西久保八幡宮是也

27		鉛汞陳人譯
49（前）		鉛汞陳人譯
52		鉛汞譯
53		鉛汞陳人譯
54		江戸　高階正巽止譯
55		鉛汞道人高正巽譯
56		鉛汞道人　高正巽譯
58		江戸　鉛汞道人譯
59		江戸青山　鉛汞閑人高階正巽譯
60		鉛汞山人　原田正巽寫之
74		鉛汞樓主人寫
79		原田正巽

第九章　「資料」としての『金瓶梅』
——高階正巽の読みを通して——

はじめに

江戸時代に将来された白話小説は、日本人の心をとらえ、我が国の文化や文学に様々な影響を及ぼした。なかでも『水滸伝』が多くの読者を獲得したことは、現存する和刻本や通俗書、関連する辞書類や翻案作品の数々から窺うことができる。(1)『三国志演義』や『西遊記』も和刻本や通俗書などが刊行されており、江戸時代に広く受け入れられたことがわかるが、『水滸伝』から誕生し、同じく四大奇書に数えられる『金瓶梅』については、関連資料が極めて少なく、その受容の在り方については不明な点が多い。

江戸時代に作られた『金瓶梅』に関する資料の中で、現在確認されているものは以下の三点である。成立順に、まずは一七五〇年頃の成立と思われる『金瓶梅訳文』が挙げられる。回毎に注が付けられた語釈集だが、「不詳」「可考」などの文字が散見され、不完全さが目立つ。作成したのは岡南閑喬という人物であること以外、はっきりとしたことはわからない。(2)現在、抄本が四部ほど確認されている。次に挙げられるのが、前章でも取り上げた鹿児島大学附属図書館玉里文庫に収められる手書きの訓訳本である。一八二七年から一八三二年にかけて、高階正巽という青年によって作成されたものである。また曲亭馬琴によって作られた翻案作品『新編金瓶梅』がある。こちらは第一集が一八三一年に、第十集が一八四七年に刊行されているが、翻案とはいえ原作とはかなりかけ離れた内容になっている（第七章第二節を参照）。

こうした状況から、従来「『金瓶梅』は淫書であるがゆえに、一部のマニアを除いてはほとんど受容されなかった」と見なされ、詳細な考察が加えられることはなかった(3)。

しかし、これらの『金瓶梅』関連資料はもとより、江戸時代に作られた随筆、洒落本、唐話資料などにも調査を加え、『金瓶梅』に関する記述を整理したところ、少しずつその受容の形が明らかになってきた。とかく「淫書」であることが強調されがちな『金瓶梅』であるが、江戸時代においては、他の白話小説と区別されることなく流通し、その書名や内容なども、多くの人が知るところであった。また学問の対象として読まれていたことを示す資料も複数確認することができた(4)。

なかでも第八章で取り上げた鹿児島大学附属図書館玉里文庫所蔵の「金瓶梅」（以下「玉里本」とする）は、『金瓶梅』の読書会が開かれ、『金瓶梅』が唐話のテキストとしても用いられていたことを示す資料である。江戸時代には各地で白話小説の読書会が行われ、白話小説を通して唐話が学ばれていたが、漢学者を中心としたそうした受容層にとっては、『金瓶梅』も白話小説のひとつとして、他と区別されることなく読まれていたのである。しかし同時に、「玉里本」からは、『金瓶梅』が「白話小説のひとつ」にとどまらない、特有の読まれ方をしていたことも窺える。

本章では、この「玉里本」の作成者である高階正巽という人物に着目し、江戸時代における『金瓶梅』の受容について、さらに踏み込んで考察してみたい。

一　「玉里本」について

まず「玉里本」の概要について確認しておきたい。「玉里本」に関する主な先行研究としては、徳田武「遠山荷塘と『金瓶梅』」（『日本近世小説と中国小説』青裳堂書店、一九八七）、井上泰山「高階正巽訳『金瓶梅』覚書」（『中国俗文学研究』一一、一九九三。後、『中国近世戯曲小説論集』〔関西大学出版部、二〇〇四〕に収録）が挙げられる。特に「玉里本」の概要は徳田氏によってすでに報告されており、第八章でも取り上げたが、煩を厭わず改めて確認しておく。

〈1〉張竹坡批評本全百回をすべて筆写し、(5) 全文に句読・訓点を施す。部分的に張竹坡批評を引き、時に本文の左右に和訓を付し、上欄に書き入れがある。すべて一筆。

〈2〉筆写を行ったのは高階正巽。字は子止、号は鉛汞軒、俗号は原田（頗羅堕）端太夫。江戸の麻布長坂の生まれ（文政十年の時点で二十二歳）。

焼《キ》レ鉛《ヲ》煉《ル》レ汞《ヲ》的《ノ》仮《ニセ》仙人鉛汞軒主人訳《ヤクス》。……鉛汞軒《エンコウ》主人、姓高階《タカシナ》、名正巽《マサツネ》、字子止、俗号原田端《タン》太夫、又原田書《カク》二頗羅堕《ハラダト》一、号《ス》二鉛汞軒《ト》一。生于江戸麻布長坂太田原侯《サマノ》潘城《ヤシキ》、隍廟《ウヂカミ》西久保八幡宮是也。［第二十三回末尾］

〈3〉文政十年（一八二七）から天保三年（一八三二）にかけて筆写と施訓が行われたらしい。ただし、回の順次を追って写したのではなく、後の回でも写す機会が早ければ、その早いものから写すことがあったことがわかる。

〈4〉「圭上人曰、还ハワタスコトナリ。还《ワタシ》我《ニ》主児《ヲ》来《クレヨ》（第五回）」「圭上人云、些ハ漢土ノ言語ノ助字ナレバ、シイテ解スベカラズ。多ク書ヲヨミテ知ベシ（第十六回）」といった書き入れが見られることから、「玉里本」には『金瓶梅』の会読が行われた折の、圭上人すなわち遠山荷塘の語釈や見解が記されているようである。また、「這個《コノ》二十九回《ハ》荷塘圭上人《ノ》句読《ナリ》、別《ナカレ》等閑《ナホザリニ》看《ルコト》罷《ヨ》（第二十九回）」といった書き入れがあることから、全体の施訓も、荷塘のものである可能性が高い。

〈5〉「荷塘一圭門人鉛汞陳人高階正巽《タカシナマサツネ》訳《ス》（第二十六回）」「荷塘圭上人門葉《デシ》　鉛汞陳人正巽訳《ス》（第三十三回）」といった記述から、高階正巽が遠山荷塘の弟子であったらしきことがわかる。「玉里本」は、遠山荷塘の訓法に基づいて、弟子の正巽が施訓を行ったものと思われる。

〈6〉荷塘の語釈や見解からは、白話小説を解読する際にも、和漢の硬軟雅俗にわたる文献に用例を求めて、それに基づいて語釈するという学問的な方法が取られていたことがうかがえる。そして師の遠山荷塘が確立させていたこの方法を、弟子の正巽も見習っていたことが看取できる。

以上、「玉里本」とは、高階正巽という青年によって作られた『金瓶梅』の訓訳本であり、余白に見られる様々な注や書き入れからは、遠山荷塘という人物を中心として『金瓶梅』の読書会が行われていたことがわかる。

遠山荷塘とは白話と月琴を善くした僧侶であった。陸奥の人で、号を一圭という。十七歳で出家した後、二十二歳の頃から諸国を遊歴し、九州の儒学者広瀬淡窓や亀井昭陽とも交友のあった人物で、二十七歳から三年ほど長崎に留学して唐話を学んでいる。その後江戸に上り、朝川善庵、大窪詩仏、宮沢雲山らに招かれて『西廂記』

『琵琶記』の講義を、また大窪詩仏、朝川善庵、菊池五山、館柳湾、大沼竹渓、清水礫洲らを前に『水滸伝』の講義を行ったという。天保二年七月一日、三十七歳で病没。『諺解校注古本西廂記』『胡言漢語』『訳解笑林広記』『月琴考』などを著したとされる。(6) 徳田氏は、この遠山荷塘が江戸で『金瓶梅』の読書会も開いていたこと、そしてその読解の方法が極めて学問的であったことを明らかにされた。

では実際のところ、遠山荷塘と高階正巽、そして「玉里本」は、どのような関係にあるのだろうか。徳田氏は、「このようにして荷塘の施訓を書写している回があるからには、全体にわたる施訓も荷塘のそれを写したか、または荷塘から教えられた訓法に基づく自分の施訓を書き入れたかしたものであろう。……どの程度に荷塘の施訓が書写されているか、また正巽がどれほど実際に施訓したか、という問題は結局はっきりしないのであるが、荷塘の弟子と称している以上、その施訓は大むね荷塘の訓法に基いている、と見なしてよいだろう。」とし、井上氏も「あるいは徳田氏の言うように、本文の訓点はとりあえずリーダー的存在であった荷塘の意見に従って抄写し、後に備忘録の意味合いも込めて、自分の意見を注釈の形で書き添えたのであろうか。」とするなど、いずれも（どの程度かはわからないものの、おおむね）「玉里本」とは『金瓶梅』読書会における遠山荷塘の発言を、弟子の高階正巽が記録したもの、荷塘の訓読、語釈が伝えられたもの、と理解されている。

確かに同様の例は『水滸伝』においても確認できる。江戸時代には各地で『水滸伝』の講義が行われており、そうした師の講義を弟子がまとめたもの（多くは語釈集の形を取る）が複数存在しているのである。(7)「玉里本」も同様に、弟子のまとめた読書会の記録として位置づけることができるだろう。ただし「玉里本」全体がそうというわけではないようだ。むしろ荷塘が関わったのは一部だったのではないかと考えられる。

二　『金瓶梅』読書会の時期

「玉里本」には、各回の回末に高階正巽の署名が見られ、全百回中四十八回分には日付も記されている。最も早いものが第五十回で文政十年の九月、最も遅いものが第九十五回の天保三年四月である。徳田氏の指摘にもあるように、必ずしも回の順次を追って書かれたわけではない。これら四十八回分を日付の順に並び替えると、書かれた時期によって、大まかにではあるが、署名に一定の傾向が見られることがわかる（「鉛汞楼主人」「鉛汞軒主人」「鉛汞陳人」「青山頽羅堕　鉛汞主人」等）。また筆跡や体裁なども、時期によってグループをなしている。

こうした様々な要素を総合的に考えた上で、日付のない回を暫定的に組み込んでみたものが第八章末尾の【附表】である。第八章でも述べたように、これらの中で遠山荷塘の発言が記されている回、もしくは荷塘の関与が窺える回を確認したところ、文政十一年に集中する結果となった(8)。荷塘は文政八年に江戸に上り、天保二年七月一日には病没している。少なくとも天保二年以降の関与は不可能である。また「玉里本」には『嬉遊笑覧』『筠庭雑考』の著者である喜多村筠庭の発言も一部記録されているが、それもやはり同時期のものに限られる。そう考えると、荷塘の関与のみならず、読書会の開催自体が、文政十一年～十二年頃に限定されそうである。

しかし、「玉里本」は文政十二年以降、つまり読書会が開かれなくなったであろう後も書き続けられる。前半に比べて注こそ減るものの、『金瓶梅』は百回すべてを通して訓訳されているのである。第百回は次のように締めくくられている。

第百回二十九葉ウラ

皐鶴堂批評第一奇書金瓶梅　金瓶梅一百回都係鉛汞譯　天保三壬辰年四月十三日

鉛汞主人曰十八回末說的兩句好　只曉採花成釀蜜　不知辛苦爲誰甜

高階正巽は、百回すべて自らが翻訳に係わったとした上で、十八回回末の二句「只ただ花を採て醸蜜と成すことを暁して、辛苦して誰が為に甜きを知らず（読みは「玉里本」第十八回の訓点に拠る）」を引用している。「玉里本」（＝甜い蜜）の完成の裏には人知れぬ「辛苦」があったという、正巽の自負が読み取れよう。彼は、途中からは一人で『金瓶梅』を読み通したと考えられるのである。

そもそも、読書会が開かれていた時期から、正巽は、荷塘を絶対的な師と仰ぎ、彼の講義をただ黙々と記録していたわけではなかったようだ。たとえば第三十五回には、本文に付けられた訓点とは異なる読みが余白に示され、「コレハ鉛汞ノ訳ナリ。本文ノトホリハ一圭ノ点ナリ、大ニ誤ル」と、正巽が荷塘の読みに訂正を加えている箇所が見られる。また第七十九回には、余白に「治‐的《ス》二好‐痰‐火《ヲ》一、初回《ニ》 会《シ》二一‐手《ノ》 好‐琵‐琶《ヲ》一 又 会《ス》二一 腿《ノ》 好‐気‐毬《ヲ》一トアリ。カカレバ痰火ヲ治シ的テ好シトハヨマレマイ。然レドモ看《ミ》レ的《エテ》痰火《ヲ》一好《シ》トアレバ 治《シ》レ的《テ》‐好《シ》痰火《ヲ》一トヨンデモキコヘル。」と、「治的好痰火」の読みに対する自身の意見が示された上で、「姑舍待《ツ》二圭上人《ノ》解《ヲ》一（姑《しばら》く舍《お》きて圭上人の解を待つ）」と書き入れられている。これらの例からは、単なる受け身の記録者ではなく、むしろ自ら積極的に『金瓶梅』を読もうとする正巽の姿が浮かび上がってくる。

三　「玉里本」誕生の背景

高階正巽とは何者であったのか。彼をそこまで駆り立てたものは一体何だったのだろうか。この問いに答えるためには、「玉里本」の出発点に立ち戻る必要があるだろう。そもそも、日付のある回の中で最も早いものがなぜ第五十回なのかという問題を考えなくてはならない。実際には、日付こそ記されていないものの、「玉里本」はその前の第四十九回後半から始まったと考えられる。

第四十九回は、さほど分量が多い回でもないのに、前半、後半に分かれている。そしてその第四十九回後半部分の冒頭には、「玉里本」が底本とした「第一奇書本」巻首の序文、登場人物一覧、目次などが書き写され、訓点や注が付されている。さらには「鉛汞軒主人胡　譯《メッタニカナヅケスル》　第一奇書金瓶梅　第四十九下半截　幷五雜爼取紅鉛之法附」と記された封面らしきものまで付けられており、「玉里本」が第四十九回後半から始められた（あるいは当初の予定は第四十九回後半のみだった）こと、しかも訓訳を始めたのは高階正巽本人だったらしいということがわかる。

この第四十九回後半は、回題の「遇梵僧現身施薬」に示される通り、主人公の西門慶が梵僧からある薬（媚薬）を授かるという内容になっている。この薬を手に入れた西門慶はその後ますます精力旺盛となり、様々な女性と関係を持つが、最終的には第五夫人潘金蓮にこの薬を適量以上に飲まされたことが直接的な原因となって死に至る（第七十九回）。いわば今後の展開の鍵を握るともいうべきこの媚薬が登場するのが、第四十九回後半なのである。

回末には、附録として謝肇淛の『五雑組』中の「紅鉛」という薬に関する記述が引用されている。十三、四歳の容姿端麗な童女の経血を用いて作られるその薬は、病気や怪我、肉体疲労などの諸症状に効果を発揮するという。続いて、「鉛汞楼按ズルニ、梵僧ノ金丹、蓋シ紅鉛丸之類」と、本文中に登場する梵僧の薬はこの「紅鉛」ではないかという高階正巽の見解が述べられる。しかし余白には「再按、梵僧ノ金丹ハ脅邮膠ノルイナルベシ」と訂正意見が示され、上欄に『飛燕外伝』に見られる「脅邮膠」という媚薬についての記事が載せられる。余白には『女仙外史』に見られる「紅鉛」「紫河車」などの丸薬や、貝原益軒の『大和本草』に載せられる「紅鉛」の記事が記され、最終薬には「maandstond《マアンドストンド》経水ノ蘭語ナリ　又maandlijk《マアンドレイキ》」という書き入れも見られる。媚薬に対する彼の考証の跡が余白を埋め尽くしているのである（写真を参照）。

注目すべきは、「鉛汞」という彼の号である。梵僧が西門慶に渡した薬が描写される場面の上欄には、『本草綱目』の一部が次のように引用されている。

第四十九回下半回　九葉オモテ（＝『本草綱目』人部第五十二巻「人精」）

邪術家《ニ》蠱二惑愚人一、取二童女《ノ》交媾一、飲二女《ノ》精液一。或以二己《カ》精一和二其《ノ》天癸《ニ》一、呑燕服食。呼為二**鉛汞**一、（以為秘方、放恣貪淫、）甘二食穢滓一、促二其《ノ》天年一。吁、愚之甚。云云

女性の精液、あるいは自身の精液と女性の経血とを混ぜたものを服用し、長寿を図ろうとする者がいるという。その薬を「鉛汞」と呼ぶというのだ。「鉛汞」とはそもそも「鉛と水銀」を意味し、彼自身が第二十三回の末尾で「焼《キ》レ鉛《ヲ》煉《ル》レ汞《ヲ》的《ノ》假《ニセ》仙人鉛汞軒主人」と記しているように、道教的なイメージを持つ言葉である。しかし、「玉里本」の中で彼が一貫して用いているこの「鉛汞」という号は、そうした表面的な意味を持つだけでなく、

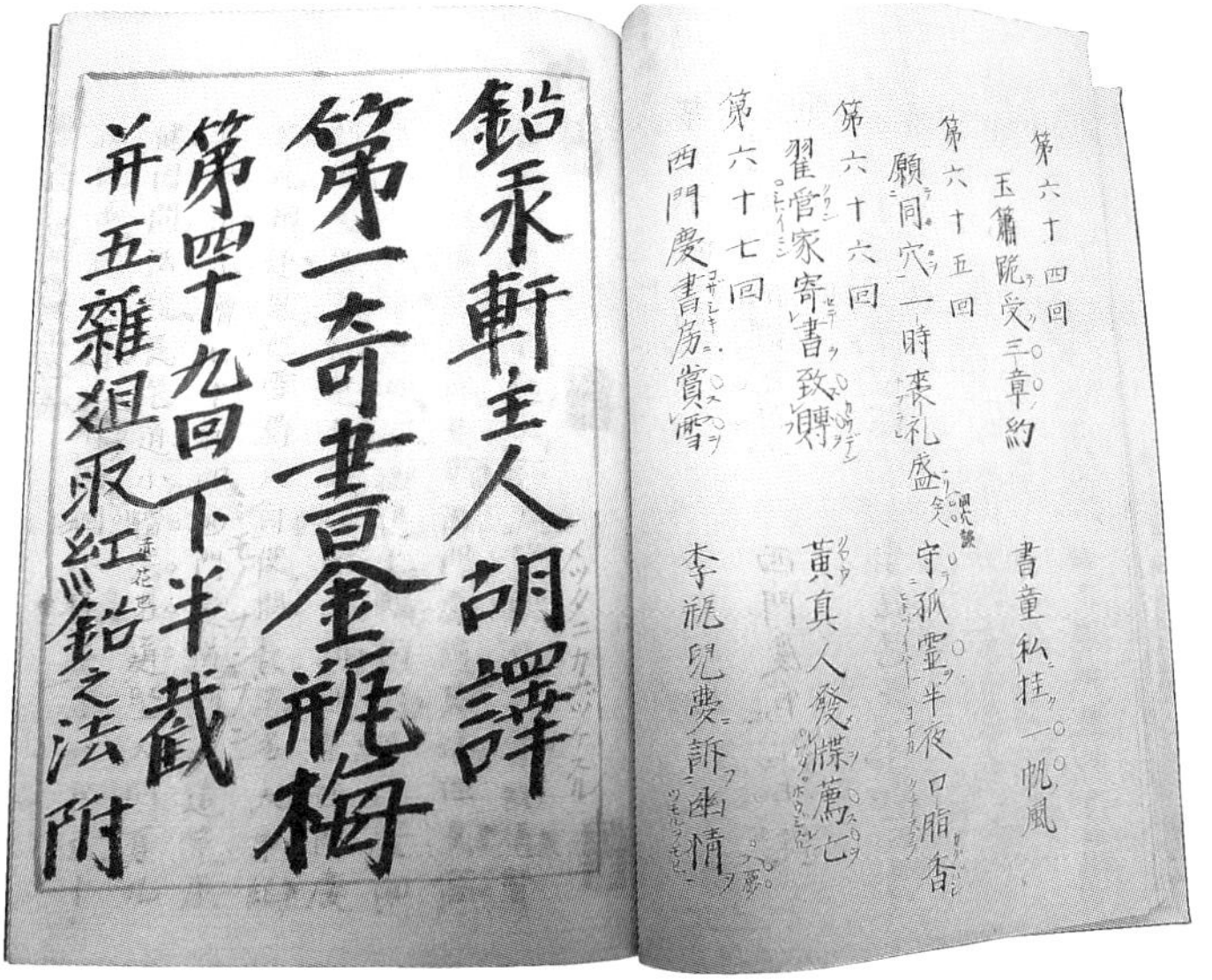

鉛汞軒主人胡譯
第一奇書金瓶梅
第四十九回下半截
并五雜俎取紅鉛之法附

第六十四回
玉簫跪受三章約　書童私挂一帆風
第六十五回
願同穴一時喪礼盛　守孤靈半夜口脂香
第六十六回
翟管家寄書致賻　黄真人發牒薦亡
第六十七回
西門慶書房賞雪　李瓶兒夢訴幽情

「玉里本」第四十九回後半

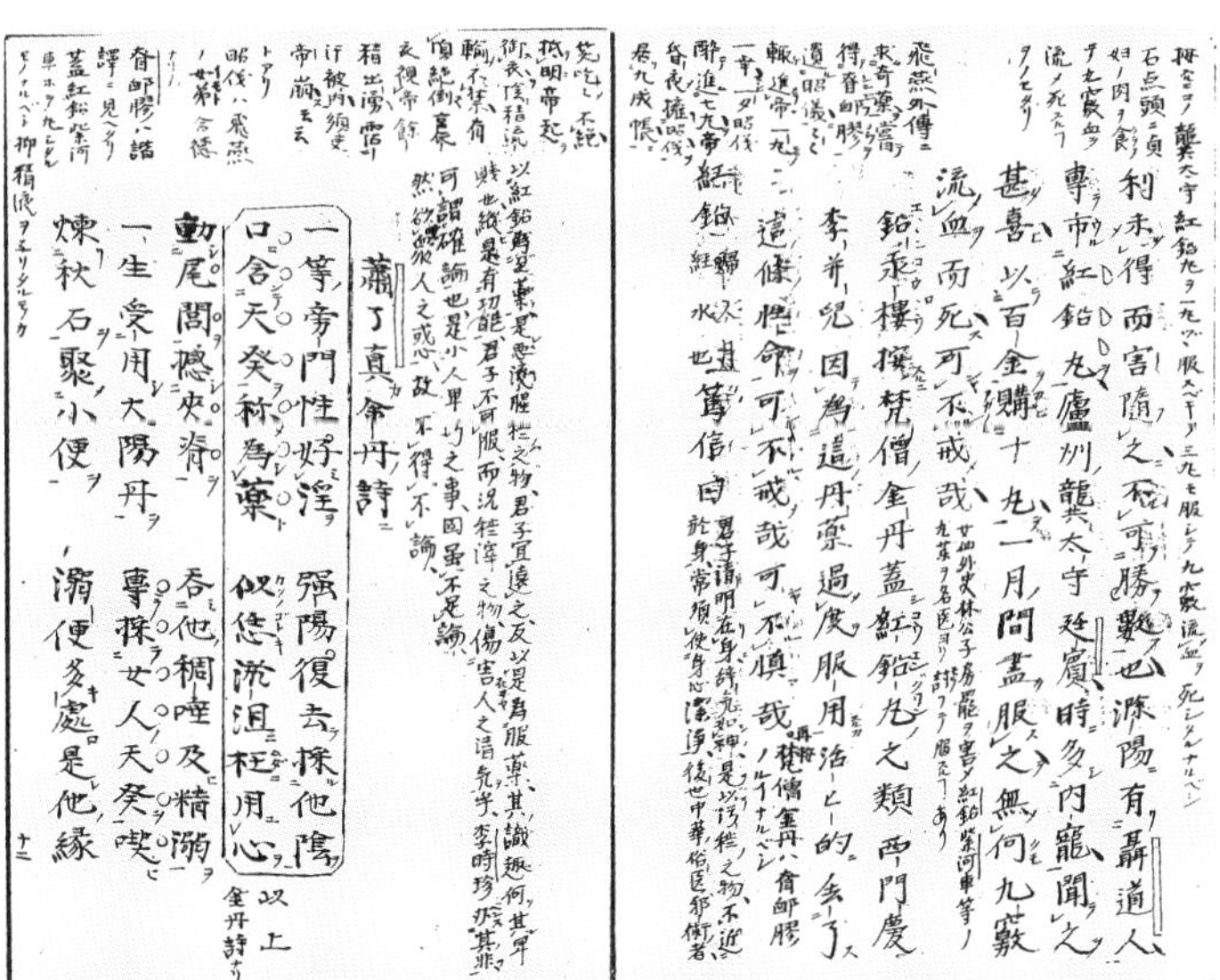

利未得而害隨之不可勝數也濟陽有一道人專市紅鉛丸盧州龍太守廷賓時多内寵聞之甚喜以百金購十丸一月間盡服之無何九竅流血而死可不戒哉

鉛汞樓撰梵僧金丹蓋紅鉛丸之類西門慶李瓶兒因為這丹藥過度服用活々的丢了這條性命可不戒哉可不慎哉

莫了真人丹詩

一等旁門性好淫　強陽復去採他陰
口含天癸稱為藥　似然淤泪枉用心

以上金丹詩

動尾閭總夾脊　吞他涕唾及精溺
一生受用大陽丹　専採女人天癸吃
煉秋石聚小便　滑便多處是他縁

「玉里本」第四十九回後半　十一葉ウラ～十二葉オモテ

他ならぬこの謎の薬に由来していたと考えられるのである。

第四十九回後半から始まった「玉里本」、薬に関するおびただしい書き入れ、「鉛汞」という号、これらの要素を考え合わせた時、「玉里本」誕生の背景には、作成者高階正巽の、媚薬に対する強い関心があった、と考えることができるのではないだろうか。(9)

実際、「玉里本」には、媚薬、性器、性具などに関する注や書き入れが散在している。たとえば、第五十一回に登場する「顫声嬌」という媚薬に対しては、

第五十一回二十一葉ウラ

顫声嬌《センセイキヨウ》　遠志去心二匁　蛇床子二匁　五倍子一匁　右為シレ末ト以テ二三厘ヲ一津ツバニテ調ヘ　塗抹ス玉茎ニ一　壮ニシレ陽ヲ入戦シテ双ナカラ美ナリ　学府不求人ニ見ユ

と、その調合法や使用法について、明代の日用類書からの引用が見られる。(10) また第三十七回に見られる「毬」という文字については、

第三十七回十八葉オモテ

鉛汞一日閲スルニ二浪史ヲ一、曰ク、毬ハ精也、亦屣モ精也

と、その意味を確かめるために『浪史』を調べたと記されている。こうした数々の例は、正巽の性的なものへの関心が、単なる興味の域を超えた、学問的な探究心、もっといえば医学的ともいうべき探求心によるものであることを示しているように思われる。

そうした探究心は、彼が男性器の構造およびそれぞれの名称についての考察を記しているところにも表れている。

第三十回　回末

外腎考　　江戸鉛汞山人　著

外腎、勢、陰核、這三ツハ、皆ナ睾丸也。然ルヲ古来ヨリ外腎　勢　陰核ヲ以テ皆陽具トス　天-大-的ノ訛-誤ト謂フベシ　勢ノ和訓　遍乃古也　遍乃古ヲ以テ肉具ノ和訓トスル亦タ大ナル誤也

この「外腎考」は第三十三回、第三十五回の回末にも見られる。いずれにも「鉛汞山人著」とあり、第四十六回の回末には「外腎考　鉛汞陳人著　這ハ外腎、陰核、勢ノ三物ハミナ睾丸ナルヨシヲ論ジタル　甚有趣的書ナリケラシ」といった書き入れも見られることから、彼がこうした独自の見解を改めて著すつもりでいた（あるいはすでに著していた）ことも想像される。

「玉里本」全体を通して見ても、医学、薬学的な知識や関心が窺える注が散見される。たとえば、

第十七回M葉オモテ

魚際　手大指《ノヲ、ユビ》本節《ノモトブシ》ノ後《シリ》へ内側《ウチガワ》ウデノ横文《ヨコスジ》ノ中寸口《スンコウ》ノ脉《ミヤクドコロ》ノ上際《キハ》ナリ　針灸重宝記

第六十一回十葉オモテ

和漢三才図会　尾骶骨　其耑《ハシヲ》名《ク》二亀尾《ノト》一

「魚際」というツボについては、江戸時代の『針灸重宝記』の記事が引かれ、「尾骶骨児」については『和漢三才図会』が参照されている。さらに「玉里本」には、麻疹や天然痘といった病気についての注も多く見られる。

第五十一回 十二葉ウラ

楊梅瘡《タウガサ》　一名《ハ》天然瘡　又大風痘《トモ》　見合類節用

第五十三回冒頭

麻疹《ハシカ》　南人《ハ》曰《ヒ》二麩瘡《ト》一北人《ハ》曰《ヒ》二糟瘡《ト》一、呉《ニ》曰《ヒ》二痧疹《ト》一、越《ニ》曰《フ》二瘖瘡《ト》一。本邦《ワガクニ》旧古《ノ》紀記《ニ》曰《ヒ》二稲目瘡《イナメガサト》一、或曰《ヒ》二赤疱瘡《アカモガサト》一、蛮名マノセレン。

第八十五回 十九葉ウラ

花麻《ハシカ》　麻疹ナリ。……　痘疹《モガサ》　痘瘡ナリ。又疱瘡《ハウサウ》ト云。和名モガサ。俗ニハウサウト云ヘリ。蛮名キンデルポック。……

病名が蘭語で記されるなど、医学的薬学的な関心の高さと知識の豊富さが窺える。これらの語釈が荷塘のものではなく正巽によるものであるという確証は得られないが、上述した他の例と合わせて考えても、正巽によって付けられた可能性が高いものと判断できよう。

もちろん「玉里本」の注や書き入れは、こうした医学的なものばかりではない。前章で確認したように、文法や発音、字体や和訳に関するものが大半を占め（特に読書会開催時期のものに多い）、他にも食べ物や楽器、風俗や習慣に関するものなど、多岐に及ぶ。しかし、作品の読解には直接関係しないような、医学薬学を中心とした自然科学分野の詳細な注が相当数見られることについては違和感を覚えざるを得ない。[11] この違和感こそ、『金瓶梅』を文学作品として読む我々の視点とは異なる視点で『金瓶梅』が読まれたということの現れではないだろうか。それは「玉里本」が第四十九回後半から始まったこと、高階正巽が「玉里本」で使い続けた「鉛汞」という号と併せて考えた時、『金瓶梅』の読まれ方の一端、つまり医学薬学的な資料としても読まれたという事実を物語っているように思われる。

四　高階正巽について

高階正巽について、詳しいことはわからない。江戸時代後期には、高階経宣や高階重信、高階経由といった、「高階」姓の典薬寮医師や藩医がおり、高階正巽もあるいはこうした家系と関係のある人物だったかもしれないが、医師としての正巽を、文献の上で探し出すことはできなかった。

彼の名前は、『文久文雅人名録』（一八六二年刊）に記されている。「玉里本」の完成から三十年、文久年間の江戸の著名人を集めたこの書には、「小説雑学　靛山　名正巽字子止　別号蹩[illegible]　青山ヲンデン　原田端太夫」と正巽の名が挙げられており、文久年間には「靛山」の号が用いられていたことがわかる。[12]

その「靛山」の名が、オランダの自然誌の中に見いだされた。十八世紀後半にアムステルダムで出版された『Natuurlyke Historie of uitoerige beschryving der dieren, planten en mineraalen, volgens het samenstel van den heer linnaeus（自然誌、またはリンネ氏の体系による動物・植物・鉱物の詳細な記述）』と題される自然誌は、日本にも輸入され、蘭学者や本草学者たちに広く読まれたとされる。[13] うち第十一篇、第十二篇、第十七章の翻訳は

『文鳳堂雑纂』巻六十九「外国部」に収められており、第十一篇（犬類）、第十七章（熊類と猪類）には「旋山按」「旋山云」といった書き入れが、また第十二篇（猫類）には「嘉永四亥年十一月十四日写成　旋山」の署名が見られることから、高階正巽がこの三篇の翻訳に携わったものと考えられる[14]。彼がこの三篇を選んで翻訳したことには理由があったようだ。

『文久文雅人名録』には、江戸時代後期の戯作者畑銀鶏の名も見える[15]。親子三代に渡り、医師でありながら文化人としても名を馳せた彼の著作には、随筆、医学書、滑稽本など様々なジャンルのものが見られる。そのひとつに『奇獣考』という書がある（成立年代不詳）。カマイタチについての記述がまとめられたもので、序文には「旋山」の名が見られる[16]。「友人旋山なる者、一日余が平亭を訪ふ。懐中より一冊子を出していふ。こたびかかる奇書を得たりしゆゑ、足下に見せんがため、わざ〳〵持参せりとて机上におきぬ。」と、友人である旋山、すなわち高階正巽が、ある日奇書を持ってきたという。その中には、福岡藩主の黒田斉清、本草学者の小野蘭山、佐藤中陵らの考察に加えて、「奇獣考附録」として正巽の考察が付されていた。銀鶏は最後に「猶おのれが考をもかき加えて」この書を完成させる。注目すべきは、黒田、小野、佐藤、畑の考察が、いずれも奇獣に関する、主に日本国内での目撃例や呼び名に係わるものであるのに対し、高階正巽の「奇獣考附録」は、奇獣（あるいは「犬蠱」）に関する記述を漢籍から抜き出して考察を加えていることである。『本草綱目』『福恵全書』『物理小識』『淮南子』『述異記』などのほか、『続金瓶梅』『水滸後伝』といった小説類からも引用が見られる。正巽が、古今の様々な漢籍に用例を求めつつ自説を加えるという実証主義的なスタイルを採っていたことがわかる。前後関係はわからないが、正巽はおそらく奇獣に関する情報を得るため、あるいは更に考察を深めるために、犬や猫などの動物についてまとめられた自然誌の三篇を翻訳したものと考えられる。

「玉里本」以降のこうした足跡からは、漢籍に用例を求め、かつそれを徹底的に突き詰めようとする、自然科学に造詣の深い実証主義者としての高階正巽の姿が浮かび上がってくる。この姿勢は、「玉里本」に見られたものと変わるところがない。

五　実用的価値を持つ「資料」としての『金瓶梅』

『金瓶梅』は詳細な描写をその大きな特徴とする。まだ誕生してほどない『金瓶梅』を目にした袁宏道は、「『金瓶梅』……雲霞満紙、勝於枚生「七発」多矣（『金瓶梅』は……雲霞紙に満ち、枚乗の「七発」よりもはるかに勝っている）」と、枚乗の「七発」を引き合いに出しつつ高い評価を与えている。「七発」といえば、事物に対する詳細な描写が繰り返されることで有名な作品であることから、袁宏道の目を驚かせたものが、『金瓶梅』の詳細な描写にあったことが推測できる。しかもその詳細な描写は、決して作り物ではない、現実に即したものである。食べ物や衣服が当時の文化を写し、選日の方法や登場人物の人相などが日用類書の記述と合致するなど、[17]あくまでリアリティが追求されているのである。こうした現実的な日常の描写こそが、高階正巽に目を向けさせ、六年の歳月をかけて読み通させた、『金瓶梅』最大の魅力だったのではないだろうか。

日常生活を描いた『金瓶梅』には、媚薬や毒薬をはじめ、登場人物が病気にかかって医者の診察を受ける場面、食事の内容や性的な行為などが事細かに描かれている。本草書や日用類書に登場する薬は、実際の生活の中でどのように用いられ、どのような効果をもたらすのか。登場人物たちはどういう病を患い、どのような症状に苦しむのか。彼らはどのような席で何を食し、どのような遊びに興じるのか。経書をはじめとした古典はもとより、

『水滸伝』や『西遊記』にも描かれない、彼の地の「生の」「詳細な」情報を得るにあたって、『金瓶梅』は恰好の「資料」だったと考えられるのである。

たとえば『金瓶梅』第七十九回には、適量をはるかに超える媚薬を飲まされた西門慶が、陰部から血を流す場面がある。

初時還是精液、往後盡是血水出來、再無个收救。西門慶已昏迷去、四肢不收。婦人也慌了、急取紅棗與他吃下去。精盡繼之以血、血盡出其冷氣而已、良久方止。

はじめはまだ精液だったのですが、その後は血ばかりが出てきてもうどうにもなりません。西門慶はすでに気を失い、手足も伸びきってしまいました。女はまたも慌て、急いで紅棗を取り出して食べさせます。精液が尽きて血となり、血が尽きて冷気が出るのみとなり、しばらくたってようやくおさまりました。

ここで潘金蓮はなぜ慌てて紅棗を食べさせたのか。「玉里本」の上欄には「紅棗ハ淫薬ノ解薬ナリ」と注されている。自分が飲ませた淫薬が原因で人事不省に陥った西門慶を何とか救おうと、潘金蓮は用意していた紅棗を食べさせたのである。こうした生活に即した医学情報が、『金瓶梅』のあちらこちらに詰まっているのである。

正巽の視点とは異なるが、「資料」として『金瓶梅』を読んだ人物は他にもいる。同じ読書会に参加していた喜多村筠庭は、風俗資料として『金瓶梅』を読んでいたようだ。彼の著作である『嬉遊笑覧』には、子供用の道士の衣冠服玩や妓女の用いる楽器、虫遊びなどについて、全六箇所に『金瓶梅』の記事が引用されている。『嬉遊笑覧』には文政十三年の自序が見られることから、喜多村筠庭は、『金瓶梅』を通して知り得た中国の風俗、風習に関する知識を、ちょうど同時期に執筆されていたとおぼしき『嬉遊笑覧』に取り込んだものと思われる。

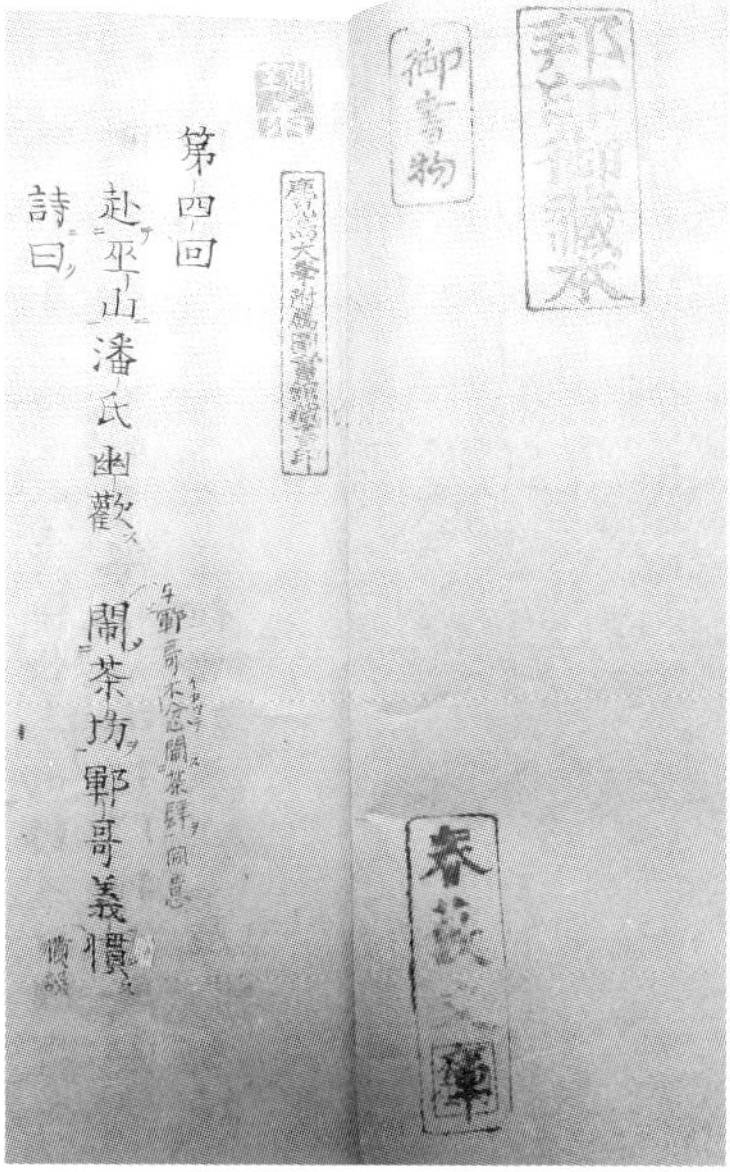

「玉里本」春藪文庫印

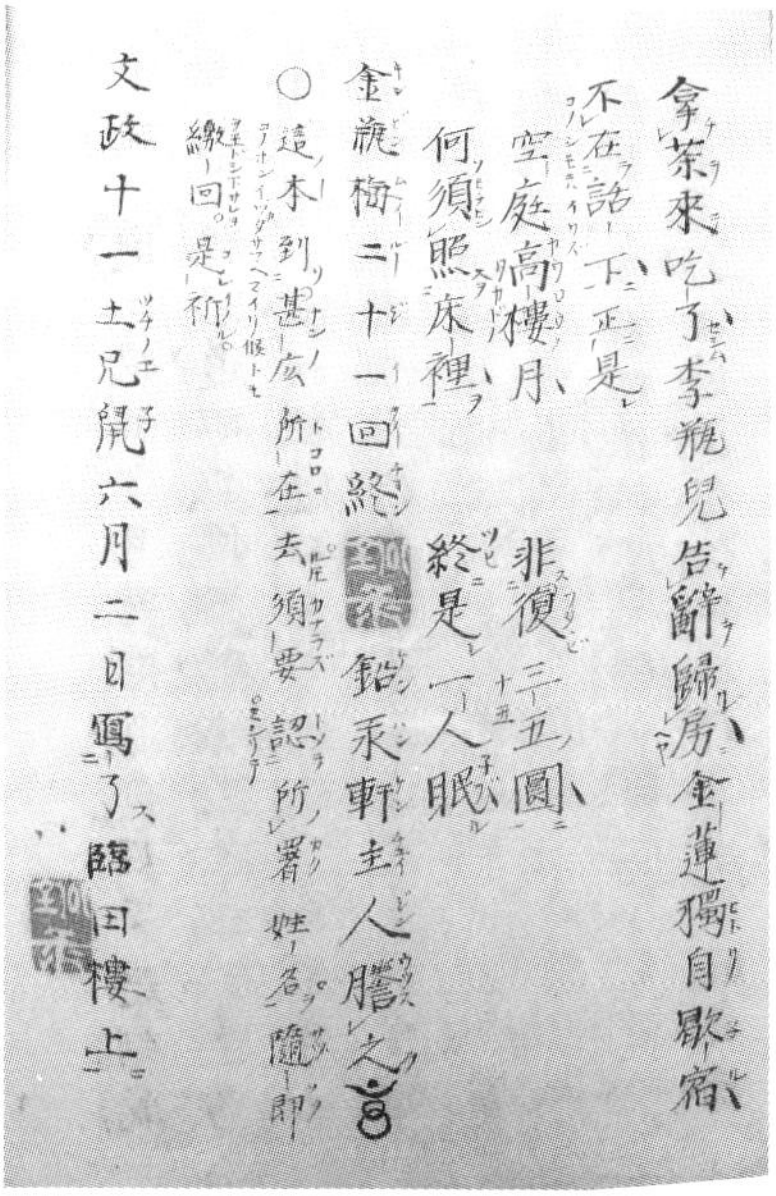

「玉里本」第二十一回　回末

そのことは、たとえば「玉里本」第十八回、「呉月娘、孟玉楼、潘金蓮幷西門大姐、四個在前庁天井内、月下跳馬索児耍子」について、上欄に「鋳庭主人曰、馬索ハ螞蚱ノ別音　イナゴ也」との書き入れが見られることなどから窺える。実際、『嬉遊笑覧』巻十二（禽虫）にはこの一文が引かれ、「馬索は螞蚱なるべし、跳らせて襲羽を見るなり」とほぼ同様の説明が見られるのである。

「玉里本」の第二十一回、第二十三回、第七十九回には、「這本《ノ》到《リ》二甚麼《ナン》所在《ノトコロニ》一去《ルトモ》　須《カナラズ》要認《テ》二所《ノ》レ署《カク》姓名《ヲ》、随即繳回《サツソクヲモドンドサレヨ》。是祈《コレイノル》。」との書き入れが見られ、当初より回覧されることを前提として作られたふしがある。その後、どのような経緯をたどったのかはわからないが、最終的に「玉里本」は、島津家の蔵書となる。(18)「玉里本」には、薩摩藩第十一代藩主島津斉彬の蔵書印とされる「春藪文庫」の印が見られることから、斉彬が江戸で手に入れた「玉里本」を薩摩に持ち帰ったのではないかと推測できる。

薩摩藩はかねてより教育や文化事業に力を入れており、第八代藩主島津重豪による唐話の俗語集『南山俗語考』なども作られていることから、「玉里本」も唐話学習用の「資料」として入手された可能性がある。また斉彬といえば、博物大名としても知られた曾祖父の重豪に溺愛され、ともにシーボルトに面会したり、重豪の時代に作られた本草書『質問本草』を木版出版したりと、博物学に通じた人物としても知られることから(19)、あるいはそうした「資料」としての『金瓶梅』の価値を認めて、「玉里本」を入手したとも考えられる。

もちろん、これが江戸時代における『金瓶梅』受容の「スタンダードな在り方」とは言えまい。あくまで、現存する数少ない資料が語る、受容の一側面であろう。とはいえ、『金瓶梅』の受容の在り方の特徴を端的に（極端な形で）示しているようにも思われる。つまり、『金瓶梅』はその詳細でリアルな日常生活の描写ゆえに、何らかの実用的価値を持つ「資料」として読まれる運命にあったということである。

ずいぶん後のことになるが、大正十二年に井上紅梅によって作られた『金瓶梅』の訳本『金瓶梅と支那の社会状態』の序文には、「支那を能く識らふとするには、金瓶梅といふ本を是非一度見て置く必要がある。……金瓶梅は淫書に非ず、支那の世相を描写して微に入り細に入ったものである。故に今日本書を繙けば遠き明代を回想するよりも、寧ろ現代支那の人情風俗を観る思がある。」と、この翻訳が「支那を知る」目的で行われたと記されている。それに先立ち、塩谷温氏も『支那文学概論講話』（大正八年）の中で、「『西遊記』の空想的なるに反し、之は極めて写実的な小説でありますから、社会の半面を識るには偏強の史料であります。」と、『金瓶梅』の資料的価値を強調している。

しかし、資料的価値に富んだ詳細でリアルな描写が、ややもすれば『金瓶梅』を難しく、物語を単調にさせているのも事実である。『金瓶梅』の難しさは、『金瓶梅訳文』に「不詳」「可考」の文字が多く見られること、「玉里本」にも誤読や手つかずの箇所があること、馬琴が書簡の中で幾度となくその難解さを指摘していることなどからも窺い知れる。江戸時代に『金瓶梅』が文学作品としてほとんど受け容れられなかったのは、それが「淫書」であったからではなく、こうした難解かつ冗長ともとれる描写に拠るところが大きかったものと思われる。[20]

小結

本章では、「玉里本」を通して浮かび上がってきた、「資料」（ここでは特に医学薬学資料）としての『金瓶梅』の読まれ方について考察を行ったが、そもそも漢籍全般が、日本人にとってある種の情報誌的な側面を持ち合わせていたはずである。中でも市民の生活を描いた白話小説は、『金瓶梅』ほど極端ではないにせよ、江戸時代の日本人にとって、古典からは得られない様々な情報をもたらしてくれるものだったのではないだろうか。そう考えると、日本における白話小説の受容に関しては、文学的な側面だけではなく、もっと多様な受容の在り方が想定されてもよいように思われる。

注

（1）　高島俊男『水滸伝と日本人―江戸から昭和まで―』（大修館書店、一九九一）に詳しい。

（2）　『金瓶梅訳文』については、拙稿「江戸時代の『金瓶梅』」（アジア遊学一〇五　特集『日本庶民文芸と中国』勉誠出版、二〇〇七）で論じた。

（3）第七章を参照されたい。
（4）第七章で詳しく論じた。
（5）江戸時代に広く読まれた『金瓶梅』は、清の張竹坡が評を付けた「第一奇書本」系統のもので、『金瓶梅訳文』「玉里本」『新編金瓶梅』のいずれもこの版本に基づいている。
（6）遠山荷塘に関しては、石崎又造『近世日本に於ける支那俗語文学史』（清水弘文堂書房、一九六七）、青木正児「伝奇小説を講じ月琴を善したる遠山荷塘が伝の箋」（『青木正児全集』第二巻　春秋堂、一九七〇）、山口剛「荷塘印影」（『山口剛著作集』第六巻　中央公論社、一九七二）、岩城秀夫「僧一圭と亀井昭陽」（『森三樹三郎博士頌寿記念東洋学論集』朋友書店、一九七九）、徳田武「遠山荷塘と広瀬淡窓・亀井昭陽」（『江戸漢学の世界』ぺりかん社、一九九〇）等がある。これらを参照した。又、遠山荷塘の活動について更に具体的な考察が行われたものとして、樊可人「遠山荷塘『諺解校注古本西廂記』の成立経緯について」（『日本中国学会報』六九、二〇一七）、同「遠山荷塘の『嫦娥清韻』について―江戸後期の明清楽受容に関する一考察―」（『東方学』一三六、二〇一八）がある。
（7）たとえば、岡白駒『水滸全伝訳解』、陶山南濤『忠義水滸伝解』『忠義水滸伝鈔訳』などがある。
（8）この点に関しては、井上泰山氏の前掲論文にも指摘が見られる。
（9）第四十九回後半と呼応する形で、第七十九回で西門慶がこの媚薬を多量に飲まされて命を落とす場面にも、媚薬に関する詳細な注がつけられている。
（10）「不求人」については小川陽一氏にご教示いただいた。京都の陽明文庫所蔵の『万用正宗不求人』（略称）は、巻一の巻首書名標題が『鼎鋟崇文閣彙纂士民万用正宗不求人全編』、巻五以降は多くが「鼎鋟崇文閣彙纂士民分類捷用学府全編」となっているという。正巽が挙げている「学府不求人」とはこの書を指すものと思われ、その巻二十三には「方声嬌」として同じ文が見える。『万用正宗不求人（一）』（中国日用類書集成一〇、汲古書院、二〇〇三）参照。
（11）「玉里本」ではそもそも注の付け方自体に法則性がなく、その詳細さにもばらつきがあり、重複等も見られるため、一律に論じることは難しいが、他にも例えば第四回（脅鄙膠）、第八回（黄病）、第十九回（男性器、女性器）、第十九回（氷片）、第二十七回（性具）、第三十七回（性器）、第五十一回（楊梅瘡）、第五十一回（馬口）、第五十一回

（顫声嬌）、第五十四回（白薬）、第六十一回（碙砂、鳥頭などの薬剤）、第七十二回（石女）、第七十四回（天疱瘡）、第七十九回（承露盤、亀身、秘心子、媚薬）第八十五回（花麻、痘疹）などの病気や薬、人体に関する注、第二回（大象）、第十七回（蜒蚰等）、第十八回（蚱蜢）、第十九回（荼蘼その他植物）、第三十一回（水犀）、第三十二回（鴇子）、第三十四回（木犀、芝蔴）、第四十一回（芙蕖）、第五十二回（龍涎）、第五十二回（鮒魚）、第七十一回（貔貅）第七十二回（蜢虫、螞蚱）、第七十九回（蝸）、第八十回（鰲魚）など動植物に関する注、第二十四回（銀河）、第三十八回（刻白爾《コーベル》の天文）など天文学に関する注などが見られる。

（12）調査には早稲田大学図書館古典籍総合データベース『文久文雅人名録』（弘文堂、文久二年）を用いた。

（13）平野満「近世日本におけるハウトイン『自然誌』の利用」（『明治大学図書館紀要』六、二〇〇二）参照。尚、本文中の邦題は平野氏に拠る。

（14）国立公文書館内閣文庫所蔵『文鳳堂雑纂』巻六十九外国部所収「林娜斯第十一編（諸犬ノ種類ヲ記ス）、林娜斯第十二編（諸猫ノ種類ヲ記ス）、林娜斯第十七章を調査した。

（15）畑銀鶏については、「雑家　名時倚　字毛義一号　平亭　又号文盲散人　亀戸図子　畑数馬」と記されている。

（16）調査には、国立国会図書館デジタル化資料『奇獣考』を用いた。

（17）『金瓶梅』が現実の生活を踏まえて描かれていることについては、小川陽一『日用類書による明清小説の研究』（研文出版、一九九五）に詳しい考察がある。

（18）鹿児島大学附属図書館玉里文庫は、玉里島津家の蔵書が収められた文庫である。玉里文庫については、『玉里文庫目録』（玉里文庫目録作成委員会、一九六六）参照。

（19）高津孝「江戸の殿様と北京の薬局―鎖国を越えた博物学趣味―」（『漢字と情報』八、二〇〇四）、W・ミヒェル、鳥井裕美子、川嶌眞人共編『九州の蘭学―越境と交流―』（思文閣出版、二〇〇九）等参照。

（20）このことは、たとえば同じく「淫書」に数えられる『肉蒲団』の訓訳本や翻案作品が刊行されていることや、詳細な日常描写という点で『金瓶梅』と共通する『紅楼夢』が、やはり日本でそれほど受けなかったことからも推測できる。

〈付記〉 第八章、第九章で取り上げた「玉里本」について、鹿児島大学附属図書館には、閲覧および撮影・複写の便宜を与えていただいたばかりか、その後の確認作業にもご協力いただいた。ここに感謝の意を表したい。

終章

本書は、『金瓶梅』の構想と、その日本での受容について、明らかにしようとしたものである。

書名が物語るように、『金瓶梅』における女性描写は、作品の本質に関わる問題である。またその大きな特徴が「詳細な描写」にあることは、序章で述べたとおりである。第一部では『金瓶梅』の構想について、主に女性の描かれ方に注目し、繰り返される詳細な描写を検討していくことで迫ろうと試みた。

第一章「『金瓶梅』の構想―『水滸伝』からの誕生―」では、『金瓶梅』が、母胎となった『水滸伝』の構造を意識的に模倣したものであること、そして『水滸伝』と同じ枠組みを用いつつ、『水滸伝』においては「英雄」によって斬り捨てられてしかるべき「対象」としてしか描かれていなかった「淫婦」に光を当て、彼女達に寄り添う視点で物語を進行させているということを指摘した。『金瓶梅』という作品は、『水滸伝』という「英雄」の物語を、その「英雄」によって声を奪われた「淫婦」の物語に仕立て直し、彼女達の「声」を聞こうとした物語だったのである。『金瓶梅』は、決して結果的に女性描写に成功したというものではない。最初から、生きた女性を、それも「淫婦」の姿を描くことを意図して作られた作品だったのである。

では、彼女たちは、どのような手法によってどのように描かれているのか。第二章「潘金蓮論—歪みゆく性に見る内なる叫び—」では、『金瓶梅』の大きな特徴でもある性描写について、特に第五夫人潘金蓮の描写に着目したところ、それが作品内で変化していくこと、しかもそれは単なる「変化」ではなく、西門慶に執着するが故に「歪んでいくもの」であることが指摘できた。その歪みゆく性を通して、彼女の内面が浮かび上がる仕組みになっていたのである。

つづく第三章「呉月娘論—罵語を中心として—」では、『金瓶梅』以前には類例を見出せないほど大量に用いられる「罵語」を切り口として考察を加えた。正妻呉月娘は「温柔」「寡言」「賢淑」な女性として設定される一方で、その罵語は、量的にも質的にもその設定からは著しく乖離している。実際呉月娘の罵語に対して、周囲の人物が不快感を露わにしている描写も作品の随所に確認することができた。彼女は決して従来型の良妻賢母として、手放しに称賛される描かれ方をしているわけではない。葛藤や焦り、プライドの高さや傲慢さを備えた重層的ともいうべき人物として描かれているのである。

第四章「孟玉楼と呉月娘—『金瓶梅』の服飾描写—」では、『金瓶梅』の服飾描写に着目した。装飾品や衣服、武器や持ち物などが、特定の人物と結びつけられて描かれる例は、先行する作品においてもしばしば見られる。しかし『金瓶梅』において、服飾と人物との関係は、そうした記号的な次元にとどまらない。服飾は、人物形象に奥行きを与え、ストーリーを深化させる手段として意識的に用いられていると考えられるのである。特に、第四夫人孟玉楼については、際だった個性がない人物としてとらえられてきたが、服飾描写を通して見ることによって、彼女が意識的に個性を消そうとしていたこと、しかしその一方で、穏やかならざる思いをひそかに抱えていたことがわかるような描かれ方をしていることが指摘できた。また呉月娘についてては、服飾描写を通してみても、分不相応な身なりをしたり、周囲に気を遣わせたりといった形象を有していることが確認できた。「淫婦」という既成の枠組みではくくりきれない潘金蓮の描写、そして所謂「良妻賢母」としてもとらえきれない呉月娘の描写、従来の役回りでは説明できない孟玉楼の描写、彼女たちの描写からは、ある特徴的な一面だけが強調的に描かれる従来型の人間像とは異なる、表も裏も備えた重層的でリアルな人間を描こうとした作者の姿が色濃く浮かび上がってくるのである。

本書でも何度か取り上げた「崇禎本」「第一奇書本」に見られる批評は、実際に『金瓶梅』がどう読まれたのか、その一端を示すものとしてたいへん興味深い。「第一奇書本」の張竹坡批評については、田中智行氏による一連の研究がある。(1) 田中氏は、「張竹坡において『金瓶梅』の作者は、作品の隅々までを意図によって操作、管理する者として位置づけられ、その作者像は金聖歎に比して技能者としての性格が強い。構想中の作者の位置に再現的に自らの身を置き、作者がいかなる構想過程や意図をもって作品を作り出したのかを明らかにすることこそが、張竹坡にとっての批評行為であった」とする。(2) 牽強付会に思える解釈もみられはするものの、作品全体の構想を見据え、作者の真意を明らかにしようとする張竹坡の批評には、たしかに見るべきものも多い。

実際に、四大奇書を論じたプラックス（Andrew H.Plaks）氏は張竹坡批評を大いに参考にしたといい、「疑いなく張竹坡は、自らの作品精読を中国小説批評の最もすぐれた典範の一角を占める域にまで高めて」いるという。(3) 本書においても、張竹坡の指摘は参考にすべき点が多く、たとえば「読法」の中で指摘される『金瓶梅』の性描写についての二則、

『金瓶梅』は断片的に読んではならない。断片的だとその淫なる箇所しか読まないからだ。したがって数日

を費やして一気に読み終えるべきで、そうしてはじめて作者が話の様々な層を行き来しながらも、脈絡を失うことなく、一本の糸によって全体を貫いていることがわかるのである。(4)（読法第五十二則）

『金瓶梅』を淫書だという人は、『金瓶梅』の淫なる部分しか見ていないのだろう。私からしてみれば、これは純然たる史公（司馬遷）の文章（『史記』）である。(5)（第五十三則）

については、第二章を展開する後押しともなった。

対して、それに先立つ「崇禎本」の批評は、張竹坡が「俗批」（第一回）と呼ぶように、「作品の外側に立ち前後を見渡した上で批評するというより、読み進めるに従って覚えた感慨を、その都度書き記しているかのような批評」(6)であり、一読者の感想めいたものが記されていると見ることができる点において、たいへん興味深い。(7)

試みに、潘金蓮に関する批評を拾ってみると、「崇禎本」の評者は、たとえば李瓶児と西門慶の仲を知った潘金蓮が西門慶を罵る場面では、「妬甚、氣甚、恨甚（激しく嫉妬をし、激しく怒り、激しく恨んでいる）」（第十三回）として潘金蓮の激しい苛立ちを指摘し、潘金蓮が呉月娘をたきつけて西門慶と仲違いさせようとする場面では、「金蓮乖人、開口亦惹人惱（金蓮はこざかしい人であって、口を開けば人を怒らせる）」（第十八回）とその性格を分析する。潘金蓮が女中の秋菊を虐待する場面では、「可恨（いまいましい）」（第四十一回、第五十八回）とその残忍さに嘆息し、西門慶が李瓶児の性格の良さを褒める場面では、「金蓮正反此（金蓮とは真逆である）」（第六十二回）と口を挟まずにはいられない。潘金蓮が乳母の如意を罵る場面には、「搶白得毒甚（ひどい嫌味である）」（第七十二回）と眉をひそめ、潘金蓮と呉月娘とが言い合いになる場面では、「雖月娘一時憤激之言、然一段宜家道理。金蓮則小不忍而亂大謀（月娘の言葉は一時的な憤りから発せられたものだが、家の為だという道理がある。一方の金蓮は堪え性がなく、場を引っかき回そうとしたのである）」（第七十五回）と冷静に分析するなど、潘金蓮の、嫉妬深く、こざかしく、残酷で、気が強く、堪え性のない様に、驚いたり顔を背けたり、眉をひそめたりため息を漏らすような指摘が繰り返し行われている。

しかしその一方で、官哥を生んだ李瓶児が西門慶の寵愛を独占する中、西門慶を待ちわびる潘金蓮がひとり寂しく部屋の中で歌を歌う場面では、「人只知隔越相思之苦、孰知眼前相思之苦如此。人只知野合相思之苦、孰知閨闈夫婦相思之苦尤甚。可勝嘆息（人は遠く離れた相手を思う苦しみは知っているが、目の前にいる相手を思う苦しみがこれほどであることは知らない。人は不倫の苦しみは知っているが、夫婦の苦しみがもっと辛いことは知らない）」（第三十八回）と彼女の苦しみに理解を示し、つづけて潘金蓮が西門慶に対して嫌味を言う場面には、「語雖酸甚、臉雖皮甚、然情自可憐（憎まれ口をたたき、ずうずうしい顔をしていても、その胸の内は哀れである）」（第三十八回）と同情を寄せる。西門慶が李瓶児のところで休んでいることを知った潘金蓮がショックを受ける場面には、「此妬婦之苦（これぞ妬婦の苦しみである）」（第五十一回）、また潘金蓮が西門慶に恨み言を言う場面には、「非眞相思人不知此語之妙（本当に人を好きになったことがない人間にこの言葉の妙はわかるまい）」（第七十一回）と、潘金蓮の心情に寄り添うかのような評語も多く見られる。そして潘金蓮が武松の手に掛かる場面には、「讀至此不敢生悲、不忍稱快、然而心實惻惻難言哉（ここに至って悲しむのもどうかと思うが、快哉を叫ぶこともできない。心の奥底がちくりちくりと痛んで言葉では表現できない）」（第八十七回）と、潘金蓮の死に対する複雑な心境が示されている。「崇禎本」の批評からは、評者が「淫婦」であるはずの潘金蓮に共感し、同情し、心が揺り動かされる様が見て取れるのである。

魯迅は『中国小説的歴史的変遷』の中で、『紅楼夢』の人物描写を、その描写の特徴は、ごまかすことなくありのままを描くことにあり、従来の小説が善人は完全な善、悪人は完全な悪として描くのとは大いに異なっている。そのため作中人物はみな本物の人間そのものである(8)。と評価する。こうした人物描写の特徴が、それに先立つ『金瓶梅』においてすでに確認できることは、本書で述べたとおりである。『金瓶梅』を以て近代小説の幕開けとする見方はかねてより存在する。その理由は様々であるが、「人間をどう描くか」という意味においても（あるいはその意味においてこそ）、『金瓶梅』はまさしく中国における近代小説の誕生を告げるものであったと言えるのではないだろうか。

しかしその一方で、『金瓶梅』における人物描写には、前近代小説の名残りともいうべき特徴も見いだすことができる。第五章「李瓶児論」では、李瓶児の描かれ方が西門慶に嫁ぐ前と後で異なっていること、そしてそれは彼女の内なる変化、成長といったものに起因するのではなく、それぞれに彼女が担っている役割の違いに因るものであることを指摘した。同じ「李瓶児」でありながら、担わされる役割、つまり主題との関わり方によって、形象が著しく変化するという現象が見られるのである。このような一個の人物像における一貫性の欠如は、それぞれ別個の主題の下に成立した小物語の集大成である『水滸伝』や『西遊記』においては、より顕著に見られる現象でもある。『金瓶梅』は、『水滸伝』や『西遊記』とはその成立過程を異にする。しかし作品内部には、従来の作品と同じく、主題を異にするいくつかのまとまった構想群が認められ、そうした作品の構想や成立の痕跡が、人物描写にも表れているのである。これらを考え合わせるならば、『金瓶梅』の人物描写は、まさに前近代小説から近代小説への転換点に位置づけられるべきであろう。

明末の時代には、出版文化の興隆によって、従来「正統」と見做されてきた詩文とは異なる「俗」なる文学がジャンルとして確立するという、革命的ともいえる変化が起きた。多くの俗文学作品が編纂され、読み物として刊行される中で、『金瓶梅』も誕生したのである。『金瓶梅』は、すでに幅広い読者を獲得していた『水滸伝』に描かれる脇役の「淫婦」を主人公に仕立て上げたスピンオフともいうべき作品であり、語り物や芝居に前身を持たない個人による創作としても異質である。このような作品がなぜ誕生し、なぜ評価されたのか、どのような影響力を持っていたのか、という問題をより深く追究するためには、『金瓶梅』を取り巻く様々な作品群、特に母胎となった『水滸伝』がどのように読まれていたのか、という問題にも目を向ける必要がある。

第六章「『金瓶梅』の発想—容与堂刊『李卓吾先生批評忠義水滸伝』の評語を手がかりに—」では、数ある『水滸伝』の版本の内、現存する最古の版本である容与堂刊『李卓吾先生批評忠義水滸伝』における評語に検討を加えた。特に最も多く用いられる一文字の評語「畫」を通して見ると、『水滸伝』を読んだ評者「李卓吾」が、英雄たちの周りであるがままに生きるちっぽけな人間たちの姿、とりわけ淫婦の描写に『水滸伝』の本質的な価値を認めていたことがわかった。『金瓶梅』と容与堂本「李卓吾」批評との間に直接的な影響関係があるのかどうかについては決定的な証拠を欠くものの、両者に見られる視点の一致は、明末という時代に盛んに行われた俗文学の刊行や批評の意味を考える上でも、軽視できない問題であるように思われる。『金瓶梅』の誕生は、ある特異な作者による偶発的な事件などではなく、時代の要請であり、必然であったといえるのである。

こうして誕生し、袁宏道にその価値を見いだされた『金瓶梅』は、馮夢龍によって、『三国志演義』『水滸伝』『西遊記』とともに四大奇書に数えられることとなる。この「四大奇書」というキャッチフレーズは相当な宣伝効果があったらしく、江戸時代に作られた唐話の辞書『俗語解』には、「西遊記真詮、三国志演義正本、水滸伝正本、金瓶梅、以上四種ヲ四大奇書ト称ス」と記され、馬琴の『新編金瓶梅』第一集序にも「しかるに唐山《からくに》の書《ふみ》買《あきひと》等《ら》水滸西遊三国演義《すいこせいゆうさんこくゑんぎ》と、金瓶《きんぺい》をもて四大奇書《しだいきしょ》とす」と紹介される。しかし他の三作品（『三国志演義』『水滸伝』『西遊記』）とは異なり、『金瓶梅』が日本の文化や文学に大きな影響を与えることはなかった。そしてそれは、『金瓶梅』が「淫書」であったためだと考えられてきた。直接的な資料が少なすぎることもあり、詳しいことがよくわからなかったのである。そこで第二部では、江戸時代にやってきた『金瓶梅』が日本人にどう読まれたのかという問題について、これまでに扱われることのなかった資料も用いることで、全面的な考察を試みた。

第七章「江戸時代における『金瓶梅』の受容」の第一節「辞書、随筆、洒落本を中心として」、および第二節「曲亭馬琴の記述を中心として」では、江戸時代の資料の中から『金瓶梅』に関する記述を抜き出し、その受容の在り方について検討を行った。その結果、『金瓶梅』は決して秘すべきものではなく、一般に流通し、認知され、しかも学問的な態度で読まれていたことが明らかとなった。

第八章「江戸時代における白話小説の読まれ方—鹿児島大学附属図書館玉里文庫蔵「金瓶梅」を中心として—」では、江戸時代に作られた「金瓶梅」の訓訳本（玉里本）について考察を加えた。『金瓶梅』（第一奇書本）全文が抄写され、そこに訓点、和訳、注が施されたものであり、現在のところ、これが江戸時代のものとしては唯一の、そして現存する最古の『金瓶梅』の邦訳となる。余白に記された様々な注や落書きとも思えるような書き入れなどからは、この「玉里本」が決してそのまま世に出されることを意図して作られたもの、つまり「完成形」に当たるものではなく、『金瓶梅』を読んだ際のノート、言ってみれば未整理の状態のものだということがわかる。さらにこの「玉里本」は、個人の読書ノートではなく、複数の人間によって行われた『金瓶梅』読書会の記録でもある。発音の表記、語注の付けられ方、解釈の揺れなど、書き入れからは、作成者あるいはその周囲の人々が『金瓶梅』をどのように読んでいったのかが浮かび上がってきた。『金瓶梅』は間違いなく、きわめて学問的に読まれていたのである。

第九章「江戸時代における「資料」としての『金瓶梅』―高階正巽の読みを通して―」では、この点をさらに掘り下げ、「玉里本」の作成者である高階正巽なる青年が、医学薬学的な「資料」として『金瓶梅』を読み込んでいたことを明らかにした。日常生活が詳しく描かれる『金瓶梅』だからこそ、難解ではあるものの、他の小説以上に資料的な価値を有するものとして認識されていたと考えられるのである。

以上、本書では、詳細な描写を『金瓶梅』最大の特徴だととらえ、そうした描写に注目することによって、作品の構想を、そしてその受容の在り方を検討した。細やかな描写によって、女性の内面が表現され、生き生きとした人物たちが像を結ぶ。また、描写が詳細であればこそ、江戸時代の日本人に頭を抱えさせ、一方で彼らの心を強く惹きつけもしたのである。

ある作品が生まれ、刊行され、流通し、評価され、読み継がれていく。その作品の出現によって、新たな作品が生み出されることもあれば、作り手の意図とは全く別の読まれ方をすることもある。『金瓶梅』は特に、その「読み」が読者に委ねられる傾向が強い作品であるように思われる。

『金瓶梅』の序文（弄珠客の序）にはこう示される。

『金瓶梅』を読んで憐憫の心を生ずるものは菩薩である。畏懼の心を生ずるものは君子である。歓喜の心を生ずるものは小人である。模倣の心を生ずるものは禽獣である。(9)

ここには、『金瓶梅』の読みの多様性があらかじめ明示されている。読者は試されているのである。清代の張竹坡も、先に引いた批評（「読法」第五十三則）の中でこう指摘していた。

『金瓶梅』を淫書だという人は、『金瓶梅』の淫なる部分しか見ていないのだろう。私からしてみれば、これは純然たる史公（司馬遷）の文章（『史記』）である。(10)

『金瓶梅』がどういう作品なのか、『金瓶梅』をどう読むか、それは読者次第なのである。

注

（1）「『金瓶梅』張竹坡批評の態度：金聖歎の継承と展開」（『東方学』第百二十五号、二〇一三）、「張竹坡「批評第一奇書金瓶梅読法」訳注稿（上）」（『徳島大学総合科学部人間社会文化研究』第二十一号、二〇一三）、「張竹坡「批評第一奇書金瓶梅読法」訳注稿（下）」（『徳島大学総合科学部人間社会文化研究』第二十二号、二〇一四）等がある。
（2）田中智行氏前掲論文（注（1））「張竹坡「批評第一奇書金瓶梅読法」訳注稿（上）」。
（3）同上。
（4）『金瓶梅』不可零星看、如零星、便止看其淫處也。故必盡數日之間、一氣看完、方知作者起伏層次、貫通氣脈、爲一線穿下來也。
（5）凡人謂『金瓶』是淫書者、想必伊止知看其淫處也。若我看此書、純是一部史公文字。
（6）田中智行氏前掲論文（注（2））に同じ。
（7）田中智行「『金瓶梅』の感情観―感情を動かすものへの認識とその表現―」（『日本中国学会報』第五十七集、二〇〇五）では、金聖歎や張竹坡が虚構の世界とは距離を保った地点から批評を行うのに対し、崇禎本の評者が作中人物と同化して物語に捲き込まれていることを指摘したものとして、ロールストン（David L.Rolston）氏の説が紹介されている。

（8）其要點在敢于如實描寫、幷無諱飾、和從前的小說敍好人完全是好、壞人完全是壞的、大不相同、所以其中所敍的人物、都是眞的人物。

（9）讀『金瓶梅』而生憐憫心者、菩薩也。生畏懼心者、君子也。生歡喜心者、小人也。生效法心者、乃禽獸耳。

（10）注（5）に同じ。

あとがき

『金瓶梅』をはじめて読んでから四半世紀ほどが経った。潘金蓮よりも若かった私は、いつしか彼女の歳をすっかり追い越してしまった。あの日、私は『金瓶梅』を読んで泣いた。中国の小説を読んで涙したのは『金瓶梅』が初めてだった（『水滸伝』や『西遊記』、六朝志怪や唐代伝奇など、「おもしろい」と思える作品は他にもあったが）。淫婦に感情移入するとは何事かと、我ながら驚くやらおかしいやら、なんともいえない気持ちになったものだった。単に私が変わり者だから潘金蓮に感情移入などしてしまったのか、あるいは作者が私（読者）の感情を取り込むような描き方をしているのか。今から思えば、私は、そのある意味極めて個人的ともいえる問いの答えを見つけるために、『金瓶梅』の研究を始めたといってよい。

作者の意図と手法を明らかにするために、詳細な描写に検討を加えていくという方法を採るに至った私は、そうこうしているうちに、後世の批評に目がとまった。「崇禎本」「第一奇書本」の批評を読み進めて行くと、同じ本文を有していても、その見方が全く異なっていることに気づいた。「第一奇書本」の批評が理屈っぽいのに対し、「崇禎本」の方は、登場人物に共感しながら読み進められていく。時に憤慨し、時に涙する。私と同じように『金瓶梅』を読んだ人が明末の世にいたのだと思うと、嬉しくなると同時に、やはり作者は読者にそう読ませる仕掛けを施しているのだと確信した（ただし、「崇禎本」では「詞話本」の詳細な描写が削除される傾向にあり、その点については今後の課題でもある）。

このたび、久々に「崇禎本」の批評を頭から追った。同じ『金瓶梅』という作品を、時空を超えて、評者と一緒に読み進めて行く。李瓶児が亡くなる場面では、私も思わず目頭を押さえた。一方で、江戸時代に作られた「玉里本」を読んでみても、そこに読者の感情は全く差し挟まれない。『金瓶梅』は、あくまでテキストとして、資料として読み進められる。彼らの知的探究心にただただ圧倒されるばかりである。同じ作品が、かくも異なる読まれ方をするのか、と、言ってしまえば当たり前のことではあるが、たいへんおもしろくもあった。読書という行為の楽しみ、多様性を、この研究を通して改めて知ることができた。本書は、「構想」と銘打ちながら、ある意味「読者論」に近いものかもしれない。

各章の初出は以下の通りである（序章と終章は書き下ろし）。

第一部　『金瓶梅』の構想

第一章　『金瓶梅』の構想―『水滸伝』からの誕生―　（『日本中国学会報』第五十六集、二〇〇四年）

第二章　潘金蓮論―歪みゆく性に見る内なる叫び―　（『中国中世文学研究』第四十五・四十六合併号、二〇〇四年）

第三章　『金瓶梅』罵語考―呉月娘の罵語について―　（『中国古典小説研究』第八号、二〇〇三年）

第四章　『金瓶梅』の服飾描写　（『富永一登先生退休記念論集　中国古典テキストとの対話』研文出版、二〇一五年）

第五章　李瓶児論　（『九州中国学会報』第四十三号、二〇〇五年）

第六章　容与堂刊『李卓吾先生批評忠義水滸伝』の評語に関する考察――「画」を中心として――
（『東方学』第百三十六輯、二〇一八年）

第二部　江戸時代における『金瓶梅』の受容

第七章　江戸時代における『金瓶梅』の受容（1）――辞書、随筆、洒落本を中心として――
（『龍谷紀要』第三十二巻第一号、二〇一〇年）

第七章　江戸時代における『金瓶梅』の受容（2）――曲亭馬琴の記述を中心として――
（『龍谷紀要』第三十二巻第二号、二〇一一年）

第八章　江戸時代における白話小説の読まれ方
――鹿児島大学附属図書館玉里文庫蔵「金瓶梅」を中心として――
（『中国中世文学研究』第五十六号、二〇〇九年）

第九章　江戸時代における「資料」としての『金瓶梅』――高階正巽の読みを通して――
（『東方学』第百二十五輯、二〇一三年）

本書の第一部は、その多くが大学院時代に書いたもの（あるいは構想したもの）であり、二〇〇五年に広島大学大学院文学研究科より博士（文学）を授与された学位論文『金瓶梅研究』の一部でもある。いま読み返すと論の展開が甘く、問題設定もはっきりしていないところがある。しかし一方で、勢いというか、熱量のようなものも感じられ、できるだけそれを残す方向で加筆修正を行った。しかし過去に書いたものに手を加える作業は、想像以上にエネルギーと時間を要した。第二部は、龍谷大学に奉職した後、特定領域研究（「東アジアの海域交流と日本伝統文化の形成—寧波を焦点とする学際的創生」）「日中通俗文芸の体系化を目的とした先駆的研究—小説・芸能を中心論題として」（平成十七～二十一年度）、つづく「海域交流をキーワードとした中国通俗文芸の学際的研究」（平成二十三～二十五年度）で行った研究が中心となっている。日本における『金瓶梅』の受容について調査を行うことにしたものの、最初は何からどう手を付けてよいのかわからず、手当たり次第に本をめくった時期もあった。やがて「玉里本」にたどり着き、読み進めるうちに、江戸時代の人びとのパワーに引き込まれていった。

「職業」「天職」のことを英語で「calling」というらしい（神に呼ばれる、召命という意味）。職業とは自分の意思で選ぶものではなく、「呼ばれる（与えられる）」ものなのだと。研究者にとっては、まさしく研究テーマがそれに当たるのではないだろうか。自分で選んでいるようでいて、実は作品に呼ばれているのかもしれないのである。私は、自らの意思で『金瓶梅』を研究していると思っていたが、実は『金瓶梅』に呼んでもらったのかもしれない。それなのに、思い切りが悪く、筆も遅いため、本書の刊行まではずいぶんと時間がかかってしまった。私に声を掛けた『金瓶梅』にしてみれば、とんだ見当違いだったかもしれない。

学部時代からご指導をいただき、本書の刊行についても励まし続けてくださった富永一登先生（広島大学名誉教授、現安田女子大学教授）には、学問の知識を与えていただいたのみならず、研究に対する姿勢、教育の在り方など、本当に様々なことを教えていただいた。文学について話をされる時の富永先生の目はキラキラと輝いていて、私たち学生はいつも吸い込まれるようにその世界に入って行った。純粋に、楽しかった。そうした体験があったからこそ、私はこの道に進むことになったのだと思う。また留学中の指導に当たっていただいて以来、二十年以上にわたって暖かく導いてくださる黄霖先生（復旦大学教授）には、学問が、国境も歴史も政治も超えるものだということを身を以て教えていただいた。復旦大学留学中の経験も、私にとって大きな財産となった。さらに、ここにおひとりおひとりのお名前を挙げることはできないが、これまで様々な形でご意見をくださり、ご指導を賜った諸先生方にも心より感謝している。こうした先達の学問的な蓄積と情熱によって、今の中国文学研究が成り立っていることを真剣に受け止め、私たちもそのバトンを継いでいかなくてはならないとの思いでいっぱいである。研究室の先輩や後輩、研究会のメンバーや学生たちにもどれだけ助けられたかわからない。彼らの存在は、私にとって常に刺激であり、誇りでもある。家族の存在も、私が長年にわたって研究を続けてこられた大きな支えであった。特に四年前に亡くなった父は、大学院進学時も、留学する際にも、常に全力で応援してくれた。皆さんに心から感謝を申し上げます。ありがとうございました。

また本書は、日本学術振興会の科学研究費、

・特定領域研究「日中通俗文芸の体系化を目的とした先駆的研究—小説・芸能を中心論題として」（平成十七～二十一年度）

・基盤研究（B）「海域交流をキーワードとした中国通俗文芸の学際的研究」（平成二十三～二十五年度）

・若手研究（B）「『金瓶梅』の服飾描写からみる中国近代小説の誕生と展開に関する研究」（平成二十四～二十六年度）

・基盤研究（C）「「粗悪本」を中心とした中国通俗小説の出版および受容に関する研究」（平成二十八年度～継続中）

による研究成果の一部でもある。刊行に際しては、研究成果公開促進費（学術図書）の交付も受けることができ

た。特に地方に暮らす私のような研究者にとっては、こうした支援あってこそ、各地で開催される学会や研究会に積極的に参加したり、各図書館や所蔵機関に調査に赴いたり、貴重な資料の複印を取り寄せたりすることができるものである。深く感謝している。

龍谷大学文学部、そして現在の広島大学大学院文学研究科という恵まれた環境を与えられたことも、私にとって幸運というほかない。全国的に文学部の存続が危ぶまれる中、両大学では良識と愛情に溢れる先生方が、文学研究の必要性と意義を強く訴え続けてくださっている。こうした環境に身を置くことができたからこそ、本書は完成の日を迎えることができた。

また本書の校正、索引の作成においては、森中美樹氏、樊可人氏の助力を得ることができた。タイトなスケジュールの中、快く力を借してくださったお二人には、心から感謝している。

最後に、研文出版の山本實社長には、本書の出版を引き受けていただいた後、長いことお待たせすることになってしまった。それでも、お電話やお手紙で暖かく励ましていただき、ようやく刊行の運びとなった。この場をお借りして、厚くお礼を申し上げたい。

二〇一九年一月

川島　優子

索　　引

凡　　例

(一)　この索引は、書名・作品名索引と人名索引の二部からなる。

(二)　項目は、原則として漢字音により、五十音順に配列した。

書名・作品名索引

さ　行

人名索引

な　行

は　行

ま　行

や　行

ら　行

わ　行

川島優子（かわしま　ゆうこ）
一九七二年、長崎県生まれ。龍谷大学文学部講師を経て、現在、広島大学大学院文学研究科准教授。
主な論文、訳書として、「江戸時代における「資料」としての『金瓶梅』―高階正巽の読みを通して―」（『東方学』第百二十五輯、二〇一三年）、「容与堂刊『李卓吾先生批評忠義水滸伝』の評語に関する考察―「画」を中心として―」（『東方学』百三十六輯、二〇一八）、『拍案驚奇訳注（第一冊）―唐賽児の乱始末記―』（共訳、汲古書院、二〇〇三年）、『拍案驚奇訳注（第二冊）―不倫夫婦の因果応報―』（共訳、汲古書院、二〇〇六年）、『拍案驚奇訳注（第三冊）―包公の証文裁き―』（共訳、汲古書院、二〇一二年）などがある。

『金瓶梅』の構想とその受容

二〇一九年二月一五日　第一版第一刷印刷
二〇一九年二月二八日　第一版第一刷発行

定価［本体七〇〇〇円＋税］

著　者　川　島　優　子
発行者　山　本　　實
発行所　研文出版（山本書店出版部）
〒101-0051
東京都千代田区神田神保町二―七
TEL　03（3261）9337
FAX　03（3261）6276
振　替　00100-3-59950
印刷　富士リプロ㈱
製本　塙　製　本

ISBN978-4-87636-443-5